VICTORIA SELMAN

Drei Gräber

GOLDMANN
Lesen erleben

Buch

London. Mitten in der Nacht wird die freiberufliche Profilerin Ziba MacKenzie zu einem Tatort gerufen. Der »Primrose Hill Killer« hat binnen einer Woche zum zweiten Mal zugeschlagen: Die jungen Frauen wurden brutal erstochen – und beide haben eine auffällige Ähnlichkeit mit Ziba. Sie erklärt sich bereit, Scotland Yard bei der Suche nach dem Serienmörder zu helfen, obwohl Ziba eigentlich etwas ganz anderes beschäftigt. Sie kommt nur schwer über den Verlust ihres Ehemanns Duncan hinweg, der vor zwei Jahren vor ihren Augen auf offener Straße erschossen wurde. Dabei lässt es ihr keine Ruhe, dass die Ermittlungen in dem Mordfall überraschend schnell eingestellt wurden. Ziba verbeißt sich in beide Fälle und gerät dabei in ein Netz aus tödlichen Verstrickungen, das ihr leicht zum Verhängnis werden könnte …

Autorin

Victoria Selman lebt mit ihrem Mann und ihren beiden Söhnen in London. Nach dem Studium in Oxford und London hat sie als Journalistin für verschiedene Zeitungen geschrieben. Ihre Romane um die Profilerin Ziba MacKenzie wurden auf Anhieb Bestseller.

Victoria Selman

Drei Gräber

Der zweite Fall für Ziba MacKenzie

Thriller

Aus dem Englischen
von Marie-Luise Bezzenberger

GOLDMANN

Die englische Originalausgabe erschien 2019 unter dem Titel
»Nothing to Lose« bei Thomas & Mercer, Seattle.

MIX
Papier aus verantwortungsvollen Quellen
FSC® C014496

Penguin Random House Verlagsgruppe FSC® N001967

1. Auflage
Deutsche Erstveröffentlichung März 2022

Umschlaggestaltung: UNO Werbeagentur, München
nach einer Idee von Whitefox, Mark Swan/Amazon publishing
Umschlagmotiv: Whitefox, Mark Swan/Amazon publishing
Redaktion: Kerstin von Dobschütz
An · Herstellung: ik
Satz: Buch-Werkstatt GmbH, Bad Aibling
Druck und Bindung: GGP Media GmbH, Pößneck
Printed in Germany
ISBN: 978-3-442-49177-3
www.goldmann-verlag.de

Besuchen Sie den Goldmann Verlag im Netz

Für meine Eltern Martin und Carolyn. In Liebe.

Das Gefährlichste, was eine Gesellschaft hervorbringen kann, ist ein Mensch, der nichts mehr zu verlieren hat.

JAMES A. BALDWIN

Er hat diese Frauen umgebracht.
Ich muss es jemandem sagen.
Sonst bin ich die Nächste.

Samstag

1. Kapitel

Vernehmungszimmer 3, Scotland Yard, 12:02

Mein Gott, wie kann das sein?, denkt der Mann, und sein Verstand dreht haltlos frei, als die Detectives ihn zum Verhör bringen.

Der männliche DS trägt Weste und Einstecktuch. Sein Gesicht ist jung, doch seine Augen sind hart. Nicht wie die seiner Kollegin. Die macht einen weicheren Eindruck.

Guter Bulle, böser Bulle, denkt er. *Aber beide wollen mich drankriegen.*

»Setzen Sie sich«, sagt die Polizistin und deutet auf einen Stuhl.

Der Mann setzt sich, sein Blick huscht im Raum umher.

An der Wand ist eine weiße Videokamera angebracht. Ein Tisch mit drei Stühlen, alles am Boden festgeschraubt. Ein großes schwarzes Aufnahmegerät in einer Wandnische. Und kein Fenster.

Die Deckenbeleuchtung summt leise, als wäre ein Insekt in der schmutzigen Leuchtröhre gefangen. Und ein hartnäckiger Zigarettengeruch hängt im Raum, trotz des großen Rauchverbotsschildes.

Das Zimmer ist ein grauer Kasten. Eine Zelle. Eine Folterkammer für Klaustrophobiker. Der Mund des Mannes ist trocken. Er hat einen schalen Geschmack auf der Zunge, die an seiner Wange festklebt. Hier drin ist es kalt, doch er schwitzt wie verrückt. Seine Achselhöhlen sind feucht, das Hemd klebt ihm am Rücken. *Völlig unmöglich, dass die Detectives das nicht schon bemerkt und ihre Schlüsse daraus gezogen haben*, denkt er. Der erste Eindruck zählt, das weiß er. Damit hat er sich seinen Lebensunterhalt verdient.

Der DS packt eine eingeschweißte Kassette aus und schiebt sie in den Rekorder. Er drückt auf einen Knopf, und die Spulen beginnen sich zu drehen.

»Ich muss Sie davon in Kenntnis setzen, dass diese Vernehmung aufgezeichnet wird und als Beweis dienen kann, wenn Ihr Fall vor Gericht kommt«, meint er und sortiert seine Notizen, die ganz oben auf einem Aktenstapel liegen, während er seinen Text aufsagt. »Mein Name ist DS Silk. Würden Sie bitte für die Aufnahme Ihren vollen Namen und Ihr Geburtsdatum sagen?«

Die Stimme des Mannes bleibt ihm in der Kehle stecken, als er antwortet. Er ist es nicht gewohnt, auf dieser Seite des Tisches zu sitzen. Ihm ist klar, dass seine Nervosität ebenfalls gegen ihn sprechen wird. Sprache lässt sich leicht manipulieren; er war schon immer gut darin, Menschen einzuschätzen und seine Interessen durchzudrücken. Doch seinen Körper in der Gewalt zu haben, das ist etwas anderes. Emotionen dringen uns durch die Haut. *Sogar Hunde können uns verstehen*, denkt er und erinnert sich an einen Vorfall, der gar nicht so lange her ist.

DS Silk legt es zunächst nicht auf eine Konfrontation an; ganz offensichtlich versucht er, ihn in falscher Sicherheit zu wiegen.

Ich soll mir selbst eine Grube graben, denkt er. *Und er wartet nur darauf, mich da hineinzustoßen.*

Der Detective krempelt die Hemdsärmel hoch und beugt sich vor, die Fäuste auf dem Tisch. Seine Kollegin beobachtet den Mann genau.

Jetzt kommen sie, die Fragen, die er nicht beantworten kann: *Wo ist sie? Was haben Sie mit ihr gemacht?*

Drei Tage vorher:
Mittwoch

2. Kapitel

Blomfield Villas, London, 03:00

»Hilfe! Bitte! Helft mir doch!«

Meine Stimme kam als Flüstern aus meinem Mund, krächzend und dünn, obgleich ich in meinem Kopf aus vollem Hals schrie. Ich bekam nicht richtig Luft, war benommen und erschöpft. Mein Blutdruck stürzte ab, mein Puls war schwach. Ich fing an zu zittern. Meine Haut war kalt und feucht. Mir war schwindlig und übel. Mein Körper geriet in einen Schockzustand, wurde mit Adrenalin geflutet. Eine Reaktion auf den Blutverlust. Ohne Infusion würde ich sterben.

Wäre ich nicht gefesselt gewesen, hätte ich auf die Stichwunden drücken können, um die Blutung zu verlangsamen. Ich hätte meine Kleidung lockern und die Beine hochlegen können. Den Notarzt hätte ich auch rufen können, dachte ich, während ich zu meinem Handy hinüberschaute, das nur wenige Zentimeter außer Reichweite in einer immer größer werdenden Blutlache lag.

Reiß dich zusammen, MacKenzie. Ich holte tief Luft,

vom Zwerchfell aus, um meinen Atem zur Ruhe zu bringen.

Spart eure Kräfte, das hatten sie uns beigebracht. Verschwendet keine Energie auf Dinge, die ihr nicht kontrollieren könnt. Und doch war mein Verstand der reinste Schießstand; Gedanken prallten von den Wänden ab wie Querschläger und schossen in alle Richtungen.

Multiple Stichverletzungen im oberen Rumpfbereich. Schnittwunden an Brüsten und Beinen. Extremer Overkill. Dieser Mord war etwas Persönliches.

An wie vielen Tatorten war ich gewesen? Von wie vielen Mördern hatte ich anhand ihres Werks Profile erstellt? Nur war ich jetzt das Opfer. Jemand anders würde meinen Leichnam untersuchen und nach Hinweisen Ausschau halten. Würde der- oder diejenige begreifen, was hier geschehen war? Würde er oder sie sehen, was ich gesehen hätte?

Der stumpfe, pochende Schmerz in meinen Rippen wurde messerscharf, da öffnete sich die Tür unseres Wohnblocks, und Duncan kam heraus, eine dampfende Schüssel mit Pasta in der Hand. Ich konnte die selbst gemachte Tomatensoße und den frisch geriebenen Parmesan vom Gehsteig aus riechen. Am liebsten hätte ich mich übergeben.

Ich wusste, was als Nächstes kam.

Ich sah zu, wie mein Mann die Spaghetti um seine Gabel drehte und sie an die Lippen hob. Mein Herz krampfte sich zusammen. Panik stieg als Galle in meiner Speiseröhre empor. In der Ferne war ein Surren zu hören, laut und hartnäckig. Ich versuchte zu brüllen, ihn vor dem zu warnen, was gleich passieren würde. Doch meine Stimme versagte.

Trotzdem musste er mich gespürt haben, denn genau in diesem Moment schaute er dorthin, wo ich lag, mein Körper gefesselt, mein Fleisch voller klaffender Wunden. Und doch reagierte er nicht. Warum geht er denn nicht aus dem Weg?

»Duncan, geh in Deckung!«

Nichts.

Trotz all meines Trainings, trotz jahrelanger Erfahrung konnte ich verdammt noch mal nichts tun, um ihn zu retten.

Dann kam die Kugel, die Kugel, von der ich wusste, dass sie kommen würde, die Kugel, die ich nicht aufhalten konnte. Abgefeuert aus einem VW Crafter ohne Kennzeichen. Ein Hinrichtungsschuss, der meinen Mann in die Stirn traf und eine tiefe kreisrunde Wunde mit versengten Rändern und massiven Schmauchspuren zurückließ. Seine Knie knickten ein. Sein Körper kippte nach vorn. Und er brach auf dem Beton zusammen, die Mohnblüte in seinem Knopfloch mit arteriellem Blut bespritzt.

Wieder schrie ich, und diesmal kam der Schrei so laut heraus, dass er mich aufweckte. Mein Herz hämmerte, die Bettwäsche war schweißnass und auf der Seite meines Mannes so kalt wie das Grab.

Neben dem Gegenstand, den ich erst Stunden zuvor gefunden hatte, vibrierte mein Handy auf meinem Nachttisch.

Drei Worte leuchteten auf dem Display: SCOTLAND YARD MORDDEZERNAT.

3. Kapitel

Ich tastete nach dem Schalter der Nachttischlampe und meldete mich mit schlafheiserer Stimme. Seit ich bei der Spezialeinheit aufgehört und mich selbstständig gemacht hatte, hatte es jede Menge nächtliche Besprechungen, kritische Updates und Tatortbesuche vor Tagesanbruch gegeben. Doch ein Anruf von Scotland Yard mitten in der Nacht, wenn ich nicht an einer Ermittlung mitarbeitete? Das war etwas Neues.

Um was auch immer es hier ging, eine Grillparty würde es nicht sein, das war mal sicher.

»Ziba MacKenzie.« Ich griff nach einem Kugelschreiber und einem Block, während mein Hirn bereits den ersten Gang einlegte.

»Mac, hier ist DCI Falcon. Entschuldigen Sie die unchristliche Uhrzeit, aber wir brauchen Ihre Hilfe. Wir haben hier …« Er zögerte. »Eine Situation.«

Er war verunsichert. Das hier war ernst. Falcon war schon Polizist, seit Jesus auf Erden gewandelt war. Genau wie ich hatte er reichlich Blut und Gedärme gesehen. Und so wie ich auch hatte er sich an ein Ausmaß an Gewalt gewöhnt, das einem Durchschnittsbürger lebenslange Psychotherapie bescheren würde. Was konnte ihn also jetzt so erschüttert haben?

»Was liegt an, Sir?«

»Der Mord in Primrose Hill. Sie wissen Bescheid?«

»Aye, natürlich.«

Die Zeitungen waren voll davon gewesen. Nicht weiter überraschend. Solche Gewalt, von der Abartigkeit ganz zu schweigen, treibt immer die Auflage in die Höhe. Und dazu war das Opfer auch noch eine hübsche junge Mutter. Die Polizei hatte noch immer keine Spur, und der Fundort der Leiche lag mitten in Celebrity Central, der Heimat von A-Promis, von denen sogar ich schon gehört hatte. Für die Jungs von den Nachrichten war das wie Weihnachten und Chanukka auf einmal. Die würden die Story ausquetschen, bis kein Saft mehr drin war.

Ich habe grundsätzlich berufliches Interesse an Mordfällen, auch wenn ich nicht zum Ermittlungsteam gehöre. Dieser Fall jedoch war anders. Diesmal sah mir das Opfer sehr ähnlich.

»Yasmin Pejman. Üble Geschichte«, sagte ich jetzt zu Falcon.

»Jep.«

Und da war es wieder, abermals eine kurze Pause. Mein Magen krampfte ein bisschen. So viel von unserer Kommunikation läuft nonverbal ab. Er brauchte gar nicht laut zu sagen, was er als Nächstes äußerte. Es war nicht nur sein Sprachmuster, das es verriet. Ich mache so etwas jetzt schon lange genug, um zu wissen, wie Mörder vorgehen, und die

Art und Weise, wie Yasmin Pejmans Leichnam hingelegt worden war, deutete auf das hin, was kommen würde. Fast hatte ich darauf gewartet.

»Der Täter hat wieder zugeschlagen«, sagte er. »Dieselbe Vorgehensweise. Dasselbe Opferschema. In derselben Gegend wie beim letzten Mal.«

»Und die Position der Leiche?«

»Auch wie letztes Mal. Beine gespreizt. Rock hochgezogen. Gebärmutter rausgerissen.«

Also war die Signatur auch dieselbe. Im Gegensatz zu dem, was einem die meisten Gesetzeshüter versichern, ist die Signatur und nicht der Modus Operandi die entscheidende Komponente, wenn es darum geht, Profile von Straftätern zu erstellen und Verbrechen miteinander in Verbindung zu bringen. Sie ist die Kombination von Ritual und Methode und so einzigartig wie ein Satz Fingerabdrücke. Wenn man die Signatur versteht, versteht man den Täter.

»Zwei Morde in einer Woche. Sie wissen, was das heißt?«

»Wir haben's mit einem Serienkiller zu tun. Und der macht sich gerade erst warm.«

4. Kapitel

»Wir übernehmen den Fall von der Abteilung für Schwerverbrechen in Kentish Town. Ich stelle ein Team zusammen, und ich möchte Sie dabeihaben«, erklärte Falcon, während ich mir gerade klarmachte, was es bedeutete, wenn ein Serienmörder in der Stadt frei herumlief.

Innerhalb einer Woche hatte er zweimal zugeschlagen. Das war nicht gerade eine lange Abklingphase. Meiner Erfahrung nach würde der Zeitraum zwischen den Morden eher kürzer werden, wenn der Täter allmählich auf Touren kam. Das Morddezernat von Scotland Yard würde alle Hände voll zu tun haben. Nach meiner Rechnung hatten sie nur ein paar Tage, um den Täter zu stoppen, bevor er abermals tötete. Und obendrein mussten sie auch noch die Hysterie in den Griff bekommen, die zweifellos ausbrechen würde, sobald eine zweite Tat bekannt wurde.

Serienmörder schaffen es immer in die Schlagzeilen. Das ist das Gaffer-Phänomen: Das Böse fasziniert uns. Aber wenn es auf unserer Türschwelle aufkreuzt, dann ändert sich das alles.

Wenn ich mich an den Ermittlungen beteiligte, würde

ich die Psyche des Mörders analysieren und seine nächsten Schritte vorausahnen. Ich würde in seine Haut schlüpfen, durch seine Augen in die Welt hinausschauen und sie so sehen wie er.

Doch das war ein großes »Wenn«.

Den meisten Killern bin ich durchaus gewachsen. Ich habe mein Leben der Aufgabe gewidmet, sie zu verstehen, in der Wüste wie in der Stadt. Und ich habe hier wie dort Ermittler bei Serienmorden beraten. Es gibt sogar ein Buch mit meinem Namen auf dem Umschlag. Doch war dies der richtige Zeitpunkt, um bei so einem Fall mitzumachen, nach dem, was ich gerade gefunden hatte?

Wieder huschte mein Blick zum Nachttisch hinüber und dann zu der leeren Stelle im Bett, wo mein Mann hätte sein sollen. Die Stelle, die jetzt seit fast zwei Jahren kalt und unberührt war. Noch immer bringe ich es nicht über mich, dort zu liegen. Das zu tun hieße akzeptieren, dass er tot ist.

Duncan.

Ein Teil von mir ist neidisch auf ihn. Er wurde von einer Kugel getroffen, als wir aus unserem Lieblingsitaliener kamen, und war augenblicklich tot. Mein Tod ist langsamer vonstattengegangen. Es hat für mich keinen Weg zurück ins Licht gegeben. Ich lerne, mit dem Schmerz zu leben. Aber manchmal wird es zu viel. Manchmal reißt es mir die Beine weg.

Wenn ich anfange, in den Abgrund hinabzukreiseln, in meinem eigenen Kopf gefangen, unfähig, meinen Gedanken zu trauen, dann bin ich total UIA – unwiederbringlich im Arsch.

Seit Duncan tot ist, war die Suche nach seinem Mörder genauso hoffnungslos wie meine Albträume. Bis gestern. Ein Nachtfalter flog in mein Wohnzimmer, als ich auf dem Sofa lag, die Decke anstarrte und mir wünschte, ich hätte eine Zeitmaschine. Er flatterte umher, knallte gegen alles Mögliche und suchte einen Fluchtweg. Während ich versuchte, ihn zum offenen Fenster zu lotsen, fiel mir an der einen Wand etwas auf, rund um eine der Steckdosen. Die Farbe war dort eine Schattierung dunkler, und ein kleines Stückchen Putz war abgesprungen. Ich hatte die Wände selbst gestrichen, als ich hier eingezogen war, Jahre bevor ich Duncan kennengelernt hatte. Blassgelb. Seither hatte ich hier nicht wieder gestrichen, warum war diese Stelle also anders als der Rest?

Es gelang mir, den Nachtfalter aus dem Fenster in die Nachtluft hinauszuscheuchen. Dann holte ich meine schwarze Maglite-Taschenlampe aus dem Schrank im Flur. Neugierig leuchtete ich damit die Ränder der Steckdose ab. Neben der Verfärbung und der Schramme im Putz waren auch noch Kratzer auf dem Plastik, und die Schrauben, die sie hielten, waren ein ganz klein wenig größer als die der anderen Steckdosen.

Ich kaute auf meiner Unterlippe, während eine Idee allmählich Gestalt annahm.

Rasch zog ich den Stecker der Lampe neben dem Sofa heraus und steckte ihn in diese Steckdose. Doch als ich den Schalter betätigte, geschah nichts. Die Steckdose war nicht echt.

Als Erstes dachte ich unweigerlich an Wanzen und

Mikrofone – eine Spätfolge meines früheren Jobs. Doch als ich die Dose abgeschraubt hatte, wurde mir klar, dass ich weit danebengelegen hatte.

Hinter der Steckdose war keine Wanze versteckt. Dort war ein Safe verborgen.

5. Kapitel

»Also, was sagen Sie?«, fragte Falcon. »Wir könnten Ihre Hilfe wirklich gebrauchen.«

Ich dachte daran, was ich in dem Safe gefunden hatte. An das Datum, an dem es abgespeichert worden war, an die Informationen darauf, an die Mühe, die Duncan sich gemacht hatte, es zu verstecken. Es musste etwas mit dem zu tun haben, was an jenem Abend geschehen war. Endlich ein Hinweis, nach all der Zeit.

Und dann dachte ich darüber nach, worum Falcon mich bat und wie massiv die Arbeitsbelastung sein würde. Wenn ich bei den Ermittlungen mitmachte, woher sollte ich dann die Zeit nehmen, Nachforschungen über das anzustellen, was ich gefunden hatte? Sicher, der Mord an Duncan war ein alter Fall, aber war ich es ihm nicht schuldig, ihn zu meiner Priorität zu machen? War ich mir das nicht selbst schuldig?

Die Zeitungen von gestern lagen neben dem Bett auf dem Fußboden zerstreut, fünf verschiedene, weil ich mich niemals darauf verlasse, dass mir einer allein alles sagt.

Die Schlagzeilen der überregionalen Blätter waren relativ zurückhaltend.

Jagd nach Primrose-Hill-Killer dauert an

Keine heiße Spur in Mordfall

Von den Boulevardzeitungen jedoch konnte man dergleichen nicht behaupten.

Mord in Promi-Town

Ein Monster geht um

Ich will meine Mummy wiederhaben

Aus jeder Ausgabe starrte Yasmin Pejmans Gesicht. Eine auffallend hübsche Frau mit großen braunen Augen und dunklem Haar – und neben ihr ein kleiner Junge, dessen Mutter ihm nie wieder einen Gutenachtkuss geben würde.

Ich musste dem Mord an Duncan auf den Grund gehen. Der schwarze Hund der Depression würde mir für alle Zeit auf den Fersen sein, wenn ich das nicht tat. Nur die Wahrheit konnte mich befreien. Doch wenn der Primrose-Hill-Killer nicht bald gefasst wurde, würden noch mehr Frauen sterben, noch mehr Familien würden zerstört werden.

Wenn ich mit den Angehörigen von Opfern spreche, sage ich immer, dass ich weiß, was sie durchmachen. Das hört sich an wie ein Klischee, aber ich speise sie nicht einfach nur mit Plattitüden ab; ich weiß, wie es sich anfühlt, morgens aufzuwachen und die Tatsache zu verfluchen, dass man nicht im Schlaf gestorben ist. Ich weiß, wie es ist, ein halbes Leben zu leben, die Welt in den Schattierungen dessen wahrzunehmen, was hätte sein können. Und ich weiß, wie es ist, den Menschen zu verlieren, den man liebt.

Und da ich wusste, was ich wusste, fühlte, was ich fühlte, wie konnte ich mich also heraushalten und jemand anderen dasselbe durchmachen lassen?

Wie ich's mache, ist es verkehrt, dachte ich, während ich zu Falcon sagte: »Planen Sie mich ein.«

»Einen Moment habe ich mir schon echt Sorgen gemacht«, bemerkte er, und seine Worte sprudelten hervor, als hätte er den Atem angehalten. »Ich habe Donald Isaksson als Ermittlungsleiter eingesetzt. Kennen Sie ihn?«

Das war keine komische Frage. Ich hatte schon eine Menge Fälle für Falcon bearbeitet, aber selten zweimal mit demselben Ermittlungsleiter. Scotland Yard ist eine große Behörde, und ich bin ja ständig mal hier und mal da. Ich hatte früh gelernt, mich nicht zu eng an ein Team zu binden. Genau wie in den Spezialeinheiten weiß man nie, neben wem man als Nächstes kämpfen wird.

»Nein, bin ihm nie begegnet. Wie ist er denn so?«

»Na ja, Sie werden ihn nicht beim Biertrinken im Pub antreffen, aber er ist ein guter DI.«

Also mit anderen Worten ein freudloser Typ, aber ein guter Cop.

»Schicken Sie mir die Angaben zum Tatort, und ich treffe mich da mit ihm.«

»Super. Und, Mac – danke. Gut zu wissen, dass Sie mit an Bord sind.«

»Immer gern zu Diensten.«

Ich schob die Bettdecke weg und schwang die Beine aus dem Bett. Mein Gott, hier drin war's kalt genug für Winterklamotten. Ich rieb die Hände aneinander und hastete in die Küche, um Lebenselixier für unterwegs zu brauen. Mein Atem machte Drachenwölkchen in der Luft. Die Wohnung hätte glatt eine Leichenhalle sein können, so eisig war sie.

Gerade warf ich die Espressomaschine an, als mein Handy abermals Laut gab. Falcon, dachte ich und zog es aus der Tasche. Nur war es nicht der DCI, es war Jack Wolfe, Duncans bester Freund.

Schläft der Kerl denn nie?

Ich klickte auf die SMS.

FEAR has two meanings: Fuck Everything And Run OR Face Everything And Rise.

Ein leicht abgewandeltes Zitat von Zig Zilgar: Angst kann zweierlei bedeuten. Auf alles scheißen und türmen ODER sich allem stellen und wieder aufstehen.

Scheißkitschig, nur meinte Jack das nicht flapsig. Er bezog sich auf das, worüber wir gestern Abend gesprochen hatten – und auf den USB-Stick, den Duncan so raffiniert versteckt hatte, nur zwei Tage vor jener Kugel, die ihn so effizient ausgeschaltet hatte.

Als ich eilig die Wohnung verließ, simste ich zurück:

Bin wach. Ruf mich an.

6. Kapitel

Mein Gott, es ist schon wieder passiert. Ich stecke in diesem Bild von Salvador Dalí fest; der Baumstamm ist mein Hals, und mein Kopf ist ein ausbrechender Vulkan.

Bitte helft mir. Ich habe das Gefühl, ich verliere den Verstand.

Ich bin zu Hause und genehmige mir ein oder zwei Gläschen. Mein Mann ist MAL WIEDER weg, und ich bin ganz allein und fühle diese Traurigkeit so schwer, dass ich nicht richtig atmen kann. Ich trinke zu viel, ich weiß, aber ich kann nicht aufhören, und es ist mir auch egal.

Das Nächste, was ich weiß, ist, dass Stunden vergangen sind. Im Haus ist es dunkel, stockdunkel, und ich liege nass und nackt auf meinem Bett, keine Ahnung, wie ich da hingekommen bin, und das starke Gefühl, dass irgendetwas ganz und gar nicht stimmt, lässt mich schaudern.

Unten höre ich meinen Mann herumtrampeln. Hört sich an, als wäre er wütend. Ich kann ihn fluchen und alles Mögliche herumschmeißen hören. Das Klirren von zerspringendem Glas ertönt. Und ein lautes Poltern. Ich fange an zu zittern, aber nicht, weil mir kalt ist.

Er kommt die Treppe herauf, und mein Herz hämmert, obwohl ich nicht weiß, warum.

Meine Arme tun weh, als wären sie völlig zerkratzt. Aber ich habe keine Ahnung, wie das passiert ist; ich kann mich an überhaupt nichts erinnern. Als hätte ein Teil meines Gehirns abgeschaltet.

»Was habe ich dir gesagt, verdammte Scheiße?«, blafft mein Mann mich an, als er ins Schlafzimmer gestürmt kommt. Ein Speicheltröpfchen landet auf meinem Gesicht.

Ich krieche in mich zusammen. Nie hätte ich gedacht, dass er jemand sein würde, der mich so beschimpft. Am Anfang war er doch so lieb und so sanft. Aber jetzt nicht mehr. Nicht mehr, seit …

»Hast du mir überhaupt zugehört?« Seine Stimme ist scharf wie eine Messerklinge.

Ich weiß nicht, wovon er redet. Ich kann mich an nichts erinnern. Es ist, als wäre die Zeit zwischen dem Moment, als er weg war, und dem, als er zurückgekommen ist, komplett gelöscht worden.

Doch mein Körper erinnert sich ganz bestimmt an etwas. Denn als er zum Bett kommt und seine Stimme plötzlich ganz sanft ist, fahren meine Arme hoch, um meinen Kopf zu schützen.

Ich zucke zurück, als er mich mit der Daunendecke zudeckt; seine Hände sind kalt wie ein Gefrierfach. Jetzt ist das Licht an. Ich sehe, dass er Schmutz an der Hose hat.

Und einen Fleck auf seinem Hemdsärmel, der sehr nach Blut aussieht.

7. Kapitel

Blomfield Villas, London, 04:17

Mein Handy klingelte, als ich gerade in meinen Porsche stieg: ein silberner 911 Turbo, Baujahr 1988, mit Innenausstattung aus braunem Leder, Neun-Zoll-Alufelgen und einem Kick wie der Rückstoß einer Schrotflinte. Ich sage immer, ich brauche keine Kinder, das hier ist mein Baby.

»Morgen, Wolfie!« Ich klemmte das Handy zwischen Schulter und Ohr und tippte auf die Postleitzahl, die Falcon an das Navi des Handys gesimst hatte, als die Bluetooth-Verbindung zustande kam.

»Du konntest also auch nicht schlafen, wie? Ich kann's immer noch nicht fassen.«

»Da sind wir ja schon zwei.«

Ich legte den Gang ein, fuhr los und war froh, nicht sagen zu müssen, warum ich mitten in der Nacht wirklich auf den Beinen war. Als Reporter, der für die Verbrechenssparte einer großen überregionalen Zeitung zuständig war, würde Jack noch früh genug herausfinden, dass sich der Primrose-Hill-Killer zum Serienmörder gemausert hatte. Doch ich würde gegen alle möglichen Vorschriften verstoßen, wenn ich irgendetwas sagte, bevor Scotland Yard die Chance zum Handeln gehabt hatte.

»Es ist ja nicht nur das, was auf dem Stick drauf ist«, sagte ich. »Es ist auch der Wahnsinnsaufwand, den er betrieben hat, um das Ding zu verstecken. Sagt eine Menge.«

»Wie meinst du das?«

»Na ja, Scotland Yard ist ja nicht gerade das Haus der offenen Tür. Warum hat er den Stick nicht da aufbewahrt, wenn er so verdammt kostbar ist?«

»Stimmt.«

»Der einzige Grund, der mir einfällt, ist, dass er das Ding vor jemandem versteckt hat, der da arbeitet«, meinte ich und beschleunigte auf der Maida Avenue.

»Wieso sollte er irgendetwas vor seinen Kollegen verstecken müssen?«

»Vielleicht hat er ihnen ja nicht getraut. Oder er hat gedacht, er kriegt richtig Stress, wenn irgendwer rausfindet, was er tut.«

»Du meinst also, er war auf einem Alleinflug?«

Ich lächelte. Sobald Jack irgendwo die Fliegerei ins Spiel bringen kann, dann wird er es tun. Wenn er nicht in seiner großen blauen Grumman Tiger ins Blaue fliegt, dann denkt er daran. Wenn's zu viel wird, nenne ich ihn immer Captain Airdale.

»Egal, hinter was er da her war, eine offizielle Ermittlung war's nicht, das ist sicher. Wieso sollte er das Ding sonst zu Hause verstecken?«

»Aber warum auch vor dir? Ich meine, sich die Mühe machen, einen Safe in die Wand zu bohren und eine unechte Steckdose davorzusetzen und all so was. Das ist doch ganz schön extrem, findest du nicht?«

Ich sog an meiner Unterlippe. Er hatte recht. Warum hatte Duncan nicht mit mir geredet? Warum hatte er mir nicht gesagt, was los war? Was ich auf dem USB-Stick gefunden hatte, zeigte, dass ihm etwas zu schaffen gemacht hatte.

Ich dachte an unsere letzten gemeinsamen Tage zurück. Er war zerstreut gewesen. Hatte nicht gut geschlafen. Und er hatte ständig auf der Innenseite seiner Wange herumgekaut, ein weiteres Anzeichen dafür, dass ihm irgendetwas Sorgen machte.

»Was ist denn, Dunc? Irgendwie bist du komisch drauf«, hatte ich gesagt, als ich mich mit einem Glas Chianti neben ihn aufs Sofa gekuschelt hatte, damit wir gemeinsam das Kreuzworträtsel der *Times* lösen konnten. Ein bisschen spießig, ein bisschen ältlich, aber das war nun mal unser Ding.

»Nur was im Büro«, hatte er erwidert und seine schwarze Lesebrille aufgesetzt.

Ich hatte ihn genau beobachtet, als er geantwortet hatte, mehr aus Gewohnheit als aus irgendeinem anderen Grund. Weniger als zehn Prozent unserer Kommunikation findet durch Worte statt. Tonfall und Körpersprache machen den Rest aus.

Er log nicht. Doch er sagte mir auch nicht die ganze Wahrheit.

»Was denn?«, hatte ich nachgehakt.

»War ein langer Tag, Zeebs. Können wir später darüber reden?«

Ich hatte die Schultern gezuckt. Hat ja Zeit, hatte ich gedacht. Selber schuld.

»Warum hat er nichts gesagt?«, fragte ich jetzt, während ich in die Edgware Road einbog. »Ich hätte ihm doch helfen können.«

»Vielleicht hat er gedacht, es wäre zu riskant.«

»Ich rede vielleicht zu schnell, Wolfie, aber ich kann die Klappe halten.«

Er lachte. »Ganz ruhig. Ich meine, riskant im Sinne von dich gefährden, nicht dass er sich nicht auf dich verlassen konnte.«

»Das ist doch Schwachsinn. Ich war bei einer Spezialeinheit, ich habe al-Qaida-Zellen infiltriert und mit russischen Drogenbossen rumgeschäkert. Ich glaube, ich komme im Zivilleben einigermaßen klar, auch wenn ich keine P226 mehr tragen darf.«

»Das heißt noch lange nicht, dass er dich in Gefahr bringen wollte.«

Seine Stimme wurde einen Tick leiser. Ich verstand diese Veränderung. Er versetzte sich nicht nur in Duncans Lage. Er projizierte.

Ich nahm Gas weg, weil die Ampel beim Lord's Cricket Ground gerade auf Rot sprang.

»Ich glaube, es gibt noch einen anderen Grund dafür, dass er den USB-Stick hinter der Steckdose versteckt hat«, sagte ich. »Er hätte ihn doch auch ganz unten in eine Schublade stopfen können oder in seinen Schreibtisch. Irgendwohin. Ich habe nie seine Sachen durchwühlt, ich habe seine Privatsphäre respektiert. Das wusste er auch.«

»Und?«

»Er kann das Ding nicht vor mir versteckt haben. Das wäre nicht nötig gewesen.« Ich hielt kurz inne. Wenn ich es erst einmal laut ausgesprochen hatte, war es in der Welt. »Also muss er es vor jemandem versteckt haben, dem es nicht gefallen würde, was er getan hat. Jemand, der gewusst hätte, wie er ihn aufhalten kann. Ein Profi. Genau wie die Person, die ihn erschossen hat.«

8. Kapitel

Der Mord an Duncan war eine saubere Sache. Ein einziger Schuss in den Kopf. Kein Overkill, kein langes Verbluten. Der Mörder hatte nicht gewollt, dass er litt. Er hatte ihn einfach nur ausradieren wollen.

Also ein professionelles Attentat. Ein topausgebildeter Scharfschütze, der genau wusste, was er tat. Die Kugel war aus einem Van ohne Kennzeichen abgefeuert worden. Zwei Straßen weiter war ein L85A2-Sturmgewehr gefunden worden. Keine Fingerabdrücke. Seriennummer weggefeilt.

In Anbetracht seines Modus Operandi und der von ihm gewählten Waffe war der Schütze eindeutig ein Ex-Soldat. Die L85 gehört zur SA80-Waffengattung; bei den British Armed Forces ist sie seit Ende der Achtzigerjahre Standard. Dies war jemand mit beachtlichen Fähigkeiten, der für seine Expertise ein saftiges Honorar fordern würde. So viel wusste ich schon seit geraumer Zeit. Und bis jetzt hatten die Fragen immer gelautet: Wer hatte ihn bezahlt, und warum hatten die, die ihn bezahlt hatten, es auf meinen Mann abgesehen?

Erst jetzt kamen wir den Antworten vielleicht ein wenig

näher – jedenfalls der Antwort auf die zweite Frage. Die erste war noch immer ein Mysterium.

»Du hast ja immer gesagt, jemand hat einen Attentäter auf Duncan angesetzt«, griff Jack den Faden auf.

»Und jetzt sind wir vielleicht auf den Grund gestoßen.«

»Du redest von dem, was auf dem USB-Stick ist.«

»Aye.« Unwillkürlich nickte ich. »Außerdem haben wir immer gesagt, sein Tod muss mit irgendwas zusammenhängen, woran er gearbeitet hat, egal, was dieser faule Sack von Caulder anscheinend denkt.«

Bodi Caulder war der DI, der in Duncans Fall die Ermittlungen führte. Ein richtiger Sesselfurzer, ein Typ von der Sorte, der sich nicht gern die Hände schmutzig macht oder eigene Wege geht.

»Und in Anbetracht des Datums, an dem die jüngste Datei auf dem Stick gespeichert worden ist, sieht's aus, als hätten wir recht«, beendete Jack meinen Satz für mich.

»Duncan hat an irgendwas streng Geheimem gearbeitet. Er hat private Nachforschungen angestellt, quasi schwarz ermittelt. Irgendwer hat Wind davon bekommen. Hat sich bedroht gefühlt. Und getan, was nötig war, um ihn zum Schweigen zu bringen.«

Die Dinge so aufzudröseln half, das Ganze klarer zu sehen.

»Aber diesen Ansatz muss Caulder doch überprüft haben«, wandte Jack ein. »Dem muss doch klar geworden sein, dass das Attentat mit irgendetwas zusammenhängt, woran Duncan gearbeitet hatte, auch wenn er nicht weiß, was es war.«

»Laut den nicht allzu regelmäßigen Updates, die ich von ihm kriege, nicht. Es ist fast so, als ob er genau in diese Richtung *nicht* abbiegen möchte. Anscheinend schlägt er jedes Mal einen anderen Kurs ein, wenn ich versuche, ihn dahin zu schieben. Aber jetzt wird er auf uns hören müssen, stimmt's?«

»Ich weiß nicht, Mac. Ich bin mir nicht sicher, ob du etwas sagen solltest. Jedenfalls jetzt noch nicht.«

»Wie meinst du das?« Ich bremste jäh, als ein Fuchs vor mir auf die Straße huschte. Zwei Zentimeter weiter, und er wäre platt gewesen.

»Ist nur so ein Gefühl, aber wenn Duncan wegen dieses Sticks ermordet worden ist, dann könnte es für dich durchaus auch das Aus bedeuten, wenn du bei Scotland Yard aufmarschierst und damit rumfuchtelst.«

Gerade wollte ich ihm sagen, dass ich schon auf mich aufpassen konnte, meine Standardantwort, doch dann hielt ich inne. Es ist nicht etwa so, dass ich glaube, ich könnte mich nicht selbst verteidigen, absolut nicht – hart trainieren, locker kämpfen, das ist ein inoffizielles Motto der Spezialkräfte. Ich verdresche meinen Sandsack regelmäßig nach Strich und Faden, und solange mir kein Fall dazwischenkommt, laufe ich jeden Tag zehn Kilometer und am Wochenende zwölf. Allerdings variiere ich dabei ständig Uhrzeit und Route. In der Grundausbildung haben wir früh gelernt, dass die beste Gewohnheit ist, keine Gewohnheiten zu haben. Berechenbarkeit kann der Tod sein.

Aber vielleicht hatte Jack ja nicht unrecht. Vielleicht war jetzt nicht der richtige Zeitpunkt, das auszuplaudern, was ich gefunden hatte. Vielleicht wäre es besser, erst einmal herauszufinden, woran Duncan gearbeitet hatte. Ein Name würde mir verdammt viel mehr weiterhelfen als eine Theorie, dachte ich.

Eine Smith & Wesson sticht vier Asse aus, pflegte unser Ausbilder zu sagen. Der Mann war voller großer Erkenntnisse, wenn er uns nicht gerade wüst anpöbelte.

Ich hielt so nahe wie möglich am Tatort und machte den Motor aus.

»Schön. Du hast gewonnen, Wolfie, ich halte mich zurück. Aber irgendwann wird's zur Sache gehen müssen.«

9. Kapitel

Primrose Hill, London, 04:34

»Name?«, fragte der Constable, der den Zugang zum Tatort bewachte.

»Ziba MacKenzie, Profilerin. Ich gehöre zum Team von Scotland Yard, DCI Falcon schickt mich.«

Ich reichte ihm meinen Dienstausweis. Sein Blick huschte von diesem zu meinem Gesicht, dann machte er sich eine Notiz auf seinem Klemmbrett.

»Schutzausrüstung ist da drüben.« Er zeigte auf einen Karton vor dem großen weißen Zelt, das errichtet worden war, um den Tatort zu schützen und den Leichnam vor neugierigen Blicken zu verbergen.

MHHOÜ. *Mein Hund hält Ordnung überall.* Mundschutz, Haube, Handschuhe, Overall, Überschuhe. Es gibt eine Reihenfolge für all das, was man anlegen muss, bevor man einen Leichnam in Augenschein nehmen kann. Ich brauche die Eselsbrücke nicht mehr, aber trotzdem sage ich sie jedes Mal auf, wenn ich Schutzkleidung anziehe.

Als ich in meinem Anzug steckte, wechselte ich die

Handschuhe und nahm mir noch zwei weitere Paare aus der Schachtel. Meine Finger bewegten sich unbeholfen unter der Doppellage Latex.

»Ich bin so weit.«

Der Polizist schaute auf die Uhr, fügte seinen Aufzeichnungen eine weitere Notiz hinzu und hob das Absperrband.

Innen war das Zelt so hell erleuchtet wie ein Filmset, damit die Kollegen von der Spurensicherung arbeiten konnten: Sie stellten Markierungen neben Beweisstücke, je nachdem, was sich wahrscheinlich am kürzesten halten würde.

»Hier drüben ist noch eine passive Blutspur.«

Ein forensischer Fotograf schoss ein paar Aufnahmen, während ein Tatortermittler mit einer Taschenlampe auf den Boden leuchtete, um ihm die Blutstropfen zu zeigen, und sich gleichzeitig etwas für seinen Bericht notierte.

Heutzutage muss die Spurensicherung sich nicht nur wegen der Beweismittelkette Gedanken machen, die Beamten müssen auch peinlich genau darauf achten, alles richtig zu dokumentieren. Niemand will, dass ein Beweisstück vor Gericht nicht zugelassen wird, weil der Papierkram nicht stimmt.

Eine kleine Schar Detectives stand neben der Leiche. Den DI unter ihnen auszumachen war einfach. Seine dominante Haltung – breitbeinig, die Hände hinter dem Rücken – war ein deutlicher Indikator seiner Führungsposition.

»DI Isaksson? Ich bin Ziba MacKenzie.«

Er kniff die Augen zusammen. Ein Zeichen des Misstrauens.

»Nett, Sie kennenzulernen. Der DCI hat gesagt, dass Sie kommen.«

Unter den Augen hatte er dunkle Ringe, und seine Haut war blassgrau. Der Mann sah aus, als hätte er seit Wochen nicht mehr richtig geschlafen, doch da Scotland Yard den Fall ja gerade erst übernommen hatte, war das, was ihn wach hielt wohl eher persönlicherer Natur.

»Falcon hält große Stücke auf Sie«, bemerkte er knapp.

Das Lob kam nur widerwillig heraus, und der Tonfall passte nicht zu seinen Worten. Er will mich nicht dabeihaben, dachte ich, während ich meine Haube zurechtrückte, damit sie mein Haar besser bedeckte. Hatte Falcon Druck machen müssen?

Politik liegt mir noch weniger als der Umgang mit anderen Menschen. Diplomatie hatte nie zum Trainingsprogramm der Spezialeinheit gehört. Obgleich ich die Situation also richtig deutete, kann ich nicht sagen, dass ich sie gut bewältigte.

»Der Täter hat jetzt zweimal zugeschlagen. In Anbetracht des sehr kurzen Zeitraums zwischen den Morden ist es sehr wahrscheinlich, dass er bald sein nächstes Opfer attackiert. Das heißt, Sie bekommen es nicht nur mit einer allgemeinen Panik zu tun, Sie werden auch die Medien im Nacken sitzen haben, vom Commissioner ganz zu schweigen. Ich weiß, wie Serienmörder operieren. Die haben jede Menge verschiedene Modi Operandi und Signaturen, aber etwas Entscheidendes haben sie alle gemeinsam. Sie werden von dem Bedürfnis getrieben zu dominieren, sind gezwungen, immer wieder dasselbe Verbrechen auszuagieren, und zwar in einer Abfolge immer brutalerer Handlungen. Es passt Ihnen vielleicht nicht, mich hierzuhaben, aber Sie brauchen mich, weil ich die Einzige bin, die Ihnen sagen kann, was der Kerl denkt und was er als Nächstes tun wird.«

Isaksson presste die Kiefer aufeinander. Kein gutes Zeichen.

»Ich bin mir des Nutzens von Täterprofilen durchaus bewusst. Und es ist nett von Ihnen, dass Sie um diese Zeit herkommen. Vielleicht möchten Sie mir ja Ihre Ansichten zum Tatort mitteilen.«

Klasse, Ziba, dachte ich. So macht man sich Freunde. Aber wenigstens war er nicht grundsätzlich gegen Profiling. Damit war eine Schlacht weniger zu schlagen.

»Dürfen wir mal, Mouse?«, fragte Isaksson den Pathologen, als wir zu der Leiche traten.

Mouse? Ich brauchte einen Moment. Der Vorname auf dem Namensschild. Mick. Also waren die beiden befreundet. Gut zu wissen, dass der DI nicht jedem gegenüber auf beinhart machte.

Ich fuhr zusammen, als ich das Opfer sah. Die Frau sah mir so ähnlich. Sogar noch mehr als Yasmin Pejman. Ich kniete mich hin und achtete dabei darauf, den Leichnam bloß nicht zu berühren und am Ende noch irgendetwas durcheinanderzubringen; mir war klar, dass die Leute von der Spurensicherung hinter mir nervös waren.

Sie war auf den Rücken gelegt worden, mit hochgezogenem Rock und weit gespreizten Beinen. Es war entwürdigend. Was immer der Mörder empfunden hatte, Reue war es nicht gewesen. Ich sah genauer hin. Normalerweise ist es der Geruch einer Leiche, von dem mir flau wird. Diesmal war es der Anblick. Klaffendes Fleisch, die Gebärmutter grob herausgeschnitten, der Körper völlig zerschunden.

Bei diesem Verbrechen ging es um Dominanz. Das Ziel des Täters war weniger der Mord an sich, sondern mehr das Ausüben totaler Kontrolle über einen anderen Menschen. Und nach der Ähnlichkeit der Toten mit dem ersten Opfer zu urteilen hatte er ein klares Beuteschema. Eins, in das ich hineinpasste.

»Das Kontrollbedürfnis des Täters rührt von der Tatsache her, dass er wenig bis gar keine Kontrolle über sein eigenes Leben hat«, sagte ich an Isaksson gewandt. »Wahrscheinlich fühlt er sich durch eine weibliche Person seiner Männlichkeit beraubt und attackiert ein Surrogat, weil er seine Wut nicht an ihr auslassen kann. Die Stichwunden deuten auf Impotenz hin, so etwas ist oft ein Ersatz für den Akt der Penetration. Ein impotenter Täter, dem es um Macht und Kontrolle geht, geht oft mit einem Messer auf seine Opfer los, weil Sex für ihn mehr Beherrschen bedeutet als körperliche Lust. Er hasst, was er nicht haben kann, und will es vernichten. Das Ausmaß der Gewalt weist darauf hin, dass der Täter gerade einen psychotischen Schub durchmacht.«

»Also geisteskrank?«

»Durchaus möglich. Probleme hat er auf jeden Fall.«

»Sonst noch was?«

»Dass keine Fesselspuren vorhanden sind, zeigt, dass das Opfer nicht gewaltsam fixiert oder entführt worden ist. Also muss der Täter eine andere Möglichkeit gefunden haben, die Frau zu kontrollieren, wahrscheinlich ein Täuschungsmanöver. Das deutet auf einen annehmbaren IQ und einige soziale Kompetenz hin. Er wirkt nicht bedrohlich. Er ist nicht auffällig. Seine Opfer könnten ihn sogar gekannt haben.«

Isaksson nickte, eine oberflächliche Geste, die einem nervösen Tick ähnelte. Die Arme hatte er jetzt vor der Brust verschränkt und so eine Barriere errichtet. Seine Miene war ausdruckslos. Nicht gerade der Typ, der eine Party in Schwung bringt, dachte ich. Ein bisschen erinnerte er mich in dieser Hinsicht an mich selbst.

Aber nicht halb so sehr wie das Opfer, das mit herausgerissener Gebärmutter zu meinen Füßen lag.

10. Kapitel

Ohne ihn bin ich verloren, sagt mein Mann immer, und er hat recht. Niemand versteht mich so, wie er es tut.

Seine Eltern waren genau wie meine. Ich meine, er musste sich nicht mit jemandem wie GK herumärgern, aber seine Eltern waren ganz genauso kalt und schwer zufriedenzustellen. Bei ihm war's mehr sein Dad als seine Mom, aber er weiß trotzdem, wie Zurückweisung schmeckt. Er weiß, wie so etwas alle Farben stumpfer macht.

Doch jetzt ändert sich alles, es entgleitet mir, gerät außer Kontrolle. Ich bin Alice, die in das Kaninchenloch fällt – tiefer, immer tiefer hinunter, ohne zu wissen, ob das Fallen jemals enden wird.

Noch immer kommt es mir vor wie Verrat, die Augen zu schließen, und die Hälfte der Zeit laufe ich völlig benebelt herum, halte mich mit Cola light und allem, was ich sonst noch in die Finger kriegen kann, wach.

Seit Monaten habe ich nicht mehr richtig geschlafen, seit er uns gefunden hat nicht mehr. Großer Gott, wie konnte ich das geschehen lassen? Wie konnte ich so dumm und so schwach sein? Kein Wunder, dass er mich so hasst.

Trotzdem macht mir das Angst, sein Hass. Und es ist schlimmer geworden.

Sobald ich seinen Schlüssel im Schloss höre, ist es, als würde die Luft so dick, dass ich kaum atmen kann, und mein Herz fängt an zu hämmern, bis dieses Dröhnen in meinen Ohren alles ist, was ich hören kann. Er verlangt ja schon seit einer ganzen Weile, dass ich die Tür offen lasse, wenn ich aufs Klo gehe, und schmeißt mein Zeug weg. Aber das hier ist anders.

Wenn ich mich doch nur erinnern könnte, womit ich ihn diesmal provoziert habe. Aber da, wo die Erinnerungen sein sollten, finde ich immer nur ein großes schwarzes Loch.

Und das ist sogar noch beängstigender als die Frage, was er vielleicht als Nächstes tun wird.

11. Kapitel

Primrose Hill, London, 05:15

Gerade hatte ich den Tatort verlassen, als ich es spürte. Eine Bewegung in meinem seitlichen Gesichtsfeld. Ich blieb stehen und sah mich um.

Wer ist da?

Die Hände instinktiv ans Gesicht gehoben ließ ich den Blick über meine Umgebung wandern, drehte langsam den Kopf. Nichts rechts oder links von mir. Niemand hinter oder vor mir. Hier war niemand. Und doch wurde ich das Gefühl nicht los, nicht allein zu sein.

Ich stand ganz still und lauschte. Von dem Zelt drangen jede Menge Geräusche herüber – Stimmen, Schritte, das Klicken von Kameras und von Beweismarkierungen, die auf den Boden gestellt wurden. Doch die Bewegung, die ich bemerkt hatte, war nicht im Zelt gewesen. Sie war ganz nahe bei der Stelle gewesen, wo ich mich jetzt befand.

Mein Herz klopfte laut, während ich angestrengt lauschte. Mein Haar wehte im Wind. Sogar das Geräusch meines Atems war lauter. Sonst war da nichts. Und doch …

Die Sonne war noch nicht aufgegangen. Im Zelt war es taghell, hier draußen jedoch war die Nacht schwarz, Finsternis, die eine perfekte Deckung bot. Versteckte der Mörder sich und beobachtete das Team der Spurensicherung von einem geheimen Ort aus? Beobachtete er mich? Oder vielleicht war es ein Tatzeuge, unter Schock und wie angewurzelt an Ort und Stelle ausharrend?

Ich spürte die Veränderung in der Luft, noch ehe ich etwas sah. Eine Katze, die aus dem Schatten sprang, ein dürres Vieh mit hervorstechenden Rippen. Du Pfeife, dachte ich, das Herz in der Kehle. Das kommt dabei raus, wenn du nicht schläfst. Du fängst an, Gespenster zu sehen.

Ich musste erst um neun bei Scotland Yard aufkreuzen. Vor dem Teambriefing sollte ich mich noch ein bisschen hinlegen, dachte ich, während ich in mein Auto stieg. Ich gähnte gewaltig und ließ den Motor an. Eigentlich hatte ich mich auf einen ruhigen Morgen gefreut, bevor ich den USB-Stick gefunden und dann den Anruf von Falcon bekommen hatte. Zeitunglesen im Bett. Vielleicht ein Spaziergang am Fluss. Rühreier und Kaffee satt in dem Café, das ich so gern mag. Ich hätte es besser wissen müssen, dachte ich, während ich auf die Regent's Park Road hinausfuhr.

Eine Frau in einem Dufflecoat schlingerte im Zickzack den Gehsteig entlang, den Kopf gesenkt, die Arme fest um den Brustkorb gelegt. Müde und gefühlsduselig, hätte meine Mutter gesagt – sie hatte stets eine Vorliebe für beschönigende Umschreibungen gehabt. Ein Stück weiter ging ein Typ mit einem alten Schäferhund Gassi, der es sichtlich an den Hüften hatte, und ein 3er-BMW kam aus einer Seitenstraße. Ansonsten jedoch war es still auf den Straßen, so, wie ich es gernhabe. Ich legte eine CD von Davood Azad ein und lauschte der traditionellen persischen Musik meiner Kindheit.

Erst als ich in die Prince Albert Road einbog, ging mir auf, dass ich das Ganze völlig falsch gesehen hatte. Ich hatte Angst gehabt, das mit dem USB-Stick würde warten müssen, wenn ich an einem Mordfall mitarbeitete. Aber vielleicht war das ja gar nicht nötig. Ich hatte nicht den blassesten Dunst, was Duncans Notizen bedeuteten, doch sie hatten eindeutig etwas mit einer Scotland-Yard-Aktion mit dem Codenamen Sunlight zu tun. Was darauf hindeutete, dass zumindest ein paar der Leute, die er erwähnt hatte, in der Hauptdienststelle arbeiteten. Dort zu arbeiten könnte von Nutzen sein.

Ich hielt an der Ampel auf der Maida Vale. Eine schwarze Katze, die sich auf einer Mauer putzte, schaute kurz auf und fuhr dann mit ihren Waschungen fort. Und da fiel mir etwas ein. Die Katze, die mich am Tatort fast zu Tode erschreckt hatte. Als sie aus dem Schatten hervorgeschossen war, hatte sie die Ohren gespitzt. Doch sie hatte nicht mich angeschaut.

Sie hatte in die Gegenrichtung geblickt.

12. Kapitel

Blomfield Villas, London, 08:20

Ich war auf dem Weg zu Scotland Yard gerade aus meiner Straße gebogen und fühlte mich nach einem kurzen Schläfchen und einer Dusche etwas erfrischt, als mein Handy klingelte. Jack.

»Dachte, ich ruf dich kurz an, bevor ich zur Arbeit fahre«, sagte er. »Mein Redakteur will, dass ich da eine Story überprüfe. Da komme ich später vielleicht nicht mehr zum Telefonieren.«

»Was ist das denn für eine Story?«, erkundigte ich mich und bog in die Warwick Avenue ein.

»Vor ein paar Tagen ist ein Typ namens Dale Redwood von der London Bridge gesprungen. So was nennt man ein beschissenes Ende eines beschissenen Lebens. Hat seine Kindheit im Heim verbracht. Dad ist an Krebs gestorben, als er vier war, Mom ist in der Oxford Street überfahren worden, als er neun war. Anfang zwanzig war er wegen Persönlichkeitsstörungen und was weiß ich noch alles in Behandlung. Und dann das.«

»Manche Leute haben echt Glück.«

»Ja, ich weiß. Aber jetzt wird's interessant: Die Polizei hat in seiner Einzimmerwohnung einen Abschiedsbrief gefunden. Ganz am Ende stand: *Diese Schweine sind schuld an dem, was mir passiert ist, aber an die kommt keiner ran, und das wissen die auch genau.*«

»Was denn für Schweine? Und wie kommt er darauf, dass die über dem Gesetz stehen?«

»Weiß ich nicht. Hab doch gesagt, es ist interessant.«

»Aye, auf jeden Fall.«

»Also, ist dir noch was zu dem USB-Stick eingefallen?«, fragte er. Das war der wahre Grund seines Anrufs.

Ich dachte an das, was Duncan geschrieben hatte. Nur ein paar Zeilen, eine eigene Kurzschrift für das, was er untersucht hatte, was immer es auch gewesen war. Aber wichtig genug, um es hinter einer unechten Steckdose zu verstecken.

Op Sunlight. Warum keine Festnahmen? Warum Untersuchung abgebrochen? Watkiss. Was ist mit DA passiert? Gavin Handler – neun Monate undercover. Wo sind die Beweise??? Craig Boden/MP? Andere?

»Operation Sunlight muss eine Aktion von der Sitte gewesen sein, da hat Duncan doch gearbeitet, als er erschossen worden ist. Die nennen sich jetzt anders, weißt du? SCD9.«

»Mann, die von der Polizei stehen echt auf Abkürzungen, wie? Alles nur Abgrenzungsmanöver, wenn du mich fragst.«

»Wahrscheinlich. Außenseiter mögen sie jedenfalls ganz sicher nicht.«

»Na ja, mit Falcon verstehst du dich ja gut, und der ist doch der Einzige, auf den es ankommt.«

Dieses Gespräch hatten wir schon viele Male geführt. Duncan war eine hinlänglich große Nummer beim Yard gewesen, sodass die meisten Leute Respekt vor seinem Andenken hatten und sich mir gegenüber anständig benahmen. Doch wenn ich dort auftauche, gibt es immer einen oder zwei, die ganz klar zum Ausdruck bringen, dass sie lieber mit jemandem arbeiten würden, der die Polizeischule in Hendon absolviert hat.

»Nach dem, was Duncan geschrieben hat, hört sich's an, als wäre bei Sunlight irgendein Undercover-Einsatz im Gange gewesen«, meinte ich und trat kräftig aufs Gas, um es noch über die Ampel zu schaffen, bevor die wieder auf Rot sprang.

»*Gavin Handler – neun Monate undercover*«, zitierte Jack aus der Datei.

»Genau. Aus Sicht der Dienstleitung ist das ein ganz schöner Brocken. Dafür hätte der Ermittlungsleiter ohne guten Grund nie die Genehmigung gekriegt. Warum ist die Operation also abgebrochen worden?«

»Zu wenig Resultate?«

»Das würde erklären, warum es keine Festnahmen gegeben hat. Aber was ist mit dem Beweismaterial? Klingt doch, als wäre es verschwunden, und das ist doch gelinde gesagt anrüchig.«

»Stimmt. Ich habe versucht, mir ein paar von den Leuten, von denen er gesprochen hat, mal näher anzuschauen. Es gibt ein paar Gavin Handlers auf LinkedIn. Einer von denen ist DC bei Scotland Yard. Hat sich von Bristol dahin versetzen lassen. Könnte unser Mann sein.«

»Aye, den habe ich auch gefunden. Lohnt sich, da mal genau hinzuschauen. Aber bei den anderen sieht's schlecht aus. Es gibt da draußen fünfzig Craig Bodens, und ohne einen Anhaltspunkt, um das Ganze einzugrenzen, kann man unmöglich sagen, welcher von denen der aus der Datei ist. Wenn es überhaupt einer ist. Watkiss ist ein Gespenst ohne Vornamen. Und MP und DA, das könnte jeder sein.«

Jack klickte die Zunge gegen den Gaumen, das machte ein Klopfgeräusch.

»Ich mach mich mal lieber auf die Socken. Wir haben heute früh Redaktionsbesprechung. Jauchzet, frohlocket.«

Ich lachte. »Viel Spaß. Ich melde mich später.«

»Wie wär's, wenn ich vorbeikomme, wenn die Auflage in den Druck gegangen ist? Dann können wir ein bisschen brainstormen. Ich bringe was vom Chinesen mit. Es gibt nichts auf dieser Welt, was sich bei Frühlingsrollen und frittiertem Gemüse nicht lösen lässt.«

»Super«, sagte ich und hoffte, er würde das Zögern in meiner Stimme nicht hören.

Vor nicht allzu langer Zeit hatte es da einen heiklen Moment in seinem Auto gegeben, einen Beinahe-Kuss. Keiner von uns beiden hatte das seither angesprochen, doch die Gefühle, die es ausgelöst hatte, waren nicht weggegangen, und je mehr ich versuchte, sie mir auszureden, desto hartnäckiger hielten sie sich.

Es ist doch nur natürlich, dass ich mich zu ihm hingezogen fühle, sagte ich mir. Es wäre ja komisch, wenn es nicht so wäre. Wir verbringen so viel Zeit miteinander, und attraktiv ist er nun ganz sicher. Doch es ging nicht nur um simples Verlangen, und das wusste ich auch.

Eine Zeit lang hatte ich versucht, ihm aus dem Weg zu gehen, hatte mir Zeit damit gelassen, auf seine Nachrichten zu antworten, war nicht ans Telefon gegangen und »verhindert« gewesen, wenn er sich mit mir treffen wollte. Bestimmt war er gekränkt und verwirrt, weil ich so abweisend gewesen war, doch ich hatte keine Wahl. Um mein Herz wieder auf Linie zu bringen, brauchte ich Distanz.

Das Auswahlverfahren der Spezialeinheit ist berüchtigt für seine extremen Anforderungen. Eine Serie Gewaltmärsche zwischen vierundzwanzig und vierundsechzig Kilometer über die Brecon-Beacons-Bergkette in Wales mit immer schwererem Marschgepäck, bei denen die Zeit gestoppt wird. In voller Kampfmontur fünfhundert Meter schwimmen. Und Dschungeltraining in Brunei. Das alles kombiniert mit extremem Schlafentzug. Die meisten Kandidaten schaffen die ersten vierundzwanzig Stunden nicht.

Und doch war nichts von dem, was ich damals erlebt hatte, auch nur annähernd so schwer, wie ich es jetzt fand, meine Gefühle zu beherrschen. Duncans bester Freund war tabu. Mit ihm zusammen zu sein wäre Verrat. Ich sollte nicht einmal daran denken.

Und jetzt schlug er ein spätabendliches Date bei mir zu Hause vor. Genau das, was ich nicht brauchte.

13. Kapitel

Scotland Yard, 08:45

Ich schaffte es, einen Parkplatz ganz nahe beim St Ermin's Hill zu finden, und eilte zur Morgenbesprechung im Yard. New Scotland Yard liegt an der Kreuzung von Broadway und Dacre Street, ein unauffälliger Büroblock mit Glasfront hinter Betonbarrieren, die vor Kurzem zum Schutz vor Autobomben-Anschlägen errichtet worden waren.

Überall, wohin ich schaute, trugen die Leute Mohnblüten aus Papier an der Kleidung, denn bald war Remembrance Sunday, der Gedenktag zum Ende des Ersten Weltkriegs. Ich war die Einzige ohne Blume am Jackett. Eigentlich spende ich regelmäßig an die British Legion, doch die letzten zwei Jahre habe ich es nicht über mich gebracht, so ein Abzeichen zu tragen. An dem Abend, an dem Duncan erschossen worden war, hatte ich so eins am Revers gehabt. Als ich aus dem Krankenhaus nach Hause kam, war sein Blut darauf gewesen. Für mich sind Mohnblumen nicht nur ein Symbol des Krieges und des Opferns. Sie sind auch eine unerträgliche Erinnerung an den Mord an meinem Mann und an das, was danach kam.

Ich schluckte heftig, das wohlbekannte enge Gefühl in meiner Kehle war wieder da. Immer wenn ich hierherkomme, spüre einen Stich ganz tief im Bauch. Hier habe ich Duncan kennengelernt, und hier haben wir uns ineinander verliebt. Ich werde diesen Ort immer zuallererst mit ihm assoziieren.

»SRR?«, hatte er gefragt, als wir einander vorgestellt worden waren. »Unsere allergeheimste militärische Spionageeinheit. Ich wüsste ja echt gern, was ihr da so treibt.«

Ich hatte gegrinst. »Da bin mir nicht so sicher.«

Reiß dich zusammen, MacKenzie, dachte ich jetzt, während ich an den bewaffneten Männern von der Diplomatic Protection Group vorbeiging, die vor dem Gebäude patrouillierten.

»Morgen.« Ich zeigte dem Constable am Besuchereingang meinen Profiler-Dienstausweis, bevor ich durch die Schiebetür trat.

»Hallo, Mac. Wie läuft's denn so?«, erkundigte sich Paddy, ein Detective Sergeant aus Duncans Zeiten, als ich gerade den Securitycheck absolvierte, der jedem Flughafen zur Ehre gereicht hätte.

Ich roch blumige Seife. Geranien mit einem Hauch Bergamotte. Eindeutig ein Frauenduft.

»Neue Freundin?«, fragte ich und dachte im Stillen, dass es etwas Ernstes sein musste, wenn er während der Woche bei ihr duschte.

»Woher wissen Sie das?«

Ich lächelte. »Sie sehen glücklich aus.«

»Äh, na ja, stimmt, bin ich auch. Also, was führt Sie hierher? Arbeiten Sie an diesem Primrose-Hill-Fall mit? Ich hab gehört, wir haben den von Kentish Town übernommen. Und der Killer hat jetzt auf Serientäter umgeschult, verdammte Axt.«

Es war noch nicht mal neun. So etwas spricht sich hier schnell herum. Es sei denn …

»Sind Sie da etwa auch dabei?«, fragte ich und hoffte …

»Nein, ich bin nicht mehr im Morddezernat. Ich hab gehört, Isaksson hat da das Sagen. Na, viel Glück.«

»Wieso, was ist denn mit ihm?«

»Na, sagen wir mal, die Leute nennen ihn nicht gerade Mr Sonnenschein. Und nach allem, was man so hört, arbeitet er nicht besonders gern mit Leuten zusammen, die nicht in Hendon waren, wenn Sie verstehen, was ich meine.«

Nicht schon wieder.

Meine Mutter ist eine englische Protestantin, mein Vater war ein iranischer Jude. In der Schule war ich immer die Neue, und bei der Spezialeinheit hatte ich mich ständig einer Überzahl männlicher Kameraden gegenübergesehen. Ich bin es gewohnt, eine Außenseiterin zu sein. Es mochte mir keinen Spaß machen, mit Donald Isaksson zusammenzuarbeiten, doch ich bezweifelte nicht, dass ich mit ihm fertigwerden würde.

»Ich mach mich dann besser mal auf den Weg«, meinte Paddy und schaute auf die Uhr. »War schön, Sie zu sehen, Mac.«

Verdammt, ich hätte ihn fragen sollen, ob er Gavin

Handler kennt, dachte ich, während ich mich am Empfang anmeldete. Er war doch vor ein paar Jahren eine Weile bei der Sitte gewesen. Vielleicht hatte er ja sogar von Sunlight gehört. Doch bei all der Geheimniskrämerei, die die Operation umgab, wahrscheinlich nicht.

Aber irgendjemand hier wusste etwas darüber. Ich musste nur herausfinden, wer. Und was.

14. Kapitel

Besprechungsraum, Scotland Yard, 09:00

»Morgen, Leute«, sagte DI Isaksson mit ausdrucksloser Miene. Er kaute Zimtkaugummi. Nicorette.

Mit dem Rauchen aufzuhören wird ihn auch nicht gerade freundlicher machen, dachte ich und sah mich rasch im Raum um. Ein Smartboard, ein alter Projektor in der Ecke und im Halbkreis um den DI versammelt eine Festung aus Kerlen: insgesamt zwölf, vor der Brust verschränkte Hantelbank-Arme, entschlossene Gesichter. Außer mir war nur eine einzige Frau anwesend. Eine sommersprossige Blondine, weiche Gesichtszüge, kein Make-up. Ich saß am äußersten Ende des Halbkreises, Teil des Teams, aber trotzdem eine Außenseiterin. So ist es am ersten Tag immer.

»Ich glaube, die meisten von Ihnen kennen sich, aber vielleicht sind Sie nicht mit Ziba MacKenzie bekannt«, sagte Isaksson und zeigte auf mich. »Sie ist Profilerin und arbeitet als Freelancerin mit uns zusammen. Und sie ist Spezialistin für Serienmörder. Ihr letzter Einsatz bei uns war der London Lacerator.«

Interessiertes Gemurmel war zu vernehmen. Der Lacerator war ein Riesenfall gewesen – und für mich außerdem eine persönliche Angelegenheit.

»MacKenzie, möchten Sie uns einen ganz kurzen Überblick über das geben, was Sie zu dieser Party mitbringen, für die von uns, die noch nie mit einem Profiler gearbeitet haben?«

»Natürlich. Ich erstelle ein psychologisches Porträt des Mörders, um zu helfen, die Suche zu fokussieren und sein künftiges Handeln vorherzusagen. Außerdem fungiere ich als Beraterin beim Umgang mit den Medien und formuliere Appelle an die Öffentlichkeit mit der Bitte um Informationen. Irgendjemand da draußen weiß mehr, als ihm oder ihr klar ist. Meine Aufgabe ist es, diese Person zum Reden zu bringen.«

Wieder ein knappes Nicken von Isaksson.

»Irgendwelche Fragen? Nein? Okay, also weiter. Je schneller alle im Bilde sind, desto eher können wir uns an unsere Arbeit machen.«

Das »wir« wurde definitiv betont. Es war subtil und doch eine Spitze; hier wurde die Grenze zwischen »uns« und »den anderen« gezogen. Ich auf der einen und der Rest des Teams auf der anderen Seite.

»Der Name des letzten Opfers ist Lily Abian. Siebenundzwanzig, ledig. Und Anwältin, sie hat in derselben Kanzlei und derselben Abteilung gearbeitet wie unser erstes Opfer Yasmin Pejman.«

Und sie hat auch einen Farsi-Nachnamen, genau wie Pejman, dachte ich.

War der Mörder Iraner? Statistisch gesehen suchen Täter sich Opfer aus derselben ethnischen Gruppe aus, der sie selbst angehören. Oder vielleicht stammte auch die Frau, die die Opfer repräsentierten aus diesem Teil der Welt.

»Abians Leichnam weist keine erkennbaren Abwehrverletzungen auf«, fuhr der DI in seinem knappen Tonfall fort. »Genau wie bei dem ersten Opfer.«

Also hatte keine von beiden versucht, sich gegen den Mörder zur Wehr zu setzen. Das sprach entweder für einen Überraschungsangriff oder dafür, dass sie den Täter gekannt hatten.

»Sieht aus, als wäre massiver Blutverlust die Todesursache, aber möglicherweise war auch Ersticken dabei«, berichtete Isaksson weiter.

Ich zog eine Braue hoch. Das war eine ungewöhnliche Kombination.

»Und in beiden Fällen hat der Täter dem Opfer die Gebärmutter herausgeschnitten.« Er rief ein Bild von Yasmin Pejmans zerfleischtem Leichnam auf dem Board auf.

»Fünfzehn Jahre bei der Polizei, und man glaubt, man hat schon alles gesehen«, knurrte der Detective mit dem schütteren Haar, der zu meiner Linken saß. »Da können Sie definitiv ›einzigartig‹ in Ihr Profil schreiben«, flüsterte er mir zu, während der DI weitersprach.

»Wie das erste Opfer wurde auch Abian das letzte Mal in einer Bar in der Nähe ihrer Kanzlei in Clerkenwell gesehen, wo sie mit Kollegen etwas getrunken hat. Pejman wurde entführt, nachdem sie die Bar verlassen hatte; sie wollte nach Hause, hat sie gesagt. Es ist möglich, dass Abian dasselbe passiert ist. Allerdings werden wir mehr wissen, wenn die Kollegen alle Nachbarn befragt haben und die Jungs von der digitalen Spurensicherung Zeit hatten, ihr Ding abzuziehen.«

Beide Opfer waren wahrscheinlich am selben Ort entführt worden. Das ließ vermuten, dass der Täter sich dort sicher fühlte. Arbeitete er in der Nähe? Oder zog ihn diese Gegend aus einem anderen Grund an?

»Haben wir Pejman auf irgendwelchen Überwachungsaufnahmen?«, wollte ein Detective wissen, der bolzengerade dasaß. Er trug eine ordentlich zugeknöpfte Weste, mit Krawatte und vollendet gefaltetem Einstecktuch.

»Leider nicht, Silk«, antwortete Isaksson und zuckte die Achseln, als hätte er dergleichen auch niemals erwartet. »Wir haben Aufnahmen von ihr vor der Bar und dann davon, wie sie in Richtung U-Bahn-Station Moorgate geht. Und dann noch mal auf der Old Street. Aber nachdem sie auf die Vince Street eingebogen ist, haben wir nichts mehr, da ist ein blinder Fleck. Wir haben auch noch andere Überwachungsvideos, aber die müssen Bild für Bild gecheckt werden. Dass die Aufnahmen nicht zusammenhängen und die Auflösung so grottenschlecht ist, hilft auch nicht gerade.«

Etliche in der Runde verdrehten die Augen. Dies war eine sehr häufige Beschwerde.

»Das Wetter war gestern Nacht der reine Wahnsinn. Die Kinder sind so gegen zwei zu mir und meiner Frau ins Bett gekrabbelt, sie hatten solche Angst vor dem Donner«, sagte ein weiterer Detective, ein Mann Ende vierzig mit einem

Wanst, auf dem er ein Bierglas hätte abstellen können. »Als Pejman umgebracht worden ist, war auch Scheißwetter. Vielleicht haben die Opfer sich ja ein Taxi genommen oder sich von irgendjemandem mitnehmen lassen?«

»Möglich«, meinte Isaksson. »Zeugen behaupten, sie hätten jemanden, auf den Pejmans Beschreibung passt, in ein Fahrzeug steigen sehen. Aber bevor hier jetzt jemand in Wallung gerät, auf Fahrzeugtyp oder -farbe konnten sie sich nicht einigen.«

Noch mehr Augenverdrehen.

»Beide Opfer wurden in unbeleuchteten, verlassenen Nebenstraßen in Primrose Hill gefunden. Beide sind dort ermordet worden. Was bedeutet, dass es uns gelungen ist, die primären Tatorte zu sichern, das ist immerhin etwas.«

»Dass es da Kameras gibt, ist wohl zu viel der Hoffnung, nehme ich an«, meinte der Dad mit dem dicken Bauch.

»Ich fürchte, ja. Die Kameras in der Gegend sind vor Kurzem von einer hilfreichen Anti-Big-Brother-Gruppe demoliert worden. Ein paar Jugendliche sind verhaftet und angeklagt worden, nachdem sie was darüber auf ihrem Blog gepostet hatten, aber bis jetzt sind die Dinger nicht ersetzt worden. Sparmaßnahmen. Sie wissen ja, wie das läuft.«

»Ist das etwas, das jemand wissen würde, der dort wohnt?«, fragte ich und klopfte mir mit meinem Kugelschreiber gegen die Lippen.

»Sehr gut möglich. Vor gar nicht langer Zeit stand etwas darüber im *Ham & High* – so ein Lokal-Käseblatt. Ich habe Kopien vom Autopsiebericht des ersten Opfers in Umlauf gegeben, damit Sie sich den alle mal ansehen können, aber die wichtigsten Gesichtspunkte sind folgende: massive Gewalteinwirkung auf Unterbauch und Gebärmutter, multiple Stichverletzungen von einer zwanzig Zentimeter langen Klinge in Brüsten und Oberschenkeln.«

»Klingt wie damals, als ich letzte Weihnachten versucht habe, den Truthahn zu tranchieren«, stellte ein Detective mit braunem Zahnstein zwischen den Zähnen und Pickeln am Unterkiefer fest.

Isaksson und ich lachten nicht. Doch der Rest des Teams prustete los.

15. Kapitel

Das Blut schoss mir ins Gesicht, und ich sprach, ohne nachzudenken – nie eine gute Idee. »Sie finden das witzig, ja?«, fragte ich. »Da liegt jemandes Ehefrau und Mutter im Kühlfach. Vielleicht sollten Sie diesen Witz ja denen erzählen.«

Eine Sekunde lang herrschte fassungsloses Schweigen, ehe Isaksson es unterbrach. »Sie nehmen mir das Wort aus dem Mund, MacKenzie«, sagte er. »Wenn jetzt also der Rest von Ihnen bereit ist, sich wie Erwachsene zu benehmen, dann können wir ja weitermachen.«

Es wurde ein bisschen betreten herumgerückt, während der DI die Lagebesprechung zu Ende führte. Ich hielt den Blick fest auf ihn gerichtet, doch das hinderte mich nicht daran, die Giftblicke zu bemerken, die Pickelkinn auf mich abschoss. Heute brach ich wirklich meinen eigenen Rekord im Schließen von Freundschaften.

»Gibt's noch Fragen, bevor ich die Aufgaben verteile?«

»Eigentlich mehr einen Kommentar.« Ich hob die Hand. »Das Herausschneiden der Gebärmutter ist bei beiden Opfern präsent, das macht es zu einem Schlüsselaspekt der Signatur. Und das Ausmaß der Gewalt zeugt von extremer

Wut seitens des Täters. Möglicherweise vernichtet er, was er nicht haben kann. Ich habe vorhin schon gesagt, dass er impotent sein könnte. Er holt sich seinen Kick, indem er auf die Opfer einsticht, sie mit seinem Messer penetriert, weil er seinen Penis nicht dazu benutzen kann. Wahrscheinlich fühlt er sich durch eine weibliche Person in seinem Leben in seiner Männlichkeit geschmälert. So, wie die Stichwunden platziert sind, höchstwahrscheinlich eine Ehefrau oder eine Freundin. Dieses Gefühl der Geringschätzung seiner Männlichkeit kann von allem Möglichen herrühren. Die Frau könnte abschätzig über ihn reden, könnte untreu gewesen sein oder vielleicht mehr verdienen als er. Brüste und Oberschenkel sind sexuell konnotierte Körperregionen. Indem er sich auf sie konzentriert, versucht der Mörder, die Weiblichkeit des Opfers zu zerstören. Das zeigt, dass er sich davon bedroht fühlt. Was ich heute Morgen gesehen habe, bestärkt das noch. Den Leichnam in einer entwürdigenden Pose zur Schau zu stellen ist ein klassischer Teil dessen, was wir als ›Zorn und Vergeltung‹-Signatur bezeichnen.«

»Und was heißt das im Klartext?«, fragte Pickelkinn und reckte den Unterkiefer vor.

Das eine oder andere Kichern war zu hören.

»Das heißt, dem Typen geht's nur um Macht und Kontrolle.«

Und er ist genauso ein frauenfeindliches Arschloch wie du.

»Der Uterus ist ein starkes Symbol für Mutterschaft«, sagte ich stattdessen. »Eine solche Wut entspringt aus einem tief verwurzelten Hass auf Frauen oder wahrscheinlicher auf eine ganz bestimmte Frau. Die Opfer sind ein Ersatz für die Person, die ihm seine Männlichkeit nimmt. Ihre auffällige Ähnlichkeit zeigt das. Wenn er impotent ist, könnte es sein, dass seine Partnerin ihm die Schuld daran gibt, dass sie nicht schwanger werden kann, und er geht auf Frauen los, die so aussehen wie sie, weil er sich nicht in der Lage sieht, seine Wut direkt an ihr auszulassen. Noch nicht.«

»Noch nicht?«

»Das ist nur eine Frage der Zeit. Sein Handeln zeigt, dass er sehr schnell entgleist. Er wird sich weiter Doubles suchen, bis er selbstsicher genug ist, um sich den wahren Ursprung seiner Wut vorzunehmen. Und seine Abklingperioden werden immer kürzer werden.«

»Dann kündigen Sie wohl mal lieber bei Tinder, Frost«, flüsterte ein dürrer Kerl der Frau mit den Sommersprossen zu.

Er sprach sehr leise, aber Lippenlesen war in meinem früheren Job eine sehr nützliche Fertigkeit gewesen. Ich verstand ihn so gut, als hätte er mir direkt ins Ohr geflüstert.

Danach wurden noch ein paar Fragen gestellt, hauptsächlich dazu, was das Dezernat für Schwerverbrechen, von dem wir den Fall übernommen hatten, bisher herausgefunden hatte. Die knappe Antwort lautete: nicht viel.

»Irgendwelche Spermaspuren an einem der beiden Tatorte?«, fragte der Vater mit dem Bierbauch.

Isaksson schüttelte knapp den Kopf.

»Wirklich nicht?«, fragte ich nach.

Ein Mord dieser Art, auf jeden Fall zu Beginn einer Serie,

geht fast immer mit einem Orgasmus des Täters am oder im Opfer einher.

»Wieso überrascht Sie das so? Sie haben doch selbst gesagt, er ist ein Schlaffido Domingo«, legte Pickelkinn es auf einen Lacher an.

Es war ein echt lahmer Gag, doch ich lächelte pflichtschuldigst.

»Impotente Männer können durch Masturbation trotzdem ejakulieren«, erklärte ich. »Allerdings könnte er, wenn er sich ein Souvenir mitgenommen hat, auch gewartet haben, bis er zu Hause war.«

»Sieht nicht so aus, als hätte er irgendetwas mitgenommen«, sagte Isaksson. »Zumindest nicht bei Pejman. Sie hatte eine Halskette um, als sie gefunden wurde, mit einem Amulett in Form einer Hand dran. Anscheinend nennt man so etwas Hamsa. Laut dem Ehemann hat nichts gefehlt. Und es wurden auch keine Körperteile vom Tatort entfernt.«

»Ein Serienkiller, und keine Augäpfel im Kühlschrank. Hab ich ein Pech«, stellte der dürre Detective fest.

»Ich wusste es doch, ich hätte dir *Hannibal* nicht leihen dürfen«, meinte ein anderer.

Es gab noch mehr Gelächter, doch ich stimmte nicht ein, Ich war vollauf mit Nachdenken beschäftigt.

Bei Fällen wie diesen nimmt der Mörder, wenn er nicht am Tatort masturbiert, eine Trophäe von seinem Opfer an sich und holt sich in heimischen Gefilden einen runter. Doch nichts deutete darauf hin, dass dieser Täter dergleichen getan hatte. Die Frage war, warum?

»Eins noch, bevor wir loslegen«, sagte Isaksson und sah rasch auf die Uhr. »Die Kollegen von der Spurensicherung sind noch nicht fertig, aber ich habe vor einer Stunde etwas durchaus Relevantes von ihrem Einsatzleiter gehört. Wie man ja erwarten konnte, hat sein Team eine ganze Menge Teilfußabdrücke rund um die Leiche gefunden, die nicht zum Schuhsohlenprofil des Opfers passen. Was aber interessant ist, ist Folgendes: Sie haben auch etwas weiter entfernt Abdrücke gefunden, dem Tatort zugewandt. Als hätte da jemand gestanden und ins Zelt geschaut.«

Ich fuhr zusammen. Vielleicht war ich ja doch nicht paranoid.

Vielleicht hatte mich der Mörder vorhin wirklich beobachtet.

16. Kapitel

»Während die Kollegen von der Spurensicherung den Tatort untersuchen, müssen wir uns vor allem darauf konzentrieren, Zeugen zu finden und mit den Angehörigen, Freunden und Kollegen der Opfer zu sprechen«, erklärte Isaksson, bevor er sich daranmachte, Aufgaben und Partner zuzuteilen und Kontaktdaten des Teams auszugeben.

»Speichern Sie die bitte in Ihre Handys. Auf Ihrem Schreibtisch nützen sie niemandem. MacKenzie, ich möchte, dass Sie und Rudock mit Axel Menton und Dan Harper reden, von der Kanzlei Scutt & Menton. Die haben das Team geleitet, das für Fusionen und Übernahmen zuständig war und in dem beide Opfer gearbeitet hatten. Menton ist Vollpartner, Harper Juniorpartner. Mit anderen Worten, dicke Fische. Machen Sie sich kurz über die Kanzlei schlau, ehe Sie losziehen. Nichts allzu Spezifisches, nur ein grober Überblick.«

Ich schielte zu Pickelkinn hinüber. Er sah nicht aus, als wäre er erfreuter darüber, mit mir zusammengespannt zu werden, als ich selbst.

»Wenn Sie da fertig sind, können Sie zur Leichenhalle

fahren. Und ich habe heute Nachmittag um drei ein Treffen mit Pejmans Mann für Sie vereinbart, Tristan Fontain. Nähere Angaben zu ihm finden Sie in Ihrem Posteingang. MacKenzie, ich glaube, Sie haben eine E-Mail-Adresse hier bei Scotland Yard, aber wenn Sie Probleme beim Einloggen haben, dann sagen Sie einfach dem Büroleiter Bescheid, der kriegt das schon hin.«

»Alles klar.«

»Und wie stehen Sie dazu, bei der Abendbesprechung ein vorläufiges Profil zu präsentieren?«

»Ich werde tun, was ich kann. Aber wir sollten vorher ein Pressestatement abgeben. Wenn Sie möchten, schreibe ich gern eins zusammen, bevor Rudock und ich uns auf den Weg machen.«

»Ist nicht nötig, die Presse kann warten.«

»Es wäre eine gute Idee zu agieren, bevor darüber berichtet wird. Abgesehen davon, dass damit die Hysterie gebremst wird, macht das auch den Eindruck, dass wir die Situation im Griff haben.«

»Ich habe gesagt, das kann warten. Also, wenn jeder weiß, was er tun soll, dann lassen Sie uns loslegen. Und sorgen Sie dafür, dass Sie sich alle mit den Autopsiebefunden und den vorläufigen Polizeiberichten vertraut machen, bevor Sie sich unters Volk mischen.«

Stühle wurden zurückgeschoben, und das übliche Stimmengewirr am Ende eines Briefings war zu hören.

»MacKenzie, kann ich Sie kurz sprechen?«

Sein Tonfall war nicht gerade verheißungsvoll.

»Was gibt's denn, Sir?«

»Falcon hat gesagt, Sie waren früher bei einer Spezialeinheit?«

»Aye. Special Reconnaissance Regiment.«

Er nickte. Sein Kiefer war verspannt, seine Augen zusammengekniffen. »Wir hatten schon früher Probleme mit polizeifremden Mitarbeitern. Die Army handhabt viele Dinge anders als wir.«

Passte es ihm deswegen nicht, mich im Team zu haben? Wenn ja, dann verstand ich das. Und wenn ich an seiner Stelle gewesen wäre, wäre es mir vielleicht genauso gegangen.

Nicht lange nach den Anschlägen vom 7.7. waren drei Angehörige meiner Einheit verantwortlich dafür gewesen, dass ein Unschuldiger erschossen worden war. Sie hatten ihn zusammen mit der Londoner Polizei beobachtet und ihn fälschlicherweise als möglichen Selbstmordattentäter identifiziert. Das hatte nicht gerade dazu beigetragen, die Beziehungen zwischen Polizei und Militär zu verbessern, und viele in Scotland Yard scheuten seither davor zurück, uns um Hilfe zu bitten. Der Begriff »Clusterfuck« – Riesensauerei – reichte nicht aus, um zu beschreiben, was da passiert war.

Ich wählte meine Worte mit Bedacht. »Ich bin hier, um so viele Erkenntnisse beizusteuern, wie ich nur kann.« Ich sah Isaksson direkt in die Augen. »Meine Funktion hier ist ausschließlich beratender Natur. Ich bin nicht hier, um irgendjemandem auf die Füße zu treten, und meine Befehle bekomme ich von Ihnen.«

Der DI entspannte die Kiefermuskeln, und seine Schultern sanken herab.

Ich hatte ihn besänftigt. Fürs Erste.

17. Kapitel

Ich glaube, wenn ich jemanden hätte, mit dem ich reden könnte, wäre es anders.

Als ich meinem Mann kennengelernt habe, hatte ich jede Menge Freunde. Ich war zwar nie der Typ Topmodel (GK war immer der Attraktive, nicht ich), aber auf dem College hatte ich eine gute Truppe.

Die haben nicht immer gleich den Stab über einen gebrochen wie die Kids, die ich früher gekannt hatte. Und es hat auch Spaß gemacht, mit ihnen abzuhängen.

Aber mein Mann konnte sie nicht leiden. Er hat immer gesagt, das wären verkiffte Versager und sie wären nicht gut für mich, und wieso würde ich sie denn brauchen, da wir doch einander hätten?

Damals dachte ich, er hätte recht. Er war meine Welt, alles, was ich wollte, war er. Nur habe ich ihn jetzt auch nicht mehr, und es ist alles meine Schuld. Das kann ich nicht mehr meinem Schwiegervater anlasten.

Hier geht es nicht um fiese Bemerkungen und seine Versuche, meinen Mann gegen mich aufzubringen. Es geht um das, was ich getan habe, und obwohl ich weiß, dass ich es verdient habe, trifft seine Verachtung mich trotzdem bis ins Mark.

Manchmal hat er diesen Gesichtsausdruck, einen Ausdruck des absoluten Hasses, der mich an dieses grauenvolle Bild in der Tate Gallery erinnert, das mit dem Schädel, dem Würmer aus den Augenhöhlen kriechen. Ich sitze da und kümmere mich um meine Angelegenheiten, lese die Vogue *oder blättere in einem Kochbuch oder was weiß ich, und dann ertappe ich ihn dabei, wie er mich mit* DIESEM GESICHTSAUSDRUCK *anstarrt.*

Dann erstarre ich. Ich meine, ich kann mich wirklich nicht bewegen, nicht einmal schlucken.

Und dann kann er wieder so lieb sein. Wie neulich, als er vorgeschlagen hat, dass wir eine Weile wegfahren. Und im nächsten Moment sage ich irgendetwas Dummes, und er ist wieder wütend. Ich gehe also ständig wie auf Eiern und weiß nie, was ich vielleicht als Nächstes falsch mache.

18. Kapitel

Kanzlei Scutt & Menton, London, 10:30

»Nobel«, bemerkte Rudock mit einem leisen Pfiff, als wir durch den Eingang von Scutt & Menton traten, der Anwaltskanzlei, in der die Opfer gearbeitet hatten. Die marmorne Eingangshalle war mit riesigen Darstellungen von Paradiesvögeln und leuchtenden tropischen Blumen dekoriert, die wahrscheinlich mehr kosteten, als ich in einer Woche für Lebensmittel ausgab.

»Ich hab gehört, der Laden ist als S&M bekannt«, fügte er hinzu. »Meinen Sie, das hat was mit dem heißen Feger da hinter dem Tresen zu tun?«

Großer Gott, ich konnte es kaum erwarten, den Tag mit diesem Sackgesicht zu verbringen.

Wir gingen hinüber, um mit dem »heißen Feger« zu sprechen, und nicht lange danach kam ein Mann mit Sommersprossen auf der Nase und tiefen Lachfalten auf uns zu. Dan Harper, der Juniorpartner, der für den Deal verantwortlich war, an dem die Opfer gearbeitet hatten.

Er stellte sich vor und streckte uns die Hand hin. Sie

war warm, die Haut war weich. Zerstreut, dachte ich, als ich Harpers unterschiedliche Manschettenknöpfe bemerkte und die Delle an seinem Handgelenk sah, wo für gewöhnlich eine Armbanduhr saß.

»Fürchterliche Geschichte. Kann's gar nicht fassen. Wir sind alle ganz durcheinander.« Er führte uns in einen kleinen Konferenzraum mit Glaswänden und -türen. »Yasmin war wirklich sehr beliebt. Und jetzt ist Lily auch tot. Ich hab's erfahren, als ich heute Morgen in die Kanzlei gekommen bin. Jemand von Scotland Yard hat angerufen und gesagt, dass Sie kommen.«

»Später kommen noch mehr von uns, um mit dem Rest des Teams zu reden«, sagte Rudock.

Harper nickte und presste die Lippen zusammen, während er das verdaute. »Haben Sie eine Ahnung, wer dahintersteckt? Wer die beiden umgebracht hat, meine ich.«

Ich weiß, ich rede schnell, aber dieser Mann plapperte geradezu. Offensichtlich ziemlich von der Rolle; in Anbetracht der Umstände war das ja auch verständlich.

»Sie haben mit beiden zusammengearbeitet. Können Sie uns sagen, wie sie waren?«, erkundigte ich mich, während ich mich setzte.

Er kratzte sich am Kopf. »Nett. Fleißig. Aber man konnte auch Spaß mit ihnen haben. Ich meine, alle haben sie gemocht.«

Ein paar Minuten nachdem die Befragung begonnen hatte, vibrierte sein Handy vor ihm auf dem Tisch. Ein Frauenname leuchtete auf dem Display auf. Sara. Kein Nachname, also kein dienstlicher Anruf, dachte ich.

Harper schaute auf sein Handgelenk, wo seine Uhr sein sollte. »Entschuldigung, darf ich kurz? Es ist meine Frau«, erklärte er und verließ hastig den Raum.

Rudock und ich wechselten einen Blick.

»Bisschen komisch«, meinte er. »Muss ihm ja echt wichtig sein, dass er mitten in einer polizeilichen Vernehmung ans Telefon geht.«

Durch die Glaswand sahen wir Harper beim Telefonieren zu.

»Glücklich sieht er nicht aus.«

»Na, der redet da doch auch mit seiner Alten.«

Arsch.

»Entschuldigung«, sagte Harper, als er wieder hereinkam.

Seine Hand zitterte, als er das Telefon auf den Tisch legte.

»Alles okay?«, fragte ich.

»Ja, absolut. Tut mir leid. Es geht ihr nicht gut.«

Ich gab mitfühlende Laute von mir und fuhr dann fort, ihm Fragen zu stellen.«

»Waren Sie an dem Abend, an dem sie umgebracht worden ist, mit Yasmin in der Bar?«

Er lief rot an. »Ja, aber ich war nicht der Einzige. An dem Abend waren viele von uns dabei. Wir hatten gerade einen Riesendeal abgeschlossen. Wir haben gefeiert.«

»Und Sie haben mit ihr gesprochen, bevor sie gegangen ist?«

Das stand alles im Polizeibericht, doch ich wollte es von ihm hören.

»Na ja, äh, ja. Ich habe draußen ein bisschen mit ihr

gewartet; sie wollte sich ein Taxi nehmen. Aber nach einer Weile hat sie's aufgegeben und gesagt, sie nimmt die U-Bahn, bevor keine Züge mehr fahren.«

Er sah aus, als wäre ihm unbehaglich zumute, doch das war ja auch zu erwarten. Schließlich war er der Letzte, der Yasmin Pejman lebend gesehen hatte.

Und als Anwalt musste ihm klar sein, dass ihm das einen Platz auf der Liste der Verdächtigen garantierte.

19. Kapitel

»Sie haben den Detectives, mit denen Sie letzte Woche gesprochen haben, gesagt, Sie seien wieder in die Bar gegangen, nachdem Yasmin weg war, und dann geblieben, bis die zugemacht haben.« Rudock schaute beim Sprechen in sein Notizbuch und versuchte, nicht zu anklagend zu klingen.

»Es war ein toller Abend. Wie gesagt, wir haben gefeiert.«

»Hat Ihre Frau nichts dagegen, dass Sie so lange wegbleiben?« Ich warf einen raschen Blick auf seinen Ehering, einen dicken goldenen Reif.

»Na ja, eigentlich findet sie das nicht so toll. Aber so was gehört dazu, wissen Sie? In diesem Job wird von einem erwartet, dass man ranklotzt, beim Arbeiten und beim Feiern.«

Er hielt Blickkontakt, aber nicht so, als gäbe er sich besonders viel Mühe. Seine Stimme war ruhig, wenngleich wachsam, aber andererseits machten wir ihm ja auch gerade ganz schön Druck wegen seines Alibis. Schuldig oder unschuldig, niemand hat das gern.

»Wann waren Sie an dem Abend zu Hause, als Yasmin umgebracht worden ist?«

»So gegen Viertel vor zwei.«

»Und gestern Abend?«

Er schaute auf seine Hände hinunter und kaute auf seiner Unterlippe. »Wir waren in derselben Bar wie beim letzten Mal. Lily und ich sind vielleicht so gegen elf rausgegangen, um eine zu rauchen. Dann sind wir zusammen wieder reingegangen. Da lief gerade dieser Song von Avril Lavigne, *When You're Gone*.«

Er führte so viele Details an, wie er konnte, um sein Alibi zu untermauern. Und bestimmt wusste er, dass es Details waren, die wir verifizieren konnten.

»Und wann haben Sie sich vom Acker gemacht?«, fragte Rudock und blickte von seinem Notizbuch auf, in das er gekritzelt hatte.

Harper zuckte die Achseln. »Kurz bevor die zugemacht haben, glaube ich. Ich habe mir mit einem Kollegen ein Taxi geteilt, mit Charles Bishop.«

Rudock notierte sich den Namen, um das später nachzuprüfen.

»Und bevor Sie fragen, ich bin zuerst abgesetzt worden. Und meine Frau ist aufgewacht, als ich reingekommen bin.«

Wir würden seine Geschichte überprüfen müssen, doch das Alibi klang auf jeden Fall stabil. So wie es aussah, war Dan Harper nicht unser Mann. Wenn der Täter allerdings beide Opfer gekannt hatte, dann war es sehr wahrscheinlich, dass es jemand war, der in der Kanzlei arbeitete.

»Das wäre fürs Erste alles«, sagte Rudock.

Ich reichte Harper meine Karte. »Falls Ihnen noch irgendetwas einfällt.«

»Und würde es Ihnen dann etwas ausmachen, Mr Menton wissen zu lassen, dass wir uns mit ihm unterhalten möchten?«

20. Kapitel

Scutt & Menton, Clerkenwell, London, 11:25

»Axel Menton, ich bin einer der Partner«, sagte ein sehr kleiner Mann mit Affengesicht, gletscherblauen Augen und dichtem blonden Haar, das er als Tolle trug.

Er hatte uns eine Viertelstunde warten lassen, ohne sich auch nur zu entschuldigen.

Wir gaben uns die Hand. Er quetschte mir mit eisernem Griff die Knochen. Ein Mann, der gern dominierte.

Ich betrachtete ihn. Für einen Vollpartner war er sehr jung; er musste ungefähr in meinem Alter sein, also Anfang dreißig. Und er war von Kopf bis Fuß in Markenware gekleidet: Prada-Anzug, Rolex und Hermès-Krawatte. Das Hemd war wahrscheinlich auch Designerware. Also jede Menge Geld und das Bedürfnis anzugeben. Jemand, für den Status das Allerwichtigste war.

»Menton wie Scutt & Menton?«, erkundigte ich mich.

»Mein Vater hat die Kanzlei mitgegründet«, verkündete er mit selbstzufriedenem Lächeln.

Vielleicht hatte der Kerl sich seine Position ja verdient,

in Anbetracht seines Alters jedoch war es wahrscheinlicher, dass dies ein klarer Fall von Nepotismus sticht Können war. Und das Lächeln zeigte, dass ihn das nicht im Mindesten störte.

Rudock übernahm die Führung bei der Befragung. Gerade hatte er festgestellt, dass Menton an den Abenden der Morde mit beiden Opfern zusammen in der Bar gewesen war, als der Anwalt ihn unterbrach.

»Ich habe nichts zu verbergen. Lassen Sie sich ruhig von meiner Frau bestätigen, wann ich nach Hause gekommen bin. Allerdings haben die Polizisten mit ihr schon über den Abend gesprochen, an dem Yasmin umgebracht worden ist. Und vielleicht können Sie mir dafür ja einen Gefallen tun.« Seine Stimme triefte vor Honig. »Ich wäre Ihnen dankbar, wenn Sie den Namen der Kanzlei aus der Presse heraushalten könnten. So etwas ist wirklich nicht gut fürs Geschäft.«

»Meinen Sie mit ›so etwas‹ den brutalen Mord an zwei Mitarbeiterinnen?«, fragte ich und überlegte, wie viel Ärger ich mir wohl einhandeln würde, wenn ich ihm eine blutige Nase verpasste.

»Ich wusste ja, dass Sie das verstehen.« Er lächelte charmant. Fernsehweiße Zähne und teure Zahnarztkunst.

Die Schlange im Anzug, dachte ich. Das war der Titel eines Buches, das ich vor Kurzem gelesen hatte; darin ging es darum, wie häufig psychopathisches Verhalten unter Führungskräften im Geschäftsleben ist. Die klassischen Kennzeichen einer psychopathischen Persönlichkeit – Charisma, Egozentrik und fehlende Empathie – sind angeblich dieselben Eigenschaften, die einem dabei helfen, sich in einem kommerziellen Umfeld hervorzutun.

»Wir versuchen, uns darüber klar zu werden, wer einen Grund gehabt haben könnte, Yasmin und Lily etwas anzutun«, sagte ich und sah ihn unverwandt an. »Können Sie uns sagen, wie gut Sie die beiden gekannt haben?«

»Ich kann Ihnen alles sagen, was Sie wollen. Ich habe nichts zu verbergen.«

Das war schon das zweite Mal, dass er das sagte.

21. Kapitel

»Meine Fresse, wie ist dieser Menton denn drauf?« Ich schüttelte den Kopf. »Der hat sich doch einen Dreck um Pejman und Abian geschert. Das Einzige, was den interessiert, ist der Ruf seiner kostbaren Kanzlei.«

Vielleicht ist das die Soldatin in mir, doch so wie ich es sah, hatte Axel Menton eine Fürsorgepflicht gegenüber seinem Team. Sein oberstes Interesse sollte das Wohl seiner Mitarbeiter sein. Stattdessen jedoch interessierte er sich vorrangig für den Profit.

Allerdings war Menton nicht der Einzige, der mir gegen den Strich ging.

Ich weiß, die Jungs beim Yard blödeln herum, um das Grauen der Verbrechen abzuwehren, mit denen sie sich befassen müssen. Je abartiger die Tat, desto schlimmer die Witze. Ich versteh's ja, das ist eine Bewältigungsstrategie. Galgenhumor ist mir durchaus nicht fremd. Aber trotzdem konnte ich die krassen Bemerkungen vorhin bei der Besprechung nicht einfach mit einem Schulterzucken abtun. Das passte eigentlich gar nicht zu mir. Ich bin nicht gerade zart besaitet; das Gequatsche hätte mich normalerweise kaltgelassen. Doch ich konnte nichts dagegen machen: Diese Morde machten mir zu schaffen, ob ich es mir nun eingestehen wollte oder nicht.

Zum Teil lag das daran, wie sehr ich den Opfern ähnelte, und die iranischen Nachnamen verstärkten die Verbindung noch. Doch es war nicht nur das. Die Signatur hatte eine Urreaktion ausgelöst, eine Art motorische Erinnerung, die ich die letzten zwei Jahre lang unterdrückt hatte. Mir war die Gebärmutter nicht herausgerissen worden, doch das hätte genauso gut der Fall sein können.

Und obendrein konnte ich mich des Eindrucks nicht erwehren, dass ich die Einzige war, die sich darum scherte, was den Frauen rein menschlich gesehen zugestoßen war. Für die anderen war das Ganze ein Einsatz. Zwei Leichen mehr in der Pathologie, so, wie es in vielerlei Hinsicht auch für mich hätte sein sollen. Für mich war es etwas Persönliches.

Wir gingen zur Chiswell Street hinüber, wo ich geparkt hatte. Ein flüchtiger Sonnenstrahl fiel auf den Lack meines Babys und ließ es leuchten, als sei es gerade erst in Stuttgart vom Band gerollt.

»Besser als 'n Dienstwagen«, bemerkte Rudock, als ich die Türen entriegelte. »Wie sieht's aus, darf ich mal fahren?«

Träum weiter.

»Eigentlich sollte ich nächste Woche meinen Jahresurlaub nehmen«, erzählte er später, als wir in die Old Street einbogen. »Mir ist richtig schwer ums Herz geworden, als der DCI gesagt hat, die wollen mich im Team haben. Ich meine, was konnte ich denn sagen? Ich bin echt verdammt noch mal verflucht.«

Es gab so vieles, was ich darauf antworten wollte. Doch eine SMS von Jack hinderte mich daran.

Schon gehört? Der Primrose-Hill-Killer hat wieder zugeschlagen! Die Revolverblätter nennen ihn den Hillside Slasher. Deren Websites sind voll davon. Ich wette, die rufen dich deswegen noch an.

Der Hillside Slasher. Typischer sensationsgeiler Bockmist, dachte ich. Hätte man sich ja denken können, dass die Boulevardpresse sich so was ausdenkt.

Und sehr hilfreich war das für uns auch nicht. Spitznamen verleihen Verbrechern einen Prominentenstatus, den sie in neun von zehn Fällen genießen. Deswegen schreiben so viele von denen auch an die Zeitungen und machen Vorschläge. Der Zodiac-Killer. Der Son of Sam. Der BTK Strangler. Sie alle hatten das getan.

Ich würde diesen Drecksack nicht aufwerten, indem ich ihn etwas anderes nannte als das, was er war. Einen kaltherzigen Mörder.

»Hier, schauen Sie mal«, sagte ich zu Rudock und reichte ihm mein Handy, damit er Jacks Nachricht lesen konnte.

»Das ist nicht gut.«

»Isaksson hätte mich eine Pressemitteilung schreiben lassen sollen. Die sozialen Medien haben alles verändert. Man kann so was nicht unter der Decke halten. So verbreitet sich Panik.«

Der Mord an Yasmin Pejman hatte bereits gewaltiges öffentliches Interesse ausgelöst. Nicht nur wegen der schockierenden Brutalität des Verbrechens oder weil sie jung und hübsch war (der Hauptgewinn, soweit es die meisten Reporter betrifft), sondern wegen ihres Sohnes. Im Kindergartenalter, mit blondem Lockenkopf und Grübchen, in die man den ganzen Daumen hätte stecken können. Die *Sun* hatte ein Foto gedruckt, auf dem er mit Tränen auf den Wangen aus dem Fenster seines Zimmers schaute. Die Schlagzeile lautete: *Ich will meine Mummy wiederhaben.*

Das Bild blieb haften. Innerhalb von Stunden war das Verbrechen die wichtigste Zeitungsmeldung in ganz Großbritannien. Der zweite Mord würde das Ganze nur noch größer werden lassen.

Ich rief den DI an, um ihm zu sagen, dass wir auf dem Rückweg waren und dass ich ein Statement für die Presseabteilung schreiben würde, das sofort herausgegeben werden sollte. Für die Ermittlungen war er zuständig, die Medienstrategie jedoch war meine Sache.

Serienmörder verfolgen die Nachrichten sehr genau. Dieser würde keine Ausnahme sein. Was bedeutete, dass wir die richtige Botschaft senden mussten.

22. Kapitel

St-Pancreas-Leichenhalle, London, 13:32

»’n paar Chips?«, fragte Rudock und hielt mir eine Tüte hin, als wir nach unserem Umweg zum Yard die Camley Street hinaufgingen und dann über die Eisenbahnbrücke auf die Leichenhalle zustrebten.

»Nein, alles gut, danke.«

Er zuckte die Achseln, stopfte sich eine Handvoll in den Mund und kaute geräuschvoll. Was diesem Typen wirklich guttun würde, wäre eine doppelte Dosis Vitamin C und eine ausführliche Beratung in Sachen Hygiene.

Links von uns war ein rostiges Tor. Ich stieß es auf und stieg die Stufen zum schicken, modernen Eingang der Leichenhalle hinauf. Der Pathologe, den Isaksson heute Morgen am Tatort Mouse genannt hatte, kam uns entgegen. Er machte ein finsteres Gesicht und war ziemlich außer Atem; durch die über die Glatze gekämmten Haare war seine leberfleckige Kopfhaut zu sehen.

»Na, dann kommen Sie mal mit. Hier lang«, brummte er in einem Tonfall, der klarstellte: Nicht gerade erfreut, Sie zu sehen. »Donald hat gesagt, dass Sie kommen.«

Ich biss mir auf die Zunge. Wahrscheinlich war es keine gute Idee, ihn zu fragen, ob er den DI Duck nannte.

Er führte uns in einen makellos sauberen, hell erleuchteten Raum mit Schubfächern, Arbeitsflächen und Waschbecken an den Wänden. Dann schaute er auf sein Klemmbrett und zog ein Kühlfach auf, in dem Yasmin Pejmans Leichnam lag, ehe er seine Notizen von der anderen Seite des Raums holen ging.

Pejmans Haut war von der Kühlung ganz grau. Ein Krankenhausarmband war um ihr Handgelenk befestigt, und ihr Oberkörper war mit einem weißen Laken bedeckt. Das hier mochte vielleicht aussehen wie eine Filmrequisite, doch der Leichnam, der vor mir in der kalten Mulde lag, war ein Mensch gewesen: eine Mutter, eine Tochter, eine Ehefrau.

Ich habe schon eine Menge Leichen gesehen, doch die Traurigkeit eines Mordes, eines vor der Zeit beendeten Lebens macht mir immer zu schaffen – jetzt mehr denn je, nach dem, was mit Duncan passiert war und was der Schock seines Todes ausgelöst hatte. Unbewusst berührte ich meinen Bauch.

Dann schielte ich rasch zu Rudock hinüber. Er sah ein bisschen grün um die Nase aus.

»Sie sind wohl nicht so gern bei den Knochensägern, wie?«

»Also, eigentlich hab ich gerade daran gedacht, wie sehr die mich an 'n Mädchen erinnert, mit dem ich mal was hatte. Die war auch kalt und leblos.«

»Und ich hab gedacht, Sie wären noch Jungfrau.« Ich konnte diesen Kerl *wirklich* nicht leiden.

Der Pathologe kam zu uns herüber und rückte seine Brille zurecht.

»Was können Sie uns über die Verstorbene sagen?«, fragte Rudock, nunmehr wieder im Dienstmodus.

Wir hatten beiden den Autopsiebericht gelesen, doch Mouse würde besser auf die Schlüsselpunkte eingehen können als wir. In ein oder zwei Tagen, wenn der Befund vollständig erhoben war, würden wir die Resultate mit denen von Abian vergleichen können.

»Die Analyse des Mageninhalts zeigt, dass sie ungefähr drei Stunden vor ihrem Tod thailändisch gegessen hatte. Allerdings sind keinerlei Spuren irgendwelcher Toxine gefunden worden, die auf einen internen Vergiftungszustand hindeuten würden.«

Also hatte Pejman etwas gegessen, bevor sie in die Bar gegangen war, aber ihr waren von dem Täter vor dem Überfall keine Drogen verabreicht worden. Das hieß, ein Täuschungsmanöver war immer noch wahrscheinlich.

»Der Alkoholpegel im Blut lag bei 1,17 Promille.«

Definitiv oberhalb der im Straßenverkehr erlaubten Obergrenze. Angetrunken. Verminderte Abwehrbereitschaft. Dadurch war sie angreifbar, wäre leichter zu täuschen und zu überwältigen.

»Haben Sie eine Vorstellung, wie viel sie genau getrunken hat?«, erkundigte sich Rudock.

»Schwer zu sagen. Diese Tests sind nicht hundertprozentig zuverlässig. Und durch Fermentierung kann der Alkoholpegel post mortem noch in die Höhe getrieben werden. Und natürlich ist sie ja auch erst acht Stunden nach der Tat gefunden worden. Aber ich kann Ihnen mehr zu den Stichwunden sagen. Ich habe insgesamt neunundzwanzig gezählt, verschieden tief, alle von derselben Klinge verursacht. Die Maße sind in meinem Bericht vermerkt.«

Man muss sich sehr anstrengen und auch sehr zornig sein, um so oft auf jemanden einzustechen. Bei diesem Verbrechen ging es nicht nur um herabgewürdigte Männlichkeit. Es ging auch um ein Trauma, etwas, das erst vor Kurzem passiert war. Vielleicht war das sogar der Auslöser gewesen.

»Sie müssen verstehen, jeglicher Versuch, aus diesen Wunden auf die Dimensionen des Messers zu schließen, würde zu ungenauen Ergebnissen führen, wegen der Elastizität der Haut. Die führt dazu, dass sich die Wunde nach dem Herausziehen der Klinge bis zu zwei Millimeter zusammenzieht«, erklärte Mouse und schaute von mir zu Rudock.

Typisch Pathologe, versuchte uns Wissenschaft in die Augen zu streuen.

»Aber glücklicherweise hat einer der Stiche die Leber getroffen.«

Ich zog eine Braue hoch. Mir war nicht klar, wie ein Messerstich in ein größeres Organ irgendjemandem zum Glück gereichen könnte.

»Leberwunden behalten die Merkmale der Stichwaffe bei, die sie verursacht.« Er artikulierte jedes Wort ganz langsam, zerlegte es in seine Einzelteile. »Meine Untersuchung hat ergeben, dass das Messer, das bei der Verstorbenen verwendet wurde, eine zwanzig Zentimeter lange Klinge hatte. Grob geschätzt würde ich sagen, es war wahrscheinlich ein Fleischmesser.«

Das grenzt es ja echt ein, dachte ich im Stillen. Ein Fleischmesser ist leicht zu beschaffen, leicht zu entsorgen und schwer zurückzuverfolgen.

»Der Kraftaufwand, der nötig ist, um Haut mit einem scharfen Messer zu durchdringen, ist eher gering. Und nimmt dann rasch ab, wenn die Klinge Fett und Muskel durchstößt. Aber die Kraft, die bei diesem Angriff eingesetzt wurde, war wirklich sehr gering. Geringer, als ich es bei so einem Verbrechen erwarten würde.«

Also war trotz des überfallartigen Angriffs nur minimaler Druck eingesetzt worden, um das Opfer niederzustechen. Verblüffend.

»Deutet das auf fehlende Kraft im Arm- und Oberkörperbereich des Täters hin?«, wollte ich wissen.

»Sehr gut möglich, ja. Genau wie bei dem Leichnam, den ich heute Morgen untersucht habe, wies Mrs Pejman keinerlei Abwehrverletzungen auf. Und der erste Stich war hier, unten im Nacken.«

Also war sie überrumpelt worden, war von hinten niedergestochen und kampfunfähig gemacht worden, bevor sie eine Chance gehabt hatte, sich zu wehren.

»Das Opfer war eine kleine, zierliche Frau, die Alkohol getrunken hatte. Trotzdem hat sich der Mörder nicht zugetraut, sie überwältigen zu können. Noch etwas, das darauf hindeutet, dass er körperlich schwach ist«, sagte ich und wandte mich an Rudock.

»Und nicht nur schwach«, meinte der Pathologe. »Der Winkel, in dem die Tatwaffe eingedrungen ist, gibt uns einen Anhaltspunkt, was die Größe des Täters betrifft. Ganz akkurat ist das natürlich nicht, aber …« Er verstummte und rieb sich die Kuhle zwischen den Schlüsselbeinen direkt über dem Brustbein.

»Wir werden Sie nicht zitieren«, versicherte ich.

»Na ja, okay, aber denken Sie daran, dass das mehr ein Bauchgefühl ist als irgendetwas anderes. Ganz sicher kann ich es nicht sagen, aber nach dem Stichwinkel und der Lage der Wunden am Leichnam der Verstorbenen zu urteilen glaube ich nicht, dass der Täter viel größer ist als das Opfer.«

»Jasmin Pejman war doch nur eins sechzig! Der Täter muss winzig sein. Wie Alex Menton«, stellte Rudock fest.

»Da ist noch etwas.« Der Pathologe schob seine Brille auf der Nase hoch. »Wie gesagt, es wurde neunundzwanzig Mal auf die Verstorbene eingestochen. Doch es gab keinerlei Verzögerungsanzeichen. Nicht ein einziges.«

Die Schlussfolgerung war eindeutig. Unser Täter hatte schon früher getötet.

23. Kapitel

Yasmin Pejmans Haus, 15:38

»Miss MacKenzie, Alwyn James, *Mail on Sunday.* Was sagen Sie dazu, dass der Hillside Slasher zum Serientäter geworden ist?«

»Tania Speara, vom *Mirror.* Hat Scotland Yard schon eine Spur?«

»Peter Thornton, *Daily Express.* Gilt Tristan Fontain bei Ihren Ermittlungen als Person von besonderem Interesse?«

Die Meute vor dem Haus heulte los, sobald ich bei den Pejmans geklingelt und ihrem Mann Tristan per Gegensprechanlage gesagt hatte, wer ich war.

Eine Horde Kinder, gerade aus der Schule gekommen, hatte angehalten, um Selfies zu machen.

Ich vorm Haus einer Toten. #BinIchNichtCool

Morbide kleine Ungeheuer.

Vor noch nicht einmal zwei Wochen waren sie wahrscheinlich als Monster verkleidet gewesen und hatten »Süßes oder Saures!« gebrüllt. Jetzt ging ein echter Unhold unter ihnen um, nur würde der nicht verkleidet sein. Er würde überhaupt nicht auffallen.

Die Haustür ging auf, und die Kameras begannen zu klicken.

»Mr Fontain, wie kommen Sie zurecht?«

»Tristan, finden Sie, die Polizei unternimmt alles, was sie kann, um den Mörder Ihrer Frau zu finden?«

»Mr Fontain, wie geht es Ihrem Sohn?«

»Geier«, knurrte Pejmans Mann, der in der Tür stand wie ein Tier, das einem Gewehr die Stirn bietet. »Seit die Leiche gefunden worden ist, sind die hier.«

Er sprach ein bisschen undeutlich. Bestimmt Valium, dachte ich. Diese verdammten Hausärzte sind immer so freigiebig mit den Smarties. Als Duncan umgebracht worden war, hatten sie auch versucht, mir die Dinger in den Hals zu stopfen.

Das Presserudel lärmte immer noch. Das ultimative zweischneidige Schwert. Journalisten können eine Heimsuchung sein, aber wenn es darum geht, Zeugen dazu zu bringen, sich zu melden, sind die Medien nicht zu toppen.

»Ich bin Ziba MacKenzie, Profilerin bei Scotland Yard. Und das hier ist DC Rudock. Entschuldigen Sie, dass wir uns ein bisschen verspätet haben. Dürfen wir reinkommen?«, fragte ich Tristan Fontain freundlich und machte absichtlich auf unterwürfig und harmlos.

Mir kam der Gedanke, dass Yasmins Mörder vielleicht dasselbe getan hatte – bevor er mit einem zwanzig Zentimeter langen Messer von hinten auf sie eingestochen hatte.

»Wie ich Ihrem Boss gesagt habe, ich habe schon mit der Polizei geredet. Ich weiß nicht, was ich Ihnen noch erzählen soll.«

»Es tut mir leid, dass Sie das alles noch mal durchmachen müssen, aber es ist wirklich wichtig, dass wir von Ihnen etwas über Yasmin hören. Ihre Frau zu verstehen wird uns helfen, denjenigen besser zu verstehen, der sie umgebracht hat.«

»Wie denn das?« Er sah verwirrt aus.

»Zu wissen, warum ein Täter sich ein ganz bestimmtes Opfer ausgesucht hat, kann uns eine Menge über ihn verraten. Das gibt Auskunft darüber, wie er denkt.«

Ich fügte nicht hinzu, dass Straftäter dazu neigen, sich einem Opfer erst zu nähern, wenn das richtige kommt, eines, das genau zu ihren Fantasievorstellungen passt. Und wenn wir herausfinden können, was das für Vorstellungen sind, dann können wir vorhersagen, was der Betreffende als Nächstes tun wird.

»Dann kommen Sie mal lieber rein«, meinte Fontain.

Seine Augenlider waren vom Weinen verquollen. Sein Bart spross sichtlich, und nach den Flecken und dem Geruch zu urteilen trug er schon seit Tagen dasselbe T-Shirt.

Da war ich auch gewesen. Ich hatte da gestanden, wo er jetzt stand.

»Es wird besser, ich versprech's«, sagte ich und berührte ihn am Arm. »Der Schmerz geht nie weg, aber man lernt, damit zu leben.«

Normalerweise lasse ich Fremde nicht in meine Seele blicken. Aber die Empathie war notwendig, um eine Verbindung zu ihm aufzubauen. Profiling für Anfänger. Ohne das kann man keine Verhaltensgrundlage etablieren.

Fontain sah mich zum ersten Mal richtig an.

»Mein Mann ist auch ermordet worden«, erklärte ich. »Es ist jetzt zwei Jahre her.«

»Das tut mir leid.«

Er fragte nicht, was Duncan zugestoßen war. Das rechnete ich ihm hoch an.

»Wissen Sie, ich kann's immer noch nicht glauben«, sagte er. »So etwas, das passiert doch anderen. Man liest in der Zeitung davon, man sieht's im Fernsehen. Aber man denkt doch nicht, dass einem selbst jemals so etwas passiert.«

»Aye, ich weiß.«

»Mir war nicht klar, dass Sie Schottin sind.«

»Bin ich auch nicht. Mein Mann war Schotte. Das mit dem ›Aye‹ habe ich von ihm.«

»Und deswegen werden Sie sich das auch nie wieder abgewöhnen«, meinte er mit einem traurigen Lächeln.

Nur jemand, der wirklich um einen geliebten Menschen trauert, hätte etwas so absolut Wahres sagen können.

Wir folgten ihm ins Wohnzimmer. Dort standen Bücherregale, die bis zur Decke reichten. Krimis, die wirklich geschehene Verbrechen behandelten. Eine Reihe ledergebundene Shakespeare-Werke, ein paar Bücher von Jeffrey Archer, Hardcover und jede Menge Taschenbücher – vor allem Krimis. Ann Cleeves, Alexander McCall Smith und allem Anschein nach ein kompletter Satz Agatha-Christie-Romane, alphabetisch aufgereiht.

Jack hätte das gefallen; er ist richtig besessen von der

Frau. Krimis und Flieger-Zeitschriften, das ist so ziemlich alles, was er liest.

»Wer ist hier der Bücherwurm?«, fragte ich Tristan Fontain.

»Ich.« Er blieb stehen, um einen gelben Lastwagen mit einem fehlenden Rad und eine Handvoll Legosteine aufzusammeln. »Entschuldigen Sie die Unordnung. Überall liegen die Spielsachen von meinem Sohn rum. Ah, da ist Da-Da also«, stellte er fest und zog einen abgeliebten Stoffhund an einem Schlappohr unter dem Sofa hervor. Ein Auge fehlte, und am linken Ohr hatte er eine kahle Stelle. »Das ist Tobys Lieblingsspielzeug, überall schleppt er den mit hin. Er hat ihn Da-Da genannt, nach mir.«

Bestimmt hatten Rudock und ich verständnislose Gesichter gemacht, denn er fügte rasch hinzu: »So nennt er mich.«

»Dann sind die da bestimmt auch von ihm.« Rudock deutete mit einem Kopfnicken auf eine Wand voller Bilder, machte mit bei der Unterhaltung, um eine Verbindung zu Fontain aufzubauen.

Ein Kinderbild von einem Haus, aus dessen Schornstein eine Rauchwolke kam. Ein rosafarbener Mensch mit einem breiten Lächelgesicht. Und ein Wachsmalkreide-Bild von drei Strichmännchen, die sich an den Händen hielten. *Meine Familje* stand in ungleichen Buchstaben darüber. Bilder aus einer glücklichen Kindheit. Von jetzt an würden es Schwarz-Weiß-Bilder sein.

»Mein Sohn ist ein richtiger Künstler«, meinte Tristan und lächelte traurig.

»Er ist süß«, stellte ich fest und nahm einen Fotorahmen vom Regal.

Darin war ein Foto von einem lockenköpfigen Jungen mit Segelohren, einem Gesicht voller Schokoladensoße und einem gewaltigen Grinsen.

Yasmin und Tristan standen rechts und links neben ihm. Sie posierte mit einer Hand auf der Hüfte und schützte mit der anderen ihre Augen vor der Sonne. Tristan stand ein klein wenig vor ihr, blockierte sie mit seinem Oberkörper, beide Hände auf den Schultern seines Sohnes.

Besitzergreifend, so wie das, was als Nächstes kam.

»Er sieht genauso aus wie ich. Das sagen alle«, verkündete Tristan Fontain. Er nahm mir den Fotorahmen aus der Hand und stellte ihn wieder ins Regal.

Er machte seinen Anspruch geltend. Interessant.

»Wollen wir anfangen?«, fragte ich.

24. Kapitel

Rudock und ich saßen auf dem Sofa, Tristan Fontain uns gegenüber in einem Sessel; neben ihm stand ein Foto von Yasmin auf einem Beistelltischchen. Sie war stark geschminkt und machte für die Kamera einen Schmollmund wie ein Supermodel. Also eine Frau, die Aufmerksamkeit liebte.

Pejman war sehr hübsch, eigentlich bei Weitem nicht in derselben Liga wie Fontain mit seinen Wurstfingern, den Schweinsäuglein und dem so weißem Haar, dass er glatt ein Albino hätte sein können. Es war schwer, sich die beiden als Paar vorzustellen.

Rudock und ich hatten auf dem Weg hierher unsere Strategie abgesprochen. Er würde mir das Reden überlassen und Fontain vielleicht den einen oder anderen Knochen zuwerfen, wenn es den Anschein hatte, dass der in Wallung geriet.

Das Ganze mochte aussehen wie ein ganz zwangloses Gespräch, eine Gelegenheit für uns, das Mordopfer kennenzulernen, wie ich behauptet hatte, als wir hereingekommen waren. In Wirklichkeit jedoch ist der Ehemann immer tatverdächtig. Bei mehr als der Hälfte aller Morde aus persönlichem Anlass war es der Partner. Hier ging es um Serienmorde, doch wir mussten Tristan Fontain trotzdem genauestens unter die Lupe nehmen.

Ich begann mit den Fragen. Zuerst die Familiendynamik.

»Hat sich Yasmin gut mit ihren Eltern verstanden?«

»Na ja, die wohnen in Leeds, wir sehen sie also nicht sehr oft. Ich habe immer gesagt, drei Stunden hinten im Auto, das ist ein bisschen viel für meinen Sohn. Aber Yas hat ein paarmal die Woche mit ihnen telefoniert.«

Also war es unwahrscheinlich, dass es in ihrer Vergangenheit Missbrauch oder Vernachlässigung gegeben hatte, die sich auf ihr gegenwärtiges Verhalten hätten auswirken können.

»Wie sieht's mit Geschwistern aus?«

»Sie hat eine ältere Schwester. Die beiden haben sich nahegestanden, sie ist lieb zu meinem Sohn.«

»Und wie lange haben Sie und Yasmin in London gewohnt?«

»Wir sind zum Studium hergekommen und dann geblieben. Ich hatte Angst, dass die Stadt nicht der beste Ort ist, um meinen Sohn aufzuziehen – die ganze Umweltverschmutzung, wissen Sie? Aber die Jobmöglichkeiten sind hier so viel besser, also …« Er ließ den Satz unvollendet.

Ich strich mir eine Haarsträhne hinters Ohr und schaute auf meine Notizen hinunter. Nicht nur erwähnte er bei jeder Antwort sein Kind (»mein Sohn«), es war auch seltsam, dass er ihn nicht beim Namen nannte – als existiere der Junge nur im Kontext seiner Beziehung zu Fontain.

»Hatte Yasmin irgendwelche körperlichen Einschränkungen?«

»Nein.«

Also kein besonders gefährdetes potenzielles Opfer.

»Und wie haben Sie sich kennengelernt?«

»In der Studentengewerkschaft. Aber wir waren nicht in denselben Kreisen unterwegs. Ihre Freunde waren nicht so richtig mein Ding. Ein bisschen verkifft, wenn Sie's genau wissen wollen. Aber bei uns beiden hat es auf Anhieb gefunkt. Ich habe ja nie an diese Geschichte mit dem Blitz aus heiterem Himmel geglaubt, aber als ich sie gesehen habe, wusste ich sofort, dass wir zusammengehören.« Er rieb sich den Nacken.

Eine Beruhigungsgeste, die instinktive Methode des Körpers, sich selbst zu trösten. An der Geschichte war mehr dran, als er zugab. Und das Ganze klang viel zu sehr wie ein Filmklischee, um wahr zu sein.

»Und ihr ging es genauso?«, fragte ich mit einem Lächeln. Es sollte nicht wirken, als wolle ich ihn herausfordern.

»Ja.« Er senkte den Blick.

Also nein. Hm …

»Und wie würden Sie Ihre Beziehung zu Yasmin beschreiben?« Die Schlüsselfrage, verborgen in einem Heuhaufen aus oberflächlicheren Themen.

»Prima«, antwortete er und zupfte an seinem linken Ohrläppchen. »Gut.«

Lügner, dachte ich. Seine ganze Körpersprache schrie geradezu, dass die Dinge alles andere als prima gewesen waren. Vielleicht hatte sie ja deswegen ihren Mädchennamen behalten. War er Yasmin gegenüber auch so besitzergreifend gewesen wie bei seinem Kind? Und wenn ja, wie hatte sie darauf reagiert? Hatte sie sich gefügt oder aufbegehrt?

»Hatte Ihre Frau irgendwelche Hobbys?«

»Fitnessstudios waren nicht so ihr Ding. Sie hat gesagt, für Hanteltraining und all so was hätte sie nicht den richtigen Körperbau. Aber sie ist unheimlich gern gelaufen.«

Also hätte sie versucht zu fliehen, wenn sie sich bedroht gefühlt hätte. Das untermauerte die These von einem Täuschungsmanöver und einem Überraschungsangriff.

»Bevor mein Sohn geboren wurde, sind wir am Sonntagmorgen immer zusammen um den Regent's Park gelaufen. Damals war ich noch besser in Form.« Fontain bedachte uns mit einem selbstkritischen Lächeln.

»Wenn Gott gewollt hätte, dass wir Sport machen, hätte er uns das Rad nicht erfinden lassen«, bemerkte Rudock kumpelhaft.

Fontain lächelte abermals. Diesmal war es ein wärmeres Lächeln.

Zum Geburtstag würde ich Pickelkinn nicht einladen, aber er wusste, was er tat, das musste ich ihm lassen.

Ich ging zur nächsten Stufe des Fragebogens zur Einschätzung der Opferpersönlichkeit über.

»Sie haben der Polizei gesagt, Yasmin hätte gewusst, wie man sich in einer Großstadt verhält.«

»Ja, auf jeden Fall. Sie war nicht naiv. Sie ist keine Risiken eingegangen.«

»An dem Abend, an dem sie gestorben ist, war fürchterliches Wetter. Könnte Sie bei jemand Fremden mitgefahren sein?«

»Auf gar keinen Fall!« Daran gab es für ihn nichts zu rütteln.

Wenn Yasmin Pejman in ein Auto eingestiegen war, dann, weil sie den Täter gekannt hatte.

»Fällt Ihnen irgendjemand ein, der einen Grund hatte, ihr etwas anzutun? Hat sie irgendwelche Drohungen bekommen? Ist sie irgendwie belästigt worden?«

Fontain schüttelte den Kopf.

»Sind Sie ganz sicher?«, hakte Rudock freundlich nach. »Das könnte wichtig sein.«

»Ich hätt's gewusst, wenn irgendwer ihr Stress gemacht hätte. Wir haben einander nichts verschwiegen.«

Schwachsinn, dachte ich und registrierte alles, was seine Reaktionen mir sagten.

Die beiden hatten definitiv Geheimnisse. Die Frage war, was waren das für welche?

25. Kapitel

Heute bin ich zum ersten Mal seit dem Blackout in die Badewanne gestiegen. Stunden später zittere ich immer noch. Ich kann nicht aufhören, mich vollzustopfen und zu erbrechen; mein Gehirn ist völlig umgepflügt. Ich wollte mich so dringend daran erinnern, was passiert war. Jetzt will ich nur noch vergessen.

Ich habe dagesessen, die Knie unters Kinn gezogen und mit der Hand Schaum geschlagen. Von der Hitze des Wassers ist mir schwindlig geworden, als es passiert ist. Ein waschechter Flashback. Wie nach dem, was mit GK passiert ist. Nur hundertmal schlimmer.

Es ist spät, nach der Farbe der Dunkelheit draußen zu urteilen vielleicht zwei oder drei Uhr morgens. Mein Herz fängt an zu hämmern. Wie bin ich hierhergekommen? Was ist hier los?

Mein Mann ist bei mir im Badezimmer. Er reißt mir die Kleider herunter und brüllt mich an. »Halt still, verdammt noch mal«, sagt er, und seine Stimme ist ganz hart und rau.

Er tut mir weh; er hält meine Arme fest wie ein Schraubstock. Ich komme nicht los. Meine Hände sind nutzlos gegen ihn. Er ist zu stark für mich.

So wütend habe ich ihn noch nie gesehen. Es ist, als würde er Hitze abstrahlen. Er riecht nach Bier und Schweiß, ein schmutziger Geruch. Er war bei ihr, denke ich, aber wie kann ich ihm Vorhaltungen machen, nach dem, was ich getan habe?

Ich weine. Tränen und Rotz laufen mir in den Mund. Ich schmecke Salz.

Ich versuche wegzulaufen, doch die Tür ist abgeschlossen, und meine Finger rutschen von dem Riegel ab. Er packt mich, flucht dabei halblaut vor sich hin, und wir ringen, aber ich bin ihm nicht gewachsen, und gleich darauf hat er mich in die Wanne bugsiert.

Der Hahn läuft, aber das Wasser ist kalt. Er hat das warme nicht aufgedreht. Ich zittere und bettele.

»Warum machst du das? Bitte hör doch auf!«

Aber er hört nicht zu. Stattdessen taucht er mich mit Gewalt unter – Kopf, Haare, alles.

»Halt still, ich wasche dir das Gute ab«, sagt er, und das Wasser verzerrt seine Stimme.

Ich frage mich, wie lange ich wohl die Luft anhalten kann; meine Lunge beginnt zu brennen. So lange wollte ich sterben, aber jetzt, da es passiert, wehrt sich mein Körper.

Mit einem Ruck öffne ich die Augen. Ich zappele. Alles ist verschwommen. Aber ich kann das Gesicht meines Mannes sehen, und das macht mir furchtbare Angst. Er lächelt nämlich.

Das hier macht ihm Spaß.

26. Kapitel

Scotland Yard, 17:15

»Wir sehen uns oben«, sagte ich zu Rudock, während wir darauf warteten, dass der Polizist am Tor unsere Dienstausweise überprüfte.

So wie ich es sah, würde Verhaltensanalyse der Schlüssel zur Ergreifung dieses Täters sein, es sei denn, irgendjemand aus dem Team hatte heute etwas Bahnbrechendes aufgetan. Pejman war nicht sein erstes Opfer. Ich hatte das Ausmaß seiner Blutgier mit eigenen Augen gesehen. Und weil er noch nicht gefasst worden war, würde er sich unverwundbar vorkommen. Die Zeit war nicht auf unserer Seite.

Doch das hier war nicht mein einziges Rennen gegen die Zeit. Durch die Arbeit bei Scotland Yard war ich genau in der richtigen Position, um die Spuren auf Duncans USB-Stick zu verfolgen. Allerdings war es unmöglich zu sagen, wie lange ich hier sein würde.

Es sah aus, als wäre Gavin Handler – *Gavin Handler – neun Monate undercover. Wo sind die Beweise???* – ein DC im Sittendezernat. Ich musste noch das vorläufige Profil fertigstellen, bevor ich es dem Team präsentierte, doch wenn ich mich beeilte, war noch genug Zeit, um schnell nach oben zu flitzen und bei Handler vorbeizuschauen.

Das ist doch Scheiße, dachte ich. Ich sollte den Mord an Duncan zu meiner Priorität machen und nicht hier und da mal eben fünf Minuten abzweigen, wenn sich die Gelegenheit bot. Und doch forderte der Primrose-Hill-Fall gleichzeitig lautstark meine gesamte Aufmerksamkeit, nicht zuletzt, weil der Mörder durchaus gerade sein nächstes Opfer auswählen könnte.

Ich seufzte. Wohin auch immer ich mit meinem Schießeisen hinzielte, der Schuss würde danebengehen. Zu viel Zeit auf den USB-Stick zu verwenden hieße, eine laufende Ermittlung zu vernachlässigen. Aber der Stick war der erste richtige Beweis seit Jahren. Wie konnte ich das ignorieren?

Wie ich's mache, ist es verkehrt, dachte ich zum zweiten Mal an diesem Tag.

Der Polizist reichte uns unsere Ausweise zurück und trat zur Seite, um uns durch das Tor zu lassen. Der Innenhof war leer bis auf zwei Männer, die in ein Gespräch vertieft auf den Stufen vor dem Eingang herumlungerten. Die beiden waren ein ungleiches Paar, fand ich.

Der eine trug einen makellosen dunkelblauen Anzug, allem Anschein nach Maßarbeit. Und zwar von einem Nobelschneider. Zurückgegeltes Haar. Jemand, der auf sein Äußeres achtete. Der andere war ungepflegt. Zerknittertes Hemd, das ihm aus der Hose hing. Ketchup an der Manschette. Die Augenbrauen in der Mitte zusammengewachsen; wie zwei bumsende Raupen sah das aus.

Als ich sie betrachtete, fiel mir die Kinnlade herunter und sämtliche Synapsen feuerten los. Was sie sagten, konnte ich nicht hören; wir waren zu weit weg. Doch das war egal. Ich hatte die Form des Wortes auf ihren Lippen gelesen.

Sunlight.

Ich blieb wie angewurzelt stehen. Wir waren ihnen näher gekommen, und ich hatte ganz kurz einen Blick auf das Namensschild des Anzugträgers erhascht. Doch noch eine Sekunde, und ich würde die Chance verpassen herauszufinden, was sie sagten.

»Was ist denn mit Ihnen los?« Mit verdutztem Pickelgesicht wandte Rudock sich zu mir um.

»Nichts«, antwortete ich zwischen zusammengebissenen Zähnen hindurch. War ja klar, dass das verdammte Pickelkinn die Blase platzen ließ. Ich hätte ihm eine knallen können.

Die beiden Männer waren verstummt und schauten zu uns herüber.

»'n Abend, Watkiss«, sagte Rudock und nickte dem Mann im Knitterhemd zu. Zur Abwechslung schlug er einen ehrerbietigen Tonfall an.

Die beiden machten kurz ein wenig Small Talk, doch ich achtete nicht darauf. Ich war zu sehr darauf fokussiert, was Pickelkinn gerade gesagt hatte.

Watkiss. Ein weiterer Name aus Duncans Datei.

27. Kapitel

Besprechungsraum, Scotland Yard, 18:00

»Also, was denken Sie, MacKenzie?« Isaksson ließ ein Alka-Seltzer in ein Glas Wasser fallen und lockerte seine Krawatte. »Sind Sie auch Rudocks Meinung, dass wir uns Axel Menton mal genauer ansehen sollen?«

»Ich bin mir nicht sicher«, antwortete ich und sah mich im Besprechungsraum um, den der Vater mit dem Weihnachtsmannwanst (ich nannte ihn insgeheim Big Daddy) mit Take-out-Pommes verstänkert hatte. »Er war mit beiden Opfern in der Bar, er hat sich verdrückt, bevor sie gegangen sind, und wir haben gerade von Frost erfahren, dass er mit dem Auto zur Arbeit fährt. Wenn wir das Alibi durch seine Frau aushebeln können, dann hätte er Gelegenheit gehabt.«

»Und außerdem ist er ein Zwerg«, meinte Rudock. »Der ist doch höchstens eins sechzig und das mit Einlegesohlen.«

»Eins sechzig ist ja nun nicht gerade kleinwüchsig«, gab ich finster zurück. Ich bin ziemlich empfindlich, wenn es um meine Körpergröße geht.

»Okay, kein Zwerg«, sagte Rudock. »Aber Mouse hat gesagt, der Täter war klein. Ich sage ja nur, dass das auf Axel Menton passt.«

»Stimmt, aber seine Persönlichkeit passt nicht zum Profil«, erwiderte ich. »Menton ist ja vielleicht so einiges, aber Probleme mit seiner Männlichkeit hat er nicht.«

»Vielleicht versteckt er die einfach nur gut.«

Das glaubte ich nicht, in einem aber hatte Rudock recht. Axel Menton wollte definitiv irgendetwas verbergen, und zwar nicht sein Interesse an honorarpflichtigen Arbeitsstunden.

»Hat denn das Profil immer recht?«, erkundigte sich Big Daddy. »Ich will gar nicht kleinreden, was Sie tun, Ziba, aber wenn die Beweise in eine ganz andere Richtung weisen …«

»Ich glaube, das ist Ihr Stichwort, MacKenzie«, sagte Isaksson. Er kippte sein trübes Getränk hinunter und verzog das Gesicht. »Jetzt, da wir jedermanns Feedback durchgesprochen haben: Sind Sie bereit, uns ein detaillierteres Profil vorzulegen?«

»Sicher.« Ich schob meinen Stuhl zurück und ging nach vorn. »Die einzigartige Signatur des Mörders zeigt, dass wir nach einem Täter mit schwieriger Kindheit suchen. Eine Kindheit, die von Vernachlässigung seitens der Mutter geprägt worden ist und möglicherweise auch von seelischer Grausamkeit. Wenn Sie ihn sich näher anschauen, werden Sie in seiner Vergangenheit auf Zündeln, Bettnässen und Tierquälerei stoßen. Oder zumindest auf zwei dieser drei Dinge. In Anbetracht des Alters beider Opfer nehme ich an, dass er Ende zwanzig oder Anfang dreißig ist. Und er wohnt in Primrose Hill oder ganz in der Nähe. Er benutzt sein Fahrzeug, um seine Opfer zu entführen, und lockt sie mit einem Täuschungsmanöver an, was die fehlenden Abwehrverletzungen und Fesselspuren bei den Opfern erklärt. Außerdem deutet das darauf hin, dass der Mörder überdurchschnittlich intelligent und sozial einigermaßen kompetent ist. Er sucht sich kleine Frauen aus, weil größere Opfer eine zu große Herausforderung für ihn wären. Yasmin Pejman ist regelmäßig gelaufen, sie war also körperlich fit. Aber sie ist zuerst von hinten angegriffen worden. Das sagt uns, dass der Täter schwach ist, also ist er möglicherweise zierlich gebaut. Und wie Rudock bereits gesagt hat, ist er auch klein. Möglicherweise so um die eins sechzig. Die Anzahl der Stichwunden, die das erste Opfer aufweist, zeigt, dass der Kerl ein ernsthaftes Aggressionsproblem hat. Und es gibt keinerlei Anzeichen eines Zögerns. Also hat er wahrscheinlich schon einmal getötet und empfindet nicht die mindeste Reue. Und die Ähnlichkeit zwischen den beiden Taten zeigt, dass wir es mit demselben Auslöser zu tun haben. Die Natur der Attacke zeigt außerdem, dass wir nach einem Einzelgänger suchen, nach einem asozialen Typen. Jemand, der zurückgezogen und unsicher ist, obwohl er das gut verbirgt und nicht unbedingt antisozial ist.«

»Ist ›asozial‹ und ›antisozial‹ nicht dasselbe?«, fragte der dürre Trottel, der Frost heute Morgen so blöd angemacht hatte.

»Nicht ganz. Asoziale Menschen sind introvertiert. Sie

verbringen ihre Zeit lieber allein, kommen aber in Gesellschaft anderer gut zurecht, wenn sie müssen. Antisoziale Menschen haben keinerlei Empathie für andere und sind der Gesellschaft gegenüber feindlich eingestellt. Genau genommen ist das eine Form der Persönlichkeitsstörung.«

Ich sah die verwirrten Mienen.

»Sagen wir's mal so. Eine asoziale Person würde sagen: ›Ich würde lieber nicht zu der Party gehen.‹ Eine antisoziale Person würde sagen: ›Denen werde ich ihre Party versauen.‹«

Dass ich zur ersten Kategorie gehörte, fügte ich nicht hinzu. Oder dass sich der zweite Typ Mensch oft am falschen Ende meiner Waffe wiedergefunden hatte.

»Ich habe ja vorhin schon gesagt, dass der Täter ein Mann ist, dem seine Männlichkeit abgesprochen wird. Zusätzlich dazu erlebt er möglicherweise gerade etwas, das Psychiater als Dekompensation bezeichnen. Mit anderen Worten, seine üblichen Mechanismen, mit denen er sich beherrscht, funktionieren nicht, und er gerät außer Kontrolle. Und anhand dessen, was er mit seinen Opfern gemacht hat, wissen wir, dass Kontrolle ihm wichtig ist. Der Grund dafür ist, dass er in anderen Bereichen seines Lebens nicht klarkommt. Ganz spezifisch gesagt, im sexuellen.«

»Genau wie du, stimmt's, Billy Boy?«, sagte Rudock zu dem Schönling, der neben ihm saß.

Arschgesicht.

»Heute Morgen haben Sie gesagt, er wäre liiert«, meinte Isaksson und warf Rudock einen warnenden Blick zu. »Glauben Sie das immer noch?«

»Aye, entweder ist er verheiratet, oder er lebt mit jemandem zusammen. Aber das ist keine glückliche Beziehung. Die Frau entmannt ihn, obwohl ihr das vielleicht gar nicht klar ist. Bei den Attacken geht es darum, die Kontrolle zurückzugewinnen und sie für seine Unzulänglichkeiten zu bestrafen. Die Frauen, denen er nachstellt, sind Surrogate. Sie sehen sich ähnlich, und das sagt uns, dass sie äußerliche Ähnlichkeit mit seiner eigentlichen Zielperson haben. Im Augenblick begnügt er sich damit, seine Wut an Stellvertreterinnen auszulassen, aber irgendwann wird er genug Selbstvertrauen aufgebaut haben, um sie direkt anzugehen. Wir müssen uns der Medien bedienen und um Informationen bitten. Wenn ich recht habe und der Täter eine Partnerin hat, dann wird sie etwas gemerkt haben. Der Mörder wird mit blutigen Kleidern nach Hause gekommen sein. Dazu wird er nach der Tat erschöpft gewesen sein und deswegen erratisch agiert haben. Es ist unmöglich, dass seiner Partnerin keine Veränderung in seinem Verhalten aufgefallen wäre. Sie ist nicht nur unsere größte Hoffnung, ihn zu kriegen, sie könnte durchaus auch sein ultimatives Opfer sein.«

28. Kapitel

Halb habe ich Angst, dass ich alles verderbe, indem ich das hier schreibe, aber ich glaube, wenn ich es nicht rauslasse, platze ich. Der bleierne Vorhang hat sich endlich gehoben. Mein Mann liebt mich wieder!! Mein Blauäuglein ist wieder da!!

Ich war ja so einsam. Fast könnte ich heulen vor Erleichterung!

Gestern ist er mit einem Geschenk für mich nach Hause gekommen: ein Herz an einer Halskette – von Tiffany. Ein Symbol der Liebe, hat er gesagt. Zwei Menschen, die für immer zusammengehören. Du und ich gegen die ganze Welt.

Dann hat er mich geküsst, so richtig, als wären wir ein Liebespaar, und gesagt, dass ich schön wäre, dabei habe ich seit letzter Woche anderthalb Kilo zugenommen und hatte meine alte Jogginghose an. Ich habe gemerkt, wie mir die Tränen die Kehle zugeschnürt haben. Er verzeiht mir!, habe ich gedacht. Und er liebt mich!

Danach wollte er Sex mit mir haben, aber ich konnte nicht, und ich hatte solche Angst, dass er sauer wird. WAR ER ABER NICHT!!! Er war so lieb und verständnisvoll, und natürlich hatte ich dadurch ein noch viel schlechteres Gewissen.

Ich wollte, ich könnte alles einfach so genießen, wie es ist, aber ich denke die ganze Zeit: Wo ist der Haken? Das ist doch zu schön, um wahr zu sein. Und im nächsten Moment werde ich wütend auf mich selbst, weil ich es zulasse, dass meine Unsicherheit alles ruiniert.

Ich weiß nur, ich KANN nicht wieder so leben wie vorher. Ganz gleich, was ich tue, das DARF ich nicht zulassen …

Und deswegen werde ich wohl auch tun, worum er mich gebeten hat, glaube ich …

»Nur ein ganz kleiner Gefallen«, hat er gesagt. »Und wahrscheinlich passiert das sowieso nicht. Aber wenn die Polizei mit dir redet, sag, dass ich am Dienstag um Mitternacht zu Hause war.«

Die Sache ist nur, ich weiß nicht, ob das stimmt. Am Dienstag hatte ich doch den Blackout. Und als ich wieder zu mir gekommen bin, war es nach zwei Uhr morgens.

Aber das hat wohl nichts zu bedeuten. Und wie gesagt, ich werde das NICHT versauen, da er mich doch jetzt wieder liebt.

29. Kapitel

Scotland Yard, 19:05

Isaksson bereitete gerade eine Pressekonferenz für den nächsten Morgen vor, als ich ging. Dann suchte ich die Nummer von Bodi Caulder heraus, der menschlichen Nullnummer, die die Ermittlungen in Duncans Mordfall leitete.

Er nahm nach mehrmaligem Klingeln ab, wahrscheinlich hatte er gerade nach Hause gehen wollen.

»Hier ist Ziba MacKenzie. Ich bin gerade hier im Gebäude. Haben Sie Zeit für einen kurzen Schwatz?«

»Sicher.«

Allzu erfreut hörte er sich nicht an.

»Prima. Ich komme gleich runter.«

Als Duncan umgebracht worden war, hatte Caulder mir versprochen, dass er den Mörder zur Strecke bringen und ihn bezahlen lassen würde. Es war das blanke Klischee, aber ich kaufte ihm das ab. Er stand in dem Ruf, Resultate zu erzielen. Und wie Duncan gesagt hätte, sie zogen sämtliche Register. Schließlich ging es hier um einen von ihnen. Doch zwei Jahre waren ohne auch nur die Andeutung einer

Festnahme vergangen, und allmählich verlor ich das Vertrauen in ihn.

Ich hatte von Anfang an versucht zu helfen, doch Caulder hatte mich abgewiesen.

»Sie sind persönlich zu sehr involviert. Sie müssen einfach darauf vertrauen, dass ich meinen Job mache«, hatte er gesagt.

So wie ich es sah, hatte ich mich an meinen Teil der Abmachung gehalten, er aber nicht an seinen. Es wurde Zeit, dass er verdammt noch mal mit dem Rumeiern aufhörte und anfing, Ergebnisse zu liefern. Und Duncans USB-Stick war vielleicht genau die Treibstoffspritze, die er brauchte. Jack hatte recht gehabt, dass ich nicht in die Dienststelle marschieren und große Töne über Sunlight spucken sollte. Doch ich konnte Caulder diese Info nicht vorenthalten, nicht wenn sie half, ihn endlich aufs richtige Gleis zu setzen.

Ich klopfte an seine Tür und trat ein.

»Schön, Sie zu sehen, Mac«, sagte er und kam zu mir herüber.

Ich trat einen halben Schritt zurück. Irgendjemand sollte dem Mann wirklich mal ein Deodorant schenken, dachte ich, als mir eine deftige Dunstwolke entgegenschlug.

Caulder streckte mir die Hand hin. Er trug eine Rolex aus der unteren Preiskategorie, nicht so protzig wie die von Axel Menton, aber mindestens ein paar Riesen wert. Und nach dem nagelneuen Armband zu urteilen auch erst vor Kurzem angeschafft.

Aber wie konnte sich jemand so etwas vom Gehalt eines DI leisten?

»Hübsche Uhr. Sie haben wohl 'ne Bank überfallen, wie?«

Es war nur ein Scherz, doch er verspannte sich sichtlich. Offensichtlich hatte ich einen Nerv getroffen. Also war er nicht stolz auf das, was er getan hatte, um sich das gute Ding anzuschaffen. Caulder und Johnnie Walker haben eine innige Beziehung; vielleicht hatte er diese Mischung ja mit ein bisschen Glücksspiel gewürzt. Alkohol und Pferdewetten, das war schon immer eine beliebte Kombination.

»Also, was führt Sie in den Kreml?«, erkundigte er sich. »Oder sind Sie nur wegen meiner Finanzen hier?«

»Nein, noch arbeite ich nicht für die Steuerbehörde. Falcon hat mich angefordert. Hat mich gebeten, bei dem Serienmörderfall mitzuhelfen.«

»Der Gynäkologe?«

»Das ist widerlich.«

Er lachte. »Ich fürchte, die Lorbeeren dafür kann ich nicht einstreichen.«

»Ich bin mir nicht sicher, ob ich da von ›Lorbeeren‹ sprechen würde.«

Er zuckte die Schultern und ging zu seinem Schreibtisch. »Trinken Sie einen mit mir?«, fragte er und holte eine fast leere Flasche Red Label aus der untersten Schublade.

»Nein, vielen Dank. Ich bleibe nicht lange, wollte nur wissen, ob es bei Duncs Fall irgendetwas Neues gibt.«

»Wenn, dann erfahren Sie's als Erste.« Er schraubte den Deckel auf und schenkte sich reichlich drei Fingerbreit ein. »Ich bin mir ganz sicher, dass es mit etwas zusammenhängt, woran er gearbeitet hat. Sie haben doch mit seinem damaligen Team gesprochen, nicht wahr?«

»Da ist nichts bei rausgekommen«, brummte er und trank einen großen Schluck Scotch.

Ich kniff die Augen zusammen. Er log. Aber warum?

»Im Augenblick gehen wir von einem Gang-Verbrechen aus.«

»Das kann doch nicht Ihr Ernst sein? Es war ein einziger Schuss, eine Exekution. Das gibt's bei Gangs nicht.« Jäh hielt ich inne. Ich muss es ihm sagen, dachte ich. Ich arbeite immer am liebsten allein. So wie ich es sehe, kann man nicht enttäuscht werden, wenn man sich nicht auf andere verlässt. Aber man kann nicht ganz allein gegen eine Armee kämpfen.

»Ich habe etwas gefunden«, berichtete ich. »Einen USB-Stick von Duncan. Er hatte ihn hinter einer Steckdosenattrappe in unserer Wohnung versteckt. Zwei Tage vor seinem Tod ist da das letzte Mal etwas drauf abgespeichert worden. Ich glaube, er hat Unregelmäßigkeiten im Zusammenhang mit einer Operation mit dem Codenamen Sunlight untersucht. Und nach einer Unterhaltung zu urteilen, die ich heute gehört habe, glaube ich, dass die vielleicht noch aktiv ist. Sie sollten sich das mal ansehen.«

Caulder streichelte seine schicke neue Uhr. Er war sehr blass geworden. Tapetenfarben, hätte Duncan gesagt.

»Haben Sie die Sachen auf dem Stick kopiert?«

Merkwürdige Frage.

»Nein. Aber ich …«

»Ich brauche diesen Stick so schnell wie möglich.«

Seine Fußspitzen wiesen zur Tür; sein Körper zeigte mir, dass er wollte, dass ich ging.

»Alles klar. Ich bringe ihn Ihnen gleich morgen früh.«

»Nein, es ist besser, wenn ich ihn vorher kriege. Wo ist er jetzt?«

»In Sicherheit«, antwortete ich. Es gab eine Grenze dessen, was er wissen musste.

»Wo?«

Mein Instinkt meldete sich. »Warum ist das wichtig?«

»Vielleicht könnten wir ihn ja zusammen holen gehen.«

Wieso hat er's so verdammt eilig?, dachte ich. Und warum besteht er so darauf? Ich betrachtete ihn. Die zusammengepressten Kiefer. Der Muskel, der in seiner Wange zuckte.

Plötzlich hatte ich den Eindruck, dass Bodi Caulder und ich ganz und gar nicht im selben Team spielten.

30. Kapitel

Ich könnte aus der Haut fahren. Ich weiß nicht, was ich machen soll. Ich glaube, ich habe etwas sehr Schlimmes getan, und ich weiß nicht, wie ich es wiedergutmachen soll.

Mein Mann hatte recht, die Polizei wollte wirklich mit mir sprechen, und ich habe denen genau das erzählt, worum er mich gebeten hat. Er war so lieb, hat mich hinterher angerufen, um zu sehen, wie es mir geht und wie alles gelaufen ist. Hat sogar meine Anrufe angenommen, wenn er zu tun hatte, und ich weiß, er mag es nicht, wenn er gestört wird.

»Ich liebe dich so sehr«, hat er gesagt. »Wir gehören zusammen, du und ich.«

Es hat mich so glücklich gemacht, ihn so reden zu hören, es war, als würde ich fliegen. Wie hatte ich nur daran denken können, ihm nicht zu helfen, besonders nach allem, was er für mich getan hat?

»Ich verdiene doch mehr als genug für uns beide«, hatte er gesagt, als vor all den Jahren wieder eine Absage von einer Kunstgalerie gekommen war. Acht Monate nach dem College, und ich hatte noch immer keinen verflixten Job.

»Du brauchst nicht zu arbeiten«, hatte er gesagt und mir

tröstend den Rücken gestreichelt. »Bleib zu Hause. Das ist besser für dich.«

Mein Gott, wenn ich daran denke, habe ich ein noch schlechteres Gewissen, weil ich an ihm gezweifelt habe, aber jetzt, da der Gedanke in meinem Kopf ist, kann ich ihn nicht vertreiben.

Die Sache ist die, er ist ganz besessen von dieser Serienmörder-Geschichte, über die die ganze Zeit in den Nachrichten berichtet wird. Der Hillside Slasher.

Ständig schaut er sich alles Mögliche darüber im Fernsehen an, und gestern habe ich all diese Zeitungsausschnitte gefunden, in einer Schublade neben seinem Bett versteckt; Teile waren mit gelbem Filzstift markiert. Außerdem ist eine von den Leichen draußen vor dem Studio gefunden worden, wo er Kickboxing macht, und so hat er natürlich eine Verbindung zu den Opfern.

Aber was mich wirklich fertigmacht, ist Folgendes: Ich musste ihm ein Alibi für Dienstagabend geben. Nur weiß ich nicht sicher, ob er da wirklich zu Hause war. Und genau um diese Zeit, heißt es, ist die erste junge Frau umgebracht worden.

31. Kapitel

Scotland Yard, 19:25

Ich war gerade auf dem Weg hinaus und dachte über das bizarre Gespräch mit Caulder nach, als mein Handy klingelte. Die Nummer war mir nicht bekannt und der Name nicht in meiner Kontaktliste.

»Ziba MacKenzie.«

»Äh, hallo. Hier ist Dan Harper. Von Scutt & Menton. Wir haben uns heute Vormittag unterhalten. Ich hoffe, es ist okay, dass ich Sie anrufe, aber Sie haben doch gesagt, ich soll mich melden, wenn mir noch etwas einfällt, und … na ja, da ist wirklich was.«

Seine Worte kamen wie aus einem Maschinengewehr. Der Mann war außer Atem, war völlig von der Rolle. Ganz offenkundig nervös. Mein Blut tanzte – nervös bedeutet für gewöhnlich Neuigkeiten, und zwar von der ganz wichtigen Sorte.

»Langsam, Dan. Fangen Sie noch mal ganz von vorn an. Was wollen Sie mir erzählen?«

»Also, ich habe Lily gestern Abend da in der Bar gesehen.

Sie hat mit einem Mann geredet. In der Ecke. So irgendwie ganz nahe, wissen Sie? Und dann, nicht lange nachdem sie gegangen ist, habe ich ihn auch gehen sehen.«

»Wirklich?« Wieso hatte das sonst niemand erwähnt. »Sind Sie sicher, dass Sie das gesehen haben? Niemand anders hat etwas gesagt.«

»Na ja, es war dunkel da drin.« Dan sprach jetzt sogar noch schneller als zuvor. Plapperte wie bei unserer ersten Begegnung. »Und ich hab's Ihnen ja gesagt, die beiden waren in einer Ecke. Wir waren ein Riesenhaufen da in der Bar, ich meine, da ist es doch nicht verwunderlich, dass sonst keiner was gesehen hat, oder?«

Auf jeden Fall hatte er sich das gut überlegt.

»Können Sie den Mann beschreiben, mit dem sie gesprochen hat?«

»Ich weiß nicht genau. Könnte sein, dass er einen Bart hatte. Es war dunkel. Tut mir leid, ich wollte Ihre Zeit nicht verschwenden. Ich dachte nur, Sie sollten das wissen.«

»Das haben Sie ganz richtig gemacht. Vielen Dank.«

Erst als ich das Gespräch beendete, fragte ich mich, wieso er den ganzen Tag gebraucht hatte, um damit rüberzukommen.

»Alle Menschen sind komisch, außer dir und mir, und sogar du bist ein kleines bisschen komisch«, hätte Duncan gesagt. Eine alte Spruchweisheit, die er oft von sich gab; er musste jedes Mal lachen, wenn er das tat.

»Kleine Dinge machen kleinen Geistern Freude«, erwiderte ich dann immer.

»Vielleicht hab ich dich ja deswegen so gern.«

Verdammt, Duncan, ich wünschte, ich könnte aufhören, an dich zu denken, schoss es mir durch den Kopf, während ich das Gebäude verließ.

Dann ging ich den Broadway hinunter und schickte Isaksson dabei eine SMS, in der ich von meinem Telefonat mit Harper berichtete. Gerade steckte ich das Handy wieder ein und überlegte, was das bedeuten mochte, als eine SMS von Jack eintraf.

Sollte in einer Stunde bei dir sein.

Es war ein Wundermittel gegen das Grübeln. Jetzt konnte ich an nichts anderes denken als daran, ihm von Caulder und Watkiss zu erzählen. Und daran, wie ich dazu stand, mich mit ihm zu treffen.

32. Kapitel

Bloomfield Villas, London, 20:40

Es klingelte. Jack. Mein Magen sackte weg. Sofort war ich wieder bei diesem Moment in seinem Wagen.

Reiß dich verdammt noch mal zusammen, MacKenzie.

Ohne nachzudenken, schaute ich rasch in den Spiegel. Scheiße noch mal.

»Hey, Wolfie.«

Sein Kopf reichte fast bis zum oberen Rand des Türrahmens; meine Wohnung schien mit ihm darin plötzlich viel zu klein. Groß und Klein, so hatte Duncan uns genannt.

»Schön, dich zu sehen, Mac.« Er beugte sich herab, um mich zu umarmen.

Er sah gut aus, obwohl sein Haar so wirr war wie immer. Ich schwör's, er kämmt sich nie.

»Riecht ja klasse.« Mit dem Kopf deutete ich auf die Tüten, die er in der Hand hielt. »Hast du frittiertes Gemüse bekommen?«

»Na klar.« Er grinste. »Und nein, ich hab die Frühlingsrollen nicht vergessen. Oder die kross gebratene Ente.«

»Ich bin am Verhungern«, verkündete ich, während wir die Schachteln auf meinem Esstisch auspackten und ich eine Flasche Gewürztraminer öffnete. »Seit dem Frühstück habe ich nichts mehr gegessen.«

»So viel zu tun mit dem Hillside-Slasher-Fall?«, fragte er ein bisschen zu beiläufig, während er sich mit dem Hemdzipfel die Regentropfen von der Brille wischte. Oft sehe ich ihn nicht damit. Meistens trägt er sie bei der Arbeit; er sagt, vom Starren auf den Bildschirm werden seine Kontaktlinsen immer so trocken.

»Du bist so was von plump. Und bevor du fragst, ich kann dir nichts sagen. Morgen gibt's eine Pressekonferenz, da kriegst du sämtliche blutigen Einzelheiten zu hören. Aber eins sage ich doch: Irgendwas ist mit dem Ermittlungsleiter. Und zwar nicht nur, dass er niemals lächelt.«

»Wer ist es denn?«

»Ein Typ namens Isaksson.«

»Donald Isaksson?«

»Aye, genau. Kennst du ihn?«

»Ich weiß nur, dass der unsereiner nicht besonders gut leiden kann. Hat vor Kurzem Ärger gekriegt, weil er keine Medienkonferenzen gehalten oder nicht genug Informationen über diesen Doppelmord rausgerückt hat – du weißt schon, den vor ein paar Monaten.«

»Überrascht mich nicht.« Ich schmierte Pflaumensoße auf einen Pfannkuchen und belegte das Ganze mit geschnetzeltem Entenfleisch und Gurkenscheiben. »Der hat ein ganz schönes Problem damit, anderen zu vertrauen. Ist nicht gerade hin und weg darüber, mich aufs Auge gedrückt zu kriegen, das ist mal sicher. Und der Rest des Teams übrigens auch nicht.«

»Hast wohl wieder Freundschaften geschlossen, wie?«

»Ich glaube, ein paar von denen haben vergessen, dass Mordopfer richtige Menschen sind.«

»Und du hast es auf dich genommen, sie daran zu erinnern?«

Ich lachte. »Einer muss ja.«

Scotland Yard hat bestätigt, dass der Täter, der letzte Woche den Mord an der jungen Mutter Yasmin Pejman begangen hat, von Neuem in Primrose Hill zugeschlagen hat, dem Wohnviertel von Berühmtheiten wie Kate Moss und Jude Law. Lily Abians Leiche wurde in den …

Ich machte das Radio aus. Für einen Tag hatte ich genug Medienhype erlebt.

»Normalerweise bist du doch diejenige, die sich immer darüber auslässt, dass man Distanz zum Opfer wahren muss«, meinte Jack und wischte mit seiner Frühlingsrolle Chilisoße auf. »Was hat sich geändert?«

»Weiß nicht.«

»Doch, du weißt es. Ist es wegen Duncan?«

»Vielleicht.« Ich ließ den Wein in meinem Glas kreisen und starrte auf die Schlieren, die innen am Glas hinabrannen. »Aber nicht nur seinetwegen. Die Opfer haben irgendetwas an sich. Sie sind iranischer Herkunft, weißt du? Und sie sehen auch so aus wie ich. Und …«

Er sah mich unverwandt an. »Hast du Angst?«

»Sei doch nicht blöd«, wehrte ich ab, obgleich ich wusste, was er meinte. Ich hatte schon einmal die Aufmerksamkeit eines Serienkillers erregt, die des London Lacerators. Das hatte kein gutes Ende genommen.

Jack bohrte seine Essstäbchen in eine Schachtel mit frittierten Nudeln. Er hatte ein ganzes Festmahl angeschleppt. »Sei einfach vorsichtig«, meinte er. »Und sag's um Himmels willen Isaksson, wenn dir irgendwas Sorgen macht. Du weißt ja, was letztes Mal passiert ist.«

»Okay, vielen Dank. Genug des Vortrags. Willst du jetzt meine Neuigkeiten hören oder nicht?«

»Was denn für Neuigkeiten?«, fragte er mit vollem Mund.

»Mir ist heute jemand über den Weg gelaufen.«

»Ach ja?«

»Watkiss. Einer von den Namen aus Duncans Datei. Hinterher habe ich ihn im System gecheckt. Er ist DI bei der Sitte. War eine Zeit lang bei der Schmutztruppe, der Einheit, die für obszöne Publikationen zuständig ist. Jetzt arbeitet er im Bereich Straßenprostitution.«

»Scheiße, du gibst ja ganz schön Gas.«

Ich lächelte. »Es kommt noch mehr. Als ich Watkiss gesehen habe, hat er gerade mit einem anderen Mann geredet. Den habe ich auch überprüft. Heißt Rex Lutim. Irgendein Regierungsbeamter.«

»Na, so ungewöhnlich ist das doch nicht, oder? Bei Scotland Yard trifft man doch oft solche Whitehall-Typen.«

»Stimmt. Aber warum haben die über Sunlight gesprochen?«

»Sunlight?«, fragte er mit weit aufgerissenen Augen.

Ich nickte.

Er rieb sich die Narbe auf seinem Wangenknochen, eine

Verletzung aus seiner Schulzeit. Jack und seine Brüder waren oft umgezogen. Damals war er noch nicht so groß, und der Neue in der Klasse zu sein hatte gewisse Nachteile.

»Das ergibt doch keinen Sinn«, meinte er. »Sunlight ist eingestellt worden. Warum haben die also darüber geredet?«

»Vor allem wenn die Operation schon seit zwei Jahren tot und begraben ist.«

33. Kapitel

Ich trank noch einen ordentlichen Schluck Wein, ehe ich Wolfie von meinem Schwatz mit Caulder erzählte. Das war die nächste Neuigkeit.

»Ich sage dir, irgendwas war bei dem oberfaul«, meinte ich, nachdem ich meinen Lagebericht abgeliefert hatte. »Und nicht nur, dass er wie ein Iltis stinkt.«

Normalerweise kommt Jack schnell mit der Behauptung an, ich wäre paranoid. Und ich war auch durchaus darauf vorbereitet, dass er jetzt sagte, ich würde mich wegen nichts und wieder nichts aufregen. Daher überraschte mich seine Reaktion und ließ meinen anfänglichen Argwohn noch wachsen.

»Ich wünschte, du hättest ihm nicht von dem USB-Stick erzählt.«

»Ich habe eine Entscheidung getroffen. Allerdings akzeptiere ich, dass es möglicherweise die falsche war.«

Jack rieb sich mit Daumen und Fingern das Kinn. Es gab ein kratzendes Geräusch; er hatte deutlich mehr zu bieten als einen Bartschatten. Aber er hat auch noch nie besonders Wert darauf gelegt, wie aus dem Ei gepellt auszusehen.

Duncan war genauso, nur waren seine Bartstoppeln grau meliert gewesen.

»Die Frage ist, wie machen wir jetzt weiter?«, sagte er.

»Also zuallererst, dass er den USB-Stick in die Finger kriegt, das kann er vergessen. Das läuft nicht.«

Ich steckte die Nase in mein Weinglas und schnupperte ausgiebig. »Sonnengebräunter Frohsinn und der warme Süden«, ging mir eine Zeile aus *Ode an eine Nachtigall* durch den Kopf. Duncan hatte Keats verehrt. Er war total auf die Romantiker abgefahren, vor allem auf Byron. Nicht lange bevor er umgebracht worden war, hatten wir eine hitzige Diskussion über einen Brief geführt, den Byron geschrieben hatte und in dem er behauptete, Schmerz gäbe dem Leben einen Sinn.

Ich hatte gesagt, um Glück zu erleben, müsse man sich der Gefahr aussetzen, verletzt zu werden. Damals war ich mir da sehr sicher gewesen, doch nachdem Duncan erschossen worden war, hatte ich eine Hundertachtzig-Grad-Wende hingelegt. Nichts war das wert, was sein Tod mich empfinden ließ.

»Ich fände es ja weniger komisch, dass Caulder sich so aufregt, wenn er jemals auch nur das leiseste Interesse an irgendetwas gezeigt hätte, was ich zu dem Mord an Duncan zu sagen hatte«, meinte ich jetzt. »Das ist das erste Mal, dass ich erlebt habe, wie er wegen irgendwas in Fahrt kommt.«

»Und diese Gang-Scheiße. Ich meine, was denkt der sich denn?«

»Aye, da hat mein Bullshit-Sensor ziemlich schnell angeschlagen.«

»Ich weiß nicht, was es ist, aber du hast recht, da ist was faul, das ist mal sicher.«

»Der ganze Johnnie Walker, den der sich reinzieht, hat ihm wahrscheinlich das Gehirn vergoren«, sagte ich. »Und es sieht aus, als ob jetzt auch noch Zocken auf der Liste seiner Freizeitbeschäftigungen steht.«

Wolfie stieß geräuschvoll die Luft aus. »Lass uns diese ganze Sunlight-Nummer von jetzt an lieber für uns behalten, okay?«

»Geht in Ordnung.« Mir war das recht. Vertrauen ist nicht gerade mein zweiter Vorname.

Deshalb fiel mir in dieser Nacht wahrscheinlich auch das Einschlafen so schwer. Mit Bodi Caulder, Watkiss und dem Primrose-Hill-Mörder ging mir so einiges im Kopf herum.

Zwei Tage vorher:
Donnerstag

34. Kapitel

Scotland Yard, 08:45

Als ich am nächsten Morgen in der Dienststelle ankam, hatte ich fünf SMS von Bodi Caulder auf meinem Handy.

Vergessen Sie nicht, den USB-Stick mitzubringen.
Gesendet 07:10

Denken Sie an den USB-Stick!
Gesendet 07:30

Haben Sie meine SMS wegen dem USB-Stick bekommen?
Gesendet 07:43

WICHTIG: Ich brauche den Stick so schnell wie möglich!
Gesendet 08:30

Haben Sie meine Nachrichten erhalten???
Gesendet 08:40

Beharrlich war er ja, das musste ich ihm lassen. Doch wo war dieser Aktivismus während der letzten zwei Jahre gewesen? Auf den Mord an Duncan war er bestimmt nicht fokussiert gewesen.

Ich beschloss, die Nachrichten, mit denen ich mich nicht befassen wollte, zu ignorieren. Mit anderen Worten, alle.

»Morgen zusammen«, sagte Isaksson und hockte sich vorn im Besprechungsraum auf die Tischkante.

Die Ringe unter seinen Augen waren tiefer als gestern. Seine Mundwinkel hingen herab. Doch sein Hemd war sauber und gebügelt, und er hatte mit Mundwasser gegurgelt. Was immer gerade in seinem Privatleben los war, er tat sein Bestes, um es unter Verschluss zu halten.

»Wir haben den Autopsiebericht von Lily Abian«, verkündete er. »Den finden Sie in Ihrem Posteingang. Aber grob zusammengefasst war die Todesursache Ersticken und Ausbluten, genau wie bei Pejman. Und der Leichnam weist achtunddreißig Stichverletzungen auf, die erste hinten im Nacken. Auch wie bei Pejman.«

»Das sind Vernichtungsangriffe«, sagte ich. »Der Overkill zeigt, dass der Täter seine Opfer im wahrsten Sinne des Wortes auslöschen will. Das Hauptmotiv hier ist Macht.«

»Sind Sie sicher? Für mich wirkt die Signatur ziemlich sexuell«, meinte der Typ mit der Glatze, neben dem ich gestern gesessen hatte.

»Da geht es um maximale Demütigung. Dieser Mörder bezieht seine Lust ausschließlich aus der Dominanz über seine Opfer.«

Isaksson riss einen Portionsbeutel Maaloxan auf und kippte den Inhalt hinunter. »Ich hasse schräge Fälle.«

Das überraschte mich nicht. Der DI war ganz offensichtlich ein Mann, der Ordnung und Berechenbarkeit schätzte. Doch das hieß nicht, dass ich seine Meinung teilte. Ungewöhnliche Details bieten immer Hinweise. Wie Sherlock Holmes, der Taufpate des Profilings, gesagt hat: Je gewöhnlicher ein Verbrechen ist, desto schwerer ist es aufzuklären. Einzigartigkeit malt ein Bild.

»Haben wir schon etwas zu den Sohlenabdrücken, die am Tatort gefunden worden sind?«, wollte Big Daddy wissen. Mit einem Marmeladenfleck am Kragen lehnte er sich auf seinem Stuhl zurück.

Mein Adrenalinpegel schnellte hoch, obgleich ich die Antwort bereits erraten hatte. Trotz Großbritanniens gewaltiger Datenbank, Fußspuren sind nicht dasselbe wie DNA. Ohne einen gläsernen Ballschuh führen sie einen nur selten zu einer Prinzessin.

Isaksson schüttelte den Kopf. »Aus den Teilabdrücken schließen die von der Spurensicherung, dass wir es mit einem Turnschuh der Marke New Balance zu tun haben, Größe sechsunddreißig, was auf jemanden zwischen eins fünfzig und eins sechzig hinweist. Nachdem, was wir gestern über die Größe des Täters gehört haben, hat die Spuren also wahrscheinlich unser Mörder hinterlassen. Sowohl die rund um die Leiche als auch die, die ein Stück weiter weg zurück zum Tatort zeigen.«

Er hielt kurz inne. »Ich will Ihnen keine Angst machen, aber ich würde meinen Job nicht ordentlich machen, wenn ich das nicht sagen würde. Nur weil Sie bei der Polizei sind, heißt das nicht, dass der Täter Sie nicht ins Visier nehmen kann. Seht euch vor, Leute. Und wenn Ihnen irgendetwas Sorgen macht, dann kommen Sie sofort zu mir.«

Mehr oder weniger Wort für Wort das, was Jack gestern Abend zu mir gesagt hatte.

35. Kapitel

»MacKenzie, ich hätte gern, dass Sie heute Vormittag die Pressekonferenz leiten«, sagte Isaksson, nachdem er die Aufgaben für heute verteilt hatte. Dazu gehörte unter anderem, Axel Mentons Alibi zu überprüfen, einen Durchsuchungsbeschluss für sein Auto zu besorgen und Dan Harpers Geschichte zu checken, dass Lily Abian in der Bar mit einem (möglicherweise) bärtigen Mann geplaudert hatte.

»Ich bin gern bereit, über das Profil zu sprechen, aber die Leitung sollten Sie oder der DCI übernehmen.«

»Falcon ist nach Hampshire gerufen worden. Und ich setze volles Vertrauen in Sie«, erwiderte er mit einem ausdruckslosen Lächeln.

Einen Dreck tust du, dachte ich im Stillen. Du hast nur keine Lust, dich der Meute zu stellen.

Der kann unsereiner nicht leiden, hatte Jack gestern Abend gesagt, und mein Streifzug bei Google, nachdem er gegangen war, hatte mir gezeigt, warum.

Isaksson war von der Polizei von Surrey zu Scotland Yard gewechselt; in Surrey hatte er sich 2007 durch seine Arbeit am Mord an einer Schülerin namens Sally Rhodes einen Namen gemacht. Allerdings ist es nicht das, was ihm von diesem Fall am meisten in Erinnerung geblieben sein dürfte. Landauf, landab spuckten Polizisten noch immer Galle über das Verhalten der Medien bei dieser Ermittlung.

Anfangs hatte die Presse gut mit der Polizei zusammengearbeitet und es übernommen, an mögliche Zeugen zu appellieren. Doch als das öffentliche Interesse nach den ersten paar Tagen zunahm, änderte sich das alles. Die Presse wurde immer skrupelloser. Und da sie weniger Einschränkungen unterworfen war und mehr Ressourcen hatte als das Ermittlungsteam, fingen die Reporter an, Boden aufzuwühlen, den sie niemals hätten betreten dürfen. Eine der Boulevardzeitungen ging sogar so weit, Handys zu hacken, um an Insiderwissen heranzukommen, und löschte während der ersten Tage der Suche sogar die Sprachnachrichten des vermissten jungen Mädchens, um mehr Platz für weitere Nachrichten zu schaffen.

Das alles war vollkommen illegal, von unethisch ganz zu schweigen, und behinderte die polizeilichen Ermittlungen massiv. Doch schlimmer noch, es machte Sallys Angehörigen falsche Hoffnungen, dass sie noch am Leben sei.

Kein Wunder also, dass DI Isaksson kein Fan der Presse war. Doch so, wie ich es sah, musste er seine Gefühle eben zurückstellen und weiter seinen Job machen. Journalisten mögen ein Haufen rücksichtsloser Turboschmierfinken sein, aber um den Primrose-Hill-Killer zu fassen, brauchten wir ihre Hilfe, ob es uns nun gefiel oder nicht.

Ich machte Druck, doch es half nichts; der DI gab nicht nach. Wie mein Vater gesagt hätte, man muss wissen, wann man am falschen Hund bellt. Er war mit dem englischen Idiom nie so richtig zurechtgekommen.

»Gibt's irgendetwas, was ich wissen sollte, bevor ich da reingehe?«, fragte ich. Es war das Äquivalent zum Schwenken einer weißen Fahne.

»Das iranische Element wird zur Sprache kommen. Ich kriege jetzt schon Stress von irgendwelchen Community-Gruppen, die sich über Hassverbrechen auslassen.« Er rieb sich mit dem Daumen den Knöchel des Mittelfingers.

Ich verstand, was er meinte.

Die Londoner Polizei trägt nicht gerade einen Heiligenschein, wenn es um Rassismus geht, ungeachtet aller Mühen seitens der Polizeiführung, den Laden auf Vordermann zu bringen. Härtere Strafen für rassistisch motivierte Verbrechen. Veränderte Ermittlungsprioritäten. Rekrutierung nach Diversitätsgesichtspunkten. Großbritannien hat das größte Arsenal an Antidiskriminierungsmaßnahmen von ganz Europa. Nicht, dass es so wahrgenommen wird.

»Rasse wird erst dann ein Thema, wenn wir anerkennen, dass das hier ein Motiv ist, und das glaube ich nicht«, entgegnete ich.

»Die Opfermerkmale würden vermuten lassen, dass Sie falschliegen«, gab der wunderbare Rudock seinen Senf dazu.

»Nein. Die Opfermerkmale lassen vermuten, dass wir nach einem Täter mit bestimmten Vorlieben suchen, nach jemandem, der Surrogate umbringt, weil er noch nicht selbstbewusst genug ist, auf die Frau loszugehen, die er tatsächlich hasst. Das ist überhaupt nicht dasselbe.«

Isaksson zog eine Braue hoch, und auf seinen Lippen lag

die ganz schwache Andeutung eines Lächelns. Es gibt doch für alles ein erstes Mal, dachte ich im Stillen.

»Rassistische Hassverbrechen treten typischerweise nach aufwühlenden Vorfällen vermehrt auf, zum Beispiel nach dem Mord an diesem britischen Soldaten durch islamistische Extremisten vor einer Weile«, sagte ich. »Den Lesern der *Daily Mail* gefällt vielleicht unsere Einwanderungspolitik nicht, aber in letzter Zeit ist nichts passiert, was irgendetwas anfachen würde.«

»Wie gesagt, ich traue es Ihnen absolut zu, bei dieser Pressekonferenz die Leitung zu übernehmen.« Isaksson bedachte mich mit seinem knappen Nicken. »Lassen Sie mich nur kurz vorher wissen, was Sie sagen wollen, bevor Sie da reingehen.«

So viel zum Thema volles Vertrauen.

36. Kapitel

Pressesaal, Scotland Yard, 10:30

Ich nahm meinen Platz auf dem Podium ein und ließ den Blick durch den voll besetzten Pressesaal wandern. Korrespondenten jeder Zeitung und jedes Nachrichtensenders standen Arsch an Backe. Irgendwo in der Menge war bestimmt Jack, aber trotz seiner Größe hätte ich einen Röntgenblick gebraucht, um ihn zu entdecken.

Das Mikrofon kreischte, als ich es einschaltete, und sofort wurde es still im Saal. Jetzt, da der Mörder zum Serientäter geworden war, hatte sich das Medieninteresse verdoppelt. Allerdings würde ich mich heute nicht nur an die Öffentlichkeit wenden.

Serienmörder lieben Aufmerksamkeit. Sie verfolgen die Nachrichten sehr genau. Dieser Täter würde nicht anders sein. Er würde mir zuhören, daran bestand kein Zweifel. Den Fernseher laut aufgedreht, auf Aufnahme geschaltet, sodass er mich wieder und wieder sprechen hören konnte, bis er die Worte auswendig konnte.

»Guten Morgen. Zuallererst möchte ich Ihnen für Ihre

Kooperation während dieser Ermittlungen danken. Ihre Appelle an Zeugen sind für uns von hohem Wert, und wir erwarten, dass sich daraus wichtige Hinweise ergeben«, begann ich und trug gleich ganz dick auf. Auch wenn die Beziehung zwischen Polizei und Presse bis zu einem gewissen Grad symbiotisch ist, ist es trotzdem wichtig, die Medien auf unsere Seite zu ziehen. Deswegen die Schleimerei.

Ich fasste die beiden Taten zusammen und bestätigte, dass es sich bei dem Mörder von Lily Abian um dieselbe Person handelte, die den Mord an Yasmin Pejman begangen hatte.

»Und jetzt möchte ich Ihnen die Aspekte des Profils erläutern, das wir entwickelt haben, und es wäre uns sehr lieb, wenn Sie sie an Ihre Leser und Ihr Publikum weitergeben.«

Das hier war der entscheidende Teil. Unsere Hoffnung war, dass irgendjemand den Menschen erkannte, den ich beschrieb, und sich meldete. Punkt für Punkt ging ich das Profil durch, das ich dem Team in groben Zügen skizziert hatte.

»Im Leben des Täters gibt es einen Stressfaktor«, erklärte ich schließlich. »Den Tod eines ihm nahestehenden Menschen, das Zerbrechen einer Beziehung oder den Verlust des Arbeitsplatzes zum Beispiel. Bis jetzt hat er das bewältigt, aber ein noch nicht lange zurückliegendes traumatisches Ereignis hat seine negativen Gefühle in den Vordergrund treten lassen, und die bringen ihn dazu, um sich zu schlagen.

Vom Verhalten her wird er Stimmungsschwankungen an den Tag legen. Unmittelbar nach den Taten wird er erschöpft gewesen sein und irrational agiert haben. Dieser Zustand könnte durch Schreckhaftigkeit abgelöst werden, durch Wut und/oder Depressionen, die er vielleicht mit Alkohol zu kontrollieren versucht. Bis jetzt hat er sich mit Stellvertreterinnen für den Ursprung seiner Wut begnügt, aber es ist nur eine Frage der Zeit, bis er auf die eigentliche Ursache losgeht. Wir suchen nach Zeugen, die vielleicht gesehen haben, wie die Frauen an dem Abend, an dem sie verschwunden sind, in ein Fahrzeug gestiegen sind oder mit einem Mann gesprochen haben, auf den das Profil passt. Und wir bitten auch jeden, sich zu melden, der glaubt, den Täter anhand der Beschreibung, die ich Ihnen gerade gegeben habe, wiederzuerkennen. Der Täter hat wahrscheinlich eine Frau oder eine Freundin. Und die wird gemerkt haben, dass irgendetwas nicht stimmt. Eine Veränderung in seinem Verhalten, ein übermäßiges Interesse an dem Fall, vielleicht sogar Blut an seiner Kleidung. Es ist sehr wichtig, dass sie uns kontaktiert, nicht zuletzt, weil sie selbst in Gefahr sein könnte. Serienmörder arbeiten nach und nach auf das hin, was wir als das ›Hauptereignis‹ bezeichnen. Doch die Warnsignale werden bereits vorhanden sein. Erratisches Benehmen. Aggression. Seltsame Forderungen. Und jetzt möchte ich Ihnen die Gelegenheit geben, Fragen zu stellen.«

Ein paar Reporter stellten Fragen zum Thema Rasse und erkundigten sich nach Spuren. Und dann drängte sich die Frau nach vorn, die ich gestern vor Tristan Fontains Haus hatte stehen sehen.

»Tania Speara. Vom *Mirror.* Bei allem Respekt, Miss Mac-

Kenzie, ist diese Profiling-Nummer eigentlich akkurater als das Horoskop im *Cosmopolitan?*«

Hier und da war Gekicher im Raum zu vernehmen. Speara sah aus, als wäre sie sehr zufrieden mit sich.

Ich musterte sie von oben bis unten, bevor ich antwortete. Sie stand ganz vorn, und ich bin weitsichtig. Leichte Beute.

»Ihr maßgeschneiderter schwarzer Hosenanzug, die Perlenohrringe und die Prada-Handtasche passen nicht zu Ihren extrem blondierten Haaren und Ihrem East-End-Akzent. Sie sind in einer Sozialsiedlung aufgewachsen und haben sich geschworen, dass Sie Ihr Leben eines Tages von Grund auf ändern werden. Darum sind Sie auch so ehrgeizig. Sie haben das Bedürfnis, sich zu beweisen. Und Sie lassen sich von nichts aufhalten. Aber im Zuge dieses Prozesses haben Sie alle Empathie eingebüßt, die Sie früher vielleicht einmal hatten. Trauernde Angehörige. Opfer einer Tragödie. Für Sie sind das alles nur Gebrauchsgüter, eine Möglichkeit zu bekommen, was Sie wollen. Und wenn Sie abends nach Hause kommen und am Küchentresen Ihr Mikrowellen-Hühnercurry essen, dann haben Sie nur Ihre Katzen als Gesellschaft – eine rote und eine getigerte.«

Ein paar Lacher waren zu vernehmen. Und betretenes Scharren von Füßen.

»Woher wissen Sie, dass ich gestern Abend Curry gegessen habe?«, stieß Speara hervor. Sie sah zum Teil erschüttert und zum Teil verlegen aus. »Und woher wissen Sie von meinen Katzen?«

»Durch diese ›Profiling-Nummer‹. Außerdem haben Sie einen Soßenfleck auf der Bluse und Katzenhaare auf dem Jackett.«

Der Saal applaudierte spontan. Es war ein schöner Moment.

Und der Mörder würde ihn miterlebt haben.

37. Kapitel

Sittendezernat, Scotland Yard, 11:38

Sobald die Pressekonferenz vorbei war, flitzte ich in den zehnten Stock hinauf, um einen Blick auf Gavin Handler zu werfen. Das schlechte Gewissen bellte mir wie ein Drillsergeant ins Ohr: *Komm in die Hufe, MacKenzie. Inzwischen solltest du Antworten haben.*

Es war fast Mittag. Ein ganzer Vormittag war vergangen, ohne dass ich wegen des USB-Sticks irgendetwas unternommen hatte. Das kam mir illoyal vor, als würde ich dem Mord an Duncan nicht die Aufmerksamkeit widmen, die er verdiente. Und wenn ich dieser Geschichte nicht auf den Grund ging, wer würde es dann tun? Caulder nicht, das war sicher.

Mein Handy vibrierte in meiner Tasche. Wenn man vom Teufel spricht, dachte ich und drückte den Anruf weg. Interessant: Er kriegt also doch den Arsch hoch, wenn's ihm wichtig ist.

Die Tür zum Großraumbüro des Sittendezernats stand offen. Ich schlüpfte hinein, blieb dicht an der Wand stehen und versuchte, so unauffällig wie möglich zu sein. Macht euch mit euren Zielpersonen vertraut, hatte mein Ausbilder bei der Spezialeinheit immer gesagt. Kommt nicht in ihre Nähe, bevor ihr wisst, was sie gern zum Frühstück essen und wie oft sie scheißen gehen.

Im Feld hätte das Wochen des sorgfältigen Auskundschaftens bedeutet, doch ich hatte keine Wochen. Nicht einmal Minuten hatte ich. Nach meiner Einschätzung konnte ich von Glück sagen, wenn ich dreißig Sekunden bekam, um mir einen Eindruck zu verschaffen, bevor mich irgendjemand fragte, was ich hier zu suchen hatte.

Trotzdem, man kann in dreißig Sekunden eine Menge über einen Menschen in Erfahrung bringen, wenn man weiß, wonach man Ausschau halten muss. Ich würde Handler aus der Ferne begutachten und ihn später ansprechen, wenn er allein war. Mit meinen Kenntnissen, dachte ich mir, würde es leicht sein herauszufinden, wo er wohnte, und ihm in seinem Viertel »zufällig« zu begegnen.

Er saß an einem Schreibtisch am Fenster; ich erkannte ihn von dem Foto her wieder, das ich gestern Abend im System von Scotland Yard gefunden hatte. Und er schrieb. Hin und wieder schaute er auf ein Blatt Papier, das neben ihm lag, und verbesserte etwas.

Akribisch, dachte ich. Und außerdem nervös.

Er kaute auf seiner Unterlippe und schielte gelegentlich zu demjenigen hinüber, der an dem Schreibtisch neben seinem saß. Kurt Watkiss. Und wenn ich mich nicht irrte, war der Mann mit den Raupen-Augenbrauen der Grund für seine Nervosität. Aber war er auch der Grund für Handlers erhöhten Stresspegel? Für die offene Packung mit Tabletten gegen Sodbrennen? Für die Pickel auf seiner Stirn? Dafür, dass er sich immer wieder den Nacken rieb? Das erzählte alles dieselbe Geschichte. Gavin Handler stand mächtig unter Strom.

Allerdings war er auch verliebt. Das Foto auf seinem Schreibtisch sagte alles. Es war ein Bild von ihm und einer hübschen Rothaarigen an einem Strand; sie schleckten Eis und lächelten einander an, als hätten sie gerade einen Preis bekommen.

»Kann ich Ihnen helfen?«, erkundigte sich ein Mann und kam zu mir herüber.

Da fiel es mir auf. Hier waren nur Männer. Ich war die einzige Frau im Raum. Ein bisschen komisch, dachte ich, da es bei der Sitte doch so viel um Frauen und Kinder geht.

»Nein, ich habe nur jemanden gesucht«, erwiderte ich nonchalant.

Hätte Handler nicht genau in diesem Moment aufgeblickt, hätte ich mich still und leise vom Acker machen und ihm in seinem eigenen Jagdrevier »über den Weg laufen« können. Doch das ging jetzt nicht mehr. Womit mir nur noch eine Möglichkeit blieb.

»Gavin?«, fragte ich und ging zu seinem Schreibtisch hinüber. »Ich bin Ziba MacKenzie. Sie haben mit meinem Mann Duncan zusammengearbeitet. Er hat große Stücke auf Sie gehalten. Ich arbeite gerade für DCI Falcon, da dachte ich, ich komme kurz rauf und sage Hallo, wenn ich schon mal hier bin.«

Vielleicht hatten er und Duncan niemals zusammen einen Besprechungsraum betreten, doch es war durchaus anzunehmen, dass sich ihre Wege gekreuzt hatten. Duncan war bei der Sitte gewesen, als er erschossen worden war. Und nach allem, was ich im internen Datensystem gefunden hatte, war Handler schon seit mindestens drei Jahren hier.

Kurt Watkiss hob ruckartig den Kopf, als Duncans Name fiel. Fleckige Röte stieg ihm am Hals empor.

»Wie kommen Sie darauf, dass Handler Ihren Mann gekannt hat?«, fragte er mit gepresster, nasaler Stimme und befingerte die Zigarettenschachtel, die neben seiner Tastatur lag.

Sein Tonfall war misstrauisch, als wüsste er, dass ich bluffte. Aber woher? Natürlich könnte ich auch einfach nur paranoid sein. Es wäre nicht das erste Mal.

»Er hat von ihm gesprochen«, antwortete ich abweisend und wünschte, der Kerl wäre irgendwo anders.

Dass Watkiss zuhörte, war nicht ideal. Hätte ich die Begegnung doch nur nicht forcieren müssen, dann hätte ich sie besser planen können, hätte irgendwohin gehen können, wo wir nicht gestört würden.

»Ich weiß, Sie haben jetzt zu tun«, wandte ich mich lächelnd wieder an Handler, »aber vielleicht kann ich Ihnen ja später einen ausgeben. Es ist möglich, dass Duncans Tod etwas mit einem Fall zu tun hatte, in dem er ermittelt hat. Ich hatte gehofft, ich könnte Sie ein bisschen ausfragen. Er fehlt mir so schrecklich. Zu wissen, warum er umgebracht worden ist, wird ihn nicht zurückbringen, aber vielleicht kann ich dann ein bisschen damit abschließen.«

Ich wählte meine Worte sorgfältig, im Einklang mit dem Eindruck, den ich von ihm hatte. Doch mein Schuss ging trotzdem daneben.

»Mein aufrichtiges Beileid. Aber ich habe Duncan nicht gekannt.«

Doch er sah mich beim Sprechen nicht an. Stattdessen war sein Blick fest auf Kurt Watkiss gerichtet.

38. Kapitel

Meine Kontaktaufnahme mit Gavin Handler war nicht gut gelaufen, aber ich ließ ihm trotzdem meine Karte da. Vielleicht würde er sich ja melden, dachte ich. Große Hoffnungen machte ich mir allerdings nicht.

Ich drückte auf den Fahrstuhlknopf. Gleich darauf stand Kurt Watkiss hinter mir. Er atmete schwer, ein Raucherkeuchen.

»Ich hab Sie gestern mit Rudock gesehen. Wusste doch, dass Sie mir bekannt vorgekommen sind.«

»Ja, ich habe auch versucht, Sie einzuordnen«, bluffte ich.

»Handler hat Ihren Mann definitiv nicht gekannt. Aber Duncan und ich waren eine Zeit lang im selben Team. Fragen Sie mich gern alles, was Sie wollen. Aber ich kann Ihnen versichern, sein Tod hatte nichts mit seiner Arbeit zu tun. Wegen finanzieller Unregelmäßigkeiten werden unsere Jungs normalerweise nicht abgeknallt.«

Finanzielle Unregelmäßigkeiten? Quatsch mit Soße! Duncan wäre nicht einmal mit Zahlen zurechtgekommen, wenn er Excel benutzt hätte. Die Fahrstuhltüren öffneten sich zischend.

»Ich fahre mit.« Watkiss hielt mit dem Unterarm die Tür auf und folgte mir in den Lift. »Ich hab gehört, es wäre 'ne Gangschießerei gewesen. Eine Initiation, heißt es.«

Hat er mit Caulder geredet?, fragte ich mich, während die Türen sich schlossen.

»Mit Gangs hatte das überhaupt nichts zu tun.« Ich sah ihn unverwandt an. »Der Mord war eine Hinrichtung. Sauber und professionell. Jemand hat einen Killer auf ihn angesetzt.«

Watkiss' Augen wurden schmal. Er machte einen halben Schritt auf mich zu.

»Komisch, dass Sie sich daran erinnern, dass Ihr Mann über Handler gesprochen hat, wenn der schwört, er wäre ihm nie begegnet. Vielleicht haben Sie seinen Namen ja stattdessen irgendwo gelesen? In einer alten Akte vielleicht?«

Woher wusste er das, verdammte Scheiße?

»Vielleicht hat er's ja einfach vergessen. Das war vor zwei Jahren.«

»Vielleicht, aber wenn Sie noch irgendwelche alten Akten von Duncan haben, dann müssen Sie die abgeben«, sagte er, und sein Blick wich nicht von meinem Gesicht. »Wenn Sie sie behalten, könnten Sie Ärger kriegen.«

Er lächelte, nicht besonders freundlich. Seine Eckzähne waren gelb. Sein Atem roch nach Zigaretten und Speck.

»Ich bin mir meiner Verpflichtungen sehr wohl bewusst.«

»Na klar.« Er trat einen Schritt zurück und lächelte abermals, ließ einen Moment lang die Barcode-Kerben rund um seinen Mund verschwinden. »Sie sind hier eine Weile als Freiberuflerin unterwegs, stimmt's? Arbeiten für Falcon, richtig? Den kenne ich schon seit einer Ewigkeit.«

Die Andeutung war subtil, aber nichtsdestotrotz eindeutig. *Ich weiß Bescheid über dich. Ich kann dir das Leben schwer machen, wenn du dich mit mir anlegst.* Doch woher wusste er so viel? Nicht nur über mich, sondern auch über den USB-Stick? Denn die Anspielung auf alte Akten konnte kein Zufall gewesen sein. Hatte Caulder etwas gesagt? Aber warum hätte er das tun sollen? Sie waren doch nicht im selben Dezernat.

»Sie erstellen das Profil für den Gynäkologen, nicht wahr?«, fragte Watkiss mit Raubtiermiene.

Der Gynäkologe? So hatte Caulder den Täter auch genannt.

»Sehen aus wie Sie, die Opfer. Ist Ihnen das schon aufgefallen?«, fuhr er fort, als sich die Türen öffneten. »Sie sind bestimmt genau der Typ des Mörders.«

Das war die zweite Drohung, die er innerhalb eines zweiminütigen Gesprächs von sich gegeben hatte.

39. Kapitel

Die Finsternis ist zurück.

Mein Mann hat sich wieder völlig verändert. Der Mann, der mich erst vor Tagen mit Liebe und Küssen überschüttet hat, ist verschwunden. Jetzt ist Mr Hyde im Haus, nur ist er anders als vorher. Irgendwie verschlagener, als ob er darauf wartet zuzuschlagen, wenn ich es am wenigsten erwarte.

Er hat den Autoschlüssel versteckt und mich im Haus eingeschlossen; ich bin also eine Gefangene, während er mit ihr herumzieht. Ich habe das Foto gesehen. Ich weiß, was er getrieben hat.

Ich verstehe das nicht. Es lief doch alles so gut. Was habe ich denn gemacht?

Ich habe Albträume, immer denselben. Ich bin in einer Gasse, sitze in der Falle, kann nirgendwohin. Ein Ungeheuer mit zwei Köpfen kommt mit einem Messer in den Klauen auf mich zu, von seinen Reißzähnen tropft Blut, dickflüssig und glatt wie Ölfarbe. Ich versuche zurückzuweichen, doch es nützt nichts. Es erreicht mich, hält mir den Mund zu, drückt mich gegen die Wand. Im nächsten Moment habe ich ein Messer in der Hand, doch ich wehre mich nicht. Stattdessen steche ich wieder und wieder auf mich selbst ein, bis ich von meinem eigenen Blut ganz glitschig bin, und die ganze Zeit stachelt das Ungeheuer mich an.

»Mach das Gute weg«, sagt er mit hoher Stimme. »Du verdienst es nicht zu leben. Du hast dir das selbst eingebrockt.«

Und ich steche wieder und wieder in mein Fleisch, obwohl es gar nicht wehtut. Ich fühle, wie hilfloser Zorn in mir wächst, und stoße die Klinge immer fester hinein. Ich will, dass es wehtut. Ich will den Schmerz fühlen. Ich will es sehen, damit ich es herausholen kann.

Ich fange an zu weinen.

Als das Ungeheuer sich zu mir beugt, sehe ich, dass es mein Mann ist.

Und das Blut an seinen Zähnen ist meins.

40. Kapitel

Einsatzzentrale, Scotland Yard, 12:40

»Legt mal eure Big Macs weg und kommt her, Leute, ich habe Neuigkeiten.« Isaksson klatschte in die Hände, um sich bemerkbar zu machen.

»Die von der Technik haben einen Treffer gelandet«, verkündete er, nachdem sich alle im Halbkreis um ihn geschart hatten. »Sie haben es geschafft, ein paar gelöschte SMS von Yasmin Pejmans Handy zu rekonstruieren. Sieht so aus, als hätte sie eine Affäre gehabt.«

Ich dachte an die Fotos von Yasmin Pejman, die ich gestern bei ihr zu Hause gesehen hatte. Daran, dass sie und ihr Mann rein äußerlich so gar nicht zueinanderpassten und dass sie aussah wie eine Frau, die gern Aufmerksamkeit erregte.

Tristan Fontain hatte gesagt, sie und er hätten keine Geheimnisse voreinander. Doch das, was er nonverbal kommuniziert hatte, sagte mir, dass das Gegenteil der Fall war. Hatte er gewusst, dass Yasmin etwas mit einem anderen gehabt hatte? Und hatte er etwas dagegen unternommen?

Besitzergreifend war er ganz sicher. Aber wenn dem so war, wo passte Lily Abian da hinein?

Das Handy in meiner Tasche vibrierte. Caulder. Schon wieder. Der drehte wegen dieses USB-Sticks wirklich am Rad. Was wusste er, was er mir nicht sagte?

»Wissen wir, wer Pejmans Lover ist?«, wollte Rudock wissen und trank einen Schluck Red Bull.

Isaksson schüttelte den Kopf. »Die SMS sind an ein Prepaidhandy geschickt worden.«

»Mir fällt nur ein einziger Grund ein, warum der Kerl ein Prepaidhandy haben soll«, meinte ich. »Er ist verheiratet. Warum müsste er sonst seine Spuren verwischen?«

Der Schönling des Teams, ein Zac-Efron-Double, nickte wie jemand, der Erfahrung aus erster Hand vorweisen kann.

»Tristan Fontain hat gesagt, Yasmin und ihre Schwester hätten sich nahegestanden«, sagte ich. »Vielleicht kann die uns ja erleuchten. Ich rede mit ihr.«

Isaksson nickte mit zusammengepressten Lippen. »Gute Idee. Nehmen Sie Rudock mit.«

Das war nicht das, was ich vorgehabt hatte.

»Bei allem Respekt, Sir, von Frau zu Frau kriege ich vielleicht mehr aus ihr raus.«

»Schön. Dann nehmen Sie Frost mit.«

»Ich hatte gemeint, ich rede allein mit ihr.«

»Das ist gegen die Vorschriften, MacKenzie. Sie haben gesagt, von Frau zu Frau. Frost entspricht diesen Anforderungen, sie trägt heute ja sogar einen Rock.«

»Was Sie nicht sagen«, flüsterte Rudock vernehmlich, was ihm einen spielerischen Klaps auf den Arm von Frost und einen Lacher vom Rest der Mannschaft eintrug. Bis auf den DI natürlich, der wie üblich keine Miene verzog.

»Okay, Leute, kriegt euch wieder ein. Ich zeige Ihnen Pejmans SMS, und dann können Sie sich alle wieder an die Arbeit machen«, sagte er, drückte auf eine Taste seines Laptops und rief eine Abfolge von sehr eindeutigen Textnachrichten auf dem Smartboard auf.

Ich werde schon feucht, wenn ich nur an dich denke.
Ich muss dich in mir spüren.
Liege im Bett. Wünschte, du wärst neben mir und würdest »Simon says« spielen.
Ich fühle so gern deinen harten Schwanz in meinem Mund. Du bist so ein toller Mann, ganz anders als mein Schlaffi von Ehemann.

Schlaffi?, dachte ich und konzentrierte mich ganz auf die letzte SMS. Das könnte einfach nur abwertend gemeint sein. Oder es könnte bedeuten, dass Tristan Fontain impotent war.

Genau wie der Täter.

41. Kapitel

Archiv, Scotland Yard, 13:47

Watkiss' Bemerkung über Duncans alte Akten hatte mich ins Grübeln gebracht. Der USB-Stick war ja gut und schön, doch das Einzige, was er mir sagte, war, dass Duncan eine Operation namens Sunlight genauer unter die Lupe genommen hatte sowie die Namen von einigen der Leute, die damit in Verbindung standen. Mit anderen Worten, eigentlich gar nichts.

Aber wenn ich die Fallakten in die Finger bekommen konnte, an denen er in den Tagen vor seinem Tod gearbeitet hatte, würde ich eine klarere Vorstellung davon haben, worum es hier überhaupt ging. Alles, was er auf seinem Computer gespeichert hatte, war bestimmt längst gelöscht oder weitergeleitet worden, aber New Scotland Yard ist altmodisch. Trotz der Datenbanken, die Millionen von Pfund gekostet haben, werden dort immer noch Papierakten geführt.

Ich hatte mich für drei Uhr mit Yasmin Pejmans Schwester verabredet. So hatte ich Zeit, vorher im Archiv vorbeizuschauen und wieder ein paar Minuten abzuknapsen.

Zuerst sauste ich zu dem Starbucks auf der anderen Straßenseite hinüber, um ein Gastgeschenk zu besorgen, dann fuhr ich mit dem Fahrstuhl in den Keller hinunter, wo all die alten Akten aufbewahrt werden. Nachdem Duncan getötet worden war, hatte ich hier unten viel Zeit verbracht und nach Antworten gesucht. Doch ich hatte nicht gewusst, wo ich anfangen sollte, und trotz all der Hilfestellung, die die Archivarin Rita mir geleistet hatte, war ich nicht fündig geworden. Jetzt jedoch wusste ich, wonach ich suchte – nach allem mit Bezug auf Sunlight oder auf eine der Personen, die auf dem Stick aufgelistet waren.

»Ziba!« Rita lächelte breit, als ich ankam. »Oh, ist das für mich?« Sie nahm den Kaffee und den Brownie entgegen, die ich ihr mitgebracht hatte. »Mein Gott, wie köstlich!« Sie schob ihre Brille auf der Nase hoch und nippte an dem Kaffee. »Hm, wunderbar. Genau das, was ich gebraucht habe. Also, Schätzchen, wie geht's Ihnen?« Mit schief gelegtem Kopf und allem Drum und Dran.

Sie meinte mehr das Leben ohne Duncan als meinen allgemeinen Gesundheitszustand. Das war mir nur recht. Wenn sie Mitleid mit mir hatte, würde sie hilfsbereiter sein. Kaffee und Kuchen allein reichten meistens nicht.

»Es ist schon zwei Jahre her. Ist das zu glauben?«

Sie schüttelte den Kopf. »Er war ein wunderbarer Mensch, Ihr Mann, immer so höflich. Nicht so wie ein paar von den anderen. Und dann Sie. Noch so jung und so hübsch. Ich finde den Gedanken ganz furchtbar, dass Sie jetzt allein sind.«

Genau das richtige Stichwort.

»So allmählich denke ich, ich werde nur damit abschließen können, wenn ich herausfinde, wer Duncan umgebracht hat.«

»Das kann ich verstehen. Mein Gott, es war einfach zu schrecklich, was mit ihm passiert ist.«

»Wissen Sie, ich glaube, der Mord könnte etwas mit seinem Job zu tun gehabt haben.«

»Wirklich?«, fragte sie, und ihre Brauen schnellten in die Höhe.

»Aye, allmählich sieht es danach aus. Irgendetwas mit dem, woran er damals gearbeitet hat, was immer es auch war. Ich dachte, hier unten finde ich vielleicht einen Hinweis.«

Sie senkte den Blick und pulte an ihren Nägeln herum. Fühlte sich ganz plötzlich unbehaglich. Aber wieso?

»Haben Sie Zeit, mir die Akten aus der Zeit zwischen September und Oktober vor zwei Jahren rauszusuchen?«

Sie gab ein Zischgeräusch von sich. Es klang, wie wenn Luft aus einem Luftballon entweicht. Definitiv unbehaglich.

»Ich habe die Genehmigung zur Akteneinsicht«, sagte ich, obgleich sie das ja bereits wusste. Sie hatte damals Stunden damit zugebracht, Akten für mich herauszusuchen, als Duncan erschossen worden war.

Jetzt fingerte sie an ihrer Halskette herum. Was verschwieg sie mir?

»Fragen Sie ruhig bei Caulder nach, wenn es sein muss. Ich warte gern.«

»Na ja, verstehen Sie, das ist es ja gerade.«

»Wie meinen Sie das?«

»Er ist gestern Abend hier runtergekommen. Hat gesagt, Ihre Genehmigung wäre widerrufen worden, soweit es Duncans Fallakten betrifft. Oder irgendetwas anderes, was mit SCD9 zu tun hat.«

»Mit dem Sittendezernat?«

»Das haben sie umbenannt. Serious Crime Directorat 9. Abteilung für Missbrauch an Personen und Organisiertes Verbrechen.«

Sie schwatzte hektisch drauflos, versuchte, das Thema zu wechseln. Ich lenkte sie entschlossen wieder ins Gleis.

»Sie haben gesagt, er ist runtergekommen. Um wie viel Uhr war das?«

»Das kann ich Ihnen genau sagen«, antwortete sie und schaute in ihrer Kladde nach; sie war froh, mir überhaupt etwas geben zu können. »Da haben wir's ja. Um halb acht.«

Gleich nachdem ich sein Büro verlassen hatte.

Keine fünf Minuten nachdem ich mit ihm gesprochen hatte, hatte Caulder Maßnahmen ergriffen, um mich kaltzustellen.

42. Kapitel

Wohnung von Yasmin Pejmans Schwester, Kilburn, 15:00

Yasmins Pejmans Schwester Negeen wohnte in einer Zweizimmerwohnung in Kilburn, in der es nach Zigarettenkippen und Käsefüßen roch.

Ich saß mit ihr auf dem Sofa, während sie von »Yasy« erzählte und DS Frost in der Küche Tee machte. Frost hatte auf Glucke gemacht und darauf bestanden, dass Negeen die Füße hochlegte und das Teekochen ihr überließ. Mir war klar, was sie tat, nämlich sich bei der Schwester des Opfers einschmeicheln und »eine zwischenmenschliche Beziehung herstellen«, doch wenn ich Negeen gewesen wäre, hätte ich sie rausgeschmissen.

Es wäre mir sehr viel lieber gewesen, allein mit der Schwester zu reden; ich nahm an, dass sie sehr viel offener sprechen würde, wenn keine Polizistin dabei war. Und die Zigarettenpapier-Päckchen nebst Cannabismühle, die ich hinter einer Zimmerpflanze erspäht hatte, trugen nicht dazu bei, meine Meinung zu ändern.

»So«, verkündete Frost, die breit lächelnd mit einem

Tablett mit drei Bechern darauf hereinkam. Sie holte sich einen Holzstuhl vom Tisch und setzte sich uns gegenüber.

»Jetzt, nachdem Sie ein bisschen Zeit hatten zu verarbeiten, was Yasmin passiert ist, wollten wir gern mit Ihnen reden und sehen, ob Sie uns ein bisschen über sie erzählen können«, sagte sie und pustete den Dampf von ihrem Tee weg.

»Alle haben sie geliebt«, sagte Negeen und wischte sich die Augen. »Wissen Sie, sie war lustig. Hatte unheimlich Sinn für Humor. Aber auch ein Herz aus Gold. Hat überall Freundschaften geschlossen.«

Wenn ich für jedes Klischee hier ein Pfund kriegen würde, könnte ich mir auf dem Nachhauseweg eine schöne Flasche Rioja holen, dachte ich. Das ist das Problem bei Verwandten; es ist unmöglich, von den Leuten, die ein Opfer geliebt haben, einen korrekten Eindruck von ihm zu bekommen.

Die sind immer viel zu sehr damit beschäftigt, es auf ein Podest zu stellen.

Zum Glück war ich nicht darauf aus, mir ein Bild von Yasmin Pejman zu machen, ich war mehr daran interessiert zu bestätigen, dass sie und ihre Schwester sich wirklich so nahegestanden hatten, wie Fontain behauptet hatte. Und herauszufinden, was sie über den Mann wusste, mit dem ihre Schwester gebumst hatte.

Obwohl das Bild, das sie malte, ungefähr so wenig originell war wie das von einem Kadetten, der in seiner Stube Ordnung hält, ließ ihre nonverbale Kommunikation keinerlei Zweifel an Negeens enger Verbundenheit mit ihrer Schwester.

»Wir waren allerbeste Freundinnen«, beteuerte sie. »Wir haben uns alles erzählt.«

Perfekt.

»Wir haben ein paar Sex-Nachrichten auf Yasmins Handy gefunden«, sagte ich.

Frost sah mich an. Wahrscheinlich wäre es ihr lieber gewesen, wenn ich »SMS mit sehr persönlichem Inhalt« gesagt hätte oder so etwas Ähnliches.

Ich wählte eine direktere Herangehensweise. Wenn ich Negeen gegenüber auf schamhaft machte, würde sie sich mir gegenüber auch schamhaft geben. Und das war das Letzte, was ich wollte.

»Hört sich an, als hätte sie eine Affäre gehabt. Haben Sie eine Ahnung, mit wem?«

Negeen schlug die Augen nieder und schüttelte den Kopf. »Nein«, sagte sie mit leiser Stimme.

Das kaufte ich ihr nicht ab.

»Da könnte es eine Verbindung mit dem Mord geben. Es könnte uns dabei helfen, den Mörder zu fassen.«

Sie seufzte. »Ja, okay. Sie hat sich mit jemandem getroffen. Mit jemandem von der Arbeit. Details weiß ich keine. Yasy wollte nicht sagen, wer's war. Aber sie war total hin und weg von ihm. Mr Big hat sie ihn genannt. Sie wissen schon, wie in *Sex and the City.*«

Mr Big – eine Anspielung auf seine Position in der Kanzlei oder ein weiterer Hinweis auf Penisse und Performance? Vielleicht war Fontain ja wirklich impotent.

»Glauben Sie, Tristan hat etwas geahnt?«, erkundigte sich Frost und legte den Kopf schief.

Negeen lachte. Ein Peitschenknall. Ein Raucherlachen. »Ich denke schon. Sie hat schließlich davon geredet, ihn zu verlassen.«

»Wirklich?«

Davon hatte Tristan Fontain gestern nichts gesagt. Ganz im Gegenteil sogar. Er hatte seine Ehe als Lovestory hingestellt, ungeachtet dessen, was seine Körpersprache lautstark verkündet hatte. Ich dachte daran, wie er seinen kleinen Jungen immer als »meinen Sohn« bezeichnet hatte. Wie besitzergreifend er über ihn gesprochen hatte. Eine Idee nahm Gestalt an. Wenn Yasmin ihn verließ, lief er Gefahr, sein Kind zu verlieren.

»Was glauben Sie, wie Tristan dann reagiert hätte?«, fragte ich

»Toll hätte er's nicht gefunden. Er vergöttert den Kleinen. Er ist im Heim aufgewachsen, seine Mutter war eine Trinkerin. Er hat immer gesagt, für seine eigenen Kinder will er stabile Verhältnisse.«

Vernachlässigung durch die Mutter. Schwierige Kindheit. Es passte zum Profil.

»Wäre er vielleicht gewalttätig geworden?«

Wieder lachte sie auf. »Der? Nie im Leben. Der hat kein Rückgrat. Nicht dass ich finde, er hätte mal hinlangen sollen«, fügte sie rasch hinzu. »Aber Yas hatte zu Hause definitiv die Hosen an. Sie war ja nur eine halbe Portion, aber zäh wie Sohlenleder. Hat den armen Kerl echt rumkommandiert.«

Und auch noch ein Mann, dem die Männlichkeit abgesprochen worden war.

»Hört sich an, als hätten die beiden nie perfekt zueinandergepasst.«

Sie schüttelte den Kopf. »Um ehrlich zu sein, wir haben uns alle gefragt, was ein Mädchen wie sie mit einem Kerl wie dem wollte. Wenn Sie's wissen wollen«, meinte sie verschwörerisch, »ich glaube, das Ganze hat als Mitleidsfick angefangen. Und Tristan ist klug. Sehr belesen. Das hat sie angezogen. Dann ist sie schwanger geworden, und das war's dann. Aber dieser Mr Big war ganz anders. Ich hab keinen Pieps über ihn aus ihr rauskriegen können, aber über den Sex hat sie mir alles erzählt. Voll *Fifty Shades*, wenn Sie verstehen, was ich meine.«

»Und das hat Yasmin gefallen?«, fragte Frost ganz züchtig und sittlich.

Ich sah Negeen an und verdrehte die Augen. Sie grinste.

»Na klar hat's ihr gefallen, verdammt noch mal. War mal 'ne nette Abwechslung und was anderes als Tristan und Missionarsstellung mit Socken.«

Ich musste lachen, nicht zuletzt wegen Frosts schockierter Miene. Wie ein katholisches Schulmädchen. Negeen grinste abermals und drehte sich ein wenig zu mir herum. Frigid Frost war ausgegrenzt worden.

»Aber wissen Sie, was echt abgedreht war?«, sagte sie und zog eine Packung Marlboro aus der Tasche. Jetzt war sie deutlich entspannter. »Diese andere Frau, die ermordet worden ist, Lily Abian. Yasy und die waren echt gut befreundet. Sind ständig zusammen ausgegangen.«

Also nicht nur Kolleginnen, dachte ich. Sondern auch Freundinnen.

Die Wahrscheinlichkeit, dass die Opfer den Täter gekannt hatten, war gerade noch größer geworden.

43. Kapitel

Scotland Yard, 16:45

Als wir wieder am Broadway ankamen, wurde es dunkel. Außerdem goss es, das Pladdern des Regens wetteiferte mit dem Radio.

Im Fall der Morde an Yasmin Pejman und Lily Abian im Prominenten-Wohnviertel Primrose Hill hat die Polizei noch immer keine heiße Spur …

»Das ist doch bescheuert«, knurrte ich, während ich auf der Suche nach einem Parkplatz zum siebten Mal um den Block fuhr. »Ich setze Sie ab. Bringt doch nichts, wenn Sie auch klatschnass werden.«

»Wir sehen uns dann oben«, meinte Frost, als ich an den Straßenrand fuhr. »Ich fange schon mal mit dem Bericht an.« Mit einem Winken und einem Lächeln hopste sie voller Tatendrang aus dem Wagen.

Ich brauchte noch einmal zehn Minuten, bis ich einen Parkplatz mit Parkuhr fand, und der kostete mich fast fünf Pfund. Der Sattelschlepper vor mir hatte im Halteverbot geparkt und sich eine Parkkralle eingehandelt. Als mir das

das letzte Mal passiert war, war ich auf der Jagd nach dem London Lacerator gewesen und wäre beinahe sein nächstes Opfer geworden.

Ein kräftiger Wind kam auf, als ich durch die Nebenstraßen zum Yard marschierte. Ich zog meine Lederjacke fest um mich, klemmte die Hände in die Achselhöhlen und wünschte, ich hätte Handschuhe dabei. Den Kopf hatte ich gesenkt und die Schultern wegen des Regens hochgezogen, deshalb bemerkte ich es erst nicht. Ein Auto, das nur ein paar Meter hinter mir langsam dahinrollte.

Mein erster Gedanke war, dass der Fahrer einen Parkplatz suchte und langsam fuhr, um keinen zu übersehen. Doch entlang dieser Straße gab es keine, nur Busspuren und Halteverbotszonen. Was immer er auch machte, nach einem Parkplatz suchte er nicht.

Folgte er mir etwa? Oder war ich mal wieder zu misstrauisch? Vertrauen mag nicht mein zweiter Vorname sein, aber Paranoia, das könnte schon eher sein.

Eine Frau stöckelte auf hohen Absätzen an mir vorbei, einen Getränkebecher in der Hand und eine zusammengefaltete Ausgabe des *Evening Standard* unter dem Arm. Die Schlagzeile war deutlich zu sehen.

Scotland Yard präsentiert Profil des Hillside Slashers

Und darunter ein Bild von mir bei der Pressekonferenz heute Morgen. Eine Nahaufnahme für ganz London.

Der Mörder wusste vielleicht nicht, wie Falcon oder Isaksson aussah, denn die waren beide nicht bei der Pressekonferenz dabei gewesen. Von mir jedoch konnte man nicht dasselbe behaupten.

Rasch schaute ich über die Schulter. Das Auto war immer noch da. Vielleicht war ich ja doch nicht überempfindlich. Ich kniff die Augen zusammen, versuchte, das Kennzeichen zu entziffern, doch es war dunkel und die Scheinwerfer blendeten. Der vierte Buchstabe hätte ein S sein können, aber genauso gut auch eine Fünf. Der Fahrer war genauso unkenntlich, doch wenigstens die Automarke konnte ich erkennen. Ein 3er BMW. Schwarz.

Gerade wollte ich mein Handy aus der Handtasche holen, um den Wagen zu melden, als er beschleunigte und davonfuhr. Vielleicht war das nur ein Zufall.

Oder vielleicht hatte der Fahrer auch gemerkt, dass er entdeckt worden war.

44. Kapitel

Als ich um die Ecke bog, trat eine dünne Frau in kniehohen Ugg-Boots und einem zwei Nummern zu großem Dufflecoat mit hochgeschlagener Kapuze auf mich zu.

»Ich hab Sie in den Nachrichten gesehen«, sagte sie und drehte eine lose Haarsträhne um den Zeigefinger. »Sie untersuchen diesen Serienmörder-Fall, nicht wahr?«

Wäre ihr eindringlicher, starrer Blick nicht gewesen, hätte ich sie vielleicht für eine Journalsitin oder einen Drama-Junkie gehalten und abblitzen lassen. Doch diese Frau war eindeutig keins von beidem. Und außerdem sah sie aus, als hätte sie Angst. Und kam mir auch irgendwie vertraut vor.

»Wie heißen Sie?«, fragte ich.

Sie schüttelte den Kopf. Ein kurzes Rucken von einer Seite zur anderen, ein verschrecktes Kaninchen.

Sie wirkte nicht gerade stabil. Lieber aus ihr rausholen, was ich konnte, ohne Zeit mit dieser ganzen »Beziehung aufbauen«-Nummer zu verschwenden. Ich versuchte es aus einer anderen Richtung.

»Wollten Sie mich wegen irgendetwas sprechen?«

Sie schaute auf ihre Füße hinunter und sah dann

wieder mich an, bohrte die Schneidezähne in die Unterlippe.

Wer war diese Frau?

Rasch warf ich einen Blick auf ihre linke Hand. Sie trug einen Ehe- sowie einen Verlobungsring. Ein Gedanke arbeitete sich in meinem Kopf allmählich nach vorn.

Verheiratet. Nervös. Verfolgte die Nachrichten und interessierte sich für den Fall. Könnte das etwa …?

»Geht es um Ihren Mann?«, fragte ich. »Warum kommen Sie nicht mit rein? Dann können wir uns im Warmen unterhalten.« *Wo Sie nicht abhauen können.*

Sie presste die Lippen zusammen. Dann öffnete sie den Mund und wollte etwas sagen.

»Ziba! So ein Zufall! Ich wollte gerade mit Ihnen reden.«

Ich fuhr herum. Links von mir, ganz außer Atem, stand Dan Harper von Scutt & Menton. So was nennt man Timing.

»Dan, könnten Sie einen Augenblick …?«

Herrgott noch mal! Ich hätte dem Kerl eine knallen können. Ich hatte mit meinem Verdacht recht gehabt, dass die Frau abhauen könnte. Wo zum Teufel war sie?

»Ist alles in Ordnung?«, erkundigte sich Harper.

»Alles super«, antwortete ich mit eisiger Stimme. »Was wollten Sie denn?«

»Ich habe gehört, dass heute Vormittag ein paar von euch in der Kanzlei waren und mich sprechen wollten. Wegen unseres Telefonats von gestern Abend, nehme ich an.«

In seiner Stimme lag definitiv ein fragender Unterton. Er wollte sich rückversichern.

»Aye, das wird's wohl gewesen sein.«

»Ich war nicht da, und ich bin gerade auf dem Weg zurück hier durchgekommen. Dachte, ich komme zu Ihnen. Sie haben bestimmt alle genug um die Ohren, auch ohne mich aufstöbern zu müssen.«

Mein Zorn ließ nach. Es war ja nicht seine Schuld, dass die Frau Hackengas gegeben hatte.

»Das ist nett von Ihnen«, antwortete ich lächelnd und versuchte, meine Feindseligkeit von eben wiedergutzumachen. »Das würde nicht jeder tun.«

»Ist mir ein Vergnügen«, sagte er und lächelte zurück.

Ich rief die Kollegen an, die bei S&M nachgefragt hatten, und ließ Harper in einem der gemütlicheren Vernehmungsräume zurück, die für Zeugen vorgesehen waren.

Erst als ich davonging, traf es mich wie eine Kugel mitten ins Gehirn. Plötzlich wusste ich, warum mir die Frau bekannt vorgekommen war. Ich hatte sie nicht etwa schon einmal gesehen.

Sondern sie sah genauso aus wie die beiden Mordopfer.

45. Kapitel

Was Neues zu Sunlight?
Gesendet 17:21

Wolfies SMS kam, als ich gerade auf den Fahrstuhl wartete. Das nächste Briefing war in nicht einmal einer Stunde. Frost und ich würden dem Team von unserem Gespräch mit Pejmans Schwester berichten müssen, und ich würde erzählen, was mit der Flüchtigen unten auf der Straße passiert war.

Aber sollte ich auch das Auto erwähnen? Mein Instinkt hatte da ganz stark angeschlagen. Doch konnte ich wirklich sicher sein, dass der Fahrer mir gefolgt war?

In der hell erleuchteten Eingangshalle von Scotland Yard, in der die Londoner Polizisten ihrem Tagewerk nachgingen, fragte ich mich unwillkürlich, ob ich mir das Ganze nicht nur eingebildet hatte. Das ist diese Geschichte mit Duncans USB-Stick, dachte ich seufzend. Ich bin total von der Rolle; ich muss aufhören, überall Gefahren zu sehen. Großer Gott, nicht jeder Serienmörder hat mich auf seiner Liste.

Sehen aus wie Sie, die Opfer. Ist Ihnen das schon aufgefallen? Sie sind bestimmt genau der Typ des Mörders.

Ich rieb mir die Augen. Ich musste mich zusammenreißen. Mein Gehirn war ein einziger Matsch, so durcheinander war es.

Ich antwortete Jack.

War vorhin bei Handler. Sagt, er kannte D nicht. Weiß aber nicht, ob ich ihm das abkaufe.
Hab auch mit Watkiss gesprochen. Nicht gerade freundlich. Und Caulder nervt weiter wegen des Sticks.
Wie sieht's bei dir aus?
Gesendet 17:22

Hier geht's ab! Nicht nur der Slasher, jetzt wurde auch noch so ein Typ erhängt in seiner Einzimmerwohnung gefunden. Freund von Dale Redwood aus dem Kinderheim. Polizei schließt Straftat nicht aus.
Gesendet 17:23

Dale Redwood??
Gesendet 17:23

Der, der von der London Bridge gesprungen ist. Hab dir doch von seinem Abschiedsbrief erzählt. »Diese Schweine sind schuld an dem, was mir passiert ist, aber an die kommt keiner ran …«
Gesendet 17:23

O ja, ich erinnere mich. Und jetzt ist sein Kumpel tot. Hm …

Gesendet 17:24

Kommt noch schlimmer. Er hätte sich heute Vormittag mit jemandem vom Express treffen sollen.
Hat behauptet, er wüsste, wer die »Schweine« sind. Ist aber nicht aufgekreuzt, und dann hat der Reporter ein paar Stunden später erfahren, dass der Typ tot ist.
Gesendet 17:25

Da stimmt doch was nicht.
Gesendet 17:25

Jep.
Gesendet 17:25

Glaubst du, »die« waren es?
Gesendet 17:25

Weiß nicht. Vielleicht hatte Redwood ja recht.
Vielleicht sind die wirklich unangreifbar.
Gesendet 17:26

Niemand ist unangreifbar.
Gesendet 17:26

46. Kapitel

Ich hätte mich auf das konzentrieren sollen, was gerade wichtig war, doch der Drillsergeant in meinem Kopf gab keine Ruhe. *Sunlight*, schnarrte er immer wieder, *warum tust du nicht mehr?*

Vielleicht konnte ich meinen Instinkten wegen des Autos vorhin nicht trauen, was sie mir jedoch über Gavin Handler sagten, das war etwas ganz anderes.

Er hatte behauptet, er hätte Duncan nicht gekannt, doch nonverbal hatte er eine andere Geschichte erzählt. Ich konnte ihn schlecht noch einmal im Großraumbüro ansprechen, da würde mir Watkiss garantiert in die Quere kommen. Und wenn ich ihn außerhalb des Yards ansprach, würde ihn das wahrscheinlich einfach nur nerven.

Aber per Telefon, das könnte funktionieren. Handler war von Amors Pfeil getroffen worden. Wenn ich ihn dazu brachte, Mitleid für meinen Verlust zu empfinden, dann war er vielleicht bereit, sich auf einen kurzen Drink mit mir zu treffen. Das wäre ein Anfang.

Er nahm nach dem ersten Klingeln ab.

»Gavin, hier ist Ziba MacKenzie«, sagte ich und sprach

ihn absichtlich mit seinem Vornamen an. »Tut mir leid, dass ich Sie noch mal störe, und ich weiß, Sie erinnern sich nicht an meinen Mann, aber ich glaube, er könnte Ihnen bei Operation Sunlight über den Weg gelaufen sein.«

Ich wählte meine Worte mit Bedacht. Der direkte Bezug auf Sunlight deutete an, dass ich Bescheid wusste.

»Tut mir leid, ich, äh …«

»Er war meine große Liebe. Wir waren erst seit einem Jahr verheiratet. Ich war dabei, als er ermordet worden ist, auf der Straße abgeknallt wie beim Schießtraining. Das ist jetzt zwei Jahre her, aber ich habe immer noch Albträume.«

»Es tut mir wirklich leid, aber ich kann Ihnen nicht helfen. Ich habe Duncan nicht gekannt.«

Aber er benutzte seinen Vornamen.

»Wir waren gerade aus dem Urlaub zurückgekommen«, log ich, dass sich die Balken bogen, und dachte an das Foto auf Handlers Schreibtisch, das er bestimmt betrachtete, während ich sprach. »Eben haben wir noch am Strand Eis gegessen. Und im nächsten Moment verblutet er in meinen Armen.«

Handler lutschte hörbar an seiner Unterlippe. Fast geschafft.

»Hören Sie, kann ich Ihnen nachher ein Bier ausgeben? Vielleicht wissen Sie ja mehr, als Sie glauben. Es würde mir so viel bedeuten, wenn wir uns einfach nur unterhalten könnten.«

Ich legte Verzweiflung in meine Stimme. Irgendetwas sagte mir, dass Gavin Handler der Typ Mann war, der auf eine Jungfrau in Nöten positiv reagierte.

Eine kurze Pause entstand, bevor er antwortete. Ich hielt den Atem an.

»Es tut mir wirklich leid«, sagte er. »Ich wünschte, ich könnte Ihnen helfen, aber ganz ehrlich, ich kann nichts tun.«

Wieder hatte ich kein Glück gehabt. Aber etwas fiel auf.

Wenn jemand sich darüber auslässt, wie ehrlich er ist, dann weiß man eins ganz sicher: Er sagt einem nicht die Wahrheit.

47. Kapitel

Besprechungsraum, Scotland Yard, 18:00

Ich nahm ganz vorn im Besprechungsraum Platz. DS Silk setzte sich neben mich, stopfte seine Krawatte in die Weste und strich sich die Hose glatt.

»Wir haben hier einen ganz schönen Auflauf«, stellte Isaksson fest und schluckte eine Portion Maaloxan. »Ich werde Sie nicht lange aufhalten, aber diese Ermittlungen sind sehr komplex, und es ist wichtig, dass alle auf dem Laufenden sind. Heute Morgen haben wir ein Profil des Täters an die Medien gegeben und Zeugen gebeten, sich zu melden. Bis jetzt sind über zweihundert Anrufe auf der Hotline eingegangen. Aber richtige Spuren gibt es nicht. Des Weiteren war Axel Mentons Auto sauber, und seine Frau besteht auf seinem Alibi.«

Es ja auch nie vor, dass Frauen für ihre Ehemänner lügen, dachte ich im Stillen. Oder dass sie ihre Männer anlügen.

»Rudock und Murphy sind Harpers Behauptung nachgegangen, er habe Lily Abian in der Bar mit jemandem reden sehen. Aber das hat niemand bestätigt.«

Wenn Abian sich in der Bar mit einem Mann unterhalten hätte, dann wäre das doch irgendjemandem aufgefallen. Warum also war das nicht der Fall? War das nur Wunschdenken von Harper? Hatte er einfach nur nach Antworten gesucht?

So etwas hatte ich schon öfter erlebt. Ein Schock bringt das Gedächtnis vollkommen durcheinander. Trauma lässt das Gehirn auf Overdrive schalten, während es versucht, in dem, was gerade geschehen ist, einen Sinn zu erkennen.

»Wir haben gerade mit Harper gesprochen«, berichtete der Dicke. »Wir haben ihn nach Details gefragt, aber er hat uns nicht viel geliefert.«

»Stellen wir das mal fürs Erste zurück«, meinte Isaksson und tupfte sich mit einem gebügelten weißen Taschentuch die Nase ab. »Frost, können Sie Ihr Gespräch mit Pejmans Schwester kurz für uns zusammenfassen?«

Sie strich sich das Haar hinter die Ohren, las von dem DIN-A4-Block ab, den sie vor sich hatte, und schilderte die Highlights unserer Sitzung mit Negeen.

»Und es hört sich an, als hätte Pejman erwogen, ihren Mann zu verlassen, und als ob Tristan davon gewusst hätte«, schloss sie und sah Isaksson mit hoffnungsvollen Schafsaugen an wie ein Mädchen, das verzweifelt auf Daddys Lob hofft.

Er nickte sein knappes Nicken und sah auf die Uhr, spielte perfekt die Rolle eines unmöglich zu beeindruckenden Vaters.

»Also hatte Pejman eine Affäre und hatte vor, aus ihrer

Ehe auszusteigen. Und es ist möglich, dass Tristan Fontain Bescheid gewusst hat.«

Er hielt inne. Worauf wollte er hinaus?

»Als er das erste Mal von den Kollegen vom Revier Kentish Town befragt worden ist, hat Fontain behauptet, er sei an dem Abend, an dem sie umgekommen ist, mit Freunden in Hampstead unterwegs gewesen und so gegen halb elf nach Hause gekommen. Sein Sohn hat bei den Großeltern übernachtet. Das heißt, es gibt keinen Babysitter, der die Uhrzeit bestätigen könnte. Und in seiner Straße gibt es auch keine Überwachungskameras, wir können also nicht sicher sein, wann er nach Hause gekommen ist. Die Kollegen haben Aussagen von den Freunden zu Protokoll genommen, mit denen er zusammen war. Beide bestätigen, dass sie zusammen essen waren und dass Fontain das Restaurant gegen zehn verlassen hat. Die Restaurantrechnung bestätigt das. Allerdings« – wieder eine Pause – »zeigen Überwachungsaufnahmen um elf in Clerkenwell einen schwarzen Wagen, der auf ihn zugelassen ist, und zwar vor der Kanzlei, wo Pejman gearbeitet hat. Und man sieht dasselbe Fahrzeug auch langsam die umgebenden Straßen hinauf- und hinunterfahren.«

Ein langsam fahrender schwarzer Wagen. Genau wie der heute Nachmittag. Sollte ich etwas sagen, oder würde ich dann dastehen wie eine Idiotin?

»Regt euch ab, es kommt noch mehr.« Isaksson verschränkte die Arme vor der Brust, seine Standardhaltung. »Fontain war nicht nur an dem Abend in Clerkenwell, als Yasmin umgebracht worden ist, er war auch dort, als Lily

Abian entführt wurde. Tatsächlich ist sein Fahrzeug seit dem ersten Mord jede Nacht dort in der Gegend gefilmt worden.«

Auf der Suche nach Opfern?, dachte ich, während der ganze Raum kollektiv Luft holte.

»Wie passt das Ihrer Meinung nach zu dem Profil, MacKenzie?«

»Antisozial ist er mir nicht vorgekommen, als ich mit ihm gesprochen habe, aber das hat nichts zu sagen. Viele Introvertierte können normal interagieren. Er hat ziemlich reserviert gewirkt, aber er hat ja auch gerade erst seine Frau verloren, da kann man das nicht interpretieren. Allerdings hat Negeen gesagt, Yasmin hat zu Hause die Hosen angehabt, also hat er sich vielleicht in seiner Männlichkeit gekränkt gefühlt. Er ist im Heim aufgewachsen, und seine Mom war ein Alkie, das passt zu dem, was ich über eine schwierige Kindheit und Vernachlässigung durch die Mutter gesagt habe. Und seine besitzergreifende Art könnte auf Aggression hindeuten.« Ich hielt kurz inne. »Ist schwer zu sagen. Aber, ja, er könnte es gewesen sein.«

Ein Vibrieren wogte durch den Raum. Erregung kann man fühlen. Sie hat einen Puls.

Isaksson nickte. Er lächelte beinahe. »Wir haben gute Gründe für eine Verhaftung, aber ich will alles in trockenen Tüchern haben, bevor wir ihn einkassieren. Verstanden?«

Zustimmendes Gemurmel war zu vernehmen.

»Also gut. Silk und Andrews machen sich schlau über ihn. Und wir haben einen Durchsuchungsbeschluss für sein Auto. In der Zwischenzeit, Roberts, nehmen Sie Frost mit.

Ich möchte, dass Sie die Freunde noch mal vernehmen, mit denen er an dem Abend zusammen war, als Yasmin umgebracht worden ist. Besorgen Sie sich so viele Infos, wie Sie können. Worüber sie geredet haben. Ob er zwischendurch auf der Toilette war. Ich will alles. Je mehr wir über ihn wissen, desto mehr wird uns das helfen, wenn wir ihn verhören. Ich brauche Ihnen ja nicht zu sagen, was es bedeuten würde, wenn wir ihn nachweislich einer Lüge überführen könnten. Alles klar? Gut. Legen wir los, Leute.«

48. Kapitel

Blomfield Villas, London, 20:47

Ich war zu Hause und machte mir nach einer schnellen Laufrunde und ein paar schweißtreibenden Durchgängen mit meinem Sandsack gerade ein Spiegelei-Sandwich, als mein Handy klingelte. Die Nummer war unterdrückt. Entweder kam der Anruf von einem nicht gelisteten Festnetzanschluss, oder der Anrufer verwischte seine Spuren mit Absicht.

Ich putzte mir die Hände an einem Stück Küchenpapier ab und klemmte das Handy zwischen Ohr und Schulter, während ich die Eier auf eine Scheibe altbackenes Brot schob.

»Ziba MacKenzie.« Ich kippte Ketchup auf das Eigelb und griff nach einer zweiten Scheibe, um sie obendrauf zu packen.

Die Person am anderen Ende der Leitung antwortete nicht, doch ich konnte ihn oder sie in den Hörer atmen hören. Unregelmäßig, nicht wie ein Perverser, sondern mehr ein Anzeichen von Nervosität.

»Wer ist da?«, fragte ich mit meiner allerfreundlichsten Stimme.

Noch mehr Atmen.

»Sie klingen, als hätten Sie Angst. Was ist denn los?«

Ich wusste nicht, wer da am anderen Ende der Leitung war. Doch seine oder ihre Angst zeigte, dass dieser Anruf ihn oder sie einiges kostete.

Konnte es Tristan Fontain sein? Er hatte meine Nummer; ich hatte ihm am Ende unseres Gesprächs meine Karte gegeben. Peinigten ihn seine Dämonen? Suchte er Kontakt, wollte vielleicht gestehen, was er getan hatte?

Ich hatte während unserer Unterhaltung Mitgefühl mit ihm gezeigt. Er wusste, dass ich meinen Mann verloren hatte. Vielleicht dachte er, zwischen uns bestünde eine Verbindung, dass ich ihn verstehen würde.

Wenn Isaksson hier wäre, würde er mich anweisen, kein Wort zu sagen, ohne dass jemand von der Polizei dabei war. Aber ich war nicht in Hendon gewesen. Die *Regeln und Vorschriften für professionelles Verhalten* der Polizeischule interessieren mich nicht besonders. Und meiner Meinung nach ist es immer leichter, um Verzeihung zu bitten, als um Erlaubnis zu fragen.

»Sind Sie allein?«, fragte der Anrufer.

Es war nicht Tristan Fontain. Also …

»Gavin, sind Sie das?«

Ein Flüstern. »Ja.« Dann noch einmal: »Sind Sie allein?«

»Aye.«

Mein Herz pochte. Vielleicht hatte ich ihn vorhin doch nicht so falsch eingeschätzt. Offensichtlich hatte ich es geschafft, einen Knopf zu drücken; warum rief er sonst an? Aber was sollte dieser ganze Mantel-und-Degen-Scheiß?

»Kann irgendjemand Sie hören?«

»Nein.«

»Wie ist Ihre Adresse?«

Ich nannte sie ihm und diktierte die Postleizahl mit dem Buchstabieralphabet. So blieb kein Raum für Fehler.

»Whiskey zwei, sechs November Quebec.«

»Mitternacht«, sagte er. »Ziehen Sie die Vorhänge zu. Lassen Sie das Licht aus. Sagen Sie niemandem, dass ich komme.«

49. Kapitel

In meinem Kopf surrte es, als ich auflegte. Ich hätte so gern mit Jack gesprochen und ihm erzählt, was gerade passiert war. Doch ein Deal ist ein Deal. Wolfie würde warten müssen.

Stattdessen schlang ich am Küchentresen mein Spiegelei-Sandwich hinunter, wobei mir Eigelb und Ketchup am Kinn hinunterliefen. Was würde Gavin Handler mir erzählen? Der Mann stand unter Stress, das hatte ich bereits gesehen. Und er war auch auf der Hut vor Watkiss. Hing das beides miteinander zusammen? Ging es darum?

Nein, es ging um den Mord an Duncan. Bestimmt. Handler wusste etwas. Und mein Anruf vorhin hatte ihn veranlasst, damit herauszurücken.

Ich öffnete eine Flasche Sonoma County Pinot Noir, schenkte ein großes Glas voll und trank einen Riesenschluck, ohne mir die Mühe zu machen, den Wein atmen zu lassen. Er war weich und schmeckte nach Pflaumen, wärmte beim Hinabgleiten mein Inneres. Ich trank noch einen Schluck.

Aber was wusste Gavin?

Watkiss und der Anzugträger im Innenhof hatten über Sunlight geredet. War die Operation wieder aktiv? Sprachen sie deswegen darüber? Wenn ja, dann musste irgendetwas Neues ans Licht gekommen sein. Und wenn ein Regierungsbeamter involviert war, musste es ernst sein. Geheimsache.

Wollte Handler mir sagen, dass ich aufhören sollte, Fragen zu stellen? Gefährdete ich die Operation dadurch? Von dem, was ich auf Duncans USB-Stick gefunden hatte, wusste ich, dass die Resultate beim ersten Mal nicht gut gewesen waren. Vielleicht war dies ja die letzte Chance des Teams, es hinzukriegen. Das würde den Stress erklären, unter dem Gavin Handler stand, und Watkiss' Verhalten mir gegenüber und die Heimlichtuerei jetzt. Wenn es so war, dann würde ich keine Information bekommen, dann würde ich kaltgestellt werden.

Das Glas in der einen und die Flasche in der anderen Hand ging ich ins Wohnzimmer. Das Radio war wie üblich an, und gerade liefen die Nachrichten. Ich legte mir die Chenilledecke vom Sofa um die Schultern, rollte mich mit meinem Glas zusammen und hörte zu, wie sich ein Nachrichtensprecher, den ich nicht kannte, über die neusten Entwicklungen im Hillside-Slasher-Fall ausließ.

Sofort waren die Gewissensbisse wieder da. Ich sollte nicht so viel Energie darauf verwenden, Nachforschungen zu dem Mord an Duncan anzustellen, dachte ich, nicht wenn ich an einer aktiven Ermittlung mitarbeitete, bei der es um so viel ging. Duncan war seit zwei Jahren tot: Noch ein paar Wochen zu warten würde auch nichts ändern.

Und doch wusste ich, dass ich da zu tief drinsteckte, um das Ganze auf sich beruhen zu lassen. Wenn ich erst mal anfange zu graben, dann höre ich nicht auf, bis ich ein Loch habe, das groß genug ist, um darin zu stehen. Aber was bedeutete das für den Primrose-Hill-Fall? Was könnte ich übersehen, wenn ich abgelenkt war?

Ich richtete die Fernbedienung auf die Stereoanlage und machte das Radio lauter, übertönte die Gedanken, die in meinem Kopf herumschwappten, mit der Stimme eines Fremden. Hörte Tristan Fontain auch diesen Sender? Genoss er die Aufmerksamkeit der Medien?

Ich stellte mein Glas auf den Couchtisch, lehnte den Kopf nach hinten gegen die Sofalehne und gähnte. Es war ein langer Tag gewesen. Doch er war noch nicht zu Ende.

Heute Nacht würde ich keinen Schlaf kriegen.

50. Kapitel

Ich bin Edward Munchs Der Schrei. *Ich rufe um Hilfe, nur kann mich niemand hören. Und selbst wenn sie es könnten, niemand würde mir glauben.*

»Dein Mann ist doch so perfekt«, würden sie sagen. »Du lässt deine Fantasie mit dir durchgehen.«

Aber es ist die einzige logische Antwort.

Was ich gefunden habe, was er tut – ich kann an nichts anderes denken. Ich wünschte, ich könnte zurück in die Zeit, als ich mich zwanghaft wegen meines Gewichts verrückt gemacht habe und wegen dem, was mit Noah passiert ist, so wie früher, bevor das alles angefangen hat. Nicht dass das besonders toll war.

Stundenlang habe ich mich gequält und mir jede Einzelheit ins Gedächtnis gerufen, ihn in meinem Kopf gemalt. Der Leberfleck ganz unten auf seinem Rücken. Die sanfte Wölbung seines Pos. Seine blauen Augen, so dunkel, dass sie fast marineblau waren.

Dann die Wärme seiner Haut. Die Last seines Körpers auf meinem. Und das Grauen, als mein Mann früher nach Hause gekommen ist und uns gefunden hat …

Das habe ich absichtlich getan, habe die Erinnerungen ganz bewusst als Strafe heraufbeschworen, als Wiedergutmachung für das, was ich getan habe. Als Buße.

Aber wenn ich recht habe, was die Zeitungsausschnitte und all das angeht. Dann …

Es wird dunkel. Wie lange habe ich geweint? Ich habe jegliches Zeitgefühl verloren.

Als ich den Studienplatz in London bekommen habe, ist mir das vorgekommen wie eine Fahrkarte in ein anderes Leben. Ich würde einen Ozean zwischen mich und meine Mom bringen können und ganz neu anfangen. Aber jetzt scheint es, als hätte ich bloß eine Hölle gegen eine andere eingetauscht.

Es könnte nämlich sein, dass mein Mann mir nachspioniert.

Aber ich bin nicht die Einzige, die er beobachtet.

51. Kapitel

Blomfield Villas, London, 23:15

Im Radio sagte gerade eine Hellseherin, dass sie immer das Geräusch von fließendem Wasser hörte, wenn sie ein Foto von Yasmin Pejman ansah.

»Ich habe der Polizei meine Dienste angeboten. Ich glaube, ich könnte etwas wirklich Wertvolles zu den Ermittlungen beitragen.«

Aber sicher doch, Schätzchen, dachte ich und machte das Radio aus. Ich dachte über mein Gespräch mit Tristan Fontain nach und über den Hergang der Überfälle. Irgendetwas passte da nicht zusammen.

Ich hatte den Täter als impotent profiliert, was das exzessive Ausmaß der Stichverletzungen erklärte. Und wenn Fontain der Mörder war, dann war es möglich, dass die herausgerissene Gebärmutter mit seinem Zorn darüber zusammenhing, dass Yasmin versuchte, ihm seinen Sohn wegzunehmen und ihre Familie zu sprengen.

Das war alles durchaus logisch. Die Sache war nur die, wenn Fontain der Täter war, dann bedeutete das, dass der

Mord an Pejman aus persönlichen Gründen begangen worden war. Aber wenn seine Frau das eigentliche Zielobjekt seiner Wut war, warum sollte er dann auf Lily Abian losgehen?

Negeen Pejman hatte gesagt, Yasmin und Lily wären Freundinnen gewesen. Gab Fontain Lily die Schuld daran, dass seine Frau es mit Mr Big trieb? Hatte sie die beiden miteinander bekannt gemacht? Und wenn ja, reichte das wirklich als Motiv für einen Mord?

Ich stemmte mich vom Sofa hoch und tappte in die Küche, um Kaffee zu machen. Es würde nicht mehr lange dauern, bis Handler kam, und mein Gehirn brauchte einen Energieschub.

Als ich ins Wohnzimmer zurückkam, leuchtete eine SMS von Jack auf meinem Handy auf – irgendein Agatha-Christie-Zitat, von wegen Angst sei »unvollständiges Wissen«.

Gerade tippte ich eine Antwort – *Woher kommt dieser Angstzitate-Wahn?* –, als ich mittendrin innehielt.

Könnte das die Antwort sein?

Ich rief ihn an.

»Wie hieß noch mal das Buch von Agatha Christie, über das du dich gestern ausgelassen hast?«

Hallo, wie geht's dir? ist Konversations-Füllmasse für Leute, die sich nichts zu sagen haben.

»Häh? Ach, du meinst *Die Morde des Herrn ABC?* Ja, das ist klasse, das solltest du mal lesen. Aber das war nicht gestern, das ist schon Wochen her.«

Ein ganz und gar nicht verbrämter Hinweis darauf, dass ich ihm vor der Geschichte mit dem USB-Stick aus dem Weg gegangen war.

»Erzähl mir noch mal, worum es da geht«, sagte ich.

»Da arbeitet sich ein Serienmörder durchs Alphabet. A steht für Mrs Asher aus Andover, B für Betty Irgendwas in Bexhill. Und so weiter.«

»Ich meine die Auflösung.«

»Ach das! Das ist pure Agatha-Christie-Genialität. Bist du sicher, dass ich's dir verraten soll?«

»Ganz sicher.«

»Wie du willst, aber ich warne dich, du verpasst etwas.«

»Jack!«

»Schon gut, bleib locker! Wie sich herausstellt, wollte der Mörder seine Frau abmurksen, aber er wusste, wenn er das tut, wäre er der naheliegendste Verdächtige. Also bringt er stattdessen einen ganzen Haufen anderer Leute um, damit ihr Tod wie das Werk eines Serientäters aussieht und um die Aufmerksamkeit der Polizei von sich abzulenken. Da ist diese tolle Zeile ganz am Schluss, als Poirot die Lösung findet. ›In einem Nadelkissen fällt eine Stecknadel nicht so leicht auf. Oder ein einzelner Mord in einer Mordserie.‹ Ist das nicht toll?«

Und um die Aufmerksamkeit der Polizei von sich abzulenken.

Tristan Fontain hatte Dutzende Agatha-Christie-Romane in seinem Bücherregal. Und auch Bücher über wahre Verbrechen.

Könnte die Tatsache, dass es völlig unlogisch wäre, wenn er Lily Abian umbrachte, der Grund dafür sein, dass er es getan hatte?

Einen Tag vorher:
Freitag

52. Kapitel

Blomfield Villas, London, 01:13

Ich tigerte auf dem großen Perserteppich in meinem Wohnzimmer auf und ab, und mein hilfloser Groll wurde immer größer. Wo war Handler? Er hätte schon vor über einer Stunde hier sein sollen.

Ich zog die Vorhänge zurück und schaute die Straße hinunter. Ein Fuchs stolzierte mit wippender Rute über den Gehsteig, als gehöre er ihm. Ansonsten jedoch war die Straße dunkel und leer.

Hatte Handler sich meine Adresse falsch notiert? Nein, das war unwahrscheinlich, bei all den Vorkehrungen, die er getroffen hatte. Ich dachte an den Vortag zurück, als ich ihn an seinem Schreibtisch hatte arbeiten sehen, wie sorgfältig er vorgegangen war. Das war kein Mann, der sich bei grundlegenden Details vertun würde. Es musste einen anderen Grund dafür geben, dass er nicht auftauchte. Aber was für einen?

Vielleicht war seine Freundin ja noch wach, und er konnte nicht weg. Nein, das ergab auch keinen Sinn. Er hatte die Uhrzeit festgelegt, also musste er sicher gewesen sein, dass er dann auch hier sein konnte.

Ich hasse dieses Gefühl, eine Situation nicht kontrollieren, nicht das ganze Bild sehen zu können. Von jemand anderem abhängig zu sein fällt mir nicht leicht. Zum x-ten Mal sah ich auf die Uhr. Wo steckte er?

Irgendetwas stimmte hier nicht, ich konnte es fühlen. Wenn ich nur seine Handynummer gehabt hätte, dann hätte ich ihn anrufen können. Sollte ich seine Festnetznummer herausfinden? Wahrscheinlich könnte ich über das Wählerverzeichnis an seine Adresse herankommen und mich von da aus weiter vorarbeiten.

Nein, ganz miese Nummer, dachte ich auf halbem Weg zu meinem Laptop. Er wollte unser Treffen geheim halten. Wenn er zu Hause war, und es war noch jemand dort, riskierte ich, dass er sauer wurde und die ganze Sache platzte.

Wieder schaute ich auf meinem Handy nach verpassten Anrufen oder SMS. Nichts. Nur dieses Agatha-Christie-Zitat, dass Angst unvollständiges Wissen sei.

Da ist was dran, dachte ich. Ich stresste mich selbst total, weil ich nicht alle Fakten hatte.

»Geduld ist eine Tugend, Ziba«, pflegte meine wunderbare Mutter zu sagen, als ich noch klein war. »Und Tugend ist eine Gnade …«

Rumi, der Sufi-Mystiker, den ich immer mit meinem Vater zusammen gelesen hatte, hatte etwas noch viel Besseres zu bieten gehabt. Er meinte, es gehe darum, auf das zu vertrauen, was kommen würde, einen kahlen Dornbusch zu betrachten und sich auf die Rose zu freuen. Es war ein wunderschönes Gedicht. Ich hatte es für Duncan rezitiert, lange bevor er ermordet worden war. Wir waren früh aufgestanden und im Hampstead Heath umhergestreift. Der Waldboden war voller Eicheln und Herbstlaub, und der Himmel war leuchtend blau.

»Wir waren aber nicht geduldig«, hatte er bemerkt und mich für einen Kuss zu sich herangezogen. Er meinte die Tatsache, dass wir schon nach ein paar Monaten geheiratet hatten.

»Pah! Geduld wird überbewertet«, antwortete ich und erwiderte den Kuss, obgleich das Leben mich etwas anderes gelehrt hatte.

Geduld und Vorbereitung gehen Hand in Hand. Sie können jeden Soldaten fragen, und alle werden Ihnen dasselbe sagen: Wenn man sich in einem fairen Kampf wiederfindet, ist bei der Planung irgendetwas schiefgegangen.

Gerade überlegte ich, ob ich es aufgeben und noch ein bisschen schlafen sollte, solange ich noch konnte, als mein Handy zu klingeln begann. Wurde ja auch Zeit.

Nur war es nicht Gavin Handler. Es war Isaksson.

»Wir brauchen Sie im Yard«, sagte er. »Wir haben Tristan Fontain verhaftet. Die Jungs erledigen gerade den Papierkram.«

53. Kapitel

Einsatzzentrale, Scotland Yard, 02:05

Zum Yard zu kommen dauerte länger, als es um diese Zeit nötig gewesen wäre, weil der Porsche streikte. Irgendwie hatte ich es geschafft, das Licht anzulassen. Und da niemand in der Nähe war, der mir hätte Starthilfe geben können, hatte ich einen langen Fußmarsch vor mir.

Im Gebäude war es still wie in einer Leichenhalle, als ich endlich dort ankam, doch die Einsatzzentrale war hell erleuchtet und lebendig. Ich brauchte keine Profilerin zu sein, um die Stimmung zu deuten. Man hätte die freudige Erregung abknallen können, so dick lag sie in der Luft.

»Ich fasse es nicht.« DS Silk feixte wie ein Rekrut an seinem ersten Landurlaubstag, als wir uns im Halbkreis um Isaksson versammelten. »So schnell schon eine Festnahme!«

Er war nicht der Einzige, der lächelte. Keiner von uns hatte so früh mit einem Erfolg gerechnet.

»Fangen wir an«, sagte Isaksson.

Er trug ein frisches Hemd, doch der Kratzer auf seiner Wange zeigte, dass er sich in aller Eile rasiert hatte, und obwohl sein feuchtes Haar darauf hinwies, dass er vor Kurzem geduscht hatte, verströmte er einen schwachen chemischen Geruch.

»Mir ist klar, dass hier niemand viel geschlafen hat, aber die Gewahrsam-Uhr tickt schon. Die Spurensicherung ist jetzt in Fontains Haus zugange und sichert Schuhe und Kleidung. Aber wir müssen unsere Strategie auf die Reihe kriegen, wenn wir dem Kerl ein Geständnis entlocken wollen, bevor die Kollegen fertig sind.«

Er hätte einen guten Soldaten abgegeben, dachte ich. Sogar die bolzengerade Stock-verschluckt-Haltung hatte er. Noch ein paar mehr Kraftausdrücke, und er könnte mit den Besten mithalten.

»Ich erläutere Ihnen mal kurz, wo wir mit dem Verdächtigen stehen, und dann übergebe ich an MacKenzie, damit sie uns in Sachen Vernehmungstaktik beraten kann. Wir haben Fontains Auto, allerdings wird's ein bisschen dauern, bis wir was vom Labor hören. Was mich natürlich am meistens interessiert, ist, ob da drin Blutspuren von einem der beiden Opfer zu finden sind.«

Wieder überlegte ich, ob ich von dem Wagen erzählen sollte, der mir gestern Nachmittag gefolgt war. Aber wenn Fontain der Täter war, was sollte das dann bringen?

»Frost und Josephs haben mit den Leuten gesprochen, mit denen Fontain an dem Abend unterwegs war, an dem Yasmin getötet worden ist. Alle waren sich einig, dass er ein bisschen geknickt gewesen wäre, nicht so fröhlich wie sonst immer.«

Also ist Tristan Fontain normalerweise gut drauf, dachte

ich und kaute auf meiner Lippe. Komisch. Das passte nicht zu dem Profil. Die Verbrechen deuteten auf einen Täter hin, der eher zurückgezogen und unsicher war, nicht auf eine Frohnatur.

»Um es noch einmal zusammenzufassen, Yasmin Pejman hat gedroht, aus ihrer Ehe auszusteigen. Wir wissen, dass Fontain beide Male zur Tatzeit in Clerkenwell war, als die Opfer von dort entführt wurden. Und wir wissen, dass er für die Zeit des Mordes an Pejman kein Alibi hat.«

Frost hob die Hand; ihr Kugelschreiber zielte auf die Zimmerdecke. Jetzt noch Zöpfe, und sie hätte glatt wieder in der Schule sein können.

»Wenn das vorrangige Motiv Rache war, wie passt dann Lily Abian da rein? Was war das Motiv, sie umzubringen?«

»Darf ich?«, fragte ich Isaksson.

Er sah ein bisschen überrascht aus, antwortete jedoch mit seinem knappen Kopfnicken, und ich gab meine Agatha-Christie-Theorie zum Besten, dass Fontain Abian getötet hatte, um den Verdacht hinsichtlich des Mordes an Pejman von sich wegzulenken.

»Im Augenblick ist das nur Spekulation. Wenn wir anfangen, ihn zu vernehmen, werden wir mehr wissen.«

»Womit wir bei der Vernehmungsstrategie wären«, stellte Isaksson fest. »MacKenzie, übernehmen Sie.«

54. Kapitel

Ich habe jede Menge Erfahrung mit Vernehmungen, sowohl bei Einsätzen als auch zu Hause. Und obwohl die verhörten Personen und die jeweilige Situation sehr unterschiedlich sind, ist meine Strategie stets dieselbe. Jedes Mal analysiere ich die betreffende Person und versuche herauszufinden, wie man sie knacken kann. Wo ihre Schwachstelle ist.

Die hat jeder. Egal, wie hart man im Nehmen ist oder womit man sich seinen Lebensunterhalt verdient, wir sind alle verwundbar. Wir knicken alle ein, wenn am richtigen Punkt Druck gemacht wird.

Für mich ist die Frage also stets: Wo ist die weichste Stelle meines Verdächtigen? Wo ramme ich das Messer hinein? Und da kommt das Profil zum Tragen.

Versteh das Verbrechen, und du verstehst den Verbrecher. Versteh den Verbrecher, und du verstehst, wie du mit ihm umgehen musst.

Ich hatte das Werk des Mörders genau studiert. Ich hatte mit Fontain gesprochen. Noch konnte ich nicht sicher sein, dass er der Täter war, doch ich wusste, wie ich es herausfinden konnte. Und dazu würde eine Technik gehören, die quasi direkt aus dem Handbuch des ehemaligen FBI-Chefs John Douglas stammte.

»In einer Verhörsituation wird ein Mann wie Fontain kooperativ erscheinen, aber man wird ihn nicht so leicht knacken können«, sagte ich. »Wenn er gesteht, ist sein Leben im Eimer. Es ist mitten in der Nacht. Das ist gut. Niemand hat gesehen, wie er verhaftet worden ist. Noch stehen die Übertragungswagen nicht bei ihm vor der Tür. Das wird ihn ein bisschen beruhigen, was ihn für Fragen empfänglicher machen dürfte. Also lassen Sie es ganz langsam angehen. Sprechen Sie ihn mit seinem Vornamen an, machen Sie Small Talk. Bringen Sie ihn dazu, die Deckung runterzunehmen. Aber zeigen Sie ihm auch, dass es keinen Fluchtweg gibt. Bereiten Sie den Vernehmungsraum vor. Legen Sie einen Stapel Aktendeckel mit seinem Namen in schwarzem Filzstift vorn drauf auf den Tisch. Die können ruhig voller leerer Seiten sein, er wird nicht sehen, was drin ist. Sie müssen nur voll aussehen, und ab und zu müssen Sie einen davon aufschlagen, als wollten Sie etwas überprüfen. Lassen Sie ihn sehen, womit er es zu tun hat. Lassen Sie ihn die Beweise spüren, die gegen ihn sprechen. Kleben Sie Tatortfotos an die Wände, Kopien vom Autopsiebericht und Standbilder der Überwachungskameras – auch wenn er da gar nicht drauf ist. Tapezieren Sie den ganzen Raum mit Beweisen. Zeigen Sie ihm, wie umfänglich die Ermittlungen gewesen sind. Bei einem Messermord ist es für den Täter unmöglich, kein Blut von seinem Opfer abzubekommen. Noch haben wir keinen Bericht von der Spurensicherung, aber das heißt nicht, dass Sie nicht bluffen dürfen. Sehen Sie ihm in die Augen und erzählen Sie ihm, dass die Kollegen von der Spurensicherung sein Haus durchsucht haben, während er hier gesessen hat. Fragen Sie ihn, warum sie Blutspuren gefunden haben. Sagen Sie ihm, wir wollen nicht wissen, *ob* er's getan haben, wir wollen wissen, warum. Er denkt, er hat alles zu verlieren, wenn er redet. Machen Sie ihn glauben, dass er alles zu verlieren hat, wenn er *nicht* redet. Bieten Sie ihm einen Deal an, wenn er redet, aber sagen Sie ihm, die Zeit ist knapp. Sagen Sie ihm, er hat eine Stunde, um zu gestehen, dann ist das Angebot vom Tisch. Sagen Sie ihm, sein Geständnis könnte den Unterschied ausmachen, ob er rechtzeitig wieder draußen ist, um die Hochzeit seines Sohnes mitzuerleben, oder ob er seine Enkel niemals kennenlernt. Zeigen Sie Mitgefühl, projizieren Sie die Schuld auf Yasmin. Geben Sie ihm eine Möglichkeit, das Gesicht zu wahren. Helfen Sie ihm zu gestehen. Aber Folgendes ist das Wichtigste: Legen Sie ein Kleidungsstück von Lily Abian in sein Blickfeld, in einem Winkel von fünfundvierzig Grad, sodass er den Kopf drehen muss, um es anzusehen. Sagen Sie nichts dazu. Machen Sie ihn nicht darauf aufmerksam. Das wird nicht nötig sein. Wenn Tristan Fontain der Mörder ist, wird er nicht imstande sein, das zu ignorieren. Seine Reaktionen werden Ihnen alles verraten, was Sie über seine Schuld wissen müssen.«

55. Kapitel

Beobachtungsraum, Scotland Yard, 03:04

Ich saß im Beobachtungsraum vor dem Bildschirm neben dem von Isaksson. Er hatte gerade eine Vitamin-B-Tablette in sein Wasser geworfen und ging seine Notizen durch.

Das Vernehmungszimmer war genauso präpariert worden, wie ich gesagt hatte. Die Wände waren mit Tatortfotos, Bildern von Überwachungskameras und Auszügen aus Berichten bedeckt, in denen manche Absätze mit Leuchtstift markiert waren. Und auf einem kleinen Tisch, aus der Perspektive des Verdächtigen auf zwei Uhr, lag eine hellblaue Bluse voller Blutflecken. Lily Abians; Fontain würde sie nur wiedererkennen, wenn er der Mörder war.

Die Tür ging auf.

Frost kam zuerst herein, blonde Locken und keinerlei Make-up – ausgewählt, weil sie rein physisch die Antithese zu beiden Opfern war. Auch ihre sanfte Ausstrahlung war genau das, was wir brauchten – ein guter Kontrast zu dem kompromisslosen Silk.

Tristan kam als Nächster, den Kopf hocherhoben, das

Kinn vorgereckt, die Hände zu Fäusten geballt. Ein Mann, der eher auf Kampf als auf Kapitulation eingestellt zu sein schien. Wie ich gesagt hatte: Ihm ein Geständnis zu entlocken würde nicht einfach sein.

Silk trat als Letzter ein. Er gab Fontain mit einer Geste zu verstehen, wo er sitzen sollte, dann ging er um den Tisch herum, setzte sich neben Frost und knallte einen Stapel Aktenmappen aus Pappe auf den Tisch.

»Ich muss Sie davon in Kenntnis setzen, dass diese Vernehmung aufgezeichnet wird und als Beweismittel genutzt werden kann, wenn Ihr Fall vor Gericht kommt …«

Er blätterte ein paar Sekunden lang in der obersten Aktenmappe und zeigte Frost etwas darin, die ihn kurz ansah und nickte.

Nicht schlecht, dachte ich. Die Mappen waren voller Ausdrucke aus der Recyclingtonne, aber das wusste Fontain nicht.

Doch er beachtete sie gar nicht. Stattdessen starrte er mit leicht geöffnetem Mund die Wände an und rieb sich mit seinen dicken Wurstfingern das Albinohaar. Er konzentrierte sich auf ein Foto von Yasmin Pejman. Nicht das, das wir an die Medien gegeben hatten, sondern eins vom Tatort; die Gebärmutter herausgerissen und von oben bis unten mit Blut beschmiert.

Seine Mundwinkel klafften auf, bogen sich zu einem umgedrehten Lächeln. Das war eine limbische Reaktion, eine fast universale Antwort auf Schreck und Entsetzen. Eine Reaktion, die man unmöglich vortäuschen kann. Und seine Augenlider flatterten. Noch etwas, was schwer zu simulieren ist. Genauso wie das Blut, das aus seinem Gesicht gewichen war.

Silk klärte ihn über seine Rechte auf, und Frost übernahm die Anfangsfragen. Wir würden uns auf Facebook nicht gegenseitig liken, wenn das hier alles gelaufen war, aber Instruktionen befolgen konnte sie, das musste ich ihr lassen.

Sie sprach Tristan Fontain mit seinem Vornamen an. Führte ihn langsam an die Vernehmung heran und zeigte Mitgefühl. Doch Fontain entspannte sich nicht eine Sekunde lang. Er wurde laut. Er gestikulierte wild. Er beteuerte bei jeder sich bietenden Gelegenheit seine Unschuld.

»Sie haben den Falschen«, sagte er immer wieder. »Wieso verschwenden Sie Ihre Zeit mit mir? Sie sollten da draußen nach dem suchen, der das getan hat.«

»Ihr Auto ist an dem Abend, an dem Yasmin umgebracht worden ist, von einer Überwachungskamera in Clerkenwell gefilmt worden. Die Kameras zeigen, dass es danach jede Nacht dort unterwegs war. Einschließlich der, in der Lily Abian getötet wurde«, mischte Silk sich ein.

Fontain barg den Kopf in den Händen, eine Geste der Aufgabe. Ich richtete mich auf.

»Es ist nicht so, wie Sie denken«, flüsterte er.

»Warum waren Sie dort?«, fragte Frost leise, spiegelte seinen Tonfall.

Fontain seufzte. »Yasmin hat mir gesagt, dass sie mich betrogen hat. Aber sie wollte nicht sagen, mit wem. Sie arbeitete oft bis in die Puppen, also habe ich angenommen, dass es jemand aus der Kanzlei sein muss. Ich musste es wissen. Damals habe ich noch versucht, meine Ehe zu retten. An dem Abend, an dem sie gestorben ist, war irgendeine Betriebsfeier, zu der sie gehen müsste, hatte sie gesagt. Sie hat gesagt, das würde erst spät anfangen. Ich habe meinen Sohn über Nacht bei meinen Eltern untergebracht und war schnell mit ein paar Kumpel etwas essen, damit ich nicht durchdrehe, verstehen Sie? Danach bin ich nach Clerkenwell gefahren und habe sie gesucht. Aber ich habe sie nicht gefunden. Schließlich habe ich's aufgegeben und bin nach Hause gefahren. Bin dann noch lange aufgeblieben und habe meinen Kummer ertränkt. Nachdem sie umgebracht worden ist, bin ich immer wieder da hingefahren. Das war wie ein Zwang. Wahrscheinlich habe ich gehofft, ich könnte der Held sein, für den sie mich nie gehalten hat. Meine Ehe hatte ich nicht retten können – oder sie. Aber vielleicht konnte ich ja den finden, der's getan hatte. Ihr zu ihrem Recht verhelfen. Das habe ich jedenfalls gedacht. Bescheuert, ich weiß.« Seine Augen waren nass. Seine Stimme zitterte.

»Das ist nicht bescheuert«, sagte Frost in demselben sanften Tonfall wie eben. »Sie haben Yasmin offensichtlich wirklich geliebt. Sie müssen sich so verraten gefühlt haben, als Sie erfahren haben, was sie getan hatte.«

Sie zeigte Mitgefühl mit ihm. Gut.

»Woher wissen Sie, dass es nicht ihr Freund war?«, fragte Fontain und hob mit einem Ruck den Kopf, plötzlich aggressiv.

»Wir haben Spuren von Yasmins Blut in Ihrem Haus gefunden«, verkündete Silk genau im richtigen Moment und zog die Daumenschrauben an.

»Was?«

Interessant. Kein Griff an den Hals, kein Händereiben oder irgendein anderes Zeichen des Unbehagens. Fontain sah nicht beklommen aus. Er sah verwirrt aus.

»Bei Messermorden ist es unmöglich für den Täter, kein Blut von seinem Opfer abzubekommen, egal, wie sehr er sich vorsieht«, wiederholte Silk meine Worte von vorhin. »Die Frage für uns ist nicht, *ob* Sie Yasmin und Lily umgebracht haben, sondern, *warum.*«

Fontain knallte die Faust auf den Tisch. »Ich habe sie nicht umgebracht!« Seine Stimme war laut. Er schrie praktisch.

Ich kippte meinen Stuhl nach hinten und lutschte an der Spitze meines Daumens.

Denn trotz der Beweislage glaubte ich ihm.

56. Kapitel

»Wir haben den Falschen«, sagte ich und wandte mich zu Isaksson um.

»Sie haben doch gerade erst angefangen. Das können Sie doch noch gar nicht wissen.«

»Ich habe es fast schon gewusst, als sie ihn reingebracht haben. Den Rest der Zeit habe ich meine Theorie überprüft.«

Isaksson schürzte die Lippe. Ich hatte einiges an Überzeugungsarbeit zu leisten.

»Abians Bluse da auf dem Tisch. Die müsste der Mörder die ganze Zeit vor Augen gehabt haben, während er auf sie eingestochen hat. Höchstwahrscheinlich hat er sie hochgeschoben, als er ihr die Gebärmutter rausgeschnitten hat. Und er hat sie aufgerissen, als er den Leichnam zurechtgelegt hat. Er hat keine Trophäen mitgenommen. Stattdessen wird er sich jedes Mal diese Bluse vorstellen, wenn er das Verbrechen im Geist noch einmal erlebt. Wenn Tristan Fontain der Täter wäre, hätte er sie auf jeden Fall ansehen müssen. Hat er aber nicht. Nicht ein einziges Mal. Und die Fotos von Lily Abian hat er auch nicht angesehen. Er hat sich nur auf Yasmin konzentriert. Er war entsetzt über das, was er gesehen hat. Und man kann nicht entsetzt über etwas sein, was man schon einmal gesehen hat. Angewidert vielleicht. Betroffen, ja, bestimmt. Aber nicht entsetzt.«

»Sie wollen also, dass ich ihn laufen lasse, weil er sich mehr für die Tatortfotos interessiert hat als für eine blutverschmierte Bluse? Tut mir leid, das werde ich nicht tun. Und ganz bestimmt nicht, bevor wir die Laborergebnisse von dem Auto bekommen.«

»Es ist ja nicht nur die Bluse«, sagte ich. Für mich war das alles offensichtlich. Wieso konnte der DI es nicht sehen? »Wenn jemandem bei einer Vernehmung etwas zur Last gelegt wird, was er nicht getan hat, dann benutzt er seinen Körper und seine Worte, um seine Unschuld zu beteuern«, erklärte ich. »Das Gesicht gerät in Bewegung. Die Stimme wird lauter. Und die Leute gestikulieren wie wild. Das alles hat Tristan Fontain getan. Aber das ist nicht alles. Er hat keine Trostgesten verwendet, die Dinge, die wir unbewusst tun, um uns zu beruhigen, wenn wir uns unbehaglich fühlen. Er hat die Fäuste geballt, er hat das Kinn vorgereckt, er hat gebrüllt. Er war im Kampfmodus, wollte unbedingt, dass Frost und Silk ihm glauben. Man merkt, dass man einen Schuldigen vor sich hat, wenn er den Mund hält und anfängt, ganz genau hinzuhören, was man sagt. Unschuldige sitzen nicht still da. Die brüllen und stampfen mit dem Fuß auf. So wie Fontain es getan hat. Ist Ihnen aufgefallen, dass er mit der Faust auf den Tisch geschlagen hat, als er gesagt hat, er hätte die Opfer nicht umgebracht?«

»Ja?«

»Wenn Menschen lügen, vermeiden sie es, irgendetwas zu berühren, und ihre Stimmen werden leiser. Der Akt der Täuschung lässt ihren Körper im wahrsten Sinne des Wortes erstarren. Das ist eine unbewusste Reaktion, eine, die sie nicht kontrollieren können. Ein bisschen so, als ob man versucht, jemanden, den man nicht leiden kann, mit den Augen anzulächeln.«

Und deswegen weiß ich auch, dass ich keine Weihnachtskarte von Ihnen kriegen werde, dachte ich im Stillen.

»Schuldige brüllen nicht ›Ich war's nicht!‹ und hauen auf den Tisch. Ich sage Ihnen, Tristan Fontain ist nicht der Täter.«

»Das ist ja alles sehr schön, MacKenzie, aber ich lasse doch keinen Verdächtigen laufen, nur weil seine Körpersprache nicht hinhaut. Wenn Sie gehen wollen, nur zu, aber die Vernehmung geht weiter.«

Ich seufzte. Worte sind mir scheißegal. Im Zuge unserer Sozialisation werden wir darauf getrimmt zu lügen, sobald wir sprechen lernen. Deshalb gebe ich auch immer mehr darauf, wie Menschen reagieren, als darauf, was sie sagen. Jetzt sah ich Tristan Fontain auf dem Bildschirm. Ich sah, wie er sein Gewicht auf die Füße verlagerte. Wie er sich vorbeugte. Wie er seine Hände auf dem Tisch positionierte. Ich hatte keinerlei Zweifel. Das da war ein unschuldiger Mann. Er hatte Yasmin und Lily nicht umgebracht.

Was bedeutete, dass der Mörder immer noch auf freiem Fuß war – ob Isaksson es nun zugeben wollte oder nicht.

57. Kapitel

Ich weiß nicht, was ich tun soll. Bitte helft mir!

Mein Kopf ist voll von diesen wirbelnden schwarzen Ängsten, als ob ein Krähenschwarm in meinem Gehirn herabstößt und mir die Augen aushackt.

Ich habe mir eingeredet, dass ich wegen des Interesses, das mein Mann an dem Slasher zeigt, überreagiert habe – sogar als ich all die Zeitungsausschnitte über diese Frau von Scotland Yard gefunden habe, die genauso aussieht wie die Opfer. Und auch genau wie ich.

Mein Gott! Ich bin so eine nutzlose Idiotin. Ich hätte meinem Instinkt vertrauen sollen. Warum war ich so blind??? Wie sie gesagt hat, die Frau des Mörders wird gemerkt haben, dass irgendetwas nicht gestimmt hat. Und das habe ich auch getan, nur habe ich meinen blöden Kopf in den Sand gesteckt wie ein fetter Vogelstrauß. Aber das geht nicht mehr, nicht nach dem, was ich gerade gefunden habe.

O mein Gott, er hatte in dieser Nacht Blut an den Kleidern, nicht wahr? Der Fleck auf seinem Hemd. Wo ist das Hemd? Es war nicht in der Wäsche. Ich muss es finden.

Versteht ihr, jetzt weiß ich es ganz sicher. Er hat diese Frauen umgebracht.

Ich muss es jemandem sagen. Sonst bin ich die Nächste.

58. Kapitel

Cafeteria, Scotland Yard, 09:07

Tristan Fontain wurde immer noch vernommen. Ich hielt ihn immer noch für unschuldig. Und der DI sträubte sich immer noch dagegen, statt nach dem wahren Mörder zu suchen.

Vor einer Stunde hatte er seinem Team von den sogenannten Fortschritten bei der Vernehmung berichtet und Aufgaben verteilt. Teil all dieser Aufgaben war, »Beweise zu finden, die Fontain nachweislich einer Lüge überführen würden«.

»Die goldene Stunde haben wir bei beiden Morden verpasst«, hatte er gesagt, ein Begriff, den ich schon oft gehört hatte. Die erste Stunde nach einem Verbrechen ist aus Ermittlersicht von entscheidender Bedeutung. Der Täter könnte noch in der Nähe sein. Beweise sind noch nicht kontaminiert. Und die Erinnerungen von Zeugen sind noch frisch. Ich habe ein paar DIs sagen hören, dass Entscheidungen, die in der goldenen Stunde getroffen worden sind, für einen Fall alles oder nichts bedeuten können.

Yasmin Pejman war, erst gut acht Stunden nachdem sie getötet worden war, gefunden worden. Und den Fall Abian hatten wir erst etliche Stunden nach dem Mord von Kentish Town übernommen.

»Das müssen wir jetzt wieder aufholen«, sagte Isaksson. »Wir haben einen Tatverdächtigen in Gewahrsam, und demnächst bekommen wir den Bericht von der Spurensicherung. Ich möchte, dass sich alle darauf konzentrieren, dem Staatsanwalt dabei zu helfen, den Fall absolut wasserdicht zu machen.«

Mir war klar, dass er von dem, was er im Beobachtungsraum gesagt hatte, nicht abweichen würde. Aber ich dachte, ich könnte ihn wenigstens dazu bringen, für Alternativen offen zu sein und zu akzeptieren, dass der Täter vielleicht nach wie vor auf freiem Fuß war, auch wenn er Fontain nicht laufen lassen wollte.

»Ich will's nicht wieder hören, MacKenzie«, fuhr er mich vor versammelter Mannschaft an.

Du mieser Scheißer, dachte ich und stapfte in die Cafeteria hinunter, um mir eine Rosinenschnecke zu holen. Wenn noch jemand umgebracht wird, hat er sich das selbst zuzuschreiben.

In der Cafeteria war eine Riesenschlange. Ich hatte die Frühstückszeit erwischt. Es roch nach Baked Beans und Bratfett, und alles drängelte nach Tabletts und nach Futter.

»Ich kann's immer noch nicht fassen, dass Handler sich umgebracht hat.«

Ich hatte gerade nach einem ziemlich anämischen Stück

Gebäck mit einem dürftigen Marmeladenklecks in der Mitte greifen wollen und ließ beinahe den Teller fallen.

»Was haben Sie gesagt?« Ich fuhr zu den Männern herum, die sich hinter mir unterhielten.

»Haben Sie's nicht gehört?«, fragte der, der mir am nächsten stand, und nahm sich ein paar gummiartige Spiegeleier mit eingetrocknetem Fettrand.

»Nein.« Das Blut rauschte in meinen Ohren. »Was ist passiert?«

»Handler hat sich gestern Nacht in den Kopf geschossen. In seinem Auto. Hatte die Knarre ganz legal aus der Waffenkammer ausgecheckt. Alle reden davon.«

Tot. Deswegen war er also nicht bei mir aufgekreuzt. Aber wann hatte er sich die Waffe besorgt? Bevor er mich angerufen hatte oder danach?

»Ich weiß«, meinte der Mann, der meine Miene falsch deutete. »Seine Süße ist es, die mir leidtut. Sie wollten in ein paar Wochen heiraten. Und sie hat auch 'n Braten in der Röhre, hab ich gehört.«

Kurz vor der Hochzeit. Wäre demnächst Vater geworden. Merkwürdiger Zeitpunkt, um Schluss zu machen.

»Hey, sind Sie nicht die Profilerin von dem Slasher-Fall?«

»Aye«, antwortete ich wie aus weiter Ferne.

»Ja, ich hab Sie gestern Abend im Fernsehen gesehen. Sie sollten mal mit DCI Copeland reden. Der ist für die Untersuchung von Handlers Tod zuständig. Wenn Sie 'n bisschen Zeit übrig haben, dann freut er sich bestimmt, Ihre Meinung dazu zu hören, da würde ich drauf wetten.«

Genau der Türöffner, den ich brauchte.

59. Kapitel

Einsatzzentrale, Scotland Yard, 15:17

»Fontain entspricht dem Profil nicht«, sagte ich zu Isaksson. Während wir hier auf unseren Ärschen saßen und Däumchen drehten, wetzte der wahre Mörder da draußen sein Messer. »Alles, worum ich Sie bitte, ist, Ihre Ressourcen aufzuteilen. Setzen Sie nicht alle auf ihn an.«

»Als Sie hier aufgekreuzt sind, habe ich Ihnen gesagt, dass ich schon öfter Probleme mit Leuten vom Militär hatte. Ich weiß Ihren Input in Sachen Profiling durchaus zu schätzen, aber ich schätze es nicht, dass Sie mir sagen, wie ich mein Team zu leiten habe.« Eine Ader pochte deutlich sichtbar an seiner Schläfe.

»Ich sage Ihnen nicht, wie Sie Ihr Team leiten sollen, ich sage Ihnen, dass Sie den Falschen haben.«

»Vielleicht sollten Sie mal Luft schnappen gehen, MacKenzie. Kommen Sie zurück, wenn Sie wieder einen kühlen Kopf haben.«

Mein Gott, mit dem Kerl zu reden war ungefähr so nützlich wie eine Bratpfanne aus Butter.

Fünf Minuten später klopfte ich an die Tür von DCI Copeland, dem Mann, der für die Untersuchung von Handlers Tod zuständig war.

Wenn Isaksson mir nicht zuhören wollte, dann gab es noch andere Möglichkeiten, mir die Zeit zu vertreiben.

»Ziba.« Copeland stand auf und kam hinter seinem Schreibtisch hervor, um mir die Hand zu geben. »Ich habe von Falcon eine Menge über Sie gehört. Nett von Ihnen, dass Sie vorbeischauen.«

»Wie ich schon am Telefon gesagt habe, ich helfe gern, wenn ich kann.«

»Das ist nett. Aber nur dass Sie's wissen, wir halten Handlers Tod nicht für verdächtig. Nur, wenn einer von uns ums Leben kommt, dann prüfen wir eben gern alles genau nach.«

»Alles, was ich weiß, ist das, was ich in der Cafeteria gehört habe, aber wieso schließen Sie so schnell aus, dass da was faul ist? So wie ich es verstanden habe, hatte Handler doch allen Grund, am Leben zu bleiben. Er wollte heiraten. Seine Verlobte ist schwanger.«

»Stimmt. Aber laut DI Kurt Watkiss hat Handler in letzter Zeit unter enormem Stress gestanden. War völlig verändert. Ängstlich, deprimiert. So sehr, dass Watkiss versucht hat, ihn dazu zu bringen, dass er sich Urlaub nimmt oder wenigstens zum Arzt geht.«

»Und, hat er das getan?«

»Anscheinend nicht.«

»Sagt sonst noch jemand, dass er gestresst und deprimiert gewirkt hat?«

»All die Jungs in seiner Abteilung. Jeder hat's bemerkt.«

»Und was ist mit seiner Freundin?«

»Hört sich an, als hätte er's vor ihr verborgen, aber das wäre ja auch verständlich, oder? Unter diesen Umständen, meine ich. Sie hat aber gesagt, gestern schien er ziemlich wütend gewesen zu sein.«

War das meinetwegen gewesen?

»Was ist mit der Waffe, die er benutzt hat.«

»Eine Glock 9 Millimeter. Die hat er sich gestern Abend gegen Unterschrift aushändigen lassen.«

»Wann?«

»Um 20:55.«

Keine zehn Minuten nach unserem Telefongespräch.

»Und der Todeszeitpunkt?«

»Laut dem Pathologen gestern Nacht so gegen halb zwölf.«

In etwa um die Zeit, wo er auf dem Weg gewesen sein sollte, um sich mit mir zu treffen.

Warum also hatte er sich stattdessen eine Kugel in den Kopf gejagt?

60. Kapitel

Copeland mochte Handlers Tod nicht für verdächtig halten, mir jedoch kam er auf jeden Fall so vor. Allerdings musste ich darauf achten, keine voreiligen Schlüsse zu ziehen.

Mit das Erste, was uns in der Grundausbildung beigebracht wurde, war, nichts als gegeben vorauszusetzen, ganz egal, wie eindeutig eine Situation zu sein schien. *Handelt aufgrund von Wissen, nicht aufgrund von Theorien*, hatte man uns gesagt. *Den Kopf zu verlieren kann euch den Kopf kosten.*

Ich dachte an Handlers Stimme gestern Abend, daran, wie nervös er geklungen hatte. Hatte er sich das mit unserem Treffen anders überlegt? Hatte das irgendetwas mit dem zu tun, was als Nächstes geschehen war?

Wenn ich nur wüsste, was er mir hatte sagen wollen.

»Kann ich mir mal die Forensik-Fotos ansehen?«, fragte ich Copeland.

»Nur zu«, antwortete er und griff nach einer Aktenmappe. »Setzen Sie sich da drüben hin, machen Sie sich's bequem.«

Er legte die Mappe auf einen runden Tisch, der vor seinem Schreibtisch stand, mit vier Stühlen drum herum.

Ich nahm die Fotos heraus und legte sie in einer Reihe aus. Da war eine Serie Aufnahmen von Handlers Auto, von außen und von innen, aus unterschiedlich großer Entfernung.

Die Wucht des Schusses in einem engen Raum hatte einen Rückstoßeffekt bewirkt und feine Blutströpfchen nach vorn und nach hinten über Fenster und Sitze spritzen lassen.

Handler hatte sich die Waffe seitlich an den Kopf gehalten und die Mündung gegen die Haut gedrückt, sodass eine tiefe, sternförmige Wunde entstanden war, mit roten Rändern und einem schwarzen Loch in der Mitte. Rundherum war eine graue Abschürfung. Und ein tränenartiges Blutrinnsal tropfte daraus hervor.

Ein Gedanke quengelte irgendwo in meinem Kopf, doch ich bekam ihn nicht zu fassen.

»War seine Verlobte zu Hause, als es passiert ist?«

»Nein. Sie war mit Freundinnen ausgegangen.«

Ich fuhr mir mit den Händen durchs Haar, versuchte, die Dinge so zu sehen, wie er es getan hatte. Handler hatte die Wohnung für sich gehabt. Warum war er also in sein Auto gestiegen, um sich umzubringen? Warum war er nicht drinnen geblieben, wo er nicht gestört werden würde und für diesen furchtbaren finalen Akt seine Privatsphäre wahren könnte?

Ich fuhr fort, die Bilder zu studieren. Der Gedanke gab immer noch keine Ruhe. Irgendetwas stimmte nicht, aber was?

Ich nahm ein anderes Foto zur Hand, eine Außenansicht von dem Auto. Es war nicht in einer Wohnstraße geparkt. Sah aus, als wäre das ein Industriegebiet. Irgendetwas Abgelegenes. Also hatte er doch ungestört sein wollen. Aber warum dann das Haus verlassen, obwohl er dort doch allein war? Weil er seiner Verlobten das Grauen ersparen wollte, ihn zu finden? Ich dachte an das Foto, das ich gesehen hatte, daran, wie verliebt die beiden ausgesehen hatten. Ja, er hätte sich an einem abgelegenen Ort erschießen können, um sie zu schonen.

Was bedeutete, dass es hierbei nicht um ihre Beziehung gegangen war.

Das nächste Bild war eine Weitwinkelaufnahme der gesamten Umgebung. Als ich es betrachtete, tauchte der quengelnde Gedanke im Fokus auf, in Technicolor und mit allen Details.

»Gavin Handler hat sich nicht umgebracht«, sagte ich. »Er ist ermordet worden.«

61. Kapitel

»Ermordet?«, fragte Copeland. »Wie kommen Sie denn darauf?«

»Zuerst einmal ist die Wunde auf der rechten Kopfseite.«

»Ich kann Ihnen nicht folgen.«

»Gavin Handler war Linkshänder.«

»Woher wissen Sie das?«

»Ich habe ihn gestern an seinem Schreibtisch sitzen und schreiben sehen. Aber nicht nur das. Schauen Sie mal, wo er seine Armbanduhr trägt.«

»Am rechten Handgelenk?«

Ich nickte.

»Fragen Sie seine Freundin, wenn Sie wollen. Sie wird das bestätigen können. Aber ich kann Ihnen sagen, dass sich ein Linkshänder unmöglich so erschossen hätte, wie Handler es angeblich getan hat.«

Copeland rieb sich die Stirn. »Angeblich? Wir haben Pulverrückstände an seinen Händen gefunden. Er hatte die Pistole in der Hand.«

»Jemand hat den Tatort präpariert, hat Gegenmaßnahmen ergriffen, um die Spurensicherung zu täuschen. Der

Täter wollte, dass es wie Selbstmord aussieht, und er hat gewusst, was er tat.«

»Scheiße.« Copeland stieß geräuschvoll die Luft durch die Nase aus.

»Da ist noch mehr. Schauen Sie mal hier – da sind Nagelspuren auf dem Steuerrad, ganz frisch, würde ich sagen. Deutet auf massiven Stress hin. Wenn Sie den Wagen auf irgendwelchen Überwachungsaufnahmen finden, werden Sie sehen, dass Handler erratisch gefahren ist, dass er zu stark gebremst hat, Schlangenlinien gefahren ist. Und der Bericht aus der Pathologie wird Schweißspuren an seinen Händen zeigen.«

»Worauf wollen Sie hinaus?«

»Ich glaube, Handler ist in sein Auto gestiegen und von jemandem mit einer Schusswaffe überrumpelt worden. Ich glaube, diese Person hat ihm die Waffe an den Hinterkopf gehalten und ihn gezwungen, zu einem einsamen Ort zu fahren. Und dann hat er ihm in die Schläfe geschossen.«

Copeland blies die Backen auf wie ein Hamster.

»Schauen Sie sich seinen Hinterkopf genau an. Wenn ich recht habe, wird dort ein Mündungsabdruck sein. Und möglicherweise auch Pulverrückstände.«

Copeland zupfte an der lockeren Haut unter seinem Kinn. Sein Tag war gerade sehr viel voller geworden.

»Der Mann, der ihn erschossen hat, ist Ende dreißig. Er ist unehrenhaft aus dem Militärdienst entlassen worden und lebt allein. Er ist ein Profi, hochgradig organisiert, effizient und körperlich fit. Und die Waffe, die er verwendet hat, deutet auf eine Verbindung zu Scotland Yard hin.«

62. Kapitel

Einsatzzentrale, Scotland Yard, 16:02

Ich ging zurück zur Einsatzzentrale, und mein Gehirn feuerte in alle Richtungen.

Gavin Handler war umgebracht worden, als er auf dem Weg zu mir gewesen war. Gleich nach unserem Telefongespräch hatte jemand in seinem Namen eine Schusswaffe angefordert. Und sein Tod war ein professioneller Mord gewesen.

Da musste es einen Zusammenhang geben. Irgendjemand wollte nicht, dass er mit mir redete. Aber über was – über Duncan oder über Sunlight? Wenn der Mord an Duncan mit Sunlight in Verbindung stand, dann war es möglich, dass das auch für den an Handler zutraf, in Anbetracht der Tatsache, dass der so bald nach seinem Anruf bei mir geschehen war.

Und obendrein waren beide Morde Exekutionen gewesen. Beide waren mit Schusswaffen verübt worden. Und nach den Fotos zu urteilen, die ich gesehen hatte, waren beide von einem sehr guten Schützen begangen worden.

Vielleicht sogar von ein und derselben Person. Was war an Sunlight dran, dass Menschen bereit waren, dafür zu töten? Und wer hatte die Morde angeordnet? War das wirklich das Werk von Insidern? Das schien weit hergeholt zu sein, und doch …

Ich rieb mir die Schläfen. Möglicherweise war ich da auf etwas gestoßen, doch wie konnte ich mich vergewissern, dass ich recht hatte? Nicht nur war ich nicht in der Lage, mehr als eine Handvoll Minuten auf einmal abzuknapsen, um irgendetwas zu überprüfen, es hatte auch den Anschein, als tauche immer, wenn ich eine Wand umtrat, gleich eine neue an ihrer Stelle auf.

Bodi Caulder hatte meinen Zugang zu Duncans Dienstakten gesperrt. Watkiss hatte mich gewarnt. Und jetzt war Gavin Handler umgebracht worden, als er unterwegs gewesen war, um sich mit mir zu treffen.

Was für eine Scheißsituation.

»MacKenzie«, sagte Isaksson, als ich die Einsatzzentrale betrat, mit dem Kopf meilenweit von dem Primrose-Hill-Fall weg. »Ich möchte eine Pressemitteilung herausgeben, dass wir Tristan Fontain in Gewahrsam genommen haben. Würden Sie bitte ein Statement verfassen.«

Das war keine Frage.

Von wegen Wände, nicht einmal das Wort Sunlight konnte ich aussprechen, ohne dass meine Aufmerksamkeit anderswo gefordert wurde.

Nachdem Handler erschossen worden war, möglicherweise von derselben Person, die Duncan ermordet hatte, bohrte der Stachel meines hilflosen Zorns schmerzhafter denn je. Das war auch der Grund dafür, dass es mich noch mehr ankotzte als üblich, Schreibtischarbeit machen zu müssen. Ich sollte mich auf die Jagd nach Handlers Mörder machen und nicht Isakssons kleine Sekretärin spielen. Und außerdem lag er auch noch völlig falsch.

»Ich bin mir nicht sicher, dass das die allerbeste Strategie ist, Sir«, meinte ich.

Er seufzte. »So allmählich habe ich das ein bisschen satt. Ich gehe nicht davon aus, dass ich über jede Anweisung debattieren muss, die ich Ihnen erteile.«

»Ich versuche doch gar nicht …«

»Schreiben Sie bitte das Statement, MacKenzie.«

»Der Täter benutzt diese Morde, um etwas klarzumachen«, sagte ich und hielt seinem Blick stand. »Er will zeigen, dass er mächtig ist, dass man ihn nicht aufhalten kann. Und er genießt mit an Sicherheit grenzender Wahrscheinlichkeit die Aufmerksamkeit der Medien. Richten Sie das Scheinwerferlicht auf jemand anderen, und er wird dagegen aufbegehren, indem er wieder tötet.«

Isakssons Handy surrte in seiner Tasche.

»Schreiben Sie bitte etwas. Ich hätte es gern in einer halben Stunde.«

»Das ist ein Fehler«, sagte ich, doch er ging bereits davon und schaute dabei auf sein Handy.

Einen Moment lang sah ich ihm nach, und mir fiel auf, wie sich seine Körperhaltung verändert hatte. Eben hatte er noch aufrecht gestanden. Jetzt hingen seine Schultern herab.

Die Nachricht, die er eben bekommen hatte, hatte ihn

aus der Fassung gebracht, allerdings sagte mir irgendetwas an seiner Körpersprache, dass sie nichts mit dem Fall zu tun hatte.

Was macht den Kerl so fertig?, überlegte ich, während ich zu meinem Schreibtisch ging. Abgesehen von der Tatsache, dass er ein verstocktes Arschloch war.

Ich setzte mich hin und schrieb eine kurze Pressemitteilung zusammen mit einem Zusatz, dass wir in alle Richtungen ermittelten. Als ich fertig war, mailte ich das Resultat an die Presseabteilung und wählte dann Bodi Caulders Nummer. Ich hatte genug davon, kaltgestellt zu werden und den Mord an Duncan in der untersten Schublade zu parken. Es wurde Zeit, ein paar Antworten einzufordern.

»DI Caulder ist in der Kantine«, sagte seine Sekretärin, als sie abnahm.

Während ich zum Fahrstuhl eilte, würgte ich einen beklemmenden Gedanken ab.

Herauszufinden, was mit Duncan passiert war, könnte mich befreien. Ich könnte aber auch genauso gut vorher dabei draufgehen.

63. Kapitel

Cafeteria, Scotland Yard, 16:32

»Caulder, wir müssen reden«, sagte ich, als ich ihn entdeckte. Er leerte gerade ein Tütchen Süßstoff in einen Styroporbecher.

Außerdem sah ich Watkiss allein ganz hinten in der Kantine sitzen und irgendetwas Kompliziertes mit einem kleinen grauen Gerät anstellen. Vor ihm waren alle möglichen Elektroteile ausgebreitet, und zu seiner Rechten stand ein Donut mit Zuckerguss. Instinktiv wandte ich den Körper halb von ihm ab.

»Haben Sie einen USB-Stick für mich?«, fragte Caulder und schaute zu jemandem an einem Tisch am Fenster hinüber, den ich nicht kannte.

»Noch nicht. Ich fürchte, ich hatte noch ein paar andere Dinge im Kopf.«

»Ja, ich hab's gehört, ihr habt den Gynäkologen in Gewahrsam. Gratuliere.« Seine Körperhygiene hatte sich ebenso wenig verbessert wie sein Taktgefühl.

»Sollen wir uns hinsetzen?«, fragte er.

»Nicht nötig, dauert nicht lange.«

Ich wollte ihn beobachten, wenn ich ihm ein paar Fragen stellte. Ein Tisch würde seine Hände und seine Füße verbergen. Im Stehen konnte ich die ganze Show sehen.

Er zuckte die Schultern. »Also, wegen des USB-Sticks ...« Wieder huschte sein Blick zu dem Fenstertisch hinüber, und er spreizte die Beine.

»Eigentlich wollte ich mit Ihnen über Operation Sunlight reden, Bodi.«

Er wurde blass und schaute abermals zu dem Tisch hinüber.

Wen sah er da an?

»Sie wissen, was Sunlight ist, nicht wahr?«

»Keine Ahnung, wovon Sie reden.« Er presste die Lippen zusammen. So war sein Mund nur noch ein Schlitz.

»Ich glaube doch.«

»Ich hab Ihnen doch gesagt, ich hab noch nie davon gehört.« Wieder kniff er die Lippen zusammen.

»Das ist eine Operation vom Sittendezernat, stimmt's?« Ich hielt den Blick fest auf sein Gesicht gerichtet, beobachtete seine Reaktionen. Das Zucken seiner Nasenlöcher. Die winzigen Bewegungen rund um seinen Mund. Seine Mikromimik würde mir verraten, was ich wissen musste. »Watkiss gehört auch dazu. Hat's irgendwas mit Prostitution zu tun. Nein? Okay. Irgendwas Heimliches. Ja. Hat's was mit Geld zu tun?«

»Das ist doch lächerlich. Ich muss jetzt los.«

Ich lächelte freundlich. »Natürlich. Danke, dass Sie sich die Zeit genommen haben. Sie waren eine große Hilfe.«

Noch einmal blickte er rasch zu dem Fenstertisch hinüber und streichelte das Armband seiner schicken neuen Uhr. Sein Gesicht hatte dieselbe Farbe wie das pinkfarbene Süßstofftütchen.

»Wovon reden Sie denn? Ich hab Ihnen doch gar nichts gesagt.«

»O doch, das haben Sie«, versicherte ich.

Nur nicht mit Worten, das war aber auch alles.

64. Kapitel

Ich war gerade auf dem Weg zurück in die Einsatzzentrale, als mein Handy klingelte. Axel Menton.

»Ich habe gehört, Sie haben Yasmins Mann verhaftet.«

Also hatte er die Nachrichten gehört.

»Aye, das stimmt.«

»Dann kann ich also davon ausgehen, dass Sie nicht noch einmal in die Kanzlei kommen müssen? Es stört einfach ein bisschen, wenn hier überall Detectives rumlaufen und wir Klienten im Haus haben.«

Es ging also nicht darum, Gerechtigkeit walten zu lassen; dieses Arschgesicht redete immer noch von seiner verdammten Anwaltskanzlei. Ich war versucht, ihm ein SWAT-Team zu schicken, nur um sein Gesicht zu sehen. Doch ich begnügte mich damit, ihm stattdessen eins reinzuwürgen.

»Gegen Tristan Fontain ist noch keine Anklage erhoben worden. Und je nachdem, wie sich die Dinge hier entwickeln, könnte es durchaus sein, dass wir bestimmte Mitarbeiter Ihrer Kanzlei noch einmal befragen müssen. Außerdem sollte ich Sie wohl darauf vorbereiten, dass seitens der

Medien in den nächsten Tagen großes Interesse an Scutt & Menton bestehen könnte.«

»Hören Sie, ich war bisher sehr kooperativ. Mehr als kooperativ. Und Sie haben mir zugesichert, den Namen der Kanzlei nicht an die Öffentlichkeit zu geben.«

Wir wussten beide, dass ich nichts dergleichen getan hatte.

»Wir wissen Ihre Kooperation auch sehr zu schätzen. Und Sie haben sicher Verständnis dafür, dass wir nur sehr wenig Kontrolle darüber haben, was die Presse veröffentlicht.«

»Ja, selbstverständlich.« Sein Tonfall veränderte sich, als hätte jemand einen Schalter an seinem Kehlkopf umgelegt. »Das verstehe ich. Es tut mir leid, das war einfach alles sehr verstörend.«

Binnen eines Augenblicks von aggressiv auf charmant. Mein Porsche hätte Mühe, es so schnell von null auf hundert zu schaffen. Doch der Charme war vorgetäuscht, genauso unecht wie die Steckdose, hinter der Duncans USB-Stick versteckt gewesen war.

»Habe ich Ihnen erzählt, dass Lily Abian und ich am Dienstagvormittag zusammen im Fahrstuhl stecken geblieben sind?«

»Sie meinen den Tag, an dem sie umgebracht worden ist?«

»Jep. Das Ding hat eine halbe Stunde lang festgesteckt. Wirklich unangenehm. Wissen Sie, ich habe Klaustrophobie.«

Armes Häschen.

»Bis dahin hatte ich mich noch nie richtig mit Lily unterhalten. Wir hatten da drin ein gutes Gespräch. Anscheinend hatte sie sich gerade von ihrem Freund getrennt, sie hat gesagt, er würde ihr deswegen ein bisschen Stress machen.«

»Warum haben Sie das nicht schon früher erwähnt?«

»Ich habe es nicht für relevant gehalten.« Er hielt inne. »Hören Sie – es gibt da ein Restaurant ganz in der Nähe der Kanzlei, Little Bangkok. Ich bestelle mir da oft etwas, die machen wunderbaren Lachs mit schwarzem Pfeffer. Warum kommen Sie nicht vorbei? Um acht? Wir können ein bisschen was essen, eine Flasche Riesling aufmachen, und ich kann Ihnen von meinem Gespräch mit Lily erzählen.«

»Ich …«

»Man erfährt eine Menge über jemand anderen, wenn man im Fahrstuhl festsitzt. Kommen Sie doch später vorbei. Ich hätte gern das Gefühl, dass ich irgendwie helfen kann.«

Das könnte eine gute Gelegenheit sein, Informationen zu bekommen, aber den Vorschriften entsprach es bestimmt nicht. Isaksson würde das überhaupt nicht gefallen.

Ich zögerte keine Sekunde.

»Dann bis um acht«, sagte ich.

Regeln waren noch nie mein Ding gewesen.

Sobald ich das Gespräch beendet hatte, kam mir jäh ein Gedanke. Yasmin Pejman hatte an dem Abend, an dem sie ermordet worden war, ebenfalls thailändisch gegessen. Kam das Essen aus dem Little Bangkok? Und hatte sie mit Axel Menton gegessen?

65. Kapitel

Was habe ich getan? Er wird jeden Moment nach Hause kommen. Wie konnte ich das geschehen lassen? Von wegen sich Mut antrinken. Ich hätte wissen müssen, wozu »ein Gläschen« führen würde.

Draußen knallt eine Autotür zu. Jemand kommt den Weg herauf. O Gott! Ist er das? Ist es zu spät?

Gerade ist ein Päckchen durch den Briefschlitz geplumpst. Die Schritte entfernen sich. Gott sei Dank! Also war es nur ein Paketbote, nicht er. Noch nicht.

Wenn ich es tun will, muss ich mich jetzt auf den Weg machen. Ich kann es mir nicht leisten zu warten.

Aber was wird er sagen, wenn er das Durcheinander sieht? Er wird wissen, dass ich getrunken habe, er wird stocksauer sein.

Herrgott noch mal, ich muss mich zusammenreißen!

Alles, was zählt, ist, dass ich es zum Polizeirevier schaffe, solange ich noch kann. Ich weiß doch, wozu er fähig ist.

Der Beweis dafür liegt doch hier vor mir.

66. Kapitel

Anwaltskanzlei Scutt & Menton, Clerkenwell, 20:00

Es regnete in Strömen, als mein Taxi vor der Kanzlei hielt. Genau wie an den Abenden, an denen die Opfer umgebracht worden sind, dachte ich. Und jetzt bin ich auf dem Weg zum gleichen letzten Abendmahl wie Yasmin Pejman.

Das Radio im Taxi hatte verkündet, dass ein weiteres Unwetter aufzog. Regen und Sturmböen mit bis zu neunzig Kilometern pro Stunde, und das bis morgen früh. Verdammt, ich muss meinen Schirm im Büro vergessen haben, dachte ich, als ich das Taxi bezahlte. So viel zum Thema allzeit bereit.

Also hielt ich mir meine Handtasche über den Kopf, sprang aus dem Wagen und flitzte ins Gebäude. Ich hatte weder dem DI noch irgendwem aus dem Team von meinem Date erzählt; mir war klar, dass sie versuchen würden, mich daran zu hindern. Oder dass sie – noch schlimmer – darauf bestehen würden mitzukommen. Wenn etwas dabei herauskam, würde ich es morgen berichten. Bis dahin würde ich im Alleingang handeln – das war mir immer am liebsten.

Mit einem Partner tut man sich nur zusammen, um Risiken zu verringern. Axel Menton ist vielleicht so warmherzig wie eine Packung Fischstäbchen, und er hat vielleicht an dem Abend, an dem sie umgekommen war, mit Yasmin Pejman gegessen, aber das heißt doch nicht, dass er der Täter ist, dachte ich. Seine Frau hat ihm schließlich ein Alibi gegeben. Zweimal.

Meine Pläne in Sachen Abendessen waren nicht das Einzige, was ich für mich behielt. Noch immer hatte ich nichts von dem Auto von gestern Nachmittag gesagt. Fakt war, ich wollte mich nicht bei Isaksson ausheulen, und so hätte der es gesehen, wenn ich davon erzählt hätte. Und selbst wenn nicht, hätte ich nichts gesagt. Wir waren einander im Moment nicht besonders grün. Ich wollte die Hilfe des Mannes nicht, und ich wollte ihm auch nichts gegen mich in die Hand geben.

Du bist zu stolz, hatte Duncan immer gesagt. Es ist doch nichts verkehrt daran, gelegentlich mal jemanden an sich heranzulassen. Ich habe dich an mich herangelassen, dachte ich. Und jetzt schau, was mir das verdammt noch mal eingebracht hat.

»Ziba MacKenzie, ich habe eine Verabredung mit Axel Menton«, sagte ich zu der perfekt zurechtgemachten Dame, die an der Rezeption saß.

Alles bei S&M war perfekt. Mit seinem glänzenden Haar und von Kopf bis Fuß in Designerklamotten gekleidet passte Axel Menton genau hierher. Mann, wäre das grässlich, mit dem verheiratet zu sein, dachte ich im Stillen. Ich wette, zu Hause ist der noch schlimmer als bei der Arbeit. Das ist bei solchen Kontrollfreaks immer so.

Gerade setzte ich mich auf eins der weißen Ledersofas und griff nach einer Zeitung, als mein Handy in meiner Tasche vibrierte. Ich hatte es für die Teambesprechung auf stumm geschaltet. Eine von Isakssons Regeln.

Jetzt zog ich es heraus. Auf dem Display stand kein Name genau wie gestern, als Handler angerufen hatte.

»MacKenzie.«

Eine Pause, dann meldete sich der Anrufer. »Sie müssen Sunlight vergessen. Verstanden? Sie müssen es gut sein lassen.«

Dann war die Leitung tot.

Der Anrufer hatte seinen Namen nicht genannt. Doch das war auch gar nicht nötig. Diese Stimme kannte ich. Bodi Caulder. Und sein Tonfall war unmissverständlich.

Es war eine eindeutige Warnung.

67. Kapitel

Jetzt gab es keine Zweifel mehr. Bodi Caulder wusste Bescheid über Sunlight.

Aber woher? Es war doch eine Operation des Sittendezernats, und er arbeitete bei der Mordkommission. Die beiden Abteilungen befanden sich nicht nur an entgegengesetzten Enden des Gebäudes, sie hatten auch überhaupt nichts miteinander zu tun. Er musste in Zusammenhang mit dem Mord an Duncan auf die Operation gestoßen sein. Mit der Gang-Nummer hatte er mich abspeisen wollen. Er wusste, dass Sunlight der Grund für den Mord war.

Warum hatte er mich dann kaltgestellt, als ich gesagt hatte, dass ich glaubte, der Mord hinge mit etwas zusammen, woran Duncan gearbeitet hatte?

Ich dachte an unsere Begegnung am Mittwochabend in seinem Büro zurück. Daran, wie mir seine noble neue Uhr aufgefallen war und ich mich erkundigt hatte, ob er eine Bank ausgeraubt hätte. Wie er sich verspannt hatte, als hätte ich einen Nerv getroffen. Und wie er die Uhr gestreichelt hatte, als ich vorgeschlagen hatte, dass wir Sunlight überprüfen sollten.

Ich kaute auf meiner Lippe. Die Erinnerungen fügten sich aneinander, formten eine Idee.

Rolex tippte ich auf meinem Handy in die Suchmaschine ein und klickte auf den obersten Eintrag, einen Link zur offiziellen Rolex-Website.

Es dauerte nicht lange, Caulders Modell zu finden. Eine Oyster Perpetual 39 mit Edelstahlarmband und dunklem Rhodium-Ziffernblatt, im Einzelhandel für über viertausend Pfund zu haben. Auf keinen Fall könnte sich ein Mann mit dem Gehalt eines DI das leisten, ohne dass ihm jemand unter die Arme gegriffen hatte. Und wenn ich recht hatte, hatte ich gerade ausgeknobelt, was für eine Hilfestellung er dabei gehabt hatte.

Neulich hatte ich gedacht, er würde vielleicht zocken. Das hätte den Geldsegen erklärt und auch die Schuldgefühle. Jetzt jedoch nahm ich an, dass es dafür einen anderen Grund gab. Und sein Anruf eben bestätigte meine Theorie. Genau wie die Art und Weise, wie er immer wieder zu der Person an dem Fenstertisch in der Cafeteria hinübergeschaut hatte. Und wie er kalkweiß geworden war, als ich Sunlight erwähnt hatte.

Wie Sherlock Holmes sagte: Hat man erst einmal das Unmögliche eliminiert …

Ja, je mehr ich darüber nachdachte, desto sicherer war ich mir. Bodi Caulder wusste nicht nur Bescheid über Sunlight. Er wurde dafür bezahlt, nicht darüber zu sprechen.

Und nach Gavin Handlers Tod zu urteilen könnte derjenige, der ihn bestach, durchaus jemand von Scotland Yard sein. Und er hatte die Möglichkeit, einen Mord in Auftrag zu geben.

Kein Wunder, dass Caulder so verängstigt geklungen hatte.

68. Kapitel

»Miss MacKenzie, es tut mir leid, dass ich Sie habe warten lassen«, beteuerte Axel Menton, als er eine halbe Stunde zu spät in die Eingangshalle kam. »Ich hoffe, Sie haben Hunger. Meine Sekretärin hat ein Festmahl für uns bestellt.«

Wir fuhren mit dem Fahrstuhl in sein Büro hinauf, ein grandioser Raum im obersten Stock mit einem fantastischen Blick auf die Stadt.

»Bei den Göttern«, meinte er und deutete mit weit ausholender Geste auf das Fenster. Er sprach davon, wie hoch oben wir hier waren, doch ich konnte mich des Gefühls nicht erwehren, dass ihm dabei auch noch etwas anderes durch den Kopf ging.

»Ich finde ja immer, nachts sieht London besser aus«, sagte er, und seine kalten blauen Augen musterten mich rasch, während ich die Aussicht betrachtete: Hunderte Lichter in einem Meer aus Schwärze. Es war atemberaubend.

Er reichte mir ein Glas gekühlten Riesling. Noch etwas, was Isaksson missbilligt hätte, doch ich war nicht in Stimmung, es abzulehnen. Alkohol war genau das, was ich wollte.

»Ist das Ihre Frau? Sie ist sehr hübsch.«

Ich hatte einen silbernen Fotorahmen von seinem Schreibtisch genommen. Ein Bild von ihm und einer Model-Schönheit auf einer Jacht, die Gesichter gebräunt und von der Sonne beschienen. Die Sorte Foto, die direkt aus einer Glamourzeitschrift stammen könnte. Der Rahmen war blank poliert und das Bild nach außen gedreht, damit es jeder sehen konnte.

Bei dir geht's wirklich nur um Äußerlichkeiten, stimmt's, Axel?, dachte ich. Und wenn es für jemanden so wichtig ist, wie andere ihn sehen, dann liegt das für gewöhnlich daran, dass es etwas an ihm gibt, das die Welt nicht sehen soll.

Doch was für ein Geheimnis verbarg Axel Menton?

Ich betrachtete das Foto von seiner Frau. Sie war sehr dünn. Ihr dunkles Haar war professionell geföhnt, und sie trug einen Riesenklunker am Finger. Ein Diamantarmband hing von ihrem knochigen Handgelenk herab. Noch jemand, für den Äußerlichkeiten wichtig waren. Doch obwohl sie dasselbe Jacketkronen-Lächeln aufgesetzt hatte wie er, war da ein trauriger Ausdruck in ihren Augen, und sie stand einen guten halben Meter von ihm entfernt. Nahe sind sie sich also nicht, dachte ich, weder physisch noch emotional.

Während er uns Krabbenpasteten und Papayasalat auftat, kam mir noch ein Gedanke. Sie hatte dieselbe Haut- und Haarfarbe wie Yasmin Pejman. Wenn zwischen Menton und seiner Frau nicht alles zum Besten stand, könnte er mit unserem Opfer ins Bett gestiegen sein?

War Axel Menton Mr Big? Und wenn ja, war Pejman

seine einzige Eroberung? Was, wenn er auch etwas mit Abian gehabt hatte? Es gab keinerlei Beweise, die darauf hingewiesen hätten, doch es würde erklären, warum er ein Prepaidhandy benutzt und darauf bestanden hatte, dass Pejman seine Identität geheim hielt. Er hätte bestimmt nicht gewollt, dass seine Geliebten aus dem Nähkästchen plauderten und ihm den Spaß verdarben.

Axel Menton war arrogant, herrisch und möglicherweise ein Psychopath. So ein Mann hätte kein Problem damit, gleichzeitig etwas mit zwei Frauen zu haben und sie zappeln zu lassen.

Oder eine von ihnen zu beseitigen, wenn sie anfing, Ärger zu machen.

69. Kapitel

»Nein, wirklich, ich habe genug«, wehrte ich ab, als Axel Menton mir abermals nachschenken wollte.

Ich trank mehr, als ich sollte, vor allem im Beisein eines möglichen Verdächtigen. Normalerweise vertrage ich einiges an Alkohol, doch der Wein stieg mir allmählich zu Kopf. Ich hatte nur zwei Gläser getrunken, doch ich begann definitiv, die Wirkung zu spüren.

»Kommen Sie schon, nur einen Tropfen.«

Beharrlich.

»Versuchen Sie etwa, mich betrunken zu machen?«, fragte ich absichtlich kokett.

Ich musste ihn mit dem, womit ich als Nächstes aufwarten würde, kalt erwischen. Und kokettes Verhalten neutralisiert herausforderndes immer. Doch er ging nicht darauf ein.

»Überhaupt nicht.« Er stellte die Flasche hin, als hätte ich ihn gekränkt. Vielleicht hatte ich das auch getan. »Also, wie läuft es mit den Ermittlungen? Gibt es irgendetwas Neues, was ich wissen sollte?«

Kalt wie eine Hundeschnauze. Doch das passte mir gut in den Kram, das gab mir einen Aufhänger.

»Ich dürfte Ihnen das gar nicht sagen«, meinte ich und ließ den Wein in meinem Glas kreisen, sodass es aussah, als sei ich nicht auf der Hut und dies hier rutsche mir einfach so heraus. Dann hielt ich inne, als würde ich mit mir kämpfen, ob ich es ihm sagen sollte oder nicht.

Interessiert beugte Menton sich vor. »Was dürften Sie mir nicht sagen?«

»Yasmin hatte eine Affäre. Mit jemandem von der Arbeit, glauben wir.«

Ich beobachtete genau, wie er reagierte. Wenn Axel Menton Mr Big war, würde er erröten, dagegen würde er nichts machen können. Der Mann mochte ein Kontrollfreak sein, doch selbst er hatte keine Kontrolle über sein Stammhirn. Doch seine Gesichtsfarbe änderte sich nicht.

»Sind Sie sicher? So etwas wird hier sehr ungern gesehen.« Er fuhr sich mit dem Finger innen am Hemdkragen entlang, sodass ich mich insgeheim fragte, ob er wohl gegen seine eigenen Regeln verstoßen hatte.

»Und trotzdem gehen Sie alle miteinander einen heben?«

»Das ist etwas anderes. Wir versuchen, Gemeinschaftsgefühl zu fördern, und sozialer Umgang miteinander ist ein wichtiger Teil davon. Aber das, wovon Sie da reden, also, das ist etwas ganz anderes.«

»Sagen wir mal, zwei Leute haben gegen die Regeln verstoßen, etwas miteinander angefangen und sind aufgeflogen. Was würde mit denen passieren?«

Er antwortete, ohne zu zögern. »Sie würden gekündigt werden.«

Wenn also Mr Big bei S&M arbeitete und Pejman gedroht hatte, ihre Beziehung öffentlich zu machen, dann hätte er eine Menge zu verlieren gehabt.

Und wie jeder weiß, tun verzweifelte Menschen verzweifelte Dinge.

70. Kapitel

Axel Menton hatte mich eingeladen, um über Lily Abian zu sprechen, doch er hatte ganz eindeutig etwas anderes im Sinn. Nämlich S&M aus den Zeitungen herauszuhalten. Vielleicht dachte er ja, ich wäre leichter zu manipulieren als Rudock. Selber schuld.

Es klopfte an der Tür, als ich gerade aufstand, um zu gehen – gutes Essen, leider miese Gesellschaft –, und Dan Harper kam herein.

Er hatte das Jackett abgelegt und die Ärmel hochgekrempelt. Der Mann trainierte eindeutig regelmäßig. Er sah gut aus. Und ich war nicht die Einzige, die das dachte. Mentons Gesicht war rosig angelaufen, sobald Harper erschienen war. Jetzt fuhr er sich mit einer Hand durch die Haare und quetschte mit dem Daumen der anderen seinen Ehering.

Emotionales Unbehagen. Putzverhalten. Und Trostgesten. Das hatte ich nicht kommen sehen.

Axel Menton steht also auf Dan Harper, dachte ich. Wir leben im 21. Jahrhundert, und der Junge traut sich nicht, sich zu outen. Ist verheiratet und lebt eine Lüge. Das erklärte auch die Notwendigkeit zu dominieren. Er war besessen davon, andere zu kontrollieren, weil er seine eigenen Bedürfnisse nicht unter Kontrolle hatte.

S&M achtete bei der Einstellung der Mitarbeiter sehr auf Diversität, doch es war eine altmodische Kanzlei mit altmodischen Wertvorstellungen. Und nach dem, was ich vor unserem ersten Gespräch gelesen hatte, hätte es mich nicht überrascht, wenn Menton senior äußerst homophob gewesen wäre. Um sein schickes Büro »bei den Göttern« zu bekommen, hatte Axel Menton bestimmt die Rolle spielen müssen, die Daddy von ihm erwartete. Ganz sicher hatte er eine Ehefrau gebraucht, eine von unterwürfigem Naturell, die hübsch aussah und den Mund hielt. Und die, so wie sie aussah, mittlerweile eine ernsthafte Diätpillen-Sucht entwickelt hatte.

Doch so, wie er jetzt seinen heimlichen Schwarm anglotzte und dabei seinen Ehering zerquetschte, war sie eindeutig jemand, den er sich gern vom Hals geschafft hätte.

»Ich wollte dann los, es sei denn, Sie brauchen mich noch für irgendetwas anderes«, sagte Harper. Er sprach mit Menton, doch sein Oberkörper war in meine Richtung gedreht, und sein rechter Fuß war in Startposition, die Fußspitze zur Tür gedreht.

Also erwiderte er die Gefühle seines Bosses nicht.

»Ich komme gleich mit nach draußen«, sagte ich. »Vielen Dank für das Essen, Axel.«

»War mir ein Vergnügen. Sie denken darüber nach, was ich gesagt habe?«

Ich setzte eine diplomatische Miene auf und nuschelte irgendetwas Bedeutungsloses. Diesem Kerl würde ich nichts versprechen.

71. Kapitel

Harper und ich fuhren im Fahrstuhl nach unten. Er versuchte es mit Small Talk, doch er war nicht mit dem Herzen dabei, und ich gab ihm auch nicht viel, womit er arbeiten konnte. Ich war mit den Gedanken woanders.

Axel Menton mochte schwul sein, doch obgleich er damit für die Rolle des Mr Big aus dem Rennen war, hieß das nicht, dass er nicht der Mörder war. Am Mittwoch hatte ich dem Team gesagt, er passe nicht zum Profil. Jetzt jedoch war ich mir da nicht mehr so sicher.

Die Signatur wies auf einen Täter mit einem tief sitzenden Hass gegen Frauen hin. Menton war ein verkappter Homosexueller, gezwungen, ein Lügenleben zu führen und eine Frau zu heiraten, die er nicht wollte. Das konnte sehr leicht zu Hass auf das andere Geschlecht führen, vor allem bei einem Mann mit psychopathischen Tendenzen, der unfähig wäre, die moralische Verantwortung für sein eigenes Handeln zu übernehmen.

Und wenn es nun seine Mutter gewesen war, die ihn in eine Form gepresst hatte, für die er nicht gemacht war? Würde ihn das nicht seiner Männlichkeit berauben und ihn dazu bringen, auch sie zu hassen? Der Uterus ist ein Symbol der Mutterschaft. Wie könnte er die Frau, die ihn geboren hatte, besser symbolisch vernichten als dadurch, dass er seinen Opfern die Gebärmutter herausschnitt?

Zu diesem Zeitpunkt waren das alles noch Hypothesen. Ein Gespräch mit Mentons Eltern würde mir mehr verraten. Ich würde gleich morgen früh eins vereinbaren.

Wir kamen zum Ausgang. Es goss noch immer.

»Ist ja furchtbar da draußen«, meinte Harper und schaute in den Regen hinaus. »Kann ich Sie mitnehmen?«

»Wo fahren Sie denn hin?«

»Chalcot Crescent. Das einzige pinkfarbene Haus in der ganzen Straße.« Er lachte. »Die Farbe hat meine Frau ausgesucht, nicht ich.«

»Pink ist doch nicht schlimm«, bemerkte ich lächelnd. »Chalcot Crescent ist in Primrose Hill, nicht wahr?«

»Stimmt. Da kennen Sie sich jetzt bestimmt gut aus, nach dem, was da jetzt los war.«

»Kann man wohl sagen. Aber hören Sie, ich wohne in Little Venice. Und bei dem Freitagsverkehr ...«

»Ist kein Problem. Sie wollen doch nicht bei dem Wetter draußen unterwegs sein. Kommen Sie, ich habe gleich um die Ecke geparkt.«

Mitten in einem Unwetter würde ich nicht widersprechen.

Die Köpfe im Regen gesenkt rannten wir zu einem 3er BMW hinüber, dessen Warnblinker aufleuchteten, als Harper ihn mit der Fernbedienung an seinem Schlüssel entriegelte.

Isaksson wäre nicht einverstanden, dachte ich, während ich hineinsprang.

Das Auto war genau dasselbe Modell wie das, von dem ich gestern Nachmittag gedacht hatte, es würde mir folgen. War das ein Zufall? Oder mehr?

Innen war der Wagen makellos sauber. Ein Wunderbaum-Lufterfrischer hing am Rückspiegel. Und es roch, als sei der Innenraum vor Kurzem professionell gereinigt worden.

Harper behandelt sein Auto besser als ich meins, dachte ich. Heute hatte er an seine Armbanduhr gedacht, doch sein Hemd war schief zugeknöpft.

Ich nutzte meine Chance, mit ihm über die Mordopfer zu reden. Zwei Fliegen, eine Klappe.

»Wissen Sie, Sie sehen ihnen ja wirklich ein bisschen ähnlich«, stellte er fest, als wir in die regnerische Nacht hinein losfuhren.

72. Kapitel

Clerkenwell, 21:27

Das Unwetter tobte. Selbst mit höchster Frequenz waren die Scheibenwischer des Wagens nutzlos gegen den Regen, der auf die Windschutzscheibe eindrosch. Drinnen war es heiß und stickig, die Heizung war bis zum Anschlag aufgedreht.

Ein Donnerschlag, das Geräusch brechender Knochen hundertfach verstärkt. Dann ein Aufleuchten am finsteren Himmel. Wir waren nahe am Auge des Sturms.

»So war's an dem Abend, an dem sie gestorben ist, auch«, bemerkte Harper. Seine Stimme war leise. Es war schwer, ihn über das Fauchen des Lüfters hinweg zu verstehen.

»Ich muss immer an ihre letzten Momente denken. Was ihr durch den Kopf gegangen sein muss. Was für Schmerzen sie gehabt hat.«

Sie? Ihr? Es waren doch zwei Opfer. Wieso fokussierte Harper sich nur auf eins?

»Was wird jetzt aus ihrem Mann?«

Also sprach er von Pejman. Vielleicht weil wir Fontain verhaftet haben, dachte ich.

»Sie werden Gewahrsamsverlängerung beantragen müssen, wenn Sie nicht bald Anklage erheben. Seine vierundzwanzig Stunden sind fast um.«

Noch jemand, der die Entwicklungen genau verfolgt hatte. Und nachgerechnet hatte.

»Wir müssen sehen«, gab ich zur Abwechslung eine diplomatische Antwort.

Sein Kopf zuckte zu mir herum; seine Augen waren weit aufgerissen. »Sie glauben nicht, dass er's war?«

»Das habe ich nicht gesagt.«

»Aber Ihre Stimme.«

Ein Profiler, wie?, dachte ich im Stillen. In seinem Job muss man wohl gut darin sein, andere Menschen zu deuten.

»Wir bleiben für jede Richtung offen, das ist alles.«

Er lachte. Es klang hohl. »Den Spruch habe ich auch schon öfter benutzt. Ich weiß, was das bedeutet.«

»Manchmal bedeutet etwas genau das, was draußen draufsteht«, versuchte ich, einen leichteren Ton anzuschlagen. Es war, als wäre die Luft gerade noch etwas dicker geworden.

»Haben Sie denn noch andere Verdächtige im Blick?«

»Die Ermittlungen laufen weiter.«

»Sie suchen also noch.«

Er formulierte das nicht als Frage.

Ich schielte aus den Augenwinkeln rasch zu ihm hinüber.

Interesse daran, wie wir vorankamen, konnte ich ja verstehen. Aber das hier war etwas zu viel. Und diesem Gedanken folgte ein zweiter dicht auf den Fersen.

Gab es noch einen anderen Grund dafür, dass Dan Harper mir angeboten hatte, mich nach Hause zu fahren?

73. Kapitel

»Möchten Sie mir etwas sagen?«, fragte ich und drehte mich auf meinem Sitz herum, um ihn besser sehen zu können.

Er presste die Lippen zusammen. Seine Augen öffneten sich ein winziges bisschen weiter. Sein limbisches System hatte die Kontrolle übernommen, der Teil des Gehirns, der für Überlebenssituationen zuständig ist. Die Zeichen waren eindeutig. Dan Harper verbarg etwas.

Ich musterte ihn und fügte im Geiste alle Teile zusammen. Gebaut wie ein amerikanischer Superheld. Übermäßig an dem Fall interessiert. Auf Pejman fokussiert.

»Wie lange hatten Sie und Yasmin schon Sex gehabt?«, fragte ich.

Ein Schuss aus heiterem Himmel, die beste Art und Weise, eine Reaktion zu bekommen – und klare Signale.

Er lief dunkelrot an. »Sie glauben, ich habe mit Yasmin geschlafen? Wie meinen Sie das? Ich bin verheiratet. Ich habe nicht mit ihr geschlafen. Ich schwöre es.«

Menschen tun einige ganz bestimmte Dinge, wenn sie lügen. Sie wiederholen die Anschuldigung. *Sie glauben, ich habe mit Yasmin geschlafen?* Sie mauern. *Wie meinen Sie das?*

Sie benutzen keine Verkürzungen. *Ich habe nicht mit ihr geschlafen.* Sie verwenden Umschreibungen. *Mit Yasmin geschlafen.* Und verstärkende Behauptungen. *Ich schwöre es.*

Dan Harper war nicht nur grottenschlecht darin, die Wahrheit zu verbergen, er war auch unser Mr Big. Er war an dem Abend, an dem sie umgekommen war, mit Pejman zusammen gewesen. Und nach dem, was Axel Menton über Beziehungen am Arbeitsplatz gesagt hatte, hatte er eine Menge zu verlieren, wenn die Affäre ans Licht kam.

Aber Pejman war nicht das einzige Opfer. Lily Abian war ebenfalls umgebracht worden. Doch er redete nur von Pejman. Hier ging es also gar nicht um ein Interesse an dem Verbrechen, es ging um das Interesse an seiner Freundin.

Gerade ließ ich mich auf meinen Sitz zurücksinken, als er die Katze aus dem Sack ließ.

»Wie viel Einfluss haben Sie auf die Ermittlungen?«

»Genauso viel wie jeder andere.«

»Na klar.«

Gleich darauf bog er von der Hauptstraße ab und fuhr eine von Schlaglöchern übersäte Nebenstraße hinunter in ein Industriegebiet ohne Häuser und mit nur sehr wenigen Straßenlaternen.

Wir waren am Arsch der Welt, genau wie Handler gestern Nacht, als er seinem Schöpfer begegnet war.

»Hübsch hier.«

Ich versuchte, fröhlich zu klingen.

Doch diesmal antwortete Harper nicht.

74. Kapitel

Ich hatte seit achtundvierzig Stunden nicht mehr richtig geschlafen. Ich hatte getrunken. Und der Mord an Gavin Handler machte mir zu schaffen. Reagierte ich zu heftig? Oder war ich in Gefahr?

Harper war unberechenbar. Er war mit mir in die Pampa gefahren. Und ich saß in einem 3er BMW fest.

Der BMW war nicht nur dasselbe Modell wie das, das mir gestern hinterhergefahren war. Der Wagen, der am Mittwoch in der Nähe des Tatorts aus einer Seitenstraße gekommen war, war auch ein 3er BMW gewesen. Das war doch bestimmt kein Zufall?

Vor allem in Verbindung mit dem, was ich gerade herausgefunden hatte: Harper hatte etwas mit Yasmin Pejman gehabt. Er wohnte in Primrose Hill, wo die Opfer gefunden worden waren. Und er zeigte ungewöhnlich großes Interesse an dem Fall.

Draußen prasselte der Regen herab; das Unwetter war durch die Scheiben hindurch deutlich zu hören. Ich betrachtete ihn, registrierte jedes Detail, jede Bewegung, jedes Zucken. Könnte er der Mörder sein?

War ich die Nächste?

Harpers Hände umklammerten das Lenkrad. Seine Augen waren glasig. An seiner Schläfe waren Schweißperlen zu sehen. Er griff in die Innentasche seines Jacketts, und ein Hitzeschwall durchfuhr mich, als er sie wieder herauszog. Doch er hielt ein Taschentuch darin, mit dem er sich die Stirn abwischte.

Hatte ich mich geirrt? Deutete ich die Zeichen falsch? Ein Schauer lief mir über den Rücken, und eine Ader pochte heftig in meinem Hals.

Sie sind bestimmt genau der Typ des Mörders.

Niemand wusste, wo ich war. Axel Menton hatte uns zusammen sein Büro verlassen sehen, doch er wusste nicht, dass Harper sich erboten hatte, mich nach Hause zu fahren. Dank meines Handelns war Isaksson vollkommen ahnungslos. Und genau wie in meinem Albtraum war niemand in der Nähe, der Alarm schlagen könnte. Ich musste etwas tun.

Alles negieren und ganz schnell türmen ODER ansehen, nachdenken und Gegenwehr statt Trauma.

Jack!

Mein Telefon war immer noch auf lautlos geschaltet. Unauffällig schob ich die Hand in meine Tasche und drückte im Verzeichnis der letzten Anrufe auf seine Nummer, ohne dass die Pieptöne mich verrieten. Dann schaltete ich auf Lautsprecher, als er sich meldete.

»Dan Harper von S&M fährt mich gerade nach Hause«, sagte ich rasch, brachte meine Nachricht rüber, solange ich noch konnte. »Ich ruf dich an, wenn ich zu Hause bin.«

Harpers Kopf fuhr zu mir herum; den Mund hatte er fest zusammengekniffen.

Zwei Minuten später waren wir auf der Euston Road. War das jetzt ein Zufall, oder hatte mein Anruf gewirkt? So oder so, ich kam mir ziemlich clever vor.

»Jetzt schauen Sie sich bloß mal dieses Wetter an.«

Harper machte wieder Small Talk. Nach ein paar Minuten oberflächlichen Geplauders gab er es auf und schaltete das Radio an.

Hier ist Mellow Magic mit Ihren zeitlosen, entspannenden Lieblingsklassikern.

Marylebone Road. Über die Überführung. Auf die Harrow Road. Dann Warwick Avenue, Blomfield Road, Delamere Terrace, und wir waren da.

Harper ließ den Motor laufen, während ich die Stufen hinaufstieg.

Erst als ich die schwere Haustür hinter mir zumachte, wurde mir eine beunruhigende Tatsache bewusst.

Dan Harper wusste, wo ich wohnte. Wenn er mich noch einmal allein abpassen wollte, würde er genau wissen, wo er mich finden konnte.

Vielleicht war ich ja doch nicht so clever gewesen.

75. Kapitel

Mir ist klar, dass das hier wahrscheinlich gegen die Regeln verstößt, aber wenn ihr nichts mehr von mir hört, verständigt bitte die Polizei und zeigt ihnen, was ich geschrieben habe – es könnte sein, dass nicht nur ich in Gefahr bin.

Mein Mann heißt [redacted]
und unsere Adresse ist [redacted].

Was immer auch geschieht. Ich möchte, dass ihr wisst, wie dankbar ich euch für eure tolle Unterstützung bin. Ihr wart wirklich ein Rettungsanker für mich.

Wünscht mir Glück.

76. Kapitel

Blomfield Villas, London, 21:55

Ich schnappte mir meine Post aus dem Briefkasten im Flur. Mein Blut war noch immer in Wallung von dem, was da im Auto passiert war. Jetzt jedoch, da ich mich hinter verschlossenen Türen befand, konnte ich mich des Gedankens nicht erwehren, dass ich mich wegen nichts und wieder nichts aufgeregt hatte. »Du drehst mal wieder am Rad«, hätte Duncan gesagt.

Was war denn los mit mir, dass ich mir von einem Zivilisten solche Angst machen ließ? Okay, er fuhr einen 3er BMW und war mit mir durch ein paar Nebenstraßen gefahren, na super. Ich meine, er passte doch gar nicht in das Profil. Und was das übersteigerte Interesse an dem Fall betraf: Wenn er Pejman gevögelt hatte, dann wäre es ja seltsam, wenn er nicht hätte wissen wollen, was Sache war.

Ich stapfte die Treppe hinauf und wurde bei jeder Stufe wütender auf mich selbst. Nicht weil ich zugelassen hatte, dass Angst mein Urteilsvermögen getrübt hatte, sondern weil ich überhaupt Angst gehabt hatte.

Ich sollte Isaksson das von Pejman und ihm wissen lassen, dachte ich. Doch wie sollte ich das machen, ohne zu verraten, woher ich es wusste? Er würde mir in den Arsch treten, wenn er erfuhr, was ich heute Abend getrieben hatte. Aber die Information für mich zu behalten wäre noch schlimmer.

Seufzend wühlte ich mein Handy aus der Handtasche.

Schauen Sie mal, ob wir einen Durchsuchungsbefehl für Dan Harpers Handy und seinen Laptop bekommen können. Ich glaube, er könnte »Mr Big« sein.
Gesendet 21:58

Auf Erklärungen verzichtete ich. Wenn er eine verlangte, würde ich es aufs Profiling schieben. Und den BMW von gestern brauchte ich nicht zu erwähnen; ich wusste ja noch nicht mal sicher, ob der mir wirklich gefolgt war. Und nach dem heutigen Abend zu urteilen konnte das auch durchaus ein Produkt meiner überschießenden Fantasie gewesen sein.

Ich drehte den Schlüssel im Schloss. Home, Sweet Home, dachte ich und drückte die Wohnungstür auf.

Ich bemerkte es sofort.

Leise stellte ich die Handtasche auf den Boden und stand im Türrahmen, alle Sinne in höchster Alarmbereitschaft. Es war nur ganz schwach, nur ein Hauch eines Geruchs, aber nichtsdestotrotz unverwechselbar. Zigaretten.

Ich rauche nicht. Mein Vater hatte sechzig Stück am Tag gequalmt, hatte sich jeden Morgen eine angezündet, während er Toast machte. Am Schluss hatte ihn das umgebracht, eine Lungenembolie. Ich war gerade elf geworden; sein Tod war ein vernichtender Schlag. Niemand ist mehr auf der Anti-Rauchen-Schiene als ich. Ich hasse die Scheißdinger. Wer also hatte in meiner Wohnung geraucht?

Und wo war der- oder diejenige jetzt?

77. Kapitel

Leise schloss ich die Tür und verriegelte sie. Wenn jemand hier drin war, dann wollte ich nicht, dass er abhaute, bevor ich Gelegenheit gehabt hatte, ihn mir gründlich anzusehen und ihm vorzugsweise auch noch ein paar Fragen zu stellen, und zwar auf meine ganz eigene, unnachahmliche Art und Weise.

Den Rücken an die Wand gedrückt lauschte ich einen Moment und gab meinen Augen Zeit, sich an die Dunkelheit anzupassen. Dann huschte ich von der Tür weg, ohne Licht zu machen. Die Dunkelheit sollte sich zu meinen Gunsten auswirken. Niemand kennt diese Wohnung besser als ich.

Ich trat im rechten Winkel von der Wand weg, legte die Ellenbogen an den Körper und richtete meinen vorderen Fuß parallel zu meiner Blickachse aus. So bog ich um die Ecke ins Wohnzimmer und suchte dabei jedes Tortenstück dieser Richtungsänderung in raschen vertikalen Bewegungen mit dem Blick ab. Ich wusste, was ich tat, doch ich hatte keine Waffe. Dadurch war ich im Nachteil. Ich beugte mich in die Richtung, in die ich mich vorwärtsbewegte, damit ich einen Eindringling sehen würde, bevor er mich sah, und schob mich langsam auf die Küche zu.

Die Tür war geschlossen. War er da drin?

Mit wild pochendem Herzen drehte ich den Türknauf und stieß die Tür weit auf, um den ganzen Raum sichtbar zu machen und das Überraschungselement zu maximieren. Dann trat ich rasch vor, während ich die Küche mit den Augen absuchte. Im Tunnel eines Eingangs will man sich nicht lange aufhalten.

Sauber.

Ohne den Blick von der Tür abzuwenden, griff ich mir ein Steakmesser aus dem hölzernen Messerblock auf dem Küchentresen. Es war nicht so scharf wie der Kampfdolch, den ich unter meinem Bett liegen habe, oder so wirkungsvoll wie eine Pumpgun, aber ich konnte damit trotzdem einigen Schaden anrichten.

Dann trat ich wieder in den Flur, hielt mich auf der linken Seite, jedoch ein Stück weg von der Wand. Als ich mich der Mitte des Flurs näherte, war mir klar, dass ich eine weitere Gefahrenzone betrat.

Wenigstens gab es hier keine T-Kreuzung, doch Gänge sind der riskanteste Teil eines jeden Gebäudes, weil sie so schmal sind.

Mit erhobenem Messer drehte ich mich um den Türrahmen ins Schlafzimmer hinein, bewegte mich dabei im Zickzack hin und her und achtete darauf, dass ich die Füße nicht überkreuzte und mich damit selbst aus dem Gleichgewicht brachte. Ich suchte das Zimmer und sämtliche Verstecke ab. Dann schwenkte ich um die Ecke ins Bad.

Der Duschvorhang war zugezogen. Und dahinter war etwas Großes verborgen. Ich fasste das Messer fester und riss den Vorhang zurück. Dahinter war niemand. Nur ein Korb nasse Wäsche, die darauf wartete, in den Trockner gesteckt zu werden.

Ich ließ meine Waffe sinken. Gesellschaft hatte ich vielleicht nicht, doch der Zigarettengeruch zeigte, dass definitiv jemand hier gewesen war.

78. Kapitel

Ich brachte das Messer zurück in die Küche, schnappte mir meine Maglite-Taschenlampe aus dem Flurschrank und ging dann ins Bad, um Puder und einen Make-up-Pinsel zu holen. Unterwegs machte ich sämtliche Lampen an. Jetzt war die Wohnung hell erleuchtet wie ein Tatort.

Es bestand keine Notwendigkeit, leise zu sein, doch ich ging langsam vor. Ich wollte nichts übersehen, nicht zuletzt, weil ich keine Ahnung hatte, wer hier gewesen war. Oder hinter was der Eindringling her gewesen war. Mein Instinkt sagte mir, dass es hier um Sunlight ging, doch es hätte genauso gut wegen des Primrose-Hill-Mörders sein können. Ich hatte schon einmal einen Mörder vor der Wohnungstür gehabt. In diesem Beruf muss man Arbeit und sein Zuhause wirklich sehr strikt voneinander trennen.

Zum zweiten Mal an diesem Abend fokussierte sich mein überhitztes Gehirn auf Dan Harper. Er weiß, wo ich wohne, dachte ich von Neuem. Die Frage ist, hat er das schon gewusst, bevor er mir angeboten hat, mich nach Hause zu fahren?

Oder was war mit Watkiss? Der qualmte doch locker

eine Packung am Tag und hatte die dazu passenden gelben Zähne, ganz zu schweigen davon, dass er nicht gerade gut auf mich zu sprechen war. Er schien zwar nicht der Typ zu sein, der seine Drecksarbeit selbst erledigte, doch das hieß nicht, dass er nicht hier gewesen war.

Ich drehte mein Haar oben auf dem Kopf zu einem Knoten zusammen und ließ es wieder fallen. Dieses Herumrätseln brachte doch nichts. Wenn ich Antworten wollte, würde ich nach Hinweisen suchen müssen.

Ich öffnete die Wohnungstür und leuchtete mit der Taschenlampe schräg auf die Schlösser an der Außenseite, suchte nach Kratzern. Der Einbrecher musste die Schlösser geknackt haben; Fassadenkletterer steigen für gewöhnlich nicht im fünften Stock ein. Außerdem waren keine Glasscherben vorhanden.

Doch wenn er die Schlösser geknackt hatte, so war davon nichts zu sehen. Und ich konnte auch keinerlei Fingerabdrücke an der Tür oder am Schloss finden. Schön, ich hatte beides mit Gesichtspuder und einem Make-up-Pinsel bestäubt, aber trotzdem …

Ich ließ mich auf die Knie sinken und suchte mit meiner Taschenlampe den Boden nach Fußspuren und Faserknäulen ab. Doch ich konnte nichts finden. Auch keine Aschespuren.

Wer auch immer mir auf die Bude gerückt war, er war ein Profi. Der Kerl wusste, was er tat, und auch wenn er einen Hauch Zigarettenmief hinterlassen hatte, so war es doch höchst unwahrscheinlich, dass er sich hier drin so ein Krebsstäbchen gegönnt hatte. Stattdessen hing ihm der

Geruch wahrscheinlich in den Kleidern. Rauchen stumpft die Sinne ab. Wenn der Eindringling schon lange rauchte, würde er den Gestank gar nicht bemerken, den er hinter sich herzog.

Das Fehlen von Kratzern und Spuren zeigte, dass er vorsichtig gewesen war. Er hatte Überschuhe und Handschuhe getragen, nicht nur, um keine Beweisspuren zu hinterlassen, sondern auch, damit ich gar nicht erst merkte, dass jemand bei mir eingebrochen war. Auf den ersten Blick schien alles an seinem Platz zu sein. Meine Kreditkarte lag in der Küche neben etwas Bargeld. Und mein silbernes Glücksbringer-Armband, ein Geburtstagsgeschenk von Duncan, lag auf der Kommode im Schlafzimmer.

Das schloss Einbruchdiebstahl aus. Doch es erklärte nicht, worauf der Einbrecher es abgesehen hatte.

Ich ging durch die Wohnung und verglich alles mit dem Zustand, in dem ich es zurückgelassen hatte. Mein Notizblock lag um ein paar Grad schief. Meine Schreibtischschublade war nicht ganz geschlossen. Und meine Ausgabe von *Signatur Killer* stand jetzt zwischen *Mindhunter* und *Ich jagte Hannibal Lecter* im Regal, dabei hatte *Mindhunter* heute Morgen in der Mitte dieser Dreiergruppe gestanden.

Derjenige, der hier gewesen war, hatte nach etwas gesucht. Und er hatte meine Unterlagen durchgesehen. Doch ohne einen Zauberstab und einen BVDA-Gellifter gab es keine Möglichkeit herauszufinden, wer das gewesen war.

Ding Dong.

Mein Herz schlug einen Salto.

Unter der Wohnungstür bewegte sich ein Schatten.

Es war fast elf Uhr abends. Wohl kaum die richtige Zeit für Besuche.

Wer war also da draußen? Und was wollte er?

79. Kapitel

Rasch spähte ich durch den Spion und war mir dabei sehr wohl bewusst, wie ich dieses Spiel spielen würde, wenn ich auf der anderen Seite der Tür stünde. Eine Kugel ins Auge, das ist kein schöner Tod.

Dort war niemand. Aber da musste doch jemand sein; Türklingeln klingeln doch nicht von allein. Wie sollte ich hiermit umgehen? Wenn ich ins Schlafzimmer ging, um das Kampfmesser zu holen, könnte der da draußen die Tür eintreten und mich auf dem falschen Fuß erwischen. Nein, lieber in die Offensive gehen, dachte ich und schnappte mir den zusammengerollten Regenschirm vom Heizkörper.

Eine tödliche Waffe war das nicht gerade, aber zum Zuschlagen würde er sich gut eignen. Ein Seitwärtsschlag gegen den Kopf, gefolgt von einem wohlgezielten Tritt ins Gemächt, und mein Widersacher würde am Boden liegen, noch ehe er meinen Namen sagen konnte.

Ich ging in Position, riss die Tür auf und sprang rasch zurück, um genug Platz zum Zuschlagen zwischen uns zu haben.

»Jack!« Der Schirm fiel klappernd zu Boden. »Scheiße, was machst du denn hier?«

Er kauerte auf dem Boden und band sich gerade den Schnürsenkel. Jetzt blickte er auf. Zerzaustes Haar und Bartstoppeln.

»Na, das ist aber nett.«

Mein Herz pochte immer noch wie wild. Ich dachte nicht klar.

»Im Ernst. Warum bist du hier?«

Er erhob sich, und sein Körper füllte den Türrahmen aus. »Ich hab mir Sorgen um dich gemacht. Der Anruf vorhin. Du hast dich angehört, als hättest du Angst.«

Ach das.

»Und ganz ehrlich, du siehst beschissen aus.«

»Und wer ist jetzt nett?«

»Ich meine ja nur, du siehst verstört aus. Was ist los, Mac?«

Ich ließ die Schultern sinken und holte tief Luft. Plötzlich überkam mich das heftige Verlangen, mich in seine großen, starken Arme zu werfen. Das ist die Erschöpfung, sagte ich mir. Ich bin bloß auf der Suche nach einem Landeplatz.

»Mac?«, bohrte er mit schief gelegtem Kopf nach.

Ich schaute zu Boden und blickte dann zu ihm empor.

»Komm mal lieber rein«, sagte ich.

80. Kapitel

»Irgendjemand ist hier eingebrochen, während ich weg war.«

»Scheiße! Hast du die Polizei gerufen?«

Ich schüttelte den Kopf.

»Hat keinen Sinn, es ist nichts gestohlen worden. Und es gibt keinerlei Anzeichen für gewaltsames Eindringen. Wenn die das hören, kommt sowieso keiner.«

Ich wartete darauf, dass er die offenkundige Frage stellte: Wenn nichts gestohlen worden war und es keinerlei Einbruchsspuren gab, wie konnte ich dann sicher sein, dass jemand hier drin gewesen war? Doch er überraschte mich.

»Was glaubst du, hat der gewollt?«, fragte er stattdessen leise.

Ich zögerte nicht. So wie mit meinen Sachen umgegangen worden war, dieses Maß an Professionalität – es musste um Sunlight gehen.

»Den USB-Stick.«

»Wie kommst du darauf?«

»Weil es da noch etwas gibt, was ich dir nicht erzählt habe.«

»Weiter.«

Ich hielt inne, hin- und hergerissen zwischen der Erkenntnis, dass ich es ihm sagen musste, und dem Wissen, dass ich das nicht tun sollte. »Du darfst das nicht publik machen. Im Moment bist du nur mein Freund, Jack, kein Journalist. Verstanden?«

Er nickte.

»Sag's laut.«

»Ja, natürlich. Also, was ist los?«

Ich saugte an meiner Unterlippe. Er schaute weg, einen rosa Fleck auf jeder Wange. »Handler hat mich gestern Abend angerufen. Hat gesagt, er wollte vorbeikommen, er hätte mir etwas zu sagen. Aber er ist nicht aufgetaucht.«

»Davon hast du mir nichts erzählt.« Er klang gekränkt.

»Konnte ich doch nicht. Er hat voll auf 007 gemacht, hat mich zur Geheimhaltung verpflichtet. Offensichtlich war ihm das wahnsinnig wichtig, und er ist ein ziemliches Risiko eingegangen.«

»Aber er ist nicht aufgekreuzt?«

»Nein. Er ist heute früh in seinem Auto gefunden worden. Kugel im Kopf, Einschuss auf der rechten Seite. Nur war er Linkshänder.«

Seine Augen wurden riesengroß.

»Ermordet?«

Ich nickte. »Ein Profimord, der wie Selbstmord aussehen sollte. Der, der da abgedrückt hat, wusste, wie so was geht. Genau wie das Arschgesicht, das hier eingebrochen ist.«

»Scheiße«, sagte er abermals und rieb sich mit der Hand über die Augen.

»Es kommt noch mehr. Die Waffe, mit der er umgebracht worden ist, war beim Yard ausgecheckt worden, und zwar gleich nachdem Handler mich angerufen hatte.«

»Das heißt …«

»Handler hat sich das Ding nicht geholt, ganz gleich, was in den Unterlagen steht. Und das heißt …«

»Der Exekutionsbefehl kam aus Scotland Yard?«

Ich nickte. »Irgendwer ist bereit zu töten, um Sunlight geheim zu halten.«

»Ein Vertuschungsmanöver.« Jack schaute auf seine Schuhe, als könnte die Antwort dort geschrieben stehen.

»Aye, ich glaube, ja. Vorhin habe ich dem reizenden Bodi Caulder ein bisschen Druck gemacht. Der weiß mehr, als er zugibt. Und ich glaube, er wird dafür bezahlt, dass er die Klappe hält.«

Unten knallte eine Tür zu, und ich fuhr zusammen. Ich sah Jack an. Sein Gesicht war kalkweiß geworden. Ich war nicht die Einzige, die heute Abend nervös war.

»Was glaubst du, wie weit diese Geschichte reicht?«, wollte er wissen.

»Bis weit genug nach oben, dass er mich heute Abend in voller Panik angerufen hat.«

»Was hat er gesagt?«

»Im Grunde genommen war's eine Warnung, weiter rumzustöbern. Eine verkappte Andeutung, dass ich mich in Gefahr bringe, wenn ich nicht auf ihn höre.«

»Am selben Abend, an dem jemand in deiner Wohnung war. Was bedeutet, dass der Kerl ohne Weiteres wiederkommen könnte.«

81. Kapitel

»Okay«, verkündete Jack, während er in mein Wohnzimmer marschierte und sich die Ärmel hochkrempelte.

»Okay was?«

»Ich schaue mich mal um.«

»Habe ich schon getan.«

»Ein zweites Augenpaar hat noch niemandem geschadet.«

»Du verschwendest deine Zeit. Hier ist niemand.«

»Vielleicht nicht, aber ich möchte sicher sein, dass der Typ nicht noch mal zu Besuch kommt, während du schläfst.«

»Hör zu, Wolfie, ich find's ja nett, dass du dir Sorgen machst und all so was, aber ich kann schon allein auf mich aufpassen.«

»Wenn ich für jedes Mal ein Pfund hätte, wo du das gesagt hast …«

Ich lachte. »Na ja, stimmt aber zufällig.«

»Möglich, aber wenn's dir nichts ausmacht, würde ich es lieber nicht drauf ankommen lassen. Also, schauen wir uns doch mal deine Fensterschlösser an. Großer Gott, Mac.

Wie alt sind die Dinger?« Er sah auf die Uhr. »Ich überlege gerade, ob der Baumarkt noch offen hat. Sollten die nicht eigentlich rund um die Uhr auf sein?«

»Hörst du bitte auf, Jack? Ich wohne im obersten Stock, ich brauche keine neuen Fensterschlösser. Und es ist auch nicht nötig, dass du oder sonst wer hier den Helden spielt. Ich kann selbst auf mich aufpassen.«

»So hat sich's vorhin am Telefon aber nicht angehört.«

Ich verdrehte die Augen. Mir hätte klar sein müssen, dass er das aufs Tapet bringen würde.

»Bild dir bloß nichts ein. Das war meine Art, eine Situation zu managen, keine Bitte um Rettung.«

Einen Moment lang herrschte ein Patt. Ich war noch immer sauer auf mich selbst, weil ich mir vorhin von Harper hatte Angst machen lassen. Das machte mich überempfindlich.

»Na schön.« Ich seufzte dramatisch. »Schau dich um, wenn's sein muss, solange du weißt, dass du das für dich tust und nicht für mich.«

»Na klar«, erwiderte er mit einem frechen Grinsen.

Ich hätte ihm eine knallen können.

»Vielleicht sollten wir diese Sunlight-Nummer mal ein bisschen zurückfahren«, sagte er, während er die Sicherheitskette an meiner Wohnungstür überprüfte. »Nach dem, was mit Handler passiert ist, und jetzt das hier. Ich meine, Auftragskiller. Exekutionsbefehle. Und jetzt eine Razzia bei dir in der Wohnung. Ich weiß nicht, Mac. Was meinst du? Kommen wir hier vielleicht in gefährliches Fahrwasser?«

Ich holte tief Luft. Er hatte nicht unrecht. Die Vergangenheit so aufzuwühlen, wie wir es taten, konnte höchstwahrscheinlich unsere Chance gefährden, die Zukunft zu erleben.

Soweit es mich betraf, war das keine Frage.

»Wenn du einen Rückzieher machen willst, dann ist das okay«, antwortete ich. »Solltest du wahrscheinlich auch tun. Aber was mich angeht, ich fange gerade erst an.«

82. Kapitel

»Wenn du weitermachst, mache ich auch weiter«, sagte Jack.

»Bist du sicher?« Ich sah ihn unverwandt an. »Du musst das nicht tun. Wir spielen hier nicht *Flight Simulator*, hier gehen Menschen drauf.«

»Erstens heißt es nicht *Flight Simulator,* sondern *X-Plane.* Und zweitens habe ich das ernst gemeint, was ich gestern gesagt habe. Wenn wir abschmieren, dann zusammen.«

»Jack …«

»Duncan war mein bester Freund. Und wenn die Chance besteht, dass wir den Arsch, der ihn umgebracht hat, endlich drankriegen könnten …«

Ich bohrte nach, ich musste einfach. »Und was ist mit zurückfahren? Du hattest recht, das könnte eklig werden. Du bist ein guter Freund, du musst nichts beweisen.«

»Du auch nicht.«

»Hier geht's nicht darum, dass ich irgendwas beweise.«

»Genau.«

Ich lächelte. Touché. »Na, dann ist das ja wohl geklärt.«

»Einer für alle und alle für einen«, bemerkte er mit diesem Grinsen, bei dem seine Augen immer hell aufleuchten, während er sich die Sensoren meiner Alarmanlage vornahm. Ich hätte eine Trittleiter gebraucht, um da heranzukommen, für ihn jedoch reichte ein Küchenstuhl. Klein und Groß. »Ich nehme doch an, deinen ungebetenen Gästen ist es nicht gelungen, sich den USB-Stick unter den Nagel zu reißen?«

»Nein.«

»Und wo ist er?«

»An einem sicheren Ort.« Ich zog die Brauen hoch und schob die Hand unter mein Shirt.

Die rosa Flecken tauchten erneut auf seinen Wangen auf.

»Ihn da drunter zu tragen wird die nicht daran hindern, ihn sich zu holen.«

»Das sollen sie mal versuchen.«

Er lachte. »Aber jetzt mal im Ernst, ideal ist das nicht.« Er hielt inne und überlegte. »Vielleicht sollte ich ihn verwahren. Dich haben sie auf dem Radar, aber von mir wissen sie nichts.«

Ich wollte gerade mit der abgedroschenen Phrase aufwarten, dass ich das schon allein schaffte. Dann sagte ich es doch nicht. Ich bin durchaus in der Lage, allein klarzukommen, aber das heißt nicht, dass ich es riskieren sollte, den Stick zu verlieren, dachte ich. Sonst hatten wir nichts, was Duncan mit Sunlight in Verbindung brachte, und wenn ich jemals beweisen wollte, dass er deswegen umgebracht worden war, musste ich den USB-Stick vorlegen.

»Also gut.« Ich drehte mich weg und fischte das Ding aus meinem BH. »Hier. Fährst du mit dem Auto nach Hause?«

»Ja. Der Range Rover steht direkt vorm Haus. Ich packe den Stick gleich in meine Innentasche, die hat einen Reißverschluss. Hör auf, dir den Kopf zu zerbrechen, Mac. Dem Ding passiert schon nichts.«

Draußen ertönte das Klirren von zerberstendem Glas und das durchdringende Jaulen eines Autoalarms. Irgendwie stimmte mich das nicht gerade optimistisch.

83. Kapitel

»Oh, das hab ich ja ganz vergessen«, meinte Jack, als er seinen kleinen Erkundungsstreifzug beendet hatte. »Ich habe dir ein kleines Geschenk mitgebracht.« Er nahm seine Wachsjacke von dem Sessel, auf den er sie geschmissen hatte, und griff in die vordere Tasche. »Das hier habe ich in der Buchhandlung gefunden. Ich dachte, nach unserem Gespräch gestern Abend findest du's vielleicht interessant.«

Er reichte mir ein Taschenbuch. *The Lost Days of Agatha Christie.*

»Du gibst nicht auf, wie?«, fragte ich.

Er hatte mich in *Die Mausefalle* geschleift, im St Martin's Theatre, und sich hinterher immer wieder lang und breit über den raffinierten Plot ausgelassen.

»Da kommt nie einer drauf«, hatte er beteuert.

Ich hatte ihm nicht gesagt, dass mir klar gewesen war, wer der Täter war, und zwar zwei Minuten nachdem er die Bühne betreten hatte.

»Das ist kein Roman. Es ist eine wahre Geschichte«, beteuerte er jetzt. »Genau deine Startbahn, würde ich sagen.«

»Ein Buch über ihre Bücher?« Das hörte sich ganz und gar nicht so an, als wäre es mein Ding.

»Nein, mehr ein Krimi aus dem richtigen Leben.«

»Wie das?«

»1926 ist sie spurlos verschwunden. Es gab eine riesige Suchaktion, Tausende Polizisten, Anzeigen in den Zeitungen, das volle Programm. Die haben für die Suche nach ihr sogar Flugzeuge eingesetzt.«

Ich lächelte. Das mit den Flugzeugen konnte er natürlich nicht weglassen.

»Ihr Auto wurde in Guildford gefunden. Keinerlei Anzeichen eines Unfalls. Aber auch keine Spur von Christie. Und dann taucht sie fast zwei Wochen später in einem Hotel in Harrogate auf, Hunderte Kilometer weit weg. Ist da unter einem erfundenen Namen registriert und hat keinen blassen Schimmer, wie sie dahingekommen ist.«

»Das ist ja merkwürdig.«

»Hab doch gesagt, es wird dir gefallen.« Er warf die Jacke wieder auf den Sessel. »Was dagegen, wenn ich mir schnell einen Tee mache? Ich hab wahnsinnigen Durst.«

»Nur zu. Es ist noch was von der Heuschreckenpisse da, die du so gern magst. Du weißt ja, wo.«

»Du solltest es mal mit Kräutertee versuchen. All der Kaffee, den du dir reinziehst, das ist nicht gut für dich.«

»Danke für den guten Rat, Dad. Aber das gleiche ich mit Wein aus, also kein Grund, Stress zu machen.«

Während er sich in der Küche zu schaffen machte, sah ich die Post durch, die ich von unten mitgebracht hatte. Eine Telefonrechnung. Eine Erinnerungskarte vom Zahnarzt. Und ein Umschlag mit einer Handschrift drauf, die ich nicht kannte.

Ich schlitzte ihn mit dem Fingernagel auf und zog ein liniertes DIN-A4-Blatt heraus. Der Brief war nicht unterschrieben, und nach der Schrift zu urteilen war er in großer Eile geschrieben worden.

Ich hoffe, das hier wird nicht nötig sein. Betrachten Sie es als Rückversicherung. Falls wir uns schon unterhalten haben, vernichten Sie das hier bitte, sobald Sie es gelesen haben, und zeigen Sie es niemandem.

Ich wollte nichts sagen. Aber nachdem Sie mich angerufen hatten, musste ich die ganze Zeit denken, was ist, wenn es andersherum wäre? Wie würde ich mich dann fühlen?

Sie haben Antworten verdient, auch wenn sie Ihnen nichts nützen werden. Diese Geschichte ist zu groß, als dass es eine einzige Person damit aufnehmen könnte. Aber vielleicht hilft Ihnen die Wahrheit ja wenigstens, eine Art Schlussstrich zu ziehen.

Ich kann es nicht explizit niederschreiben; wenn das hier abgefangen wird, könnte es Sie in Gefahr bringen. Aber so viel will ich sagen: Diese Schweine sind schuld daran, aber an die kommt keiner ran, und das wissen sie auch. Es sind zu viele. Es reicht bis weit nach oben.

Ich habe gehört, was Sie beruflich machen und wie gut Sie in Ihrem Job sind. Hoffentlich können Sie von hier aus den Zusammenhang finden.

»Jack!«

»Was ist denn?«

Wie ein riesiger Bär kam er aus der Küche geeilt und schwappte dabei jede Menge Tee auf den Boden.

»Das musst du lesen«, sagte ich und reichte ihm das Blatt. »Sieht aus, als wär's von Handler. Er muss den Brief gleich nach unserem Telefongespräch eingeworfen haben. Eine Rückversicherung, sagt er.«

Jack schnitt eine Grimasse.

»Er hat gewusst, dass er sich in Gefahr bringt«, meinte ich. »Aber er hat's trotzdem getan. Ich habe ihn dazu gebracht, sich in meine Lage zu versetzen. Deswegen hat er sich gemeldet. Und das heißt, ich bin der Grund dafür, dass er umgebracht worden ist.«

»Das kannst du doch nicht im Ernst denken.«

Ich zuckte die Schultern. Seit der Episode in Harpers Wagen drehte ich auf hohen Touren; ich wusste eigentlich gar nicht mehr, was ich denken sollte.

»Komm schon, Mac. Handler war erwachsen, er hat seine eigenen Entscheidungen getroffen. Du darfst dich deswegen nicht selbst fertigmachen.«

Er las den Brief und hielt dann jäh inne, den Mund weit offen wie in einem Comicstrip.

»Was denn?«

»*Diese Schweine sind schuld daran, aber an die kommt keiner ran, und das wissen sie auch.* Dir ist doch klar, dass das fast Wort für Wort das ist, was Dale Redwood in seinem Abschiedsbrief geschrieben hat.«

»Der Kerl, der von der London Bridge gesprungen ist?«

»Hm. Aber das ist noch nicht alles. Weißt du noch, der

Mann, den sie in seiner Einzimmerwohnung erhängt aufgefunden haben, kurz bevor der dem *Express* ein Interview geben sollte?«

»Ja?«

»Ein Kontakt von mir auf dem Revier meint, das war Mord, der wie Selbstmord aussehen sollte. Na, klingelt's da bei dir?«

»Gavin Handler«, flüsterte ich. »Und wenn du recht hast, hört sich das an, als wäre Sunlight irgendwie mit diesem Redwood verknüpft, was immer es auch ist.«

»Und, präziser gesagt, mit diesen sogenannten ›Schweinen‹.«

»Redwood und dieser andere Typ sind im Kinderheim aufgewachsen, stimmt's? Im selben Heim. Gibt es noch andere Verbindungen zwischen den beiden?«

»Wenn ja, habe ich sie nicht finden können. Die beiden haben in den letzten beiden Jahren auf verschiedenen Seiten des Flusses gewohnt.«

»Was weißt du über dieses Kinderheim?«

»Oak Lodge in Kilburn. Profitorientiert. Hatte vor etwa fünfzehn Jahren finanzielle Probleme, aber jetzt geht's ihnen gut.«

Ich zog mein Handy hervor und tippte *Oak Lodge Kinderheim Kilburn* in die Suchmaschine ein.

»Sieht aus, als wäre der Laden Anfang Oktober vor zwei Jahren von der Polizei durchsucht worden, ungefähr einen Monat bevor Duncan umgebracht worden ist.« Ich vergrößerte den Absatz mit den Fingern. »Hier steht aber nicht, warum.«

»Lass mal sehen.«

Ich reichte Jack das Handy. Er klickte sich durch die Links.

»Hier steht, dass eine Diana Averis das Heim leitet.«

»Diana Averis?«

Mein Rückgrat kribbelte. *Was ist mit DA passiert?* Auf dem USB-Stick.

Wir sahen uns an und dachten beide dasselbe.

War sie die Person in Duncans Aufzeichnungen? Und wenn ja, was hatte sie mit Sunlight zu tun?

84. Kapitel

»Lass uns den hier nehmen«, sagte ich und erweckte meinen Laptop zum Leben. »Der Bildschirm ist größer. Es muss doch noch mehr Infos über diese Averis geben.«

Jack hing über meiner Schulter, während ich an meinem Schreibtisch saß und im Internet suchte. Das Zimmer war spärlich erleuchtet. Das blaue Licht des Computers warf einen unheimlichen Schein auf alles.

»Klick mal da drauf. *Kinderheim-Leiterin ohne Anklage auf freien Fuß gesetzt*«, sagte er und deutete mit dem Finger auf den Bildschirm.

Es war ein Artikel auf der Website der *Kilburn Times*. Lokalzeitung, lokale Themen.

Diana Averis, Leiterin des Kinderheims Oak Lodge in North London, das Anfang dieser Woche von der Polizei durchsucht worden war, ist ohne Anklage aus der Untersuchungshaft entlassen worden, nachdem anscheinend der Stellvertretende Police Commissioner interveniert hatte.

Miss Averis (46), die das Heim während der letzten fünfzehn Jahre

geleitet hat, war drei Tage lang in Polizeigewahrsam, bevor sie auf freien Fuß gesetzt wurde.
Oak Lodge war Gegenstand einer Untersuchung durch Scotland Yard. Allerdings haben die Detectives es abgelehnt, sich zum Anlass für die Ermittlungen zu äußern und auch dazu, ob es noch mehr Festnahmen geben würde oder ob irgendwelche Kinder aus dem Heim unter Beobachtung stünden.

»Was hältst du davon?«, fragte Jack und trat einen Schritt zurück.

»Bisschen seltsam. Sie ist drei Tage festgehalten worden. Dafür hätte der Ermittlungsleiter eine Gewahrsamsverlängerung beantragen müssen, was bedeutet, sie hatten einen guten Grund, sie festzuhalten. Warum lassen sie sie also laufen?«

Ich lehnte mich auf meinem Stuhl zurück und fuhr mir mit der Hand durchs Haar. »Vielleicht hat Duncan sich ja dasselbe gefragt: *Was ist mit DA passiert?*«

»Könnte sein.«

»Aber warum hat sich der Stellvertretende Commissioner da reingehängt? Das ergibt doch keinen Sinn.«

»Vielleicht kann uns Diana das sagen.« Er griff nach seiner Jacke. »Ich rufe sie morgen früh an und erzähle ihr, sie ist mit der Story in Verbindung gebracht worden, die ich über Redwood und seinen Freund schreibe. Mal sehen, was sie zu sagen hat.« Er zog sein Handy hervor und begann zu tippen. »Was zum …?«

Ich verzog das Gesicht. »Was ist?«

»Diana Averis hat vor zwei Jahren den Löffel abgegeben.«

Nicht noch eine Tote.

»Die Lokalzeitung hat berichtet, sie sei an einer Insulinüberdosis gestorben, nicht mal eine Woche nachdem sie aus der U-Haft entlassen worden ist. Aber jetzt hör dir das an – sie war keine Diabetikerin.«

Unsere Blicke verhakten sich ineinander.

»Wenn sie keine Diabetikerin war, warum hat sie dann Insulin genommen?«

85. Kapitel

»Das schaue ich mir morgen mal näher an«, sagte ich. »Wer weiß, vielleicht gibt's ja einen guten Grund, warum ein Nichtdiabetiker Insulin nimmt.«

Noch war nicht Zeit, die ganz große Fahne zu hissen, doch wenn ich noch eine Sekunde länger über all das nachdachte, würde mein Gehirn in Flammen aufgehen.

»Hört sich gut an.« Jack zog seine Jacke an. Der Kragen war halb nach innen geklappt. Ich verspürte einen plötzlichen Impuls, nach oben zu greifen und ihn herauszuziehen. Rasch steckte ich die Hände in die Gesäßtaschen, ehe ich etwas Dämliches tat. Man trifft schlechte Entscheidungen, wenn man müde ist. Darauf zählen wir ja, wenn wir Leute mitten in der Nacht zum Verhör holen.

Auf halbem Weg zur Tür blieb Jack stehen. Wir standen sehr nahe beieinander. Ich konnte nicht zurückweichen, hinter meinem Rücken war die Wand. Er sah mir in die Augen. Mein Herz begann zu hämmern.

»Hör mal, Ziba«, sagte er mit sanfter Stimme. »Ich muss dir was sagen. Hab's immer wieder aufgeschoben, aber das geht nicht mehr.«

An der Wand gleich links von ihm hing ein gerahmtes Foto von einer Giraffe, die den Kopf durch ein Restaurantfenster streckte und sich mit ihrer langen schwarzen Zunge die Lippen leckte. Duncan und ich hatten das gemeinsam in einer Galerie hier in der Nähe gekauft, nicht lange nach unserer Hochzeit.

»Das ist wie in dem Buch von Judith Kerr«, hatte er damals gesagt. »Eine Giraffe kommt zum Tee.«

Mein Mann war tot, Jack war hier, die Anziehung war stark. Doch ich konnte nicht mit ihm zusammen sein. Das wäre falsch.

»Ich bin fix und fertig. Können wir morgen reden?«

»Okay. Klar.«

Er sah enttäuscht aus, doch ich hatte das Richtige getan. Das gesprochene Wort ist wie eine abgefeuerte Kugel. Man kann es nicht zurückgenehmen.

»Hast du den USB-Stick?«, fragte ich.

»In meiner Tasche.« Er klopfte ich mit der flachen Hand auf die Brust.

»Okay. Fahr vorsichtig.« Wieder gähnte ich. Ich würde sofort ins Bett kriechen und schlafen wie eine Tote.

Heute:
Samstag

86. Kapitel

Blomfield Villas, London, 01:02

Völlig erschöpft lag ich im Bett, doch der Schlaf, den ich so sehr herbeisehnte, wollte nicht kommen. Ich las ein bisschen in dem Buch, das Jack mir geschenkt hatte, und versuchte, meinen Kopf herunterzufahren. Doch als ich endlich das Licht ausmachte, stand ich noch genauso sehr unter Strom wie vorher.

Eine Zeit lang wälzte ich mich ruhelos hin und her, ehe ich es aufgab und nach meinem Handy griff. Vielleicht gab mein Gehirn ja Ruhe, wenn ich ein paar Antworten fand.

Ich versuchte es mit mehreren Variationen derselben Frage:

Wer außer Diabetikern nimmt Insulin?

Gründe für Insulin, wenn man kein Diabetiker ist?

Insulin, wer nimmt es?

Doch ganz gleich, welche Suchbegriffe ich verwendete, jedes Mal tauchte dieselbe Antwort auf: *Insulin ist ein Hormon, das dem Körper hilft, Glukose in Energie umzuwandeln. Menschen mit Diabetes Typ 1 und manche mit Typ 2 müssen es sich zuführen, um ihren Blutzuckerspiegel unter Kontrolle zu halten.*

Ich fand jede Menge Informationen, aber nichts darüber, warum jemand, der nicht zuckerkrank war, das Zeug nehmen könnte. Mit glasigen Augen scrollte ich durch die Websites, als mir ein fremdfinanzierter Eintrag am Rand der Seite ins Auge fiel.

Die besten Glukose-Messgeräte: Beliebte Marken

Ausgezeichnete Messgeräte – bis zu 70 % Rabatt. Vergleichen und sparen!

Über der Anzeige war ein Bild von einem Gerät, dass dem grauen Dingsbums ähnelte, mit dem ich Watkiss heute Nachmittag in der Cafeteria hatte herummachen sehen.

War er Diabetiker?

Ich ging auf YouTube und schaute nach, wie man den Blutzuckerspiegel misst. Es gab ein Demovideo, auf dem ein gesichtsloser Mann im schwarzen T-Shirt den Vorgang Schritt für Schritt vorführte und dabei erklärte, wie wichtig Handhygiene sei und dass man den Blutzucker unbedingt vor dem Essen messen sollte, um zu wissen, wie viel Insulin man nehmen musste.

Insulin, dachte ich und wurde sehr schnell sehr wach.

Obwohl Kurt Watkiss das Ganze etwas weniger chirurgisch angegangen war als der Mann auf dem Bildschirm, hatte er in der Kantine genau dasselbe getan: seinen Blutzuckerspiegel gemessen.

Was bedeutete, dass er leicht an Insulin herankam. Und wusste, wie man damit umging.

Ich suchte noch ein bisschen weiter.

Kein Insulin zu nehmen, wenn man es braucht, kann zu Hirnschäden und zum Tod führen.

Doch wie Diana Averis' Tod gezeigt hatte, konnte es auch tödlich sein, das Zeug zu nehmen, wenn man es nicht brauchte. Unmöglich, dass ein Diabetiker wie Kurt Watkiss das nicht wusste. Die Frage war, hatte er sich dieses Wissen zunutze gemacht? Hatte er bei Averis' Abgang die Hand im Spiel gehabt?

Ich schickte Jack eine SMS.

Du glaubst nicht, was ich gefunden habe. Morgen mehr.

Zwei Minuten später surrte mein Handy. Jacks Name erschien auf dem Display.

»Können wir morgen reden, Wolfie? Ich war gerade am Einschlafen.«

»Hier ist nicht Mr Wolfe«, sagte eine ernste Stimme am anderen Ende der Leitung. »Ich rufe vom St Mary's Hospital aus an. Mr Wolfe hatte einen Unfall.«

87. Kapitel

Blomfield Villas, London, 01:45

Ich verliere nicht den Kopf, wenn es anfängt, Bomben zu hageln. Im Augenblick jedoch war ich hektischer als ein vertrottelter Rekrut in einem Minenfeld. Die Frau am Telefon hatte nicht viel gesagt, außer dass Jack einen Autounfall gehabt hatte und dass sein Zustand kritisch war.

Nicht tot, sagte ich mir immer wieder. Aber wie lange noch?

Ich muss sofort ins Krankenhaus, dachte ich, während ich einen Rollkragenpullover und schwarze Jeans anzog und meine Finger unbeholfen mit dem Reißverschluss hantierten. Ich muss wissen, was passiert ist.

Verdammt noch mal, wo ist mein Autoschlüssel?

Er war nicht in der flachen Schale auf dem Heizkörper, wo er hingehörte, oder in irgendeiner meiner Taschen. Meine Handtasche, dachte ich und erinnerte mich wieder daran, was passiert war, als ich gestern Abend nach Hause gekommen war. Mein ungebetener Besuch. Ich kippte die Tasche aus, sodass der Inhalt sich auf dem ganzen Boden verstreute. Das ging schneller, als darin nach dem verdammten Schlüssel zu kramen.

Hastig schnappte ich ihn mir, zusammen mit meiner Brieftasche, steckte beides in meine Jackentasche und eilte hinaus. Erst als ich schon halb die Treppe hinunter war, fiel mir ein, dass ich die Wohnungstür nicht abgeschlossen hatte.

Reiß dich zusammen, befahl ich mir, während ich, immer zwei Stufen auf einmal nehmend, wieder nach oben sauste.

Draußen zielte ich im Laufen mit dem Schlüsselanhänger auf den Porsche, und die Warnblinker leuchteten auf, genau wie die von Dan Harpers Wagen vorhin.

Mit einem Satz war ich auf dem Fahrersitz, knallte die Tür zu und ließ den Motor an.

Der Anlasser drehte, ohne dass der Motor ansprang, und erstarb dann. Natürlich, die Batterie! Leer wie eine verdammte Sektflasche nach einer Silvesterparty.

Ich drosch auf das Lenkrad ein. Tränen stiegen mir in die Augen.

Wie hatte ich nur so blöd sein können, das Licht anzulassen? Was für ein Vollpfosten macht denn so etwas?

Und dann begriff ich. Ich hatte das Licht nicht angelassen; ich erinnerte mich ganz genau, dass ich es ausgemacht hatte. Eine Ratte oder irgend so etwas war im Scheinwerferlicht aufgetaucht und dann verschwunden, als ich den Schalter betätigt hatte.

Also war es kein Versehen gewesen. Irgendwer grätschte mir hier dazwischen. Und inzwischen kämpfte Jack in einem Krankenhausbett um sein Leben.

Mitten in der Nacht würde ich höchstwahrscheinlich niemanden finden, der dem Porsche Starthilfe gab. Die U-Bahn fuhr nicht mehr. Und auf den Nachtbus würde ich wer weiß wie lange warten müssen.

Vielleicht der Minicab-Laden unten am Kanal, dachte ich und rief die Nummer auf.

»Tut uns leid, wir haben im Moment keinen Wagen verfügbar. In ungefähr fünfundvierzig Minuten könnten wir jemanden zu Ihnen …«

Noch eine Pleite.

Ich rannte wieder hinauf in meine Wohnung und schnappte mir meine Nikes. Jetzt gab es nur noch eins.

Ich würde laufen müssen.

88. Kapitel

St Mary's Hospital, London, 02:10

»Es war ein Unfall ohne Fremdeinwirkung. Zeugen sagen, sie hätten seinen Wagen mit mindestens sechzig Sachen auf der Marylebone Road gesehen. Sieht aus, als wäre er, ohne zu bremsen, vom Westway runtergekommen und hätte bei der Baker Street Station eine rote Ampel überfahren und dann noch eine am York Gate.«

Ich war an den Verkehrspolizisten verwiesen worden, als ich keuchend und mit hochrotem Gesicht im Krankenhaus aufgeschlagen war und ausgesehen hatte wie eine Portion Arschhack auf Beinen.

»Ich bin wegen Jack Wolfe hier«, hatte ich gesagt, beide Hände auf den Empfangstresen gestemmt. »Ich habe mit einer Assistenzärztin telefoniert, Maggie Harris.«

Die Schwester brauchte ein Jahr, um die Details in ihrem Computer aufzurufen, und führte mich dann in einen Wartebereich.

»Andere Autofahrer haben wie wild gehupt, haben Vollbremsungen hingelegt und sind ihm ausgewichen. Aber

Mr Wolfe ist nicht langsamer geworden. Wenn überhaupt, wurde er immer schneller«, sagte der Verkehrspolizist jetzt. »Sein Wagen hat angefangen, von einer Seite zur anderen zu schlingern, als er auf die Kreuzung an der Park Crescent zugefahren ist. Er hatte die ganze Zeit die Hand auf der Hupe, als eine Fußgängerin bei der Druckknopfampel dort auf die Straße getreten ist. Er ist ihr ausgewichen und hat sie um Millimeter verfehlt, bevor er auf den Gehsteig geschleudert und dann frontal gegen einen Laternenpfahl gekracht ist.«

Er hielt inne und schaute von seinem Notizblock auf. Mir krampfte sich der Magen zusammen, und meine Kehle war wie zugeschnürt.

»Der Wagen ist ein Totalschaden«, meinte der Polizist und schüttelte den Kopf. »Und wenn er aufwacht, bekommt er eine Anzeige. Es ist ein Wunder, dass er der einzige Verletzte ist.«

Ich dachte an das, was ich vor meinem Gespräch mit dem Verkehrspolizisten gesehen hatte. Jack, der in einem Bett an Schläuchen und Drähten hing, das Gesicht von Platzwunden und Prellungen entstellt und mit einem Pflaster über der Nase, die Augen zugeschwollen.

»Wunder« war nicht das Wort, das ich benutzt hätte.

»Die Ärzte haben ihn auf Drogen und Alkohol getestet. Sein toxikologischer Befund war negativ. Fällt Ihnen irgendein Grund ein, warum Mr Wolfe so riskant gefahren sein könnte?«

»Er ist ein guter Autofahrer.« Meine Stimme war leise. »Er kriegt nicht mal Strafzettel fürs Falschparken.« Nichts von alldem ergab einen Sinn. Wenn ich ihn nicht selbst gesehen hätte, hätte ich gesagt, dass hier eine Verwechslung vorläge.

»Hat er Ihres Wissens nach irgendwie unter Stress gestanden?«

»Er war heute Abend bei mir in der Wohnung, da schien ihm absolut nichts zu fehlen.«

Ich bohrte die Ferse meines Laufschuhs quietschend in den Linoleumboden. Eine Klingel ertönte ein Stück weiter den Flur hinunter – *ping, ping, ping* –, und aus weiter Ferne war das Weinen einer Frau zu hören.

Der Constable klappte seinen Block zu und reichte mir seine Karte.

»Also, wenn Ihnen noch irgendetwas einfällt …«

Das war ein Satz, den ich schon sehr oft gesagt hatte. Doch ich hätte nie gedacht, dass ich ihn einmal selbst zu hören bekommen würde.

89. Kapitel

Ich zog einen harten Plastikstuhl neben Jacks Bett und hielt seine Hand. Sie war eiskalt. An seinen Zeigefinger war ein beigefarbener Pulsmesser geklippt, und um ihn herum standen Monitore.

»Du Idiot«, flüsterte ich. »Du hättest draufgehen können.«

Wut war besser als Tränen, sagte ich mir, doch das hielt sie nicht zurück. Der Arzt, mit dem ich gerade gesprochen hatte, hatte Hirnschäden nicht ausgeschlossen.

»Oder wir stellen vielleicht fest, dass er eine retrograde Amnesie hat. Das ist bei Patienten mit Schädeltrauma nicht ungewöhnlich. Außerdem sollte ich Sie warnen, dass er vielleicht auch Probleme mit dem Kurzzeitgedächtnis haben wird. Aber das sollte mit der Zeit vergehen. Wenn er aufwacht.«

Wieder dieses *Wenn.*

Ich bog den Kopf zwischen die Knie. Mir war schlecht. Und schwindlig. Als Duncan gestorben war, war ich mir vorgekommen wie eine Schiffbrüchige, verloren in einem Abgrund. Doch ich war nicht wirklich allein gewesen. Jack war da gewesen.

Er saß bei mir, als es am allerschlimmsten war. Er brachte mich dazu, mich anzuziehen. Brachte mir Essen. Er machte mit mir lange Spaziergänge am Kanal entlang. Sogar der Vorschlag, mich als Profilerin selbstständig zu machen, war von ihm gekommen.

»Du hast doch jede Menge Kontakte bei Scotland Yard, von der nötigen Ausbildung und der Erfahrung ganz zu schweigen«, hatte er eines Abends gesagt, als ich mich auf meinem Sofa eingeigelt hatte und mich im Merlot suhlte.

Die Spezialeinheit kam nicht mehr infrage, dafür war ich zu kaputt. Vielleicht hat er ja recht, dachte ich. Vielleicht brauche ich wirklich eine neue Richtung, einen anderen Schwerpunkt.

Er war auch derjenige gewesen, der mich aus dem schwarzen Loch gezogen hatte. Er hatte mich vom Rand des Abgrunds weggezerrt. Er hatte mir das Leben gerettet.

Wenn er es nicht schaffte, würde ich ganz allein sein. Es gab sonst niemanden. Ich rieb mir heftig die Augen, bis Funken hinter den Lidern tanzten. Warum hatte ich ihn abgewürgt, als er vorhin versucht hatte, mit mir zu reden? Wovor hatte ich solche Angst? War es denn wirklich so falsch zu fühlen, was ich fühlte?

Duncan hätte nicht gewollt, dass ich den Rest meines Lebens in einem Nonnenkloster verbrachte. Und er hätte das auch nicht von mir erwartet. Wer weiß, vielleicht wäre es ihm ja sogar recht gewesen, dass ich bei Wolfie landete.

»Er ist einer von den Guten«, hatte er immer gesagt. »Und davon gibt's weiß Gott nicht genug.«

Ich sah Jack an, wie er dalag, das Gesicht voller blauer

Flecken und Abschürfungen, genauso regungslos wie Duncan am Ende gewesen war.

Hatte ich wirklich gemauert, weil ich dachte, es wäre illoyal, mit ihm zusammen zu sein? Oder war es etwas anderes? Mich mit Jack zusammenzutun würde heißen, mein Leben weiterzuleben, es würde bedeuten, dass ich Duncan losließ und akzeptierte, dass er nicht mehr da war.

Ich hatte gedacht, Wolfie sei der einzige Mensch, mit dem ich mich nicht zusammentun dürfe. Aber eigentlich war er der einzige Mensch, mit dem ich zusammen sein *könnte.* Von der körperlichen Anziehung mal abgesehen – er verstand mich besser als jeder andere. Bei ihm konnte ich ich selbst sein. Wenn er zur Tür hereinkam, erwachte ich zum Leben, als hätte sich ein Stromkreis geschlossen.

Als ich Duncan zum ersten Mal in Scotland Yard zum Team sprechen sah, konnte ich mich nicht rühren. Seine Stimme, seine Art, wie er den ganzen Raum in seinen Bann zog … Der Mann hatte mich auf den ersten Blick voll erwischt.

Jack war anders. Er brachte mich zum Lachen. Er ließ mir meinen üblichen Scheiß nicht durchgehen. Wenn ich mit ihm zusammen war, war ich wieder im Arbeitszimmer meines Vaters, mümmelte kandierte Mandeln und lauschte dem Teheran Symphony Orchestra auf seinem altmodischen Grammofon. Ich war zu Hause.

Ich bildete mir etwas darauf ein, dass ich vor nichts und niemandem Angst hatte. Vielleicht war ich vorsichtig und definitiv misstrauisch, aber Angst hatte ich nicht. Und doch hatte ich mich selbst völlig kirre damit gemacht, meine Gefühle im Griff zu behalten und mir Wolfie vom Leibe zu halten.

Erst vorgestern Nacht hatte er mir diese bescheuerte SMS zum Thema Angst geschickt. Sie war kitschig wie nur was, aber sie war trotzdem wahr. Nur indem wir uns den Dingen stellen, vor denen wir uns fürchten, können wir herausfinden, wozu wir wirklich fähig sind.

Duncan hatte einmal etwas Ähnliches gesagt. Er war Gastredner bei irgendeinem Wohltätigkeitsdinner der Polizei gewesen. Ich saß direkt unter einer voll aufgedrehten Klimaanlage. Das Hühnchen war zäh. Und der Kerl neben mir war ein langweiliger Sesselfurzer, im wahrsten Sinne des Wortes.

Aber Duncans Rede war gut.

»Tun Sie das, wovon Sie glauben, Sie könnten es nicht«, hatte er gesagt. »Angst ist der schlimmste Feind, den der Mensch kennt. Sie hält uns davon ab, das zu sein, was wir sein könnten. Sie verhindert, dass das Unmögliche Realität wird.«

Er hatte recht, dachte ich. Ich hätte nicht vor meinen Gefühlen davonlaufen sollen. Ich hätte mich ihnen stellen müssen. Zumindest hätte ich Jack sagen lassen sollen, was er sagen wollte.

Und jetzt war es vielleicht zu spät.

»Du musst aufwachen, Wolfie«, flüsterte ich. »Du darfst nicht abkratzen, hast du verstanden?«

Eine rothaarige Frau im weißen Kittel kam herein.

»Wird er wieder gesund?«, fragte ich und wischte mir mit dem Handrücken die Augen.

»Wenn er wieder zu sich kommt, werden wir mehr wissen«, antwortete sie mit aufgesetztem Lächeln. »Sind Sie seine nächste Angehörige?«

»Ja.«

Ich hatte rein instinktiv geantwortet, dabei hatte Jack eine große Familie – anders als ich. Eine rundliche Mom, die wunderbare Lasagne kochte. Einen augenzwinkernden Dad mit dröhnendem Lachen. Und drei Brüder, alle mit demselben strubbeligen Haar und denselben breiten Schultern wie Wolfie.

Ich muss sie anrufen, dachte ich. Sie müssen erfahren, was passiert ist.

Natürlich hätte ich das viel früher tun sollen. Allerdings hatte das Krankenhaus seine Eltern offensichtlich auch nicht angerufen, sonst wären sie jetzt hier. Und wenn sie verreist gewesen wären, würden seine Brüder parat stehen, daran gab es keinen Zweifel. Die Wolfes standen einander sehr nahe.

Jacks Eltern würden in seiner Kontaktliste unter ihren Spitznamen abgespeichert sein: Mo und D – er nennt sie nicht Mom und Dad. Die Ärzte hätten sie nicht finden können. Aber ich schon.

»Haben Sie seine Sachen?«, fragte ich die Frau mit dem Klemmbrett.

Ich musste ihre Telefonnummern aus seinem Handy heraussuchen.

»Warten Sie einen Moment, ich lasse sie Ihnen bringen«, sagte sie und notierte sich irgendwelche letzten Details.

»Sie wollten das hier haben?«, fragte ein Pfleger kurz darauf und reichte mir einen großen, durchsichtigen Plastikbeutel mit Jacks Kleidern drin und einem Anhänger oben dran, auf dem sein Name stand.

Ein Säureschwall stieg mir in die Speiseröhre. Meine Nase kribbelte.

Beigefarbene Hosen. Ein Hemd mit Button-down-Kragen. Ein Rundhalspullover. Eine Wachsjacke. Die Sachen, die er erst vor Stunden angehabt hatte, als er meine Wohnung verlassen hatte.

Und jetzt waren sie alle mit Blut bespritzt.

90. Kapitel

Ich hatte den Kleidersack noch nicht aufgemacht. Mein ganzer Körper fühlte sich taub an, meine Adern füllten sich mit Schlamm – alles nur allzu vertraute Zeichen, dass der schwarze Hund der Depression im Anmarsch ist.

Nimm die Scheiße an und zieh's durch, dachte ich. Dieser Anruf erledigt sich nicht von selbst.

Ich sah auf die Uhr. Es war nach wie vor tiefe Nacht. Sobald seine Eltern um diese Zeit das Telefon klingeln hörten, würden sie wissen, dass etwas passiert war. Es erschien mir unhöflich, sie so zu wecken, doch es musste sein. Wenn Jack starb, bevor ich mit ihnen gesprochen hatte, würden sie mir das nie verzeihen. Und das zu Recht. Ich atmete tief durch und öffnete den Plastikbeutel. Dann nahm ich nacheinander jedes einzelne Stück heraus und legte es auf den Tisch am Fußende des Bettes.

Seine Sachen so durchzugehen fühlte sich völlig verkehrt an. Es war, als hätte er bereits den Löffel abgegeben. Gleich nach dem Tod meines Vaters hatte meine Mutter seine Seite des Kleiderschranks ausgeräumt und alles, was nicht zu mottenzerfressen war, als dass man es hätte verschenken können, in Kartons gepackt. Der Rest landete in schwarzen Müllsäcken.

»Sobald wir fertig sind, bringen wir das Zeug zu Oxfam«, hatte sie gesagt und die Kartons mit Packband zugeklebt.

Meiner Ansicht nach wäre die British Heart Foundation die bessere Wahl gewesen, wenn man bedachte, was ihn getötet hatte.

»Sieh's von der praktischen Seite, Ziba. In der High Street ist ein Oxfam-Laden. Keine Diskussionen«, hatte sie abgewehrt und das Klebeband mit ihrer großen Küchenschere abgeschnitten.

Die praktische Seite war meiner Mutter immer sehr wichtig.

Nachdem Duncan erschossen worden war, hatte ich Monate gebraucht, um seine Sachen aus dem Schrank zu räumen. Ich nahm einen Pullover von einem Regalbord … und dann hockte ich den Rest des Nachmittags da, die Nase in die Wolle vergraben, und bildete mir ein, einen Hauch seines Geruchs wahrzunehmen. Am Ende war Jack herübergekommen, und wir hatten uns den Schrank zusammen vorgenommen.

Jetzt sah ich ihn an, flach auf dem Rücken und regungslos.

»Und wer sieht jetzt beschissen aus?«, fragte ich und dachte daran, was er erst vor wenigen Stunden zu mir gesagt hatte. Dann wischte ich mir mit dem Ärmel über die Augen, forderte ihn im Geiste heraus, sich aufzusetzen und mir zu sagen, ich solle mit dem Quatsch aufhören.

Seufzend holte ich die letzten Sachen aus dem Beutel.

Also, wo ist sein Handy?, überlegte ich. Jacke oder Hose?

Zuerst sah ich in den Jackentaschen nach. Autoschlüssel. Ein zerfasertes Papiertaschentuch. Ein zusammengeknüllter Flyer, der eine RAF-Flugshow in Southport ankündigte, und eine Packung Halstabletten. Aber kein Handy.

Also in der Hosentasche. Ah, da haben wir's ja.

Gerade scrollte ich durch seine Kontaktliste, als ich jäh innehielt. Was zum …?

Mein Herz vollführte einen Trommelwirbel.

Noch einmal überprüfte ich seine Jackentaschen. Tastete mit den Fingern darin herum und stülpte sie dann um, um ganz sicher zu sein.

Der USB-Stick, den er vorhin eingesteckt hatte, war verschwunden.

91. Kapitel

Irgendjemand tötete, um Sunlight zu schützen. Und jetzt war Duncans USB-Stick verschwunden, gleich nachdem Jack einen beinahe tödlichen Autounfall gehabt hatte. Da musste es einen Zusammenhang geben.

Aber nein, das war doch unlogisch, dachte ich. Wie er gesagt hat, mich haben sie auf dem Schirm, aber ihn doch nicht. Niemand weiß, dass er mit mir zusammen über Sunlight recherchiert hat.

Doch was war mit dem, was der Verkehrspolizist gesagt hatte? Irgendetwas war hier definitiv nicht koscher. Jack war aberwitzig schnell gefahren, hatte rote Ampeln mitgenommen und Fußgänger nur um Haaresbreite verfehlt. Würde ich ihn nicht in dem Krankenhausbett da liegen sehen, an alle nur erdenklichen Apparaturen angeschlossen, dann hätte ich nicht geglaubt, dass er das gewesen war. Er hätte glatt für die Zulassungsstelle arbeiten können, so vorsichtig war er im Straßenverkehr.

Warum also jetzt diese Veränderung?

Ich schloss die Augen und stellte mir die Szene vor, die der Constable beschrieben hatte, versetzte mich in Jacks Lage.

Sein Wagen hatte angefangen zu schlingern, als er auf die Kreuzung an der Park Crescent zugefahren war. Er hatte die ganze Zeit die Hand auf der Hupe, als eine Fußgängerin bei der Druckknopfampel dort auf die Straße getreten war. Er war ihr ausgewichen und hatte sie um Millimeter verfehlt, bevor er auf den Gehsteig geschleudert und dann frontal gegen einen Laternenpfahl gekracht war.

Schlingern. Die Hand auf der Hupe.

Mit einem Ruck riss ich die Augen auf.

Natürlich! Ich rammte die Faust in die Handfläche. Er hatte die Kontrolle über seinen Wagen verloren. Er konnte nicht anhalten. Deswegen war er im Zickzack gefahren; er hatte versucht, den Luftwiderstand zu nutzen, um langsamer zu werden. Jemand musste sich an seinen Bremsen zu schaffen gemacht haben.

Ich dachte an Gavin Handler und an das sternförmige Loch in seinem Kopf. An Diana Averis, an einer Insulinüberdosis gestorben, obwohl sie gar nicht zuckerkrank gewesen war. An Dale Redwoods Freund, der erhängt aufgefunden worden war, Stunden bevor er sich mit einem Reporter hatte treffen sollen.

Und jetzt Jack, der von Glück sagen konnte, am Leben zu sein, aber ohne Weiteres Hirnschäden davongetragen haben konnte, nachdem sein Auto mit sechzig Sachen gegen einen Laternenpfahl gekracht war.

In allen vier Fällen war der Modus Operandi derselbe. Mord, der wie Selbstmord oder ein Unfall aussah.

Und jedes der Opfer hatte eine Verbindung zu Sunlight gehabt.

92. Kapitel

DONALD ISAKSSON
Gewahrsamsfrist läuft aus. Nicht genug Beweise, um Fontain anzuklagen. Lassen ihn jetzt laufen.
Gesendet 03:17

Wird ja verdammt noch mal auch Zeit, dachte ich, als ich die SMS des DI las. Zeit, die man hätte nutzen können, um den Mörder zu suchen.

»Ziba, Liebes!« Jacks Mutter kam mit ausgestreckten Armen und roten verquollenen Augen durch die Tür der Station.

»Sie müssen ja völlig erschöpft sein. Sie hätten doch nicht auf uns warten müssen«, sagte sein Vater, der dicht hinter ihr war. Er trug unterschiedliche Socken und hatte seinen Pullover verkehrt herum an. Jacks Mutter trug noch Hausschuhe.

»Ich verstehe das nicht«, sagte sie, setzte sich auf den Bettrand und umfasste Jacks große Pranke mit beiden Händen. »Er fährt doch immer so vorsichtig. Nicht so wie seine Brüder.«

Ich biss mir auf die Zunge. Es hatte doch keinen Sinn, ihnen noch mehr Angst zu machen. Stattdessen erstattete ich ihnen kurz Bericht und wandte mich dann zum Gehen. Sie brauchten ein bisschen Luft.

»Hier steht meine Telefonnummer drauf«, sagte ich und holte eine Karte aus meiner Brieftasche. »Rufen Sie mich an, wenn es etwas Neues gibt, ja?«

»Aber natürlich, Liebes. Und wollen Sie meine auch haben? Wie ist noch mal meine Handynummer, Bernie? Kannst du sie Ziba geben?«

»Ich schau kurz nach.« Er zog ein uraltes Nokia-Handy aus der Hosentasche.

»Und jetzt gehen Sie nach Hause und ruhen Sie sich ein bisschen aus. Sie sehen völlig erledigt aus«, sagte Jacks Mutter, nachdem ich ihre Kontaktdaten abgespeichert hatte.

Das musste man mir nicht zweimal sagen.

Auf dem Weg hinaus rief ich den Polizisten an, mit dem ich vorhin gesprochen hatte. Er musste etwas für mich tun, bevor jemand anderes sich damit befasste.

»Hier ist Ziba MacKenzie. Wir haben im St Mary's Hospital miteinander geredet. Über Jack Wolfe.«

»Ach ja. Hallo.«

In seiner Stimme lag eine Frage. Ich musste es so formulieren, dass er verstand.

»Ich arbeite gerade mit Scotland Yard zusammen an einer Sache, an der ein paar ziemlich zwielichtige Typen beteiligt sind. Ins Detail kann ich nicht gehen, aber Sie sollten wissen, dass Mr Wolfe uns geholfen hat. Und nach dem, was Sie mir über die Ereignisse direkt vor dem Unfall erzählt haben, nehme ich an, dass seine Bremsen manipuliert worden sind. Das würde jedenfalls zu dem passen, was wir im Zuge unserer bisherigen Ermittlungen herausgefunden haben und was auf dem Spiel steht.«

»Äh, okay, ich verstehe. Mann!«

Das hier ging weit über den üblichen Horizont eines Verkehrspolizisten hinaus. Ich musste es ihm leicht machen. Es ihm verdeutlichen, ohne ihm zu sagen, was er tun sollte. Das würde ihn nur in Harnisch bringen.

»Können wir irgendwie rauskriegen, ob ich recht habe?«

»Der Wagen steht auf der Verwahrstelle. Ich könnte dafür sorgen, dass ihn sich morgen jemand anschaut.«

Nicht ideal. Wir hatten die goldene Stunde bereits verpasst.

»Das wäre toll. Die Ärzte sagen, es steht Spitz auf Knopf. Das hier könnte zu einem Mordfall werden.«

Mit anderen Worten: Komm in die Hufe.

»Äh«, sagte der Constable.

Er klang beklommen. Gut.

»In Anbetracht dessen, was auf dem Spiel steht, wird's eine Riesennummer sein, wenn sich rausstellt, dass an seinem Auto herumgemacht worden ist.«

»Vielleicht sollte ich dann die Kollegen von der Kriminalpolizei verständigen.«

»Aye«, meinte ich, während ich auf die Taxireihe vor dem Krankenhaus zuging. »Das hört sich wie eine gute Idee an. Bei so was ist doch immer Eile geboten, nicht wahr?«

Vor allem wenn man es mit Leuten zu tun hat, die wissen, wie sie ihre Spuren verwischen müssen.

93. Kapitel

Paddington, London, 03:30

Während der Taxifahrt nach Hause saß ich da wie betäubt und starrte aus dem Fenster, nahm jedoch nichts wahr.

Bei dem Telefongespräch mit dem Verkehrspolizisten war ich ziemlich blasiert gewesen, als ich gesagt hatte, Jacks Unfall könnte zu einem Mordfall werden. Doch es konnte tatsächlich so kommen. Und selbst wenn er nicht starb, würde er vielleicht nie wieder derselbe sein.

Wer hatte noch mal gesagt, dass ein Mensch die Summe seiner Erinnerungen ist? Ich habe jede Menge Erinnerungen, die ich gern wegbomben würde, aber nicht, wenn das hieße, dass ich dabei meine Identität verliere. Wenn Jack nicht mehr wusste, wer er war, bedeutete das dann, dass er nicht mehr Jack war?

Die Straßen zogen verschwommen vorbei, meine Kamera war nicht scharf gestellt. Alles, worauf sich mein Gehirn fixierte, war das Bild von Wolfie in dem Krankenhausbett. Wie er dort genauso reglos lag wie Yasmin Pejman auf dem Tisch im Leichenschauhaus.

»Arbeiten Sie da? Im St Mary's?«, wollte der Fahrer wissen und schaute in den Rückspiegel.

Er musste die Frage zweimal wiederholen, bevor sie zu mir durchdrang.

»Nein.«

»Jemanden besucht?«

Volltreffer, du Genie.

»Ja.«

»Freund oder Verwandter?«

»Stört es Sie, wenn wir nicht reden?«

»Ist nicht leicht, wie? Meinem Enkel haben sie vor ein paar Wochen den Blinddarm rausgenommen. Appendektomie. Eklige Geschichte. Der arme Junge hat über 'ne Woche …«

Ich hörte auf zuzuhören, und irgendwann merkte der Fahrer das wohl und schaltete das Radio ein. Die schmalzige Popmusik war nicht viel besser als seine Stimme.

»Sie können hier halten«, sagte ich, als er in die Blomfield Villas abbog.

»Macht sieben fünfzig.«

Ich reichte ihm einen Zehnpfundschein und sprang aus dem Wagen.

»Wollen Sie denn nicht Ihr …?«

»Behalten Sie's.«

»Sehr verbunden«, sagte er und lächelte von einem Ohr zum anderen.

Kein schlechtes Trinkgeld für eine Siebenpfundfahrt. Aber ich war nicht großzügig, ich war einfach zu müde, um zu warten, bis er das Wechselgeld abgezählt hatte.

Auf halbem Weg zur Haustür hinauf hörte ich einen Motor. Ich drehte mich gerade noch rechtzeitig um, um eine schwarze viertürige Limousine auf der anderen Seite der Straße vom Bordstein losrollen zu sehen. Nicht weiter merkwürdig.

Was merkwürdig war, war, dass der Wagen kein Licht hatte. Und obwohl ich das Gesicht des Fahrers im Dunkeln nicht erkennen konnte, konnte ich doch sehen, dass er nicht nach vorn schaute.

Stattdessen sah er mich an.

94. Kapitel

Als ich oben war, blickte ich auf die Straße hinunter, doch der Wagen war verschwunden. Mein Kopf war so voller Sunlight-Verschwörungen, dass ich überall Intrigen sah. Die Erfahrung hat mich gelehrt, mein Bauchgefühl nicht zu ignorieren, doch im Augenblick konnte ich mich nicht auf das verlassen, was mein Verstand mir sagte.

Der Fahrer war wahrscheinlich einfach nur überrascht gewesen, um diese Zeit jemanden draußen herumlaufen zu sehen, dachte ich mir, kippte auf mein Bett und schlief sofort ein. Hätte ich einen Gewehrkolben auf den Schädel gekriegt, ich hätte nicht schneller weg sein können.

Um acht Uhr fetzte der Wecker mitten in meine REM-Phase.

Es war Samstag, doch das hatte einen Scheiß zu bedeuten. Fontain war auf freien Fuß gesetzt worden, also war der wahre Mörder immer noch dort draußen. Ich musste im Yard sein, zusammen mit den anderen. Nachdem Pejmans Ehemann aus dem Schneider war, würde man uns Druck machen, einen neuen Tatverdächtigen zu finden.

Ganz langsam erwachte ich aus meinem Koma, während

mein Gehirn sein Bestes tat, um mich wieder in die Tiefe zu ziehen. Die letzte Nacht war gelöscht, als hätte es sie nie gegeben. Doch die Amnesie währte nicht lange.

Jack! Eine Woge der Übelkeit überflutete mich.

Rasch griff ich nach meinem Handy und sah nach. Nichts. Seine Eltern hatten nicht angerufen. War das gut oder schlecht?

Ich rief seine Mutter an.

»Hallo?«

Es klang, als wäre ihre Nase verstopft. Sie hatte geweint.

»Hier ist Ziba. Wie geht's Jack?«

»Vor einer Weile hat er die Augen aufgemacht. Aber jetzt schläft er wieder. Sie machen nachher ein MRT, dann wissen wir mehr.«

»Soll ich rüberkommen?«

»Noch nicht, Schätzchen. Ich halte Sie auf dem Laufenden, ich versprech's.«

Ich lehnte mich in meine Kissen zurück und döste gerade wieder ein, als ein Gedanke mich wieder in die Welt zurückriss. Die Hand vor den Mund gepresst fuhr ich hoch.

Wieso hatte ich nicht schon früher daran gedacht? Damit jemand Jack den USB-Stick aus der Jackentasche klauen konnte, hatte derjenige doch erst einmal wissen müssen, dass er ihn dabeihatte. Und um das zu wissen …

Ich sprang aus dem Bett, griff nach meiner Taschenlampe und leuchtete sämtliche Oberflächen ab, lauschte auf klickende Geräusche. War das ein Geräusch im Wohnzimmer? Wo kam das her? Ich folgte dem Summen. Bloß der DVD-Player. Statische Elektrizität.

So ein Scheiß. Früher hätte ich das hingekriegt, hätte das, was ich suchte, binnen Minuten gefunden.

Ich zog die Vorhänge zu und hielt Ausschau nach LED-Leuchten. Vielleicht hatte ich ja Glück und die »AN«-Leuchte des Mikrofons war nicht deaktiviert worden.

Nichts. Aber ich war noch nicht fertig.

Ich überprüfte die Spiegel, suchte nach Kameras dahinter, checkte die Steckdosen.

Hier musste etwas sein. Aber wo?

Bei wieder offenen Vorhängen legte ich mich aufs Sofa, starrte an die Decke und versetzte mich in die Lage des Einbrechers.

Hey, das war neu. Am Rand des einen Spots war ein Kratzer. Genau hier hatte ich gelegen, bevor ich den USB-Stick gefunden hatte. Da war der Kratzer definitiv noch nicht da gewesen. Das sind die Details, die mir auffallen würden.

Rasch holte ich Duncans alte Trittleiter aus der Küche und stieg hinauf, einen Schraubenzieher zwischen die Zähne geklemmt. Ich brauchte ein paar Versuche, bis ich den Außenring gelöst hatte. Und da war es – ein in der Fassung verborgenes Aufnahmegerät.

Großer Gott.

Und dann, einen Herzschlag später: Wie lange hatten diese Wichser mich schon überwacht?

95. Kapitel

Wenn man sich im Fadenkreuz befindet, sieht man vielleicht ganz kurz das Visier des Scharfschützen aufblitzen, auf keinen Fall jedoch sieht man die ganze Waffe. Wahrscheinlich war die Wanze in meiner Hand nicht das einzige Überwachungsgerät, das in der Wohnung versteckt war.

Das hier könnte was für Max sein, dachte ich und ging die Nummer eines ehemaligen Kameraden suchen, der vor Kurzem die Spezialeinheit verlassen und ein privates Security-Unternehmen gegründet hatte, wie es anscheinend so viele von uns tun.

Es hieß, er habe sich auf Konterspionage spezialisiert – das passte zu ihm und war genau das, was ich brauchte. Heutzutage sind Wanzen und Kameras so ausgeklügelt, dass es ohne die richtigen Geräte fast unmöglich ist, sie zu finden.

Ich scrollte gerade durch meine Kontaktliste, als ich plötzlich innehielt. Vielleicht fing ich das hier ja völlig falsch an. Ich wusste, dass mich jemand beobachtete, aber mein ganz persönlicher Spanner wusste nicht, dass ich es wusste, was mir einen Vorteil verschaffte. Die Chance, zum

Gegenangriff anzusetzen. Mit einer List. Wenn die hörten, dass ich Sunlight abschrieb, würden sie nicht sehen, wie ich mich mit einem Messer von hinten an sie anschlich.

»Hören« war das Schlüsselwort. Ich musste eine Show abziehen. Und ich hatte nur einen Versuch.

Ich tat so, als würde ich Jack anrufen und ihm auf die Mailbox sprechen.

»Wolfie, hier ist Ziba«, sagte ich laut und deutlich. »Das mit Sunlight, das müssen wir vergessen. Es gibt niemanden mehr, mit dem man reden könnte, und ich weiß nicht, wo ich noch suchen soll. Wir haben's versucht. Es hat keinen Sinn mehr, vor allem jetzt, da du im Krankenhaus liegst.«

Dann legte ich auf und ging in die Küche. Ohne morgendliche Koffeindosis sind meiner Hirnleistung enge Grenzen gesetzt. Der Kühlschrank war bis auf einen ledrigen Apfel und eine Schachtel Eier, deren Haltbarkeitsdatum abgelaufen war, leer.

Gut, dass ich keinen Hunger habe, dachte ich, griff nach der Dose, die ganz hinten stand, und löffelte Kaffeebohnen in die Mühle. Eine Spezialmischung; ich bekomme sie jede Woche frisch nach Hause geliefert. Schlechter Kaffee ist die Kanne nicht wert, in der er gekocht worden ist.

Die Wanzen mussten von demjenigen angebracht worden sein, der gestern hier eingebrochen war, dachte ich, und mein Gehirn verarbeitete das Ding, das ich gerade gefunden hatte, während ich einen Filter mit Doppelfüllung in die Espressomaschine einklinkte und sie einschaltete.

Satter Röstgeruch erfüllte den Raum. Himmlisch. Ich schlürfte die Crema von der Oberfläche und nahm den

Becher mit ins Wohnzimmer. Mein Laptop stand auf meinem Schreibtisch, genau da, wo er gestern den ganzen Tag gewesen war. Könnte gehackt worden sein, dachte ich und trank noch einen Schluck Lebenselixier. Mit anderen Worten, sie könnten jeden Tastendruck überwachen und sich Zugriff auf die Festplatte verschafft haben.

Genau so ein Spielchen, wie ich sie früher gespielt hatte. Ich konnte den Laptop noch benutzen, aber nur um Falschinformationen zu streuen. Mein Handy jedoch war sauber; ich hatte es den ganzen Tag in meiner Tasche dabeigehabt. Nie im Leben hätte jemand seine Hand da reinstecken und sie unversehrt wieder herausziehen können.

Ich wühlte im Schrank nach meinen ältesten Sachen und schickte Isaksson eine SMS, dass ich einen Notfalltermin beim Zahnarzt hätte und später kommen würde. Dann eilte ich aus der Wohnung.

Fingierte Sprachnachrichten waren heute Vormittag nicht das Einzige auf meiner To-do-Liste.

96. Kapitel

Blomfield Villas, London, 09:30

Ehe ich aus dem Haus trat, suchte ich die Straße mit den Blicken nach irgendjemandem ab, der mich beobachten könnte. Ein neutraler Lieferwagen, jemand, der an der Ecke herumlungerte und vermeintlich mit seinem Handy beschäftigt war, eine Gardine, die sich bewegte. Es war nichts Auffälliges zu sehen, doch was ich in meiner Wohnung gefunden hatte, zeigte, dass alles möglich war.

Ich marschierte zu der Gap-Filiale an der Clifton Road und hielt dabei Ausschau nach möglichen Begleitern. Der Gap ist eigentlich nicht mein Stil in Sachen Freizeitkleidung, doch es war der nächste Klamottenladen, und dies war eine Frage der Notwendigkeit und nicht des Modebewusstseins. Ich drückte die Tür auf, und die Hitze traf mich ins Gesicht wie ein Boxhandschuh.

Ich wusste nicht, wie weit der Einbrecher gegangen war. Er könnte einfach nur seine Wanzen angebracht, nach dem USB-Stick gesucht und sich dann davongemacht haben. Oder er könnte Peilsender in meinen Kleidern versteckt haben. So oder so, ich musste auf Nummer sicher gehen. Was bedeutete, dass ich meine Klamotten entsorgen musste.

Ich suchte mir eine karierte Hose, deren Bund ich einmal umklappen musste, damit die Beine nicht auf dem Boden schlappten, eine hellblaue Bluse und eine schwarze Strickjacke mit Rundausschnitt aus.

Das Mädchen an der Kasse sah mich komisch an, als ich ihr in meinen adretten neuen Sachen die Preisschilder zum Scannen gab.

»Das macht dann sechsundsiebzig einundachtzig. Haben Sie eine Treuekarte?«

»Nein.« Ich bezahlte bar. Je weniger leicht ich zu verfolgen war, desto besser, sagte mir mein Instinkt.

Ein paar Türen weiter schenkte ich die Kleider, die ich angehabt hatte, einer Obdachlosen. Eine gute Tat und ein Täuschungsmanöver. Schien ein guter Tausch zu sein. Ich nahm einen Umweg zum Kanal und sah mich dabei nach unerwünschter Begleitung um.

Das da ist genau richtig, dachte, als ich eine Bank erblickte, die ein ganzes Stück abseits stand, wo man mich nicht beobachten oder belauschen könnte, ohne dass ich es merkte.

Die Nummer der technischen Abteilung war in meinem Handy abgespeichert; sie war eine von denen, die Isaksson zu Beginn der Ermittlung rausgegeben hatte.

Der DI mag ja ein Arsch sein, aber nützlich ist er manchmal schon, dachte ich und rief die Nummer an.

»Hier ist Ziba MacKenzie, Morddezernat«, sagte ich, als

sich ein Mann mit starkem Nordengland-Akzent meldete. »Ich bin im Außeneinsatz und brauche eine Adresse. Könnten Sie die für mich rausfinden? Der Name ist Craig Boden. Bravo, Oscar, Delta, Echo, November.«

Craig Boden war der einzige andere nicht abgekürzte Name auf dem USB-Stick. Hoffentlich konnte das hochmoderne Computersystem von Scotland Yard austüfteln, zu wem er gehörte.

»Ich habe siebenundfünfzig Treffer. Können Sie die Parameter eingrenzen?«

Das waren sieben mehr, als ich vor vier Tagen gehabt hatte. Aufgrund dessen, was Jack und ich gestern Abend herausgefunden hatten, stellte ich eine Vermutung an.

»Kombinieren Sie's mal mit dem Oak-Lodge-Kinderheim in Kilburn.«

»Sekunde, ich versuch's. Und da haben wir's. Craig Boden, dreiundzwanzig Jahre alt. Hat bis zu seinem sechzehnten Lebensjahr im Oak-Lodge-Kinderheim gewohnt. Gegenwärtige Adresse: 18 Plender Street. Camden, NW1 0DA.«

Dann nichts wie los.

97. Kapitel

U-Bahn-Station Warwick Avenue, 10:15

Oben an der Rolltreppe blieb ich kurz stehen; irgendwie musste ich bei den Dingern an Dantes *Inferno* denken. Seit der Geschichte mit dem London Lacerator war dies das erste Mal, dass ich wieder in Camden war. Eine Schnitzeljagd durch die Stadt. Eine Leiche am Ende der Fährte. Mein Kopf auf dem Richtblock.

Plötzlich wurde mir die Brust eng. Meine Kehle war trocken. Wieder das motorische Gedächtnis. Und wie ich gestern in Harpers Auto gesessen hatte.

Reiß dich zusammen, dachte ich und zwang mich, den Fuß auf die erste Stufe zu setzen.

Auf Bahnsteig eins fährt ein der Zug der Bakerloo Line in Richtung Süden nach Elephant and Castle. Bitte bleiben Sie aus Sicherheitsgründen immer hinter der gelben Linie.

Das brauchte man mir nicht zu sagen.

Graue Mäuse huschten davon, als die U-Bahn das Gleis heruntergerauscht kam. Grollend kam sie zum Stehen, die Türen glitten auf, und ich stieg ein.

Der Wagen war voll. Ich hielt mich an der Querstange fest und sah mich um, erdete mich, während der Zug das Gleis entlangrumpelte. Da stand eine junge Frau im Gang, die Angst vor Bakterien hatte. Sie hatte ihren Mantel ausgezogen, also war ihr offensichtlich heiß, aber die Handschuhe hatte sie anbehalten. Obwohl das Schaukeln des Zuges sie hin und her taumeln ließ, hielt sie sich nirgends fest. Und jedes Mal wenn jemand gegen sie stieß, zuckte sie zurück. Am nächsten Bahnhof stieg sie aus und holte sofort eine Flasche Desinfektionsmittel hervor, als die Türen sich zischend schlossen.

Der Mann, der neben mir stand, trug ein zerknittertes Hemd, Chinos und Turnschuhe. Er gähnte und stank nach Schweiß. Das Gähnen und der Zustand seiner Kleidung verrieten mir, dass er die ganze Nacht auf gewesen war. Doch er roch nicht nach Alkohol, also war er nicht auf Sauftour gewesen. Nachtdienst wahrscheinlich. Die Cartier-Uhr zeigte, dass er kein Fabrikarbeiter war. Die Turnschuhe zeigten, dass er viel auf den Beinen war. Ich schaute auf seine Hände. Die Nägel waren kurz, und die Haut war sauber und ein wenig rot. Jemand, der sich die Hände schrubbte. Vielleicht ein Chirurg.

Ich trat zur Seite, um ihn vorbeizulassen, als wir uns dem nächsten Halt näherten. Als er sich umdrehte, sah ich den Namen auf seiner Tasche. University College Hospital.

Zwei von zwei.

Der Zug leerte sich allmählich, als wir weiterfuhren. Ruhiger geworden ließ ich mich auf einen gerade frei gewordenen Sitz plumpsen und holte Jacks Agatha-Christie-Buch aus meiner Handtasche. So viel war geschehen, seit er es mir geschenkt hatte. Würde ich ihm je sagen können, was ich davon hielt?

Sunlight auf den Grund zu gehen, das war nicht mehr allein wegen des Mordes an Duncan absolut notwendig. Sondern auch wegen Wolfie.

Vergeltung für sie beide.

98. Kapitel

U-Bahn-Station Camden Town, 10:45

Wir erreichen in Kürze Camden Town. Ausstieg rechts. Bitte achten Sie auf die Lücke zwischen dem Zug und der Bahnsteigkante.

Der Zug kam ruckelnd zum Stehen. Ich strebte auf den Ausgang zu und eilte dann die Tunnel entlang zu den Rolltreppen und hinaus ins Tageslicht. Plötzlich hatte ich Heißhunger und holte mir in dem Subway am Bahnhof ein Baguette mit Steak und Käse, das ich hinunterschlang, während ich eilig zur Plender Street marschierte.

Sechs Minuten Fußmarsch, vorbei an den Barbershops und Tattoo-Studios in der Kentish Town Road und an den heruntergekommenen Reihenhäusern der Greenland Road und der Bayham Street entlang, und ich stand vor Craig Bodens Zuhause: ein Haus in einer Sozialsiedlung mit einem großen grünen »Camden«-Schild an der Wand und einem verblichenen Anschlag der Nachbarschaftswache links davon.

Apartment Nummer 18 war im Erdgeschoss. Von der

Wohnungstür blätterte die Farbe ab, und an der Wand waren schwarze Müllsäcke aufgestapelt, aus denen Bierdosen, Bananenschalen und Pizzakartons quollen.

Ich sah mich um, um mich zu vergewissern, dass ich keine unerwünschte Aufmerksamkeit erregt hatte. Das hier war meine allerletzte Chance.

Auf Duncans USB-Stick waren vier Namen, wenn man Diana Averis dazuzählte. Zwei dieser Personen waren tot. Und Watkiss tat sein Möglichstes, um mich kaltzustellen. Craig Boden war der Einzige, bei dem ich es noch versuchen konnte. Wenn er nicht redete, gab es niemanden mehr, an den ich mich wenden konnte.

Jack sagt immer, für gute Storys braucht man gute Quellen und dass man ohne Stock nicht in einem Wespennest stochern kann. Sunlight wimmelte definitiv vor Wespen, doch ich würde Bodens Hilfe brauchen, um da hineinzustechen.

Bei allem anderen, was passiert war, hatte ich fast damit gerechnet, ein Polizeiabsperrband vor der Tür vorzufinden. Doch da ragte nur eine Ausgabe der *Sun* aus dem Briefschlitz. Das gab mir Hoffnung. Falls der Zeitungsjunge seine Runde nicht sehr spät machte, war Boden zu Hause.

Ich klingelte. Wartete eine Minute und versuchte es noch einmal. Nichts rührte sich.

War er verreist? Ich riss die Zeitung aus dem Briefschlitz und spähte hindurch. Es roch heftig nach Fish and Chips. Also war er doch in London. Er machte nur nicht auf.

Ich trat vors Haus und schaute an der Fassade hinauf. Die Vorhänge waren zugezogen. Schlief er noch?

Ich wollte schon noch einmal klingeln, als ich mich eines Besseren besann. Wenn ich ihn aufweckte, würde er mich bestimmt nicht hereinbitten und mir einen Kaffee anbieten.

Ich suche mir eine Stelle, von der aus ich das Haus im Auge behalten kann, dachte ich, und komme dann zurück, wenn ich Bewegung sehe. Als ich mich zum Gehen wandte, ging die Tür auf.

»Hey, waren Sie das, die da eben geklingelt hat?«, fragte ein Mann in fleckigen Jogginghosen und grellorangeroten Flipflops mit finsterer Miene.

Er hatte Kissenfalten auf der linken Wange, und seine Haare standen zu Berge. Also hatte ich ihn aufgeweckt. Fantastisch.

»Craig Boden?«

»Kommt drauf an. Wer will das wissen?«

»Mein Name ist Ziba. Ich brauche Ihre Hilfe. Es geht um Oak Lodge.«

99. Kapitel

Plender Street, Camden, 11:00

Ich hatte die ganze Fahrt über Zeit gehabt, die Leute in der U-Bahn zu analysieren, doch ich hatte nur eine Sekunde, um mir ein Bild von Craig Boden zu machen.

Sein Kiefer war verspannt, doch seine Augen waren wachsam. Ein Mann, der gelernt hatte, sich härter zu geben, als er war. Vielleicht war er als Kind schikaniert worden. Misstrauisch Fremden gegenüber. Und auch mitfühlend, dachte ich, als ich das verwaschene Logo auf seinem T-Shirt sah: *Nur schöne Tiere und hässliche Menschen tragen Pelz.*

Sehr richtig.

Ich legte den Kopf schief und öffnete die Augen ein klein wenig weiter, machte absichtlich auf unterwürfig. Die Hände schob ich in die Taschen, um seine Haltung zu spiegeln, setzte ganz bewusst meinen Körper ein, um ihm zu zeigen, dass ich keine Bedrohung war. Und als ich sprach, ließ ich mehr Akzent in meiner Stimme durchklingen, damit sie besser zu seiner passte.

Ich hatte mich nur mit Vornamen vorgestellt, um uns auf

dieselbe Stufe zu stellen und zu zeigen, dass ich nicht aus einem offiziellen Grund hier war. Dann hatte ich ihn um Hilfe gebeten, eine sichere Methode, jemand anderen dazu zu bringen, einem zu vertrauen. Sich in die Schuld eines anderen zu stellen verleiht dieser Person Macht.

Nachdem ich ihn um Hilfe gebeten und so sein Interesse geweckt hatte, hatte ich Oak Lodge erwähnt. Dank Gavin Handlers Brief wusste ich, dass das Heim etwas mit Sunlight zu tun haben musste. Doch ich wusste noch immer nicht, was, und hier kam Boden ins Spiel.

»Sie verwechseln mich mit jemandem«, sagte er und machte Anstalten, die Tür zu schließen.

Ich hinderte ihn daran. »Ich weiß von Dale Redwood. Und von den anderen.«

Das war ein Riesenbluff. Tatsache war, ich wusste gar nichts von Redwood. Und dass es noch andere wie ihn gab, war nur geraten, wegen dieser Geschichte von seinem Freund, der sich erhängt hatte. Aber wenn man jemanden zum Reden bringen will, muss man ihn glauben lassen, dass man mehr weiß, als es eigentlich der Fall ist. Und dass für ihn etwas dabei herausspringt.

Die Tür öffnete sich ein bisschen weiter. Ich feuerte meinen nächsten Schuss ab.

»Wir wissen Bescheid über diese Schweine. Die denken, an sie kommt keiner ran, aber das stimmt nicht.« Eine Umformulierung dessen, was Redwood in seinem Abschiedsbrief geschrieben hatte.

»Wir? Sind Sie von der Polizei?« Bodens Tonfall war argwöhnisch. Also kein Bullen-Fan.

Ich schüttelte den Kopf. »Sagen wir einfach, ich habe ein persönliches Interesse daran, die abzuschießen. Und ich arbeite dafür mit einer großen Zeitung zusammen.«

Er sah auf seine Füße. »Sie verschwenden Ihre Zeit. Die haben zu viel Macht.«

Genau das, was Dale Redwood gesagt hatte. Wer waren diese Typen?

»Wieso sind Sie so sicher, dass die über dem Gesetz stehen?«

Er schaute von seinen Zehennägeln auf, und sein Blick begegnete dem meinen. »Die *sind* das Gesetz, darum.«

100. Kapitel

Die sind das Gesetz.

Wenn Boden recht hatte, erklärte das, warum Dale Redwood solche Angst vor ihnen gehabt hatte. Und auch den Mord an Handler. Trotz der Bombe, die gerade in meinem Kopf explodierte, verzog ich keine Miene. Das Letzte, was ich wollte, war, dass er dachte, er hätte mir etwas Neues erzählt.

»Es ist mir egal, wofür die sich halten. Niemand steht über dem Gesetz.«

Er lachte. Es war ein bitteres Lachen. »Das hat dieser Parlamentsabgeordnete auch gesagt. Hat gesagt, er stellt eine Akte zusammen mit all den Namen, wollte die dem Innenminister persönlich übergeben. Dann sollte das Ganze auffliegen, hat er gedacht. Ein Scheiß ist passiert.«

Parlamentsabgeordnete?

Op Sunlight. Warum keine Festnahmen? Warum Untersuchung abgebrochen? Watkiss. Was ist mit DA passiert? Gavin Handler – neun Monate undercover. Wo sind die Beweise??? Craig Boden/MP? Andere?

Ich dachte an das, was ich auf dem USB-Stick gefunden hatte. Bisher hatte ich gedacht, MP wären Initialen, wie DA. Aber wenn nicht? Wenn das nun für »Member of Parliament« stand – für die Person, die laut Boden eine Namensliste erstellt hatte? Und hatte der mit mehr Leuten gesprochen als nur mit Boden? Waren damit diese *anderen* gemeint?

Ich musste mich sehr anstrengen, um mein Pokerface beizubehalten.

»Darf ich reinkommen?«, fragte ich. »Ich verspreche, es dauert nicht lange, und dann sind Sie mich los.«

Manchmal ist es einfacher, den Hindernissen auszuweichen und das Ziel direkt anzusteuern.

Er ließ die Schultern sinken und seufzte tief. »Na schön, aber ich sage Ihnen, es ist Zeitverschwendung.«

Das überlass mal mir, dachte ich, während ich ihm in die Wohnung folgte.

»Sie wollen bestimmt, dass ich über die Partys rede, stimmt's?«, fragte er.

Partys? Er wischte ein paar verkrustete Kebab-Schachteln und eine leere Pringles-Röhre vom Sofa und bedeutete mir, Platz zu nehmen.

Ich schaltete mein Handy auf Tonaufnahme. »Aye«, sagte ich. »Die Partys wären ein prima Anfang.«

101. Kapitel

»Jedes Mal wenn wir wieder zu so 'ner Scheißparty losgefahren sind, hab ich Bauchschmerzen gekriegt. Da waren immer jede Menge Arschlöcher. Alle in verschiedenen Zimmern. Haben gewartet. Gott, es war echt abartig.« Boden schüttelte den Kopf, fuhr sich mit der Hand über die Augen.

Abartig? Das konnte alles Mögliche bedeuten. Er dachte, ich wüsste, wovon er redete, deswegen ging er nicht ins Detail.

»Craig, Sie müssen ein Stück zurückspulen. Bis ganz zum Anfang ... Für die Aufnahme«, fügte ich rasch hinzu. »Fangen wir doch mal damit an, wer Sie zu den Partys gebracht hat und wo die stattgefunden haben.«

»Na, sie«, sagte er, und seine Züge verhärteten sich. »Dieses Miststück Diana.«

»Diana Averis? Die Leiterin von Oak Lodge?«

»Sie haben doch gesagt, Sie wüssten Bescheid?« Er sah mich misstrauisch an.

»Tue ich auch, aber Sie müssen so sehr ins Detail gehen, wie Sie können. Das ist wichtig.«

»Schön. Ja, Diana Averis hat mich da hingebracht. Was

ganz Besonderes für mich und ein paar von den anderen Neuen, hat sie gesagt. Mistzicke. Sie hat uns in so einem Minivan dahin gekarrt. Ins Avon Guest House. ›Satanshaus‹ hätten sie's nennen sollen. Meistens waren wir die letzte Gruppe, die da angekommen ist.«

Die letzte Gruppe. Also nicht nur Oak Lodge.

»Es waren auch Kinder aus anderen Heimen dort.« Ich ließ den Satz mehr wie eine Feststellung klingen als wie eine Frage; ich wollte nicht riskieren, ihn wieder zu verunsichern.

»Genau. Aus ganz London. Keiner von uns hatte noch Eltern.«

»Wissen Sie noch irgendwelche Namen von den anderen Heimen?«

Er zuckte die Achseln. »Davenport Lodge war vielleicht eins davon. Aber ich weiß es nicht mehr. Wir sind nicht wirklich dazu gekommen, uns zu unterhalten.«

»Natürlich«, sagte ich, als wäre das ganz logisch.

»Wenn wir da angekommen sind, dann haben sie uns nach hinten in dieses Zimmer gebracht, da lief so altmodische Opa-Musik. Sie wissen schon, so Unterhaltungszeug. Frank Sinatra und so 'nen Scheiß. Da waren immer Männer, die mit den Kindern gequatscht haben – so Bonzentypen in Anzügen –, und auf dem Tisch stand Alkohol. Cider, Alkopops …« Seine Stimme erstarb.

Sie haben uns in dieses Zimmer gebracht … Da waren immer. Also hatten diese Partys regelmäßig stattgefunden. Und wenn es da Alkohol gegeben hatte … Ich konnte mir vorstellen, worauf das hier hinauslief.

Irgendwas Heimliches. Nicht ganz koscher. Definitiv nicht legal.

So viel hatte Bodi Caulders Miene mir verraten. Jetzt musste ich Craig es laut sagen hören.

»Was ist dann passiert?«

»Es war immer dasselbe. ›Wir machen ein Wetttrinken‹, haben sie gesagt. ›Mal sehen, wer am schnellsten am meisten trinken kann.‹ Und dann, nach den Trinkspielen, haben sie so Kostüme rausgeholt, und wir mussten uns verkleiden. Mädchensachen. Elfenkostüme, Prinzessinnenkleider, Diademe. Auch für die Jungen. Ich wollte nicht, aber ich hatte Angst, dass ich Ärger kriege, wenn ich Nein sage. Da war so ein fetter Drecksack, der hat voll auf mich gestanden, und auf noch einen anderen Jungen. Muss über drei Zentner gewogen haben, mit so Speckrollen hinten im Nacken. Hat uns Bonbons gegeben, und wir mussten uns auf seinen Schoß setzen für Fotos, bevor die ›ganz besonderen Spiele‹ angefangen haben.«

Oak Lodge. Gewinnorientiert. Vor ungefähr fünfzehn Jahren in finanziellen Schwierigkeiten, aber jetzt gut in Schuss.

Kinder, die zu Sexpartys gekarrt wurden. Die von denjenigen an Freier verhökert wurden, die sie eigentlich beschützen sollten. War es das, wofür Duncan gestorben war? Ein Pädophilenring?

Am liebsten hätte ich mir den Kopf abgerissen, nur um etwas zu haben, was ich gegen die Wand pfeffern konnte.

Boden verstummte und presste die Finger gegen die Augen, sperrte die Erinnerungen aus. Seine Stimme zitterte. »Tut mir leid, ich kann das nicht.«

»Die können Ihnen nichts mehr tun«, sagte ich, während mein Gehirn sich abmühte, alles zu verarbeiten, was er gesagt hatte.

»Sie verstehen das nicht.« Mit feuchten Augen blickte er auf. »Ich hab die letzten sieben Jahre lang versucht, das alles zu vergessen und es hinter mir zu lassen. Deswegen hab ich auch nicht mit den Bullen gesprochen, als die vor zwei Jahren versucht haben, mich zum Reden zu bringen. Dieser Parlamentfuzzi, da ist überhaupt nichts passiert, trotz all seiner großen Versprechen. Es bringt nichts, egal, was ich sage. Das ist Zeitverschwendung. Ich hab's Ihnen doch gesagt, an die Schweine kommt keiner ran.«

Mitfühlend, hatte ich gedacht, als ich ihn draußen gemustert hatte. Darauf musste ich abzielen. Und ich hatte keinerlei Zweifel, dass das, was ich als Nächstes sagte, wahr war. Deswegen wurden Sunlights Geheimnisse so streng gehütet, und deswegen wurden Menschen getötet, um diese Geheimnisse zu bewahren.

»Das läuft immer noch«, sagte ich. »Es werden nach wie vor Kinder missbraucht so wie Sie. Die einzige Möglichkeit, ihnen zu helfen, ist, dass Sie auspacken.«

»Ich sage Ihnen doch, das wird nichts ändern.«

»Doch.«

»Was geht Sie das überhaupt an?«, fuhr er mich zornig an. »Dieses ›persönliche Interesse‹, das Sie haben. Sie wollen sagen, Sie haben was Gutes getan, stimmt's? Was Lohnendes. Ist es das? Tja, wissen Sie, was? Für mich ist das kein ehrenvolles Anliegen. Es ist mein Leben. Das ist mir passiert, okay? Und wenn's Ihnen nichts ausmacht, würde ich gern vergessen, dass es jemals passiert ist.«

»Das ist nicht nur ein Anliegen für mich«, erwiderte ich und bediente mich nicht nur seiner Worte, sondern auch seines Tonfalls. »Es ist auch mein Leben. Mein Mann ist von den Männern umgebracht worden, die Sie missbraucht haben. Ich war vielleicht nicht auf diesen Partys, aber ich garantiere Ihnen, das hier ist was Persönliches.«

102. Kapitel

Bodens Züge entspannten sich. »Schön«, sagte er. »Aber ich will nicht mehr über die Partys reden. Kapiert?«

Ich nickte. Okay. Also schlug ich einen anderen Weg ein. »Haben Sie je versucht, jemandem zu erzählen, was da abgegangen ist?«

Er schlug die Augen nieder und fing an, an einem Loch in seiner Jogginghose herumzupulen. »Ein Mal. Da war so ein Typ, der im Oak Lodge gearbeitet hat. Mit dem habe ich versucht zu reden.«

»Was ist passiert?«

»Er hat gesagt, die Männer da wären anständige Leute.«

»Anständig?« Ich spie das Wort heraus; ich konnte nicht anders.

»›Wichtige, aufrechte Bürger‹, hat er sie genannt. Einer von denen hat sogar im Buckingham Palace gearbeitet, Butler der Queen oder so was. Die anderen waren Richter, Polizeibeamte, Politiker – so was eben.«

Politiker?

Der MP hat gesagt, er stellt eine Akte mit Namen zusammen. Wollte die persönlich dem Innenminister übergeben.

Doch das hatte zu nichts geführt. Steckte der Innenminister da etwa mit drin? Kein Wunder, dass Dale Redwood gedacht hatte, diese Wichser wären unangreifbar. Bis wie weit nach oben reichte diese Nummer? Boden hatte recht. Die *waren* das Gesetz. Und sie hatten die Mittel gehabt, jeden aufzuhalten, der ihnen in die Quere kam.

Gavin Handler. Diana Averis. Duncan. Jack.

Ich dachte an die paar Sätze des Gesprächs zwischen Watkiss und diesem Regierungsbeamten, Rex Lutim, die ich ihnen von den Lippen abgelesen hatte. Was, wenn die Operation angesichts von Dale Redwoods Selbstmord und seinem Abschiedsbrief reaktiviert worden war? Hatte Watkiss dabei mitgeholfen, dass die Beweise »abhandengekommen waren«, von denen Duncan gesprochen hatte? Gehörte er auch zu dem Kindersexring? Wenn ja, hatte er bestimmt Angst davor gehabt, was post-Redwood ans Licht kommen könnte.

Die Frage war, was hatte er diesbezüglich unternommen?

So ein Typ ist erhängt in seiner Einzimmerwohnung gefunden worden. Freund von Dale Redwood. Polizei schließt Straftat nicht aus …

Hatte er da auch die Finger im Spiel gehabt? Und wenn ja, war er der Kommandant oder nur ein einfacher Infanterist?

»Wissen Sie den Namen von irgendeinem der Männer auf diesen Partys, Craig?« Ich gab mir alle Mühe, einen neutralen Tonfall beizubehalten.

Boden befeuchtete seine Lippen. Ich schluckte mein Lächeln hinunter. Er wusste etwas.

Gerade als er den Mund aufmachte, um zu antworten, vibrierte mein Handy, das auf meinem Schoß lag. Eine SMS von DI Isaksson.

Neue Festnahme. Wir haben eine Tatwaffe. Wann sind Sie hier?
Gesendet 11:28

So schnell wieder eine Festnahme? Und eine Waffe!

Ich musste so schnell wie möglich zum Yard, aber hier spitzten sich die Dinge mit Boden gerade zu. Wenn ich jetzt ging, würde er vielleicht nicht noch einmal mit mir sprechen. Was sollte ich tun?

Seit ich dem Ermittlungsteam beigetreten war, hatte ich mich quasi in zwei Hälften gesägt, hatte beiden Fällen nicht genug Aufmerksamkeit gewidmet. Doch ich konnte nicht länger unentschlossen herumeiern. Jetzt galt es zu entscheiden. Sunlight oder der Slasher?

Ich blickte von meinem Handy auf und konzentrierte mich ganz auf Boden. Alles, was ich brauchte, war ein Name, um die Dinge ins Rollen zu bringen. Dann würde ich gehen.

103. Kapitel

Das Surren der eingehenden SMS hatte den Bann gebrochen. Boden kniff die Lippen zusammen und schaute weg, kratzte an dem Schmutz unter seinen Fingernägeln herum.

Wir waren zu weit gekommen, um jetzt aufzuhören.

»Kennen Sie irgendwelche Namen?«, fragte ich aufmunternd. »Schon einer würde einen Riesenunterschied machen.«

Er fuhr sich mit der Zunge unter der Oberlippe entlang. Ich hielt den Atem an.

»Ich weiß, wer *er* war.«

Er?

Bodens Stimme war leise geworden. Er rieb die Innenseite seines Handgelenks so heftig mit dem Daumen, dass die Haut dort Falten warf. »Dieses Schwein, das mich immer auf den Schoß genommen hat. Der war in der Zeitung. Einer von den Abgeordneten, die bei ihren Spesen beschissen hatten.«

Passt zum Profil, dachte ich. Der Kerl glaubt, er steht über dem Gesetz.

»Wie hieß er?«

»Carter. Alasdair Carter.«

Der Name war mir von meiner Internetsuche am Mittwoch her bekannt. Carter war nicht einfach nur ein MP, er war Parlamentarischer Staatssekretär für Jugendrecht. Was für ein Witz. Außerdem arbeitete er in Whitehall eng mit Rex Lutim zusammen. Noch eine Verbindung zu Watkiss.

»Sind Sie sicher, dass das Carter war, auf diesen Partys?«

»Na klar bin ich sicher. Glauben Sie, ich kann diese Visage vergessen? Der sollte in der Hölle verrotten für das, was er mit mir und Tom gemacht hat.«

»Tom?« Das war jetzt neu. Noch ein Name.

»Ja. Das war der andere Junge, von dem ich Ihnen erzählt habe. Der, den Carter sich als Spielgefährten für mich ausgesucht hat. Er war älter als ich. Hat ständig davon gequatscht, dass er sich revanchieren würde. Deswegen hat er auch das Foto behalten.«

Fast wäre ich vom Sofa gesprungen. »Was für ein Foto?«

»Von mir und ihm auf Carters Schoß, angezogen wie Scheißprinzessinnen. Ich wollt's verbrennen, aber Tom wollte nicht. Hat gemeint, es würde ihm noch was nutzen.«

»Wo hatte er es denn her?«

Boden zuckte die Schultern. »Hat's bestimmt geklaut. Da lag immer jede Menge davon rum. Polaroids.«

Ich hätte ihn küssen können. Wenn dieser Tom auf Vergeltung aus war, dann würde er vielleicht reden. Und wenn er Beweise hatte …

»Sie wissen wohl nicht, wie er mit Nachnamen hieß?« Ich fragte ganz locker; ich wollte nicht, dass er jetzt in Angststarre verfiel.

Wieder zuckte Boden die Achseln. »Keinen blassen Dunst.«

»Hat er auch in Oak Lodge gewohnt?«

Vielleicht konnte ich Tom auf dieselbe Weise ausfindig machen, wie ich Craig gefunden hatte.

Er schüttelte den Kopf. »Weiß nicht, in welchem Heim er war.«

Und dabei waren wir gerade dabei gewesen, Fortschritte zu machen.

»Wenn wir nur das Foto noch hätten.« Ich seufzte.

Boden sah mich an, als hätte ich sie nicht mehr alle. »Aber wir haben's doch noch«, sagte er.

104. Kapitel

Aber wir haben's doch noch.

»Was?« Ich bekam eine Gänsehaut.

»Also, eigentlich hab ich's nicht direkt. Aber ich kann Ihnen sagen, wo es ist.«

Ich beugte mich vor und versuchte gar nicht, meine freudige Erregung zu verbergen. Der USB-Stick war eine Sache, doch abgesehen von einer Verbindung zwischen Duncan und Sunlight bewies er nichts. Und Craig Bodens Geschichte konnte auch genau das sein: eine gut gemachte Geschichte.

Mit einem handfesten Beweis jedoch, also, das war ein ganz anderes Kaliber. Mit solcher Munition konnte ich richtig losballern.

»Erzählen Sie weiter«, forderte ich Boden auf und sabberte dabei praktisch.

»Es ist im Trent Park unter einem Baum vergraben.«

Meine Schultern sackten herab. Fantastisch.

Der Trent Park erstreckt sich über mehr als hundertsechzig Hektar. Das Foto konnte überall sein. Ich stand wieder ganz am Anfang.

»Tom hat gedacht, es wäre sicherer, wenn wir's verstecken«, sagte Boden und zuckte wieder die Achseln. »Hat gesagt, so findet's keiner.«

»Gut gedacht.« Wenn Tom ohne Nachnamen das Foto behalten hätte, hätte ich eher eine Chance gehabt, es zu finden als unter einem von tausend Bäumen. Gott weiß, wo das Ding jetzt ist, verdammte Scheiße.

»Ja, er war echt clever«, meinte Boden, der meinen bissigen Ton nicht bemerkt hatte. »Hat gesagt, wir müssen hundert Schritte abzählen, vom dritten Fenster links unten im Haus. Und unbedingt in einer ganz geraden Linie, hat er gesagt. Da sind wir direkt bei so einer Eiche angekommen, ein Riesending. War bestimmt echt alt. Wir haben unsere Initialen da reingeschnitzt, CB und TR, und neben einer von den Wurzeln ein Loch gegraben. Er hatte eine Keksdose dabei, um das Foto da reinzutun. Früher hätte er da seine Spielzeugsoldaten und so Zeug drin gehabt, hat er gesagt, aber so wäre sie nützlicher. Und Spielzeugsoldaten wären sowieso was für kleine Kinder. Er hat nicht mehr damit gespielt. Da finden Sie das Foto. Unter der Eiche.«

»Sir, ja, Sir«, sagte ich und grinste.

Von wegen ganz am Anfang, ich war gerade über Los gegangen und hatte zweihundert Pfund kassiert.

»Sind Sie beim Militär?« Er klang verblüfft. Mit meiner Größe passe ich nicht ganz zum Soldaten-Stereotyp.

»Früher mal.«

»Haben Sie 'ne Knarre?«

Ich lachte. »Jetzt nicht mehr.«

»Aber kämpfen können Sie?«

»Aye, das kann ich.«

105. Kapitel

U-Bahn-Station Camden Town, 12:15

Warum hat es so lange gedauert, bis dieses Foto aufgetaucht ist?, dachte ich, als ich vor der Camden Town Station einem Taxi winkte. Um diese Zeit würde es auf der Straße schneller gehen, als auf die U-Bahn zu warten und zweimal umzusteigen.

Ich konnte verstehen, warum Craig Boden es nicht eilig gehabt hatte, in den Trent Park zurückzukehren und das Ding auszugraben, nachdem sein Gespräch mit dem geheimnisvollen MP nichts gebracht hatte. Aber bei diesem Tom war das doch etwas anderes.

Nach dem, was Boden mir erzählt hatte, war der damals als Junge ganz versessen darauf gewesen, sich zu rächen. Was hatte sich also geändert? Glaubte er, der Beweis würde nicht zugelassen werden?

Möglich wär's, wenn man bedenkt, wie mächtig die Betroffenen sind, dachte ich. Oder ist es etwas anderes? Haben sie ihn auch zu fassen bekommen? Ich seufzte. Ohne einen Nachnamen würde ich es nie erfahren.

»Scotland Yard, bitte«, sagte ich und stieg in das Taxi.

Vom Rücksitz aus rief ich Isaksson an. »Hab gerade Ihre SMS gekriegt. Ich bin unterwegs. Eine Festnahme, wie? Wer ist es denn?«

Im Rückspiegel sah ich, wie die Augenbrauen des Fahrers emporklommen. Das hier war ein Gespräch, bei dem ich keine Mithörer haben wollte. Ich beugte mich gerade vor, um die Trennscheibe aus Plexiglas zu schließen, als Isaksson mir den Namen des Verdächtigen nannte.

»Sind Sie sicher?« Die Haare auf meinen Armen stellten sich auf.

»Ja, wir haben seine Fingerabdrücke an der Waffe gefunden. Er ist es definitiv. Eine Verkehrsstreife hat gestern Abend seine Frau angehalten. Trunkenheit am Steuer. Als sie sie aus dem Fahrzeug geholt haben, hat sie ein Messer gezogen.«

»Was?«

»Sie war vollkommen breit. Wusste anscheinend gar nicht, was sie tat. Hat behauptet, sie sei auf dem Weg zum nächsten Revier, um das Ding da abzugeben. Hat gesagt, es gehört ihrem Mann, und sie glaubt, damit seien Pejman und Abian erstochen worden. Und sie denkt, als Nächstes nimmt er sich sie vor.«

»Und das hat Sie zu ihm geführt?«

»Na ja, nicht sofort, nein. Wie gesagt, sie war volltrunken. Sie haben Ihre Personalien aufgenommen und sie mit einem Bußgeldbescheid über zweitausend Pfund nach Hause geschickt. Und das Messer wurde eingetütet und in einen Schrank gelegt. Erst später hat der Schichtleiter gedacht, er schaut sich das mal näher an. Und da hat er das Blut bemerkt.«

»Wie konnten die das übersehen?«

»Ich weiß es nicht, MacKenzie. Es war dunkel, sie haben die Geschichte der Frau nicht ernst genommen. Der Kollege hat das Ganze an seinen DCI übergeben, der den Zusammenhang erkannt und es an uns weitergeleitet hat. Das Labor hat bestätigt, dass das Blut von unseren Opfern stammt. Wir hatten Namen und Adresse der Ehefrau, ab da war's also leicht, den Täter zu finden.«

»Und die Ehefrau, wo ist die jetzt?«

»Tja, also, das ist das Problem.« Er hielt kurz inne. »Wir haben keine Ahnung.«

»Ich verstehe nicht.«

»Im Haus sind Spuren eines Kampfes. Blut. Glasscherben. Umgekippte Möbel. Aber keine Spur von ihr. Wir haben sie zur Fahndung ausgeschrieben, aber bis jetzt hat sie niemand gesehen. Als sie angehalten wurde, hat sie gesagt, sie fürchtet um ihr Leben. Von da bis zur Verhaftung ihres Mannes sind fast zwölf Stunden vergangen. Tatsache ist, er könnte ihr in dieser Zeit alles Mögliche angetan haben.«

106. Kapitel

»Haben Sie schon mit dem Verhör angefangen?«, fragte ich Isaksson. »Vielleicht können wir ihm in Sachen seiner Frau ja ein bisschen Druck machen.«

»Jep. Silk und Frost sitzen mit ihm im Vernehmungszimmer. Ich konnte nicht auf Sie warten.«

Er ließ den Vorwurf in der Luft hängen. Wäre es mit Boden nicht so gut gelaufen, hätte ich vielleicht ein schlechteres Gewissen gehabt.

»Bei Fontain haben die beiden ihre Sache ja gut gemacht«, meinte ich, als hätte ich seine Spitze nicht bemerkt. »Und sie sind offensichtlich nicht das ganz schwere Geschütz. Das sollte verhindern, dass er sich einen Anwalt nimmt und mauert. Er wird denken, er ist besser als sie.«

»Also, bisher hat er jedenfalls keinen Anwalt verlangt. Eigentlich komisch, man sollte doch meinen, unter diesen Umständen wüsste er es besser. Wie sagt man noch mal?«

»Sie meinen, der, der sich selbst vertritt, hat einen Idioten als Mandanten?«

»Genau. Ist das nicht das Erste, was die einem im Jurastudium beibringen?«

»Also, eigentlich glaube ich, das Erste ist wahrscheinlich Egoismus«, antwortete ich und lachte. »Nach dem, was ich von ihm gesehen habe, denkt er, er kann das System austricksen. Wenn er bis jetzt keinen Anwalt verlangt hat, wird er's auch nicht tun.«

»Soll mir recht sein.«

»Ich bin bald da«, sagte ich und warf einen kurzen Blick auf das Navi des Fahrers. »Denken Sie inzwischen daran, was ich gestern gesagt habe. Fahren Sie den Druck hoch, lassen Sie ihn schwitzen. Kommen Sie immer wieder auf seine Frau zurück. Wenn die der Grund für seine Wut ist, dann ist das seine Bruchstelle. Da müssen Sie den Druck ansetzen, um ihn zu knacken.«

»Hört sich gut an. Er sitzt in Vernehmungszimmer drei. Wir treffen uns im Beobachtungsraum, wenn Sie hier aufschlagen.«

Wir beendeten das Gespräch, und ich starrte aus dem Fenster, während ich verarbeitete, was ich erfahren hatte.

Eigentlich war es ja die blanke Ironie. Trotz all unserer Rennerei und all der Stunden, die wir in der Einsatzzentrale gehockt hatten, hatte die Festnahme gar nichts mit uns zu tun. Wenn seine Frau nicht gewesen wäre, würden wir noch immer nach ihm suchen.

Wobei, glückliche Zufallstreffer sind bei Serienmord-Ermittlungen häufiger, als man denkt. Ted Bundy wurde gefasst, als die Polizei ihn am Steuer eines gestohlenen Autos erwischt hatte. Der Son of Sam wurde geschnappt, nachdem sein Wagen illegal geparkt in der Nähe eines Tatorts gesichtet worden war. Und der Yorkshire Ripper ging der

Polizei ins Netz, als den Beamten auffiel, dass das Auto, das er fuhr, falsche Kennzeichen hatte.

Gerade sann ich darüber nach, dass Kraftfahrzeuge vielleicht der gemeinsame Nenner waren und dass dies vielleicht ein weiterer Grund war, nicht mehr Auto zu fahren, als mein Handy klingelte.

Irgendetwas in meinem Bauch machte einen Satz.

Es war Jack.

107. Kapitel

»Wolfie! Wie geht's dir?«

»Hab ganz schön Kopfschmerzen, aber ich kann wohl heute nach Hause.«

»Wahnsinn!«

»Herzlichen Dank.«

»Ich meine, es ist toll, dass du nach Hause darfst, du Dumpfnase.«

»Ach so. Ja, das ist toll. Das Essen hier ist scheiße.«

Keine verwaschene Aussprache, normale Sprachmuster. Er machte Witze, wenngleich sehr schlechte. Das muss doch ein gutes Zeichen sein, dachte ich.

»Ich wollte mich bei dir bedanken. Mo hat gesagt, du warst super.«

»Ich hab doch gar nichts gemacht.«

»Das sieht sie anders. Sie lässt gerade Fantrikots beflocken.«

Ich lachte, und mein Inneres jubilierte beim Klang seiner Stimme. Ich hatte wirklich gedacht, er würde es vielleicht nicht schaffen.

»Und wie ist die Prognose?«

»Weiß ich nicht. Wir müssen abwarten, was für einen Deal sie im Trikotshop rausholen kann.«

»Wolfie!« Ich war ja selbst schuld, weil ich gelacht hatte. Demnächst würde er mit Scheiß-Fliegerwitzen ankommen.

Was ist der Unterschied zwischen einem Kampfpiloten und Gott? Gott hält sich nicht für einen Kampfpiloten.

Den mag er am liebsten, und es ist auch einer seiner besseren, was nicht gerade für den Rest spricht.

»Die haben ein MRT gemacht«, berichtete er. »Ich habe eine leichte Gehirnerschütterung, aber keine Gehirnblutungen. Und die anderen Verletzungen sind nicht weiter wild. Ein paar Schrammen und blaue Flecken. Hab mir den Rüssel gebrochen, aber damit hat sich's auch schon so ziemlich, Gott sei Dank.«

»Von mir auch«, sagte ich trotz der Atheistin in mir. »Wann kann ich dich sehen?«

»Ich werde eine Zeit lang nicht arbeiten, also komm, wann du möchtest.«

»Willst du in deiner Wohnung bleiben?«

War es gefährlich für ihn, allein zu sein? Nicht nur aus gesundheitlichen Gründen. Diese Drecksäcke hatten schon einmal versucht, ihn fertigzumachen. Wenn sie nun zurückkamen, um es zu Ende zu bringen?

»Mo will, dass ich erst mal bei ihnen wohne.«

»Solltest du vielleicht auch.«

Und vielleicht sollte ich dafür sorgen, dass jemand ein Auge auf ihn hatte. Mein ehemaliger Regimentskamerad Max kannte bestimmt jemanden. Ich würde ein bisschen herumtelefonieren, wenn wir aufgelegt hatten. Solange ich im Yard festsaß, musste ich wissen, dass jemand auf ihn aufpasste.

»Fang du nicht auch noch an«, knurrte er. »Komm heute Abend vorbei, wenn du magst. Iss einen Happen mit mir. Essen gibt's reichlich. Meine Mutter ist gerade in meiner Wohnung und stopft den Kühlschrank voll.«

»Nichts anderes würde ich von ihr erwarten.« Ich lachte wieder.

»Übrigens, gibt's was Neues zu Sunlight?« Seine Stimme wurde ein wenig leiser und sein Ton ernster.

Also doch keine retrograde Amnesie.

»Ja. Aber darüber reden wir, wenn ich bei dir bin.«

»Okay.«

»Und, Jack?«

»Ja?«

»Wenn du nach Hause kommst, schließ die Tür ab. Mach die Alarmanlage an. Und lass niemanden rein, den du nicht erwartet hast.«

»Was?«

»Mach einfach einen auf frostig, okay?«

»Ich verstehe nicht.«

»Wie gesagt, wir reden, wenn wir uns sehen.«

108. Kapitel

Beobachtungsraum, Scotland Yard, 13:08

»Alles okay mit den Zähnen?« Isaksson blickte auf, als ich hereinkam. Er hatte dunkle Ringe um die Augen wie ein Panda.

Der Mann sah aus, als hätte er sogar noch weniger geschlafen als ich.

»Mit was?«

»Der Zahnarzt. Wundert mich ja, dass Samstag einer offen hatte.«

Scheiße. Das hatte ich nicht zu Ende gedacht. »Zahnärztlicher Notdienst, ein ekliger Abszess«, erwiderte ich rasch. »Sehr schmerzhaft.«

Er sah mich merkwürdig an und wandte sich denn wieder dem Bildschirm zu. Auf dem beugte Silk sich gerade vor, die Fäuste auf den Tisch gestützt. Frost drehte ihre Halskette.

»Läuft nicht gut, wie?«

»Das sehen Sie auf den ersten Blick?«

Ich zuckte die Achseln. »Dafür bezahlen Sie mich doch.«

Sein Mund zuckte – ein Lächeln, nahm ich an.

»Der Typ ist so cool wie 'ne verdammte Essiggurke. Hat uns überhaupt nichts gesagt.«

»Wird er aber, wenn er hört, was wir haben. Er ist ein kluger Junge, er wird einen Deal machen wollen.«

Genau in diesem Moment würden die Kollegen von der technischen Abteilung sein Autokennzeichen durch APNR schicken: Automatic Number Plate Recognition. Überall in London gibt es Kameras. Wenn er in der Nähe eines der Tatorte gewesen war, würden sie ihn finden.

»Sobald wir ihm zeigen können, dass sein Wagen in Clerkenwell war, als die Opfer entführt worden sind, können wir den Deckel auf das Ganze nageln.«

»Wir haben ihm schon die Mordwaffe gezeigt. Inzwischen sollte er reden.«

»Geben Sie ihm Zeit. Der gehört nicht zu denen, die wild drauflosquasseln.«

»Woher wissen Sie das?«

»Weil ich mich mit ihm unterhalten habe.«

Allein. Gestern Abend. Ohne Ihnen Bescheid zu sagen.

»Was können Sie mir über ihn sagen?«

»Bei dem trügt der Schein. Er kommt sehr charmant rüber, aber das ist aufgesetzt. Er ist jähzornig, weiß sich aber zu beherrschen. Doch wenn er mal einen Entschluss gefasst hat, dann geht es schnell. Er handelt rasch. Im Augenblick ist er im Ausputzmodus. Sie haben ja gestern Abend meine SMS gekriegt. Wenn er unsere beiden Opfer umgebracht hat, dann wegen dem, was er zu verlieren hat. Also ist er ein Mensch, der das, was ihm wichtig ist, zu schützen weiß. Und dabei kennt er keine Skrupel.«

Ich hielt inne. War es an der Zeit, von dem Wagen zu erzählen? Ich würde einen Anpfiff kassieren, weil ich das für mich behalten hatte, doch ich musste das Große und Ganze bedenken.

»Er interessiert sich für mich«, sagte ich. »Beweisen kann ich's nicht, aber ich glaube, er könnte mir gefolgt sein.«

Genau wie der London Lacerator. Der war auch auf mich abgefahren, und das wäre beinahe mein Tod gewesen.

Isaksson nickte.

»Das passt sogar«, sagte er. »Die Jungs von der Spurensicherung haben einen Haufen Zeitungsausschnitte bei ihm im Haus gefunden. Da war einiges über Sie dabei. Artikel. Fotos. Er hat gründlich recherchiert, das ist mal sicher. Und er hat sich nicht nur auf die Ermittlungen fixiert.«

Der Spanner, der mich am Tatort beobachtet hatte. Die dunkle Limousine, die mir den Broadway hinunter gefolgt war. Vielleicht sogar das Auto gestern Nacht vor meiner Wohnung.

Ich hatte mir das alles nicht nur eingebildet. Ich hätte meinem Instinkt vertrauen sollen.

Dan Harper, dachte ich. Es stimmt, es sind wirklich die stillen Wasser, vor denen man sich in Acht nehmen muss.

109. Kapitel

Ich beobachtete Harper genau. Die Körpersprache überwindet kulturelle Schranken; sie ist ein eingebautes Reaktionssystem, das man nicht erlernen oder überschreiben kann. Und Unbehagen ist immer am leichtesten zu erkennen. Er legte da drin ja vielleicht ein gutes Spiel hin, aber er schwitzte wie ein Mann, der eine Bombe in der Hose stecken hat.

Also war er nervös, aber das war ja auch nicht weiter überraschend. Er sah sich mit einer Anklage wegen mehrfachen Mordes konfrontiert; er wäre kein Mensch, wenn er sich nicht in die Hosen machen würde.

Doch das war nicht alles, was er empfand.

Er beugte sich vor, die Schultern angespannt, den Blick starr auf Silks Gesicht geheftet. Alle Zeichen standen auf Alarmstufe Rot.

Ich sah zu, wie Silk ihm ein ausgedrucktes Foto hinschob.

»Ein Nackt-Selfie von Yasmin Pejman«, sagte Isaksson. »Haben wir bei ihm zu Hause gefunden. Sie hatten recht mit der Affäre.«

Komisch, dachte ich. Das war unvorsichtig; es passte nicht zu den anderen Vorkehrungen, die er offensichtlich getroffen hatte, um die Beziehung geheim zu halten.

Ich lehnte mich zurück und beobachtete Harpers Reaktion.

Eine Ader hatte deutlich sichtbar an seinem Hals zu pochen begonnen. Er griff sich an die Kehle. Aber nicht nur als Trostgeste; Harper war grün im Gesicht geworden. Ihm war schlecht. Gleich darauf bat er um eine Toilettenpause.

Clever, dachte ich. Er schindet Zeit, um sich wieder einzukriegen. Wir würden uns anstrengen müssen, um diesem Mann ein Geständnis zu entlocken. Was nichts Gutes für unsere Bemühungen verhieß, seine Frau zu finden.

»Wir müssen ihm weiter Druck wegen Pejman machen«, sagte ich zu Isaksson. »Haben Sie gesehen, wie er reagiert hat?«

Isaksson nickte und funkte Silk und Frost an, dass sie in den Beobachtungsraum kommen sollten.

Ich erklärte ihnen, wie sie die Schrauben anziehen sollten.

»Was ist los, MacKenzie?«, fragte Isaksson, als ich fertig war. »Ihr Gesichtsausdruck gefällt mir nicht.«

Er wurde allmählich recht gut darin, mich zu dekodieren.

Ich zuckte die Achseln. »Mir macht da etwas zu schaffen.«

»Mal wieder Ihr Bauchgefühl?«

»Aye, und das ist nicht nur das komische Sandwich, das ich vorhin gegessen habe.«

»Weiter.«

Er klang wachsam. Als ihm mein Bauchgefühl das letzte Mal gesagt hatte, dass der Mann, den er in Gewahrsam hatte, nicht der Täter war, hatte ich recht gehabt.

»Die Beweislage ist offensichtlich ziemlich eindeutig. Außerdem wohnt Harper in Primrose Hill. Er ist Anfang dreißig und fährt eine dunkle Limousine. Er hat einen hohen IQ und ausgeprägte Sozialkompetenz ...«

»Aber?«, fiel Isaksson mir ins Wort. Glücklich klang er nicht.

»Ich habe den Täter außerdem als klein und schmächtig profiliert, was der Autopsiebericht ja auch bestätigt. Aber Dan Harper ist über eins achtzig groß. Und ich habe ihn mit hochgekrempelten Ärmeln gesehen. An dem ist überhaupt nichts schmächtig.«

110. Kapitel

Isaksson zerrte an seiner Krawatte.

»Und wenn er Mr Big ist, ist er auch nicht impotent«, sagte er.

Das stimmt, dachte ich. Gab es noch eine andere Erklärung dafür, dass am Tatort kein Sperma gefunden worden war? Oder lag ich mit meinem Profil falsch?

Harpers Fingerabdrücke waren überall auf der Mordwaffe. Er kannte beide Opfer und hatte an den Tatabenden mit ihnen getrunken. Er wohnte in der Nähe der Tatorte. Er verfolgte die Ermittlungen genau. Er hatte etwas mit Yasmin Pejman gehabt. Und jetzt war seine Frau verschwunden und hatte Anzeichen eines Kampfes im Haus sowie Blutspuren auf den Möbeln hinterlassen.

Es war ein absolut sauberer Schuss, aus nächster Nähe auf ein riesiges Ziel – einer, bei dem nur ein blinder Anfänger danebenballern würde. Und doch sagten sowohl das Profil als auch der Autopsiebefund, dass er nicht der Täter war.

Ich war nicht bei der Sache gewesen. Hatte Sunlight mich so sehr abgelenkt? Könnte ich das hier falsch interpretiert haben?

Es klopfte an der Tür, und Big Daddy kam mit einer dicken Akte herein.

»Das müssen Sie sich ansehen«, sagte er zu Isaksson und reichte ihm den Pappdeckel.

»Was ist das?«

»Das haben die von der Technik auf Harpers Privatcomputer gefunden. Sieht aus, als hätte seine Frau Sara ziemlich regelmäßig in einem Forum für Opfer häuslicher Gewalt gepostet. Klingt, als hätte sie wahnsinnige Angst vor ihm gehabt. Und ein Alkoholproblem hat sie auch.«

Noch etwas, wo ich falschgelegen hatte. Als Frauenschläger hätte ich Harper nicht eingeschätzt. Dabei war er extrem empfindlich, das hatte ich gestern Abend selbst gesehen.

Ich berührte Isaksson am Unterarm, und er fuhr ein wenig zusammen. Mag keinen Körperkontakt, dachte ich und zog die Hand zurück.

»Darf ich mal sehen, Sir? Ich habe gesagt, die Ehefrau ist Harpers Bruchstelle, erinnern Sie sich? Vielleicht können wir das, was hier drinsteht, benutzen, um ihn zu knacken.«

Isaksson antwortete mit seinem üblichen knappen Nicken und reichte mir die Akte. Wenigstens sagte ich ihm diesmal nicht, dass er den Kerl laufen lassen sollte.

»Nein, neuer Plan, lassen Sie Harper wieder in die Zelle bringen und sagen Sie Silk und Frost, sie sollen sich oben mit uns treffen«, sagte er und bog den Hals von einer Seite zur anderen. Es knackte wie trockene Zweige. »Wir gehen die Akte alle zusammen in der Einsatzzentrale durch.«

Damit nahm er sie mir wieder ab, und dabei flatterte etwas heraus. Ich bückte mich, um es aufzuheben.

Es war ein Polaroidfoto von Yasmin Pejman, die auf einem Bett lag und zur Kamera hinauflächelte. Jemand hatte mit etwas Spitzem in ihre Augen gestochen.

Viele Male.

111. Kapitel

Ich drehte das Foto um. Die Löcher waren bis zur anderen Seite durchgegangen. Fünf im linken Auge, acht im rechten. Eine ungerade Zahl, also hatte es nichts mit Aberglauben oder Voodoo zu tun.

»Das ist Hass.« Ich reichte Isaksson das Bild. »Pure Wut.«

Isaksson nahm es und sog mit einem pfeifenden Geräusch die Lippen ein.

»Könnte Sara Harper das getan haben?«

»Ich denke, sie könnte von der Affäre gewusst haben. Hier drin ist ab und zu die Rede von einer Frau«, meinte Big Daddy und deutete mit einem Kopfrucken auf die Akte.

»Ich glaube nicht, dass sie das war«, sagte ich.

Diese Stiche passten zu dem, was ein Mann tun würde.

»Fotos verunstalten ist etwas, was sowohl Männer als auch Frauen tun«, erklärte ich. »Aber wenn eine Frau so etwas tut, kratzt sie das Gesicht weg, lässt sich Zeit. Ein Mann geht gewaltsamer vor, das entspricht dem hier. Er zerreißt das Bild oder zersticht es mit einem spitzen Gegenstand, meistens mit einer Schere oder einem Messer. So wie hier. Das hier könnte das Werk der Ehefrau sein, aber es ist sehr viel wahrscheinlicher, dass es Harpers ist.«

Isaksson nickte, ein rasches Auf und Ab.

»Das Foto sagt uns noch etwas.« Ich strich sacht mit dem Daumen darüber. »Harper war sauer auf Yasmin. Richtig wütend. Keine Frage, in diesem Moment hat er sich ihren Tod gewünscht.«

Isaksson rieb sich den Nacken und pustete heftig durch die gespitzten Lippen.

»Wir haben eine Verbindung zwischen ihm und Pejman. Ich sehe nur nicht, wo Abian da ins Spiel kommt. Ihre Nadelkissen-Theorie von neulich scheint hier nicht zu passen.«

Mir ging es genauso.

Wenn Harper einem Foto von Pejman die Augen zerstach, musste das bedeuten, dass ihre Affäre vorbei war. Ein bitteres Ende. Aber wer hatte mit wem Schluss gemacht?

Ich dachte daran, was Axel Menton gestern Abend über die Einstellung der Kanzlei zu so etwas gesagt hatte. Und was Pejmans Schwester darüber erzählt hatte, dass Yasmin und Abian Freundinnen gewesen waren.

Wenn Abian nun dazwischengefunkt hatte? Wenn sie Harper irgendwie gedroht hatte? Oder vielleicht hatte sie Pejman auch gedrängt, die Beziehung zu beenden. Beides wäre ein Motiv für ihn, ihr etwas anzutun.

Allerdings sagt das Profil mir, dass es hier gar nicht um Pejman oder Abian ging. Sie waren Surrogate, Stellvertreterinnen für die Person, der die Wut des Mörders in Wahrheit galt. Höchstwahrscheinlich seine Frau. Bei dieser ganzen Geschichte ging es um sie, nicht um ihn. Das zeigte die Signatur. Irgendetwas an Sara beraubte Harper seiner Männlichkeit, ließ ihn um sich schlagen. Vielleicht hatte das überhaupt erst zu der Affäre geführt.

»Ich weiß nicht.« Big Daddy strich sich über seinen beeindruckenden Wanst, nachdem ich dies erläutert hatte. »Nach dem, was ich gelesen habe, hatte sie echt Angst vor ihm. Richtige Todesangst sogar. Hört sich an, als hätte der ein ernsthaftes Aggressionsproblem.«

»Das heißt nicht, dass sie ihn nicht unterminiert hat, ohne es zu merken. Entmannung kann viele Formen annehmen«, erwiderte ich. »Sie könnte aus einer wohlhabenden Familie stammen oder gebildeter sein als er. Es könnte alles Mögliche sein. Worauf es ankommt, ist: Wenn sie seine Männlichkeit bedroht hat, könnte das Zorn auslösen und zu den Aggressionen führen, von denen Sie gerade gesprochen haben. Und das würde wahrscheinlich eskalieren.«

Big Daddy lutschte an seiner Lippe; sein Kopf wippte auf und ab. »Klingt logisch. Aber da ist noch etwas, was Sie wissen sollten.«

Irgendetwas in seiner Stimme veranlasste mich, mich auf meinem Stuhl aufzusetzen.

»Sie hat jetzt schon seit einer ganzen Weile regelmäßig in diesem Forum gepostet. Manchmal mehrmals am Tag. Aber seit vierundzwanzig Stunden gab's keinen Mucks mehr von ihr. Seit sie unseren Freunden in Kentish Town gesagt hat, dass sie um ihr Leben fürchtet, und die sie zurück nach Hause geschickt haben, nicht mehr.«

112. Kapitel

Einsatzzentrale, Scotland Yard, 14:12

»Wenn wir aus Harper irgendetwas herauskriegen wollen, müssen wir diese Posts durchgehen«, verkündete Isaksson und klat,schte die Akte auf den Tisch neben dem Whiteboard ganz hinten im Raum.

Frost rollte ihren Bürostuhl zu uns herüber, während der Rest von uns seine Plätze einnahm.

Der DI klappte den Aktendeckel auf und fing an, Seiten auszuteilen. Arbeitsteilung nannte er das.

»Ich würde die lieber chronologisch durchgehen … wenn es Ihnen nichts ausmacht«, fügte ich rasch hinzu, als ich sein Stirnrunzeln sah. »So bekommt man ein besseres Gefühl für die Verhaltensprogression.«

»Wie Sie wollen«, brummte er müde.

Es waren Dutzende von Beiträgen. Harpers Frau war eindeutig sehr auf das Forum angewiesen gewesen. Wie Big Daddy gesagt hatte, hatte sie oft mehrere Male am Tag etwas geschrieben, was die Funkstille jetzt natürlich umso besorgniserregender machte.

Unten höre ich meinen Mann herumtrampeln. Hört sich an, als wäre er wütend. Ich kann ihn fluchen und alles Mögliche herumschmeißen hören. Das Klirren von zerspringendem Glas ertönt. Und ein lautes Poltern. Ich fange an zu zittern, aber nicht, weil mir kalt ist.

Es war schwer, ihre Schilderung mit dem in Einklang zu bringen, was ich von Dan Harper gesehen hatte. Wie hatte ich ihn so falsch einschätzen können? Aufdringlich, anfällig für Stress, sicher, aber häusliche Gewalt? Damit hatte ich nicht gerechnet.

So ist das natürlich mit solchen Tätern: Die wissen, wie man den Schein wahrt. Für gewöhnlich sehen nur ihre Opfer sie als das, was sie wirklich sind. Aber trotzdem, ich verdiene mir meinen Lebensunterhalt damit, Menschen zu analysieren. Ich hätte seine Tarnung durchschauen müssen.

Isakssons Handy klingelte. Er schaute auf das Display und sprang auf. So lebhaft hatte ich den Mann noch nie erlebt. Laborergebnisse vielleicht? Oder ein Erfolg bei der Fahndung nach Harpers Frau?

Ich sah ihm noch einen Moment zu und wandte mich dann wieder den Posts zu.

Mein Mann hatte recht, die Polizei wollte wirklich mit mir sprechen, und ich habe denen genau das erzählt, worum er mich gebeten hat. Er war so lieb, hat mich hinterher angerufen, um zu sehen, wie es mir geht und wie alles gelaufen ist. Hat sogar meine Anrufe angenommen, wenn er zu tun hatte, und ich weiß, er mag es nicht, wenn er gestört wird.

Hat sogar meine Anrufe angenommen, wenn er zu tun hatte.

Harpers Frau hatte ihn angerufen, als Rudock und ich das erste Mal mit ihm gesprochen hatten. Meinte sie das?

Ich blickte auf und fuhr mir mit der Hand durchs Haar. Unten am Ansatz war es fettig; es müsste gewaschen werden.

Isaksson stand drüben am Fenster, telefonierte noch immer und nagte an seiner Lippe. Die Schultern hatte er hochgezogen, den Kopf gesenkt. Also keine guten Nachrichten. Hatten die Kollegen von der Spurensicherung in dem Auto nichts gefunden? Oder vielleicht stimmte bei der Blutanalyse etwas nicht.

Von da, wo ich saß, konnte ich ihn nicht hören, doch ich konnte sehen, wie sich sein Mund bewegte. Ich hatte noch nie gern auf Informationen gewartet.

»Ich verstehe«, sagte er gerade. »Aber sie verträgt das Tamoxifen nicht. Ihr ist schrecklich übel, und sie hat immer so furchtbare Schweißausbrüche. Jede Nacht ziehe ich sie dreimal um.«

Tamoxifen? Neugierig googelte ich den Namen mit meinem Handy.

Tamoxifen ist ein Medikament auf Hormonbasis, das als Östrogenhemmer wirkt. Es wird bei Frauen vor und nach den Wechseljahren zur Behandlung von Brustkrebs eingesetzt. Normalerweise wird es bis zu fünf Jahre lang täglich eingenommen.

Und er hatte gesagt, er müsse sie umziehen. Er war kein Krankenpfleger, das hieß …

Der Nebel lichtete sich. Das Bemühen, mit dem Rauchen aufzuhören. Das Sodbrennen. Die ständige Leichenbittermiene. Das alles ergab plötzlich einen Sinn. Seine Frau hatte Brustkrebs, und es sah nicht gut aus.

Duncans Tod war ganz plötzlich gewesen, im wahrsten Sinne des Wortes ein Schuss aus heiterem Himmel

Er hatte mich völlig aus der Bahn geworfen. Zwei Jahre später habe ich immer noch Mühe, damit zurande zu kommen, was geschehen ist und was ich verloren habe. All das stand Isaksson bevor, doch anders als ich wusste er, was auf ihn zukam. Er musste nicht nur mit seinem Schmerz zurechtkommen, sondern auch noch mit seiner Angst.

Die ganze Zeit über hatten wir bei diesem Fall gegeneinandergearbeitet, waren uns gegenseitig auf die Zehen getreten, hatten den anderen auf die Palme gebracht. Erst jetzt wurde mir klar, wie viel wir eigentlich gemein hatten. Er und Harper, das war allerdings etwas anderes.

Manchmal hat er diesen Gesichtsausdruck, einen Ausdruck des absoluten Hasses …

Dann erstarre ich. Ich meine, ich kann mich wirklich nicht bewegen, nicht einmal schlucken.

Während Donald Isaksson seine todkranke Frau gepflegt hatte, hatte Dan Harper seine terrorisiert.

113. Kapitel

Ich nahm mir wieder die Posts vor. Nach allem, was wir inzwischen wussten, konnte Sara Harper durchaus tot sein, doch es bestand eine Chance, dass sie noch am Leben war. Und obgleich diese Chance in Anbetracht der Spuren bei ihr zu Hause nicht groß war, war das, was sie geschrieben hatte, unsere größte Hoffnung, ihren Mann dazu zu bewegen, uns zu sagen, was er mit ihr gemacht hatte.

Um den Menschen, nach dem wir suchten, kennenzulernen, waren die Forum-Beiträge genauso so gut wie ein Tagebuch. Opferforschung leicht gemacht.

Ich glaube, wenn ich jemanden hätte, mit dem ich reden könnte, wäre es anders.

Dank Harpers Bemühungen, sie ganz für sich zu haben, war sie sozial isoliert: typisches Verhalten eines gewalttätigen Partners. Das Forum war ihre einzige Möglichkeit, sich mitzuteilen, die einzige Verbindung mit Menschen, die ähnliche Probleme hatten. Das erklärte, warum ihre Beiträge oft so lang und verworren waren. Sie konnte sich das alles nirgendwo anders von der Seele reden.

Die Posts an sich waren selbstkritische Rufe nach Aufmerksamkeit. Die Sprache ließ eine Kindheit in den USA vermuten. Und wenn sie neu in Großbritannien war, dann dürfte das ihr Gefühl der Isolation noch verstärkt haben.

Allerdings deutete die Art und Weise, wie sie schrieb sowohl auf Intelligenz als auch auf einen hohen Bildungsgrad hin, was normalerweise Selbstbewusstsein schafft. Und doch besaß sie keins. Wie lange hatte Harper sie schon unterminiert? Wie hätte sie ohne ihn sein können?

»Haben Sie das hier gesehen?«, fragte ich und schaute auf. »*Er war bei ihr.* Ich denke, Shapiro hat recht.« Ich neigte den Kopf in Richtung Big Daddy. »Sie könnte von der Affäre mit Pejman gewusst haben. Aber es hört sich an, als wäre er nicht der Einzige, der fremdgegangen ist.«

»Sie meinen diesen Noah, den sie manchmal erwähnt?«, fragte Isaksson.

»Genau.«

So weit hergeholt war das nicht, und es lag auch nicht außerhalb des menschlichen Vorstellungsvermögens zu verstehen, dass eine Frau mit geringem Selbstwertgefühl einem Romeo erlegen sein könnte, der ihr ein bisschen Freundlichkeit und Güte bot. Aber wer war er, und wo sollte Sara ihn kennengelernt haben? Bei einem Nachbarschaftsfest nicht, das war sicher.

»Worauf wollen Sie hinaus?«

»Könnte sein, dass Harpers ›Entmannt-Sein‹ daher kommt. Er dachte, er hätte das kleine Frauchen unter dem Daumen. Kann seiner Männlichkeit nicht besonders gutgetan haben, dann herauszufinden, dass sie ihn betrügt.«

»Aber er ist doch auch fremdgegangen«, wandte Frost ein, als würde das etwas ändern.

»Eine Regel für ihn, eine andere für sie«, antwortete ich. »Und überhaupt wissen wir nicht, wer zuerst untreu war. Wenn's seine Frau war, dann hat die Geschichte mit Pejman vielleicht weniger damit zu tun, dass Harper scharf auf sie war, sondern mehr damit, dass er sich rächen wollte. Die Frage ist nur, wie weit ist er dabei gegangen?«

114. Kapitel

Es hörte sich an, als sei Harper der Grund für viele der Probleme seiner Frau. Auf jeden Fall wurden ihre Essstörung und ihr Alkoholismus als Reaktion auf das, was zu Hause abging, schlimmer. Doch wir hatten nur eine Seite der Geschichte gehört, und wie Jack sagt: Es gibt immer drei Versionen. Seine, ihre und die Wahrheit.

Wie hatte Harper das alles gesehen? Wenn er tatsächlich der Kontrollfreak war, als den Sara ihn hinstellte, dann wären ihm die Bulimie und die Sauferei seiner Frau ein Gräuel gewesen. Ihr Mangel an Selbstdisziplin und ihre psychische Störung müssten ihn abgestoßen haben. Ihre Affäre hatte ihn vielleicht entmannt, doch bei den Morden ging es nicht nur um Zorn. Es ging auch um das Bedürfnis zu dominieren.

Indem er Frauen umbrachte, die ihn an seine Ehefrau erinnerten, könnte er versucht haben, die ultimative Kontrolle auszuüben: Herrschaft über eine Frau, die keine Selbstkontrolle hatte.

Doch wenn es so war, wo passte da der entscheidende Teil der Signatur hinein – dass er seinen Opfern die Gebärmutter herausschnitt? Wenn es bei dem Ganzen um die Dämonen seiner Frau ging, wäre da die Kehle nicht logischer gewesen? Nur er konnte die Leerstellen füllen.

»Außerdem müssen wir herausfinden, wieso er sie überwacht hat.« Isaksson blickte von seinem Handy auf, dass gerade gebrummt hatte. »Das war die Technikabteilung. Anscheinend hat Harper sich eine GPS-App heruntergeladen. Er hat seit Wochen sämtliche Bewegungen seiner Frau überwacht.«

Ich dachte an Donnerstagnachmittag zurück, daran, wie die Frau in dem Dufflecoat mich vor dem Yard angesprochen hatte, als ich gerade von dem Gespräch mit Pejmans Schwester zurückgekommen war. Und wie Harper wie aus heiterem Himmel aufgetaucht war und behauptet hatte, er sei zufällig in der Gegend gewesen. Konnte das Sara gewesen sein? Wenn ja, dann würde das, was Isaksson gerade gesagt hatte, auf jeden Fall erklären, wieso er zur selben Zeit dort aufgeschlagen war.

Glaubte er, dass sie ihn verdächtigte? Die Posts im Forum deuteten an, dass sie wegen des Alibis Fragen hatte. Fürchtete sie, dass sie ihn in Schwierigkeiten bringen würde?

Ich erinnerte mich an den Ausdruck in ihren Augen. Die Frau hatte wahnsinnige Angst gehabt. In ihren Posts sagte sie, sie wolle das Richtige tun. Hatte Harper dem einen Riegel vorgeschoben?

So lange hatte ich geglaubt, der Mörder würde mich beobachten. Aber ich stand für ihn gar nicht im Fokus, sondern seine Frau. Die Infos über mich, die er sich heruntergeladen hatte, bedeuteten nicht, dass ich seine Zielperson war. Er war Anwalt; er war es gewohnt, zu recherchieren und sich seiner Fakten sicher zu sein. Er tat genau dasselbe, was ich immer getan hatte, wenn ich im Einsatz gewesen war: Nachforschungen über die Menschen anstellen, mit denen ich es zu tun hatte.

»Wir müssen die Schuld auf Harpers Frau projizieren«, sagte ich jetzt. »Genau so, wie wir es gemacht haben, als wir Fontain verhört haben. Dem Typen geht es nur um Macht. Die müssen wir ihm wegnehmen. Und wenn wir Mitgefühl mit ihm gezeigt haben, müssen wir ihn aus seiner Komfortzone rausholen.«

»Und was schlagen Sie vor, wie wir das machen?«, fragte Isaksson.

»Zeigen Sie ihm die Posts. Sagen Sie ihm, dass seine Frau sich online ausgekotzt hat und dass wir genau wissen, was da hinter verschlossenen Türen abgegangen ist.«

Wieder so ein typisches Kopfnicken. Seine Lippen waren verkniffen, seine Augen sahen müde aus.

»Okay. Alles klar, Silk?«, fragte er. »Frost?«, setzte er hinzu.

»Also, eigentlich wollte ich fragen, ob ich das diesmal machen kann. Allein.«

115. Kapitel

Silk sah richtig sauer aus. Mir war klar, wie er tickte: Der Kerl war ein ehrgeiziger Arschkriecher, der nicht wollte, dass jemand wie ich ihm auf seine blank gewienerten braunen Halbschuhe trat.

Er hätte sich keine Sorgen zu machen brauchen.

»Tut mir leid, Sie können da nicht allein rein. Das ist gegen die Vorschriften«, sagte Isaksson. Sein Mund war ein schmaler Strich, und er hatte eine Déjà-vu-Miene aufgesetzt. Dieses Gespräch hatten wir schon einmal geführt. Wir wollten beide Harpers Frau finden und idealerweise ein Geständnis aus Harper herausquetschen. Der Unterschied jedoch war, dass Isaksson nicht bereit war, zu diesem Zweck die Vorschriften zu umgehen.

Was mich betrifft, ich habe mir um das Wie nie allzu viele Gedanken gemacht. Mir ist es nur wichtig, den jeweiligen Job zu erledigen. Immer erst handeln und später entschuldigen.

»Mir ist klar, dass das nicht das übliche Vorgehen ist …«

»Ich habe Nein gesagt, MacKenzie.«

Ich hatte kein Interesse an einem »Wer hat den Längsten«-

Wettstreit; ich musste das hier für ihn von sämtlichen Militärkomponenten freihalten.

»Ich kann an ihn rankommen.«

»Da bin ich anderer Meinung. Sie glauben, nur weil Harper sich zwanghaft mit Ihnen beschäftigt hat, knickt er ein, sobald Sie einmal mit den Wimpern klimpern. Dabei macht gerade das Sie zur letzten Person, die dort reingehen sollte.«

»Das ist überhaupt nicht der Grund, warum ich das tun muss. Und nur fürs Protokoll, ich glaube nicht, dass er sich ›zwanghaft mit mir beschäftigt hat‹, wie Sie es ausdrücken. Diese Artikel und die Fotos, die Sie bei ihm gefunden haben, das waren Hintergrundrecherchen und nicht die Ausbeute eines Stalkers.«

»Und was ist dann der Grund?« Er sah verdutzt aus.

Den kotzt es nicht nur an, wenn seine Befehle infrage gestellt werden, dachte ich. Er liegt auch nicht gern falsch.

»Ich muss ihn verhören, weil ich aussehe wie seine Frau. Das sagt sie hier selbst.« Ich blätterte die Ausdrucke der Forum-Beiträge durch. »Diese Frau von Scotland Yard, von der sie spricht, das bin ich.«

»Zeigen Sie mal.« Er streckte die Hand nach dem Blatt aus und las laut vor. *»Ich habe mir eingeredet, dass ich wegen des Interesses, das mein Mann an dem Slasher zeigt, überreagiert habe – sogar als ich all die Zeitungsausschnitte über diese Frau von Scotland Yard gefunden habe, die genauso aussieht wie die Opfer. Und auch genau wie ich.«*

»Hm.« Er wühlte in einer separaten Akte und zog gleich darauf ein Foto heraus.

»Das ist das Bild von Sara Harper, dass wir für die Fahndung in Umlauf gegeben haben.« Er reichte es mir. »Ist mir bisher noch gar nicht richtig aufgefallen, aber es stimmt, Sie sehen ihr wirklich sehr ähnlich.«

Ich gab das Foto weiter.

»Sie sieht nicht bloß aus wie MacKenzie«, stellte Big Daddy fest und riss die Verpackung eines XL-Snickers auf. »Die Frau hat recht. Sie hat auch Ähnlichkeit mit Pejman und Abian.«

»Das bedeutet nicht nur, dass Dan Harper auf einen ganz bestimmten Typ steht«, sagte ich, während Big Daddy mir geräuschvoll direkt ins Ohr kaute, »es untermauert auch unsere Theorie, dass die Opfer Stellvertreterinnen für seine Frau sind. Was uns zur ursprünglichen Frage zurückbringt: wo sie ist und was er mir ihr gemacht hat.«

116. Kapitel

Vernehmungszimmer 3, Scotland Yard, 15:23

Ich spähte durch den Spion. Leicht war es nicht gewesen, doch Isaksson hatte schließlich nachgegeben.

»Wenn ich Sie anpiepse, kommen Sie sofort raus, verstanden?«, hatte er gesagt.

»Roger«, hatte ich geantwortet und mit einem Finger salutiert. Angesichts seiner Einstellung zum Militär vielleicht nicht die allerbeste Reaktion.

Ich klopfte an die Tür des Vernehmungszimmers. Dan Harper war stundenlang vernommen worden. Ihm Respekt zu erweisen war der Schlüssel: eine Möglichkeit, Vertrauen aufzubauen und eine Verbindung herzustellen. Was ihn wiederum eher dazu bringen würde zu reden.

»Hallo, Dan.« Ich trat ganz locker ins Zimmer, benutzte absichtlich seinen Vornamen. *Vernehmungstipps für Volltrottel.*

»Ziba.« Er klang erfreut, fast als hätte er darauf gewartet, dass ich auftauchte.

»Was dagegen, wenn wir uns ein bisschen unterhalten?«,

fragte ich und setzte mich, als würden wir gerade in einem Pub plaudern, anstatt in einem Vernehmungszimmer zu hocken.

Überlass ihm die Kontrolle, dachte ich. Und dann zieh ihm den Teppich unter den Füßen weg.

»Bleibt mir denn etwas anderes übrig?«

Nicht etwa: *Ich war's nicht.* Interessant.

Ich machte Anstalten aufzustehen. »Sie müssen nicht mit mir reden. Ich dachte nur, es ist Ihnen vielleicht lieber. Ich musste ein paar Hebel in Bewegung setzen, um mit Ihnen sprechen zu können. Mein DI hat mir nur fünf Minuten gegeben, dann bin ich draußen. Ist 'ne ganz schön harte Nuss, der Typ«, fügte ich hinzu und verdrehte die Augen. Vertraulichkeiten teilen, Brücken bauen. »Silk ist hier die große Nummer.« Der Feind meines Feindes ist mein Freund.

Ich hielt mich an Coleridge, brachte die richtigen Worte in die bestmögliche Reihenfolge. Alles, was ich sagte, war von Bedeutung.

»Nein, warten Sie. Wir können gern reden.«

»Gut.« Ich setzte mich wieder und schaute demonstrativ auf die Uhr.

Ein Zeitlimit zu setzen, das funktioniert immer. Den Einsatz erhöhen und all so was. Außerdem kannte Harper mich, was bedeutete, dass er sich lieber von mir Fragen stellen lassen würde als von Silk und Frost. Und da ich seiner Frau und den beiden Mordopfern so ähnlich sah, würde er im Unterbewusstsein glauben, er könne mich überwältigen, so wie er sie überwältigt hatte.

Ich feuerte meinen ersten Schuss ab. Ganz überraschend, ohne Vorwarnung, um seine Reaktion leichter einschätzen zu können.

»Wer ist Noah?«, fragte ich.

117. Kapitel

Harper wurde rot. Tränen traten ihm in die Augen, seine Hände zitterten, und obgleich er nicht antwortete, klappte sein Mund auf.

Die Hinweise waren leicht zu entschlüsseln, doch sie waren nicht das, was ich erwartete.

Noahs Name hatte eine Reaktion ausgelöst, doch es war nicht Zorn. Es war tiefe Trauer.

»*Mehr wird offenbar, wenn die Reaktion eines Subjekts von dem abweicht, womit man zu jedem anderen Zeitpunkt rechnen würde.*«

Effective Interrogation: Detecting Deception von dem früheren Special Agent Martin Carol. Ich erinnerte mich gut an diesen Absatz. Das Buch steht in meinem Wohnzimmerregal; große Teile des Textes sind mit Leuchtstift markiert und die Seitenränder mit so vielen Anmerkungen versehen, dass der Text teilweise nicht mehr zu sehen ist.

Aber wenn Harpers Frau etwas mit Noah gehabt hatte, wieso sollte dann seine vorherrschende Emotion Trauer sein? Bestimmt wäre er doch stinkwütend.

Ich dachte an das, was sie geschrieben hatte. An die

schrecklichen Schuldgefühle, die sie gehabt hatte, und an die Schlafschwierigkeiten. Ihr Eintrag über Sex. Das Gefühl seiner Haut auf ihrer. Und dass das, was mit Noah passiert war, sie in einen Abgrund der Verzweiflung gestürzt hatte.

Wir hatten die Posts alle auf dieselbe Weise interpretiert. Tatsache war, wir waren so auf das Element der geschmälerten Männlichkeit und auf Harpers Affäre mit Pejman fokussiert gewesen, dass wir einfach davon ausgegangen waren, dass seine Frau ebenfalls untreu gewesen war. Aber wie mein früherer Kommandant immer gesagt hatte: Wer von irgendetwas ausgeht, kommt oft nirgendwo an.

Gerade ich hätte es sehen müssen. Ich hätte zwischen den Zeilen lesen müssen. Denn was war, wenn wir uns geirrt hatten? Wenn Noah gar nicht Saras Geliebter war? Wenn er in Wirklichkeit ihr Kind war?

»Noah war Ihr Sohn, nicht wahr?«

Harper schaute auf seine Hände und schluckte krampfhaft.

»Er ist gestorben«, sagte ich mit leiserer Stimme, fügte die Einzelteile zusammen. »Ein furchtbarer Unglücksfall.«

Harpers Kiefer verspannte sich. Er ballte die Fäuste. Hier war die Wut, die eben gefehlt hatte. Aber warum?

Ich dachte an die Posts zurück.

Es ist alles meine Schuld.

Der Sand sank zu Boden und setzte sich.

»Sie geben Ihrer Frau die Schuld an Noahs Tod, nicht wahr?«

Er riss das Kinn hoch, als wolle er streiten, dann sackte er besiegt wieder nach vorn.

»Es geht ihr nicht gut«, flüsterte er.

Er brachte Entschuldigungen für sie vor, doch das hieß nicht, dass er sie nicht für das verantwortlich machte, was geschehen war. Oder sie deswegen hasste.

Ich dachte an die Signatur des Mörders. Dass er seinen Opfern die Gebärmutter herausriss, dass die Gebärmutter ein starkes Symbol für Mutterschaft ist. Dann sah ich Harper an.

Endlich ergab dieser grausame Akt einen Sinn.

118. Kapitel

Noch immer wusste ich nicht, was genau Noah zugestoßen war. Doch was immer es auch war, Harper hielt seine Frau deswegen für eine schlechte Mutter.

Und wenn Pejman und Abian als Stellvertreter für seine Wut gedient hatten, dann wäre es auf verschrobene Weise logisch gewesen, dass er ihre Gebärmütter attackiert hatte. Signaturen haben immer etwas zu bedeuten; wenn man das Werk eines Mörders versteht, versteht man den Täter. Harpers Signatur war seine Art zu verkünden, dass seine Frau es nicht verdiente, Kinder zu bekommen.

Die häusliche Gewalt, auf die sie anspielte, reichte nicht aus, um seinen Zorn zu besänftigen. Nur Mord würde ihn beschwichtigen, bis er den Zwang verspürte, abermals zuzuschlagen.

Es geht ihr nicht gut.

War es das, was er sich einredete? War er deswegen nicht imstande, sie direkt anzugreifen?

Die geballten Fäuste zeigten, dass er zuschlagen wollte, doch hatte ihre Verletzlichkeit ihn daran gehindert, auf sie loszugehen, trotz allem, was er ihr sonst angetan hatte? Und stimmte das, was ich vorhin gedacht hatte? Ging es bei der Affäre mit Pejman, die so auffallende Ähnlichkeit mit seiner Frau hatte, mehr um Rache und Dominanz als um Verlangen? Hatte das Ganze als eine Möglichkeit begonnen, mit seinen gewalttätigen Trieben zurechtzukommen? *Voll Fifty Shades*, hatte ihre Schwester gesagt. Aber war das nicht mehr genug gewesen? Hatte er im wahrsten Sinne des Wortes seinen Penis durch ein Messer ersetzt? Und war deshalb kein Sperma am Tatort zu finden gewesen?

Denn bei der Geschichte mit Pejman war es nie um Sex gegangen, sondern immer um seine Wut auf seine Frau. Und deswegen war beim Sex auch immer Gewalt im Spiel gewesen, auch wenn Pejman ihrer Schwester erzählt hatte, dass ihr das gefiel.

Ich beherzigte meinen eigenen Rat: Ich musste Mitgefühl mit Harper zeigen, den Opfern die Schuld geben.

»Das muss schlimm gewesen sein, Noah so zu verlieren. Und dass Ihre Frau dann so entgleist ist.« Ich improvisierte, tat so, als wüsste ich mehr, als in Wirklichkeit der Fall war, wie vorhin bei Craig Boden.

»Es war nicht ihre Schuld. Es geht ihr nicht gut.«

Wieder diese alte Leier.

Er beugte sich vor, umklammerte die Tischkante so fest, dass seine Finger weiß wurden. »Sie müssen mich gehen lassen, Ziba. Ich habe das nicht getan, und während ich hier drin eingesperrt bin, könnte meine Frau überall sein. Mit irgendwem«, sagte er, und seine Stimme wurde bei den letzten Worten leiser. Seine Augen waren weit aufgerissen und verzweifelt.

Der Kerl weiß wirklich, wie's geht, dachte ich. Mich mit Vornamen anzusprechen, das war eine nette Geste und der dramatische Auftritt auch. Fast hätte ich es ihm abgekauft.

»Sie sind doch auch nur ein Mensch«, meinte ich, als hätte ich ihn nicht gehört. »Ihre Frau mag ja nicht ganz gesund sein, aber das heißt doch nicht, dass sie Ihr Leben nicht zu einem Albtraum gemacht hat.«

Er schüttelte den Kopf. »Sie hat ja versucht, sich helfen zu lassen. Geht zu einem Psychiater. Dr. Floyd. In der Harley Street.«

»Das heißt doch nicht, dass sie keine Schuld an dem hat, was Noah passiert ist. Er war Ihr Sohn. Wie können Sie darüber hinwegkommen?«

»Sie war nicht verantwortlich für ihr Handeln.«

Sehr juristisch. Er hatte das offensichtlich gründlich durchdacht.

»Vor Gericht ist das eine Sache, aber das heißt doch nicht, dass es Ihnen leichtfällt, ihr zu verzeihen.«

»Bitte lassen Sie mich gehen. Ich muss sie finden, bevor …«

»Bevor wir es tun?«, beendete ich den Satz für ihn.

»Bevor es zu spät ist.« Seine Stimme war kaum hörbar. Er presste die Finger auf die Stirnhöhlen und atmete tief durch, riss sich zusammen. »Sie weiß nicht, was sie tut. Sie hat keine Kontrolle über ihr Handeln.«

Noch eine juristische Formulierung. Endlich begriff ich.

Dan Harper versuchte nicht, mich zu überzeugen, dass

er seiner Frau nicht die Schuld an dem gab, was geschehen war. Er versuchte, *mich* dazu zu bringen, es ihr nicht anzulasten.

Was bedeutete, dass er sie nicht hasste.

Stattdessen bemühte er sich, sie zu schützen.

119. Kapitel

Einsatzzentrale, Scotland Yard, 15:56

Ich war wieder in der Einsatzzentrale und ging die Daten durch. Warum gab sich Harper solche Mühe, seine Frau zu schützen? Irgendetwas passte da nicht. Ich hatte damit falschgelegen, dass Sara eine Affäre gehabt hatte. Was hatte ich sonst noch übersehen?

Ich sah im Geburtenregister nach. Die Harpers hatten einen Sohn namens Noah, der vor Kurzem im Alter von nur sechs Monaten gestorben war. Die Todesursache war versehentliches Ersticken. Die Sorte Trauma, die ohne Weiteres ein entscheidender Stressfaktor vor einem Tötungsdelikt sein könnte, dachte ich, während ich den Pathologen anrief, der die Autopsie vorgenommen hatte.

»An den Fall erinnere ich mich gut«, sagte er. »Das Kind hat mit seiner Mutter im selben Bett Mittagsschlaf gehalten. Sie sind zusammen eingeschlafen, und sie ist auf ihn gerollt. Als sie aufgewacht ist, hat der Kleine nicht mehr geatmet. Der Vater ist früher von der Arbeit gekommen, hat die beiden gefunden und den Notarzt gerufen. Die

Rettungshelfer haben den Jungen reanimiert und ihn ins Krankenhaus gebracht, aber als sie angekommen sind, war er tot.«

Plötzlich erschien es sehr viel verständlicher, dass Harpers Frau trank und sich selbst hasste, von ihren Schuldgefühlen in Sachen Einschlafen ganz zu schweigen.

»Wirklich ein grauenhafter Unfall«, meinte der Pathologe. »Die Mutter war am Boden zerstört, kann man sich ja auch denken. Sie hat sowieso schon unter extremen postpartalen Depressionen gelitten.«

War das noch etwas, weshalb Harper sie für eine schlechte Mutter hielt? Die Tatsache, dass sie nicht auf Wolke sieben schwebte?

»Hier«, sagte die Büroleiterin und packte mir einen Aktendeckel mit Tatortfotos auf den Schreibtisch, nachdem ich aufgelegt hatte.

Ich ging damit zu dem Tisch neben dem Whiteboard, wo mehr Platz war, und breitete die Bilder aus. In beiden Fällen war die Todesursache Asphyxie und Exsanguination gewesen – Ersticken und Verbluten. Vielleicht war das mit dem Ersticken ein Bindeglied zu dem, was Noah zugestoßen war, aber trotzdem, die Kombination mit Erstechen war merkwürdig. Die beiden Vorgehensweisen waren vollkommen verschieden; sie sprachen ganz unterschiedliche Tätertypen an. In vielerlei Hinsicht standen sie im Widerspruch zueinander.

Doch das war nicht alles, was mir auffiel.

Bei den Verbrechen ging es nicht um Sex, doch trotzdem hätte Sperma am Tatort vorhanden sein müssen. Beide Taten waren Zorn-Vergeltungs-Morde gewesen. Bei solchen Delikten sucht sich der Täter seine Opfer aus, weil irgendetwas an ihnen ihn an den eigentlichen Ursprung seiner Wut erinnert; das macht sie zu Symbolen der Person, die er eigentlich vernichten will.

Nehmen wir mal den Serienkiller Bobby Joe Long aus Florida. Er hatte rund um die Tampa Bay in einem acht Monate dauernden Blutrausch mindestens zehn Frauen vergewaltigt und ermordet. Doch der Grund für seine Wut war seine Mutter, und er fiel über seine Opfer her, weil sie ihn an sie erinnerten. Unser Täter passte definitiv in diese Kategorie, doch irgendetwas fehlte.

Zu Morden mit dem Motiv Zorn-Vergeltung gehört immer ein starkes sexuelles Element sowie massiver Overkill. Der Täter vergewaltigt seine Opfer entweder, oder er masturbiert, oder er nimmt eine Trophäe mit.

Wieso also hatte er hier nichts von alldem getan?

120. Kapitel

Impotenz war nicht die Antwort. Selbst wenn der Täter beim Sex keinen hochbekam, müsste er trotzdem imstande sein, durch Masturbation zum Orgasmus zu kommen, wie ich dem entzückenden Rudock bereits erklärt hatte. Was bedeutete, dass wir am Tatort Ejakulat hätten finden müssen oder Anzeichen dafür, dass er ein Souvenir mitgenommen hatte. Und Harper war nicht impotent. Yasmins eindeutige SMS bewiesen das.

Ich lehnte mich auf meinem Stuhl zurück, die Tatortfotos vor mir ausgebreitet. Nahaufnahmen von dem Grauen, das der Täter angerichtet hatte. Als ich dem Team am Mittwoch das vorläufige Profil präsentiert hatte, hatte ich gesagt, der Täter hole sich seinen Kick, indem er auf seine Opfer einstach und sie mit seinem Messer penetrierte anstatt mit seinem Penis. Jetzt lief mein Gehirn auf einem anderen Gleis.

Es waren sexuelle Elemente am Tatort vorhanden. Die Art und Weise, wie die Opfer dalagen. Die Verletzungen an den Brüsten. Und auch die Attacke gegen die Gebärmutter. Aber wenn das nun gar nichts mit Sex zu tun hatte? Was würde es dann bedeuten?

Ich stand auf und ging zum Whiteboard hinüber, das über und über mit Notizen, Klebezetteln und Fotos bedeckt war. Nachdenklich betrachtete ich die Fotos, die die Spurensicherung heute Morgen in Harpers Wohnzimmer gemacht hatte: der umgekippte Sessel, Glassplitter und ein blutiger Handabdruck auf der Armlehne des Sofas. Ich sah mir das Foto von Harpers Frau an, das jetzt dort zwischen den anderen hing, eine Ganzkörperaufnahme. Und ich las die Zitate aus den Forum-Beiträgen, die irgendjemand hier hingeschrieben hatte. Silk, nahm ich an. Die vollendet geformten Buchstaben passten zu seinem Weste-mit-Einstecktuch-Look.

Dann dachte ich an Dan Harper, wie er im Vernehmungszimmer saß und wieder und wieder beteuerte, an dem, was Noah passiert sei, wäre nicht seine Frau schuld, und dass es ihr nicht gut ginge. Ich dachte an das, was mir der Pathologe erzählt hatte, dass Harpers Frau extreme postpartale Depressionen gehabt und der Tod ihres Sohnes sie völlig fertiggemacht hatte. Und dass ich gedacht hatte, das könnte ein entscheidender Stressfaktor sein.

Ein Schauer lief mir über den Rücken, als ich die Teile zusammenfügte.

Statistisch gesehen sind die meisten Serienmörder Männer, vor allem bei Zorn-Vergeltungs-Taten. Aber wenn es bei diesem Täter nun anders war?

Wenn *er* in Wirklichkeit eine *Sie* war?

121. Kapitel

Ich kratzte mich mit meinem Stift am Kopf und überlegte.

Kriminologen haben Jahrzehnte gebraucht, um zu akzeptieren, dass nicht alle Frauen dem stereotypen Geschlechterklischee entsprechen, dass wir tief im Herzen nicht alle Mary Poppins sind. Schade, dass die sich nicht mal fünf Minuten mit mir hatten zusammensetzen können; ich hätte ihnen jede Menge Zeit und Mühe sparen können.

Doch selbst die ganz großen Nummern beim FBI hatten sich viel zu lange an diese Fantasievorstellung geklammert. Vor noch nicht mal zehn Jahren hatte Roy Hazelwood, ein renommierter Profiler der Feds, behauptet, weibliche Serienkiller würden nicht existieren. Seine Theorie lautete, dass Frauen in den seltenen Fällen, wenn sie wirklich mehrere Morde hintereinander begingen, von einem dominanten Mann manipuliert worden sein mussten. Rosemary West war ein Paradebeispiel. Zum Glück ist dieses Mantra inzwischen in der Tonne gelandet.

Es stimmt, dass Serienmörder für gewöhnlich Männer sind. Weniger als zehn Prozent der Personen, die Signaturmorde verüben, haben zwei X-Chromosomen. Allerdings ist inzwischen anerkannt, dass auch Frauen schreckliche Taten begehen können. Sie können morden. Sie können Serienkiller sein. Und bezeichnenderweise agieren die meisten ohne Partner.

Doch das heißt nicht, dass sie im selben Ofen gebrannt sind. Obwohl Frauen genauso tödlich sein können, gibt es entscheidende Unterschiede zwischen den Geschlechtern, wenn es ums Morden geht.

Ich ging zurück zu meinem Schreibtisch und rief einen Onlineartikel aus dem *Journal of Forensic Criminology* auf, um die Fakten zu checken. Vor nicht langer Zeit hatte eine deutsche Forschungsgruppe eine Studie zu Serienmörderinnen durchgeführt. Nach dem, was ich davon erinnerte, hatte zu ihren Ergebnissen auch ein Abschnitt darüber gehört, wie Frauen ihre Opfer typischerweise umbringen.

Ich scrollte durch den Text, bis ich fand, was ich suchte.

Die Opfer standen häufig unter Alkohol- oder Drogeneinfluss und starben vor allem durch Messerstiche.

Genau wie Pejman und Abian, dachte ich.

Doch was das Geschlecht des Täters anging, bewies das gar nichts. Es ist doch logisch, dass sich Verbrecher verwundbare Zielpersonen aussuchen, und Messermorde sind hier häufiger als in den Staaten wegen der strengeren Waffengesetze in Großbritannien.

Frauen neigen am meisten dazu, ihre Opfer zu vergiften oder sie am Atmen zu hindern, um sie kampfunfähig zu machen.

Unsere Opfer waren nicht vergiftet worden, doch beide waren erstickt worden. Ein zweiter Treffer.

Tödliche Angriffe durch Frauen finden meistens in Gegenden statt, die der Täterin gut bekannt sind. Übergriffe von Männern dagegen ereignen sich für gewöhnlich in einiger Entfernung von ihrem Wohnort – bei der Arbeit oder in öffentlichen Umfeldern wie zum Beispiel einer Bar.

Beide Opfer waren an abgeschiedenen Orten in Primrose Hill umgebracht worden. Und als ich mein erstes Profil vorgelegt hatte, hatte ich gesagt, der Täter wäre ein Anwohner, jemand, dem die Gegend vertraut war. Drei von drei.

Bei Frauen, die Serienmorde begehen, ist es wahrscheinlicher, dass sie unter schweren psychischen Störungen leiden als bei Männern.

Die Art und Weise der Morde – der extreme Overkill und die massive Entwürdigung – deutete tatsächlich auf einen psychisch gestörten Täter hin.

Doch es war der letzte Absatz, der mich aufhorchen ließ.

Weibliche Serienmörder versuchen oft, einen Teil ihres Selbst auszulöschen, der ihnen verhasst ist.

Ich dachte an die Opfer und daran, wen sie repräsentieren könnten. Ich dachte an die Einzigartigkeit der Signatur. Und ich dachte an das, was ich in den Forum-Beiträgen gelesen hatte.

Es passte alles zusammen. KWSKB. Klar wie Scheißkloßbrühe.

Dan Harpers Frau war kein Opfer. Sie war die Mörderin.

122. Kapitel

»Seine Frau?« Isaksson sah mich an, als hätte ich sie nicht mehr alle. »Wie kommen Sie denn darauf? Hier steht's doch schwarz auf weiß – sie hatte Wahnsinnsangst vor Harper. Sie war überzeugt, dass er der Slasher ist.«

»Ich weiß.«

»Jetzt komme ich wirklich nicht mehr mit.«

»Das ist ein ganz klassisches Blendmanöver«, erklärte ich. »Sie passt haargenau zu dem Profil, aber wir haben's nicht gemerkt, weil sie immer wieder gesagt hat, ihr Mann sei hinter ihr her.«

»Sie glauben, sie wollte ihrem Mann die Morde anhängen?«

»Sie hat ihm nichts angehängt. Sie haben die Posts doch gelesen. Die Frau war völlig durch den Wind. Das hat Harper mehr oder weniger auch gesagt. Sie wäre gar nicht imstande gewesen, so was abzuziehen.«

»Und was wollen Sie dann jetzt damit sagen?«

»Ich will sagen, dass sie Pejman und Abian umgebracht hat. Sie weiß es nur nicht.«

Isaksson rieb sich die Augen. Das war jetzt das

zweite Mal, dass ich ihm sagte, er hätte den Falschen einkassiert.

»Nehmen wir uns noch mal das Profil vor. Ich habe gesagt, bei den Verbrechen geht es um das Bedürfnis zu dominieren. Dass die üblichen Bewältigungsmechanismen des Täters für ihn nicht mehr funktionieren. Und dass er nach Kontrolle giert, weil ihm sein Leben entgleitet.«

»Ja?« Isaksson sah auf die Uhr. Die Zeiger, die anzeigten, wie lange wir Harper noch in Gewahrsam behalten konnten, standen nicht still.

»Harpers Frau hatte postpartale Depressionen, sie gibt sich die Schuld am Tod ihres Sohnes, und jetzt hat sie auch noch herausgefunden, dass Harper sie betrügt. Ihr Leben geht gerade ganz gewaltig den Bach runter. Und ihre übliche Methode, mit Stress umzugehen – Fressorgien und Trinken – funktioniert nicht. Sie hasst das, was aus ihr geworden ist, und sehnt sich danach, wieder die Kontrolle über ihr Leben zu haben.«

»Und das wissen Sie, weil …?«

»Weil sie es selbst sagt. Sie hat die natürlichen Triebe ihres Körpers gehasst. Trotz der vielen Posts in dem Forum war sie offensichtlich introvertiert – so, wie ich den Täter profiliert habe.«

»Aber das ist doch Harpers Schuld. Er hat sie sozial isoliert.«

»Vielleicht. Er hatte definitiv etwas gegen die Leute, mit denen sie sich früher getroffen hat, aber hier steht nichts, was darauf hinweist, dass er versucht hat, sie daran zu hindern, auszugehen und neue Freundschaften zu schließen.

Es ist eher wahrscheinlich, dass sie eine Einzelgängerin ist, weil ihr das Selbstvertrauen fehlt, um unter Menschen zu gehen. Was übrigens auch zu der Essstörung passt. Bulimiker und Anorektiker sind sehr oft extrem unsicher. Das bringt sie ja erst dazu, sich den Finger in den Hals zu stecken.«

Isaksson schürzte die Lippen. Er hatte es mehr mit *political correctness* als ich.

»Das ist auch oft eine Form des Selbsthasses«, fuhr ich fort. »Sie hat sich von Harper misshandelt gefühlt, aber sie hat ihn nicht gehasst. Die Person, die sie wirklich hasst, ist sie selbst. Das kommt bei allem durch, was sie sagt. Ich bin keine Psychiaterin, aber es würde mich nicht überraschen, wenn es bei ihren Albträumen genau darum geht. Es ist nicht ihr Mann, der hinter ihr her ist, es sind ihre Dämonen. Und die kann sie nur loswerden, indem sie den Teil ihres Selbst umbringt, dem sie die Schuld an allem gibt, was in ihrem Leben schiefgelaufen ist.«

Die Miene des DIs hellte sich auf. Allmählich begriff er, worauf ich hier hinauswollte.

»Lily Abian und Yasmin Pejman waren Surrogate, wie wir gedacht haben. Wo wir falschgelegen haben, war bei der Frage, für wen sie stehen. Sie symbolisieren sie selbst. Die Person, die sie vernichten will, ist sie selbst. Deswegen auch die Essstörung und der Alkoholabusus. Sie betreibt im wahrsten Sinne des Wortes Selbstzerstörung.«

»Sie haben gesagt, sie muss den Teil von sich vernichten, dem sie die Schuld daran gibt, dass ihr Leben total abschmiert. Wie meinen Sie das?«

»Sie glaubt, sie wäre eine furchtbare Mutter. In ihrer Gedankenwelt hat sie ihren Sohn umgebracht, und nach allem, was wir über das Timing von Harpers Affäre mit Pejman wissen, glaubt sie möglicherweise, ihre postpartale Depression ist schuld daran, dass Harper fremdgegangen ist. Deswegen hat sie den Opfern die Gebärmutter herausgeschnitten. Für sie ist Mutterschaft der Grund für all ihre Probleme. Nach dem zu urteilen, was sie geschrieben hat, muss sie ein Foto von Pejman gefunden haben. Das war der Sekundärauslöser. Pejman hat nicht nur ausgesehen wie sie, sie war auch ein weiterer Grund dafür, dass alles scheiße war.«

»Und Abian?«

Ich zuckte die Achseln. Bei diesem Teil konnte ich nur raten. »Die Frau ist süchtig, und Süchtige sind oft zwanghaft. Nach dem, was sie sagt, hat sie versucht, Harper nachzuspionieren, hat seine Sachen durchsucht und all so was. Abian hat ausgesehen wie sie, genau wie Pejman. Wenn sie Harper mit ihr gesehen hat, dann hätte das ausgereicht, damit sie ein zweites Mal durchdreht. Da war sie schon in Fahrt, war süchtig nach dem Töten, auch wenn sie sich dessen nicht bewusst war. Den Opfern die Brüste zu zerschneiden und sie so zu positionieren, wie sie es getan hat, da ging es um sexuelle Dominanz. Ihrer Vorstellung nach haben die Frauen ihr Hörner aufgesetzt, oder wie immer man das weibliche Äquivalent dafür nennt. Sie hat ihnen die Macht wieder abgenommen. Aber bei dem Ersticken ist das etwas anderes. Da geht es um sie. Sie hat ihr Baby erstickt und hat wahrscheinlich das Gefühl, sie hätte an seiner Stelle sterben sollen. Sie ist diejenige, die erstickt worden sein sollte, nicht der Kleine. In dem Moment, da sie sie umgebracht hat, ist sie zu Pejman und Abian geworden. Als sie sie erstickt hat, hat sie sich selbst erstickt.«

Ich hielt inne, um wieder zu Atem zu kommen. Wie üblich hatte ich zu schnell geredet.

Isaksson strich sich das Kinn. Er kaufte mir das alles vielleicht nicht ab, aber wenigstens ließ er mich nicht abblitzen.

»Es passt alles zusammen. Schauen Sie.« Ich zeigte auf das Foto von Sara an dem Whiteboard. »Sie passt sogar zum physischen Teil des Profils – Ende zwanzig, klein und zierlich. Ich verstehe nicht, wie die Frau denken konnte, sie wäre fett. An der ist doch kein Gramm Fett dran.«

Der DI sog die Luft durch die Zähne. »Und Pejman und Abian könnten sie durchaus erkannt haben, deswegen haben sie sich von ihr mitnehmen lassen«, meinte er. »Und wenn nicht, hätte sie ja wohl kaum bedrohlich gewirkt.« Er rieb sich mit Daumen und Mittelfinger die Schläfen. »Aber eins haben Sie immer noch nicht beantwortet. Sie war überzeugt, dass sie das nächste Opfer des Slashers werden würde. Wie kann sie also in Wirklichkeit die Mörderin sein?«

»Also, da wird's jetzt wirklich interessant.«

123. Kapitel

»Haben Sie schon mal von dissoziativen Fuguen gehört?«

»Bitte?«

Der Blick nach dem Motto, die hat sie doch nicht mehr alle, war wieder da.

»Das ist eine psychische Störung, eine Art Nervenzusammenbruch. Eine amnestische Periode, in der man vorübergehend seine Identität verliert und gelegentlich eine andere Persönlichkeit annimmt«, erklärte ich und gab mir Mühe, langsam zu sprechen. »Die Betroffenen verlieren den Bezug zur Realität. Sie wissen nicht, wer sie in Wirklichkeit sind.«

»Nie gehört. Wie lange dauert so was?«

»Kommt drauf an. Das variiert, Stunden bis Wochen – manchmal sogar Monate. Interessant ist, dass es niemand merkt, wenn man gerade so etwas hat. Für andere Leute wirkt man total normal und kann an komplexen sozialen Interaktionen teilnehmen: Streitgespräche, Diskussionen, solche Sachen. Das einzige Anzeichen ist eine ganz leichte Verwirrung – die die meisten Leute nicht mal bemerken.«

»Und hinterher?«, wollte er wissen.

»Hinterher ist man vielleicht deprimiert oder schämt

sich – genau wie Harpers Frau es beschreibt. Aber man hat keinerlei Erinnerung an die Fugue oder daran, was man währenddessen getan hat.«

Trotz aller Bemühungen redete ich schnell. Ich atmete tief durch und versuchte es noch einmal.

»Die Betroffenen sprechen von ›Blackouts‹ und ›weggetreten sein‹ – wieder genau wie Sara Harper. Wie Sie sich sicher vorstellen können, kann es einen ziemlich irritieren und einem sogar Angst machen, sich an längere Zeiträume überhaupt nicht erinnern zu können. Was ebenfalls zu dem passt, was sie in ihren Forum-Posts sagt.«

Isaksson holte tief Luft. Das hier war ein Mann, der mit forensischen Gewissheiten und physischen Beweisen operierte. Er mag keine Sachen, die er nicht quantifizieren kann, dachte ich.

»Und was verursacht diese Fugue-Zustände?«

»Nach dem, was ich gelesen habe, hat das etwas mit Traumata zu tun. Der Verstand versucht, dem zu entfliehen, wovor er große Angst hat. Aber irgendwann muss sich der Betroffene seinen Ängsten stellen. Sein Verstand lässt ihn nicht bis in alle Ewigkeit davonlaufen. Dissoziative Fuguen sind sehr selten«, fügte ich hinzu. »Anscheinend sind weniger als 0,2 Prozent der Bevölkerung betroffen.«

»Also so um die hundertsechsundzwanzig Fälle in Großbritannien«, sagte er wie aus der Pistole geschossen.

»Alles, was ich weiß, ist, dass Sie besser in Mathe sind als ich.«

Isaksson tippte sich mit dem Zeigefinger gegen die Lippen. Seine Miene war genauso ungerührt wie immer, doch das hieß nicht, dass er das alles nicht sehr genau mitbekam.

»Fuguen werden also durch Traumata ausgelöst?«

»Solche psychischen Krankheiten haben immer irgendwelche Auslöser. Starker Stress könnte definitiv einer sein, besonders der plötzliche Tod eines Kindes. Und wenn man zu solchen Zuständen neigt, kann es durch übermäßiges Trinken noch schlimmer werden.«

»Sie glauben, ihr ist so etwas schon einmal passiert?«

»Vielleicht.«

Ich blätterte die Forum-Beiträge durch, bis ich fand, was ich suchte: *Ein waschechter Flashback. Wie nach dem, was mit GK passiert ist.* Und hier: *Seine Eltern waren genau wie meine. Ich meine, er musste sich nicht mit jemandem wie GK herumschlagen, aber seine Eltern waren ganz genauso kalt und schwer zufriedenzustellen. Bei ihm war's mehr sein Dad als seine Mom, aber er weiß trotzdem, wie Zurückweisung schmeckt. Er weiß, wie das alle Farben stumpfer aussehen lässt.*

»Das passt auch zu dem Profil«, meinte ich. »Eine von Vernachlässigung seitens der Mutter geprägte Kindheit.«

Isaksson spreizte die Finger vor dem Kinn und schloss sie dann wieder.

»Wieso sind Sie so sicher, dass Harper uns nicht hinters Licht führt? Er ist ein kluger Kopf, das Ganze könnte ein Täuschungsmanöver sein. Wir haben nur sein Wort und diese Posts als Beweis dafür, dass mit seiner Frau irgendetwas nicht stimmt.«

»Das kann nur ein Psychiater entscheiden, wenn wir sie

in Gewahrsam nehmen. Aber sie passt zum Profil, und die Fugue-Zustände könnten eine Menge erklären.«

Er sah mich mit zusammengekniffenen Augen an. »Woher wissen Sie so viel darüber?«

»Weil Sara Harper nicht die Einzige mit dissoziativen Fuguen ist.«

124. Kapitel

»Wollen Sie damit sagen, Sie haben amnestische Episoden?«

»Nein, will ich nicht.«

»Und wovon reden Sie dann?«

Zwei Schreibtische weiter hing Rudock gerade über Frost und gab ihr allen Grund für eine Belästigungsbeschwerde. Schade, dass *der* nicht mal eine Weile vergessen kann, wer er ist, dachte ich im Stillen. Dann hätten wir alle mal unsere verdammte Ruhe.

»Haben Sie je die Geschichte gehört, wie Agatha Christie verschwunden ist?«, fragte ich Isaksson.

»Wie bitte?«

»1926 ist sie nach einem Streit mit ihrem Mann spurlos verschwunden. Ist mit ihrem Auto nach Surrey gefahren, und man hat nichts mehr von ihr gehört. Die Polizei hat gedacht, sie wäre ertrunken. Sie haben den See abgesucht, an dem ihr Auto gefunden worden war, und eine riesige Suchaktion in Gang gesetzt. Mehr als fünfzehntausend Leute haben sich daran beteiligt. Mit Doppeldeckerflugzeugen, Bluthunden, das volle Programm. Hat Riesenschlagzeilen gemacht. Sogar Arthur Conan Doyle und Dorothy L. Sayers haben mitgemacht. Dann wurde sie gefunden. Wie sich herausgestellt hat, hatte sie in irgendeinem Kurbad in Harrogate eingecheckt. The Old Swan. Aber sie hatte eine vollkommen neue Identität angenommen. Hat behauptet, sie hieße Teresa Neele und sei eine trauernde Mutter aus Kapstadt. Als ihr Mann dort aufgekreuzt ist, hat sie angeblich gesagt: ›Na so was! Mein Bruder ist gerade angekommen.‹«

Isaksson zog eine Braue hoch. »Klingt für mich wie eine PR-Nummer.«

»Genau weiß das niemand«, gab ich zu. »Sie hat hinterher nie darüber gesprochen. Ich lese gerade ein Buch darüber. Eine der Theorien lautet, dass sie eine dissoziative Fugue durchlebt hat. Auf jeden Fall schien ihr Arzt das damals zu glauben.«

Ich bremste mich; ich plapperte schon wieder wie ein Wasserfall.

»Ihr Mann hatte ihr gerade mitgeteilt, dass er sich in jemand anderen verliebt hätte. Es ist möglich, dass die Episode durch den Schock ausgelöst wurde, als Möglichkeit, mit einer schmerzhaften Situation umzugehen, indem sie sich von der Realität abkoppelte.«

Isaksson saugte an seinen Lippen. »Wenn Sara Pejman und Abian wirklich in einem Fugue-Zustand umgebracht hatte, dann erklärt das die fehlenden Anzeichen eines Zögerns an den Leichen«, meinte er. »Außerdem erklärt es, warum sie nicht mehr weiß, was sie getan hat.«

»Aber Dan Harpers Verhalten erklärt es nicht«, fiel ich ihm ins Wort. »Sie wusste vielleicht nicht mehr, was sie getan hat, aber ich glaube, er weiß es. Die Zeitungsausschnitte, das obsessive Interesse an mir, die Tatsache, dass er ihr allem Anschein nach gefolgt ist – das weist alles auf ein und dasselbe hin. Harper hat gewusst, dass seine Frau Pejman und Abian umgebracht hat. Und die ganze Zeit hat er getan, was er konnte, um sie zu beschützen und zu verhindern, dass die Wahrheit ans Licht kommt.«

125. Kapitel

Werft sämtliche Filter weg, wurde uns zu Beginn unserer Ausbildung bei der Spezialeinheit gesagt. *Vorurteile machen euch nicht nur blind, sie könnten am Ende euer Tod sein. Und sie könnten euren Einsatz scheitern lassen, was noch schlimmer wäre.*

Es hatte ein paar Lacher gegeben. Doch das Gesicht des Ausbilders hatte nicht gezuckt. Ein bisschen wie der DI, dachte ich im Stillen und sah Isaksson an, der mich mit seiner üblichen starren Miene betrachtete.

»Sie zu schützen?« Er zog an seinem Ohrläppchen. »Wo haben Sie denn das her? Er ist ja vielleicht nicht der Mörder, aber es hört sich nicht an, als wäre er so richtig liebevoll mit seiner Frau umgegangen.«

»Jede Geschichte hat zwei Seiten«, erwiderte ich. »Wir sind von der Gesellschaft darauf konditioniert, die Frau in einer Beziehung als die Unterwürfige zu betrachten. Aber so wird das Spiel nicht immer gespielt. Ich glaube, da ist etwas ganz anderes gelaufen.«

»Jetzt sagen Sie also, die Frau sei die dominante Beziehungspartnerin gewesen?«

»Nein, ich sage, es war vielleicht nicht so, wie wir glauben. Sara sieht sich als Opfer, also interpretiert sie Harpers Verhalten als aggressiv. Aber man kann es vielleicht auch anders deuten.«

»Die Nummer mit der Badewanne klingt für mich ziemlich aggressiv.«

»Aye, so hört es sich an«, pflichtete ich ihm bei. »Aber ich glaube, Harper würde das vielleicht anders erklären.«

»Wieso sind Sie so sicher, dass Sie ihn zum Reden bringen werden? Wir haben kaum zwei Worte aus ihm rausgekriegt, seit er hier ist.«

»Er braucht ja gar nicht zu reden.«

»Ich bin zu müde für Rätsel, MacKenzie.«

»Er muss nur zuhören. Sein Gesicht wird mir verraten, was ich wissen will«, sagte ich und dachte an meinen gestrigen »Plausch« mit Caulder in der Kantine.

War das wirklich erst einen Tag her? Es kam mir vor, als sei seitdem eine Dekade vergangen.

Isaksson spitzte die Lippen, ein kurzes Pressen und Loslassen. Sah aus, als schicke er mir einen Luftkuss. Das möchte ich sehen, dachte ich. Der Typ ist doch verklemmter als ein Selbstmordbomber, der sich einen Furz verkneift.

»Mir gefällt es nicht, dass Sie da allein reingehen. Vielleicht sollten Sie Silk mitnehmen.«

Das war nun das Letzte, was ich wollte.

»Geben Sie mir zehn Minuten mit ihm, dann können Sie reinschicken, wen Sie wollen.«

Er kratzte sich den Nacken. »Das ist Zeitverschwendung, MacKenzie. Im Moment ist es doch völlig unwichtig, ob

Harper seine Frau misshandelt hat oder nicht. Wichtig ist, dass wir sie finden. Und zwar schnell.«

»Genau das habe ich vor.«

Nicht zuletzt, weil sie im Begriff sein könnte, abermals zu töten.

126. Kapitel

Vernehmungszimmer 3, Scotland Yard, 17:36

Vorhin war ich mir so sicher gewesen, dass Dan Harper versuchte, mich zu manipulieren, dass ich gar nicht darauf geachtet hatte, was er sagte. Jetzt, da ich wusste, dass Sara hinter den Morden steckte, bekamen seine Worte eine ganz neue Bedeutung.

Meine Frau könnte überall sein. Mit irgendwem.

Er hatte keine Angst gehabt, dass sie mit einem Mörder zusammen war. Er hatte gefürchtet, dass sie bei ihrem nächsten Opfer sein könnte. Und ich hatte auch seinen Satz falsch zu Ende gebracht. *Bitte lassen Sie mich gehen. Ich muss sie finden, bevor …* Nicht: »… wir es tun«, sondern: »… sie wieder jemanden umbringt«.

Und seine Verzweiflung verriet mir noch etwas anderes. Dan Harper könnte unsere beste Chance sein, Sara zu fassen zu bekommen.

Wieder klopfte ich an, bevor ich das Vernehmungszimmer betrat. »Soll ich Ihnen etwas zu trinken holen, Dan? Oder was zu essen? Der Kaffee ist ziemlich mies, aber ich könnte Ihnen eine Cola oder so etwas besorgen und wahrscheinlich auch ein paar Kekse auftreiben, wenn Sie mögen.«

Hallo, guter Bulle.

»Alles gut, vielen Dank.« Er befeuchtete seine Lippen.

Er hatte Durst. Er wollte Ja sagen, aber irgendetwas hielt ihn davon ab. Ich tippte darauf, dass er unsere Tricks durchschaute, weil er Anwalt war. Silk und Frost hatten ihn stundenlang befragt, und trotzdem hatte er ihnen nichts gesagt. Er ist klug, dachte ich. Weiß, sich unter Druck zu beherrschen.

Was immer sie auch geglaubt haben mochte und wie auch immer sein Benehmen bei ihr angekommen war, Harper liebte seine Frau. Selbst jetzt tat er noch, was er konnte, um sie zu schützen. Selbst wenn das bedeutete, den Kopf für ihr Verbrechen hinzuhalten.

Doch diesen Plan würde ich durchkreuzen.

Beim Hinsetzen ließ ich mir Zeit und machte viel Aufhebens darum, die Akte mit den Forum-Posts aufzuschlagen und sie durchzublättern. Ich wollte Harper wissen lassen, dass ich alles hatte, was ich brauchte, dass es mir egal war, ob er redete oder nicht.

Manchmal werden die Leute beim Verhör plötzlich unheimlich redselig, wenn sie denken, sie hätten nichts zu verlieren. Oft ist es eine Erleichterung, endlich das Geheimnis loszuwerden, dass sie mit sich herumgeschleppt haben. So kam Dan Harper mir nicht vor, aber ich dachte, es könne ja nicht schaden, es zu versuchen.

Ich beobachtete ihn aus den Augenwinkeln, während ich

den Aktendeckel aufgeschlagen auf den Tisch legte, sodass er sehen konnte, was ich da betrachtete. Definitiv neugierig, dachte ich. Und auch besorgt. Er weiß nichts von den Posts. Gut. Das gibt mir Raum, um kreativ zu werden.

»Sara hat ein Alkoholproblem«, sagte ich und benutzte ihren Vornamen, als wären wir alte Freundinnen. »Hier spricht sie darüber. Wussten Sie, dass sie regelmäßig bei *Secret Hurt* gepostet hat, einem Forum für Opfer häuslicher Gewalt?«

Harper fiel der Unterkiefer herunter. Er sah aufrichtig entsetzt aus.

»Ich habe meiner Frau nie etwas getan.«

Ich machte weiter, als hätte er nichts gesagt, eine klassische Taktik, um ihn in Rage zu bringen. In Rage sein bedeutet gesprächig sein.

»Sie hat versucht, ihre Trinkerei vor Ihnen zu verheimlichen, aber Sie haben es immer gemerkt, wenn sie sich ein paar genehmigt hatte, nicht wahr? Das Durcheinander in Ihrem Wohnzimmer – die Glasscherben und die umgekippten Möbel. Es hat keinen Kampf gegeben, stimmt's? Sara hat sich nur mal wieder vollaufen lassen.«

Er antwortete nicht, doch das war auch nicht nötig. Seine nonverbalen Signale sprachen für ihn.

»Ihre Sucht hat Sie sehr belastet. Ständig haben Sie ihren Schnaps weggeschmissen, wenn Sie ihn gefunden haben, aber das hat sie nicht vom Saufen abgehalten. Ihr ›Zeug‹, so hat sie es genannt. Ein Euphemismus, eine Methode, sich ihrem Problem nicht stellen zu müssen. Mit der Bulimie war es dasselbe. Sie haben sie gezwungen, die Badezimmertür offen zu lassen, wenn sie aufs Klo gegangen ist, weil Sie gedacht haben, dann würde sie nicht kotzen. Aber das hat nicht geklappt, nicht wahr? Sie hat immer Mittel und Wege gefunden. Sie hat gedacht, Sie würden sie bestrafen. Aber das haben Sie nicht getan, Sie haben nur versucht, ihr zu helfen. Sie machen das schon sehr lange, stimmt's, Dan? Auf Ihre Frau aufpassen.«

Harper blickte auf. Sein Mund öffnete sich ein wenig. Er wollte reden. Doch der denkende Teil seines Gehirns hinderte ihn daran.

»An der Uni hat sie sich mit ziemlich miesen Typen rumgetrieben. Junkies. Die haben sie auf LSD gebracht. Aber Sie haben es geschafft, sie von denen loszueisen.« Ich sah die Posts durch, um zu suggerieren, dass das alles da drinstand. »Sie waren Ihr Ritter in silberner Rüstung. Der Einzige, auf den sie jemals zählen konnte.«

»Das hat sie gesagt?«

Seine Augen leuchteten, die Emotionen übernahmen die Kontrolle. Unwillkürlich tat der Mann mir leid.

»Aye, das steht alles hier«, antwortete ich. »Sie schreibt über Noah, über ihre Essstörung, über alles. Sogar über Ihre Affäre mit Yasmin.«

Er lief rot an, als Pejmans Name fiel.

Waren wir schon da? An dem Punkt, wo Harper nichts mehr zu verlieren hatte?

127. Kapitel

»Sie wussten, dass sie etwas Schlimmes getan hatte, nicht wahr? Und die App, die Sie sich runtergeladen hatten, hat Ihnen gezeigt, wo sie gewesen ist.«

Harpers Augen wurden groß. Ein in die Enge getriebenes Tier.

»An dem Abend, als Sie mit Ihren Kollegen getrunken und Ihren Deal gefeiert hatten, sind Sie nach Hause gekommen und haben Sara von oben bis unten mit Blut beschmiert vorgefunden. Sie hat einen verwirrten Eindruck gemacht. Und sie hatte keinerlei Verletzungen, nichts, was all das Blut hätte erklären können. Sie haben nicht sofort gewusst, was sie getan hatte, aber Sie wussten, dass seit der Sache mit Noah irgendetwas mit ihr nicht stimmte und dass ihre Trinkerei außer Kontrolle geraten war. Gut hat das alles nicht ausgesehen, aber Sie haben erst am nächsten Tag den Zusammenhang mit Yasmin Pejman erkannt – mit der Frau, mit der Sie eine Affäre hatten.«

»Nein«, flüsterte Harper immer wieder. Er legte die Hände vor die Augen und schüttelte den Kopf. Doch anders als Tristan Fontain drosch er nicht mit den Fäusten auf den Tisch und brüllte, dass ich völlig falschläge.

»Sie haben ihr ein Bad eingelassen«, sagte ich. »Nur sind Sie dabei durchgedreht. Sie hatten selbst getrunken, Sie haben nicht klar gedacht. Sie haben nicht gewartet, bis das Wasser warm geworden ist. Und Sie haben ihren Kopf untergetaucht, um ihr die Haare zu waschen, Sie haben sie sauber geschrubbt.«

Harpers Mund stand offen. Der Mann musste mich für eine Hellseherin halten.

»Sie hat darüber geschrieben«, erklärte ich und zeigte auf einen Absatz in einem der Forum-Beiträge. »Sie hat sogar sehr viel über Sie geschrieben.«

»Es geht ihr nicht gut«, sagte er. Er sah aus, als würde er jeden Moment das ganze Zimmer vollkotzen.

»Sie dachte, Sie versuchen, das Gute von ihr abzuwaschen, sie hat gedacht, das hätten Sie gesagt. Aber sie hat es nicht richtig verstanden, nicht wahr? Es war nicht das Gute, was Sie von ihr abwaschen wollten, es war das Blut. Sie ist von Schuldgefühlen und Selbsthass erfüllt. Sie hat gehört, was sie erwartet hat zu hören. Sie hat gedacht, Sie reden von ihr.« Ich hielt inne, damit sich der Staub legen konnte.

»Sie leidet unter dissoziativen Fuguen«, verkündete ich. Die große Offenbarung.

Harpers Miene veränderte sich nicht. Ein guter Kartenspieler, der abwartete, was ich in der Hand hatte, bevor er seinen Einsatz machte.

»Das ist eine psychische Störung, die durch extremen Stress ausgelöst wird und unter anderem zu Gedächtnisverlust führt, sodass man nicht mehr weiß, wer man ist, anscheinend aber immer noch ganz normal funktioniert«, erläuterte ich. »Ihre Frau hatte keine Ahnung, dass sie jemanden erstochen hat. Warum sie voller Blut war. Oder warum Sie sie unter Wasser gedrückt haben. Als sie zu sich gekommen ist und überall Kratzer hatte und Sie sie angeschrien haben, da hat sie gedacht, Sie wären auf sie losgegangen. Nur Sie wussten die Wahrheit. Die Verletzungen hat sie sich geholt, als sie Yasmin Pejman angegriffen hat. Bei Messerattacken ist es für den Täter fast unmöglich, nicht gekratzt zu werden oder nichts vom Blut des Opfers abzubekommen. Ich tippe darauf, dass der Blutfleck auf Ihrem Hemd, von dem sie spricht, entstanden ist, als Sie sie gesäubert haben.«

Harper schürzte die Lippen, eine rasche unabsichtliche Bewegung. Also ein Ja, dachte ich.

»Erst später, als Sie erfahren haben, dass Yasmin umgebracht worden war, ist Ihnen allmählich das ganze Ausmaß dessen klar geworden, was wirklich passiert war. Das Messer, von dem Sara behauptet hat, Sie hätten es umtauschen wollen, war nicht im Auto, dabei hatten Sie ihr gesagt, Sie hätten es dort liegen gelassen. Sie wussten, dass Ihre Frau das mit der Affäre herausgefunden hatte – sie hatte Sie deswegen bereits zu Rede gestellt. Und Sie wussten, dass sie mit Ihrem Auto gefahren war. Sie haben Blut im Wagen gefunden. Deswegen haben Sie es reinigen lassen. Vielleicht haben Sie ja auch etwas gefunden, was Yasmin gehört hat.«

Seine Züge verspannten sich. Wieder ein Ja.

»Sie haben Ihre GPS-App gecheckt. Die hat Ihre Befürchtungen bestätigt. Keine Frage, Sara war an dem Abend, an dem Pejman ermordet worden war, in Clerkenwell gewesen und dann auch am Tatort. Aber Sie haben sie nicht angezeigt. Stattdessen haben Sie auf sie aufgepasst, so, wie Sie es schon immer getan haben. Aber Sie kennen das Gesetz. Sie wussten, dass das, was Sie getan haben, auf Beihilfe und Justizbehinderung hinausläuft. Inzwischen haben Sie da genauso dringesteckt wie sie. Keine Chance, dass Sie aus dieser Scheiße mit blütenweißer Weste herauskommen. Alles, was Sie tun konnten, war, die Ermittlungen genau zu verfolgen und sie im Auge zu behalten. Und deswegen weiß ich auch, dass Sie uns helfen können. Wenn es nämlich einen Menschen gibt, der weiß, wo sie sich versteckt, dann sind Sie das.«

128. Kapitel

Es war an der Zeit, Klartext zu reden. Man soll das Brot backen, solange der Ofen heiß ist, hätte mein Vater gesagt – eine alte Farsi-Redensweise. Oder Kopf runter, Arsch hoch, um eine von Duncan zu bemühen.

»Sie haben nach dem Messer gesucht«, sagte ich. »Aber Sie konnten es nicht finden, und schließlich haben Sie die Suche aufgegeben. Sie hätten nie gedacht, dass Ihre Frau ein zweites Mal töten würde. Sie waren sich so sicher, dass es bei dem Mord an Pejman um Ihre Affäre gegangen war, Ihnen ist nie der Gedenke gekommen, dass das Motiv tiefgründiger sein könnte. Wie konnten Sie auch verstehen, dass Ihre Frau in Wirklichkeit auf Frauen losgeht, die den Menschen repräsentieren, den sie wirklich hasst: sich selbst.«

»Es geht ihr nicht gut«, sagte er abermals.

Mann, auf diesen Spruch fährt er wirklich ab, dachte ich im Stillen.

»Sie haben's doch selbst gesagt«, fuhr er fort und beugte sich vor, »sie leidet unter psychogenen Fuguen. Sie hat nicht gewusst, was sie tat.«

»Aber Sie. Sie haben die Ermittlungen genau verfolgt. Sie

haben über mich recherchiert, nachdem ich auf der Pressekonferenz gesprochen hatte. Sie haben sogar versucht, uns falsche Informationen zu geben. Aber so langsam hat der Stress Ihnen doch zugesetzt. Sie sind zerstreut geworden, Sie konnten an nichts anderes denken. Dann wurde Tristan Fontain festgenommen, und es sah aus, als wäre Sara entlastet. Deswegen waren Sie gestern Abend in Ihrem Auto auch so von der Rolle, als Sie gehört haben, dass wir andere Verdächtige nicht ausschließen.«

Harper war ein Mann, dem kein Fluchtweg blieb, doch ich empfand kein Mitleid mit ihm. Er hätte Fontain ohne Weiteres im Knast landen lassen, um seinen und Saras Hals zu retten.

»Die gute Nachricht ist, wir glauben nicht mehr, dass Sie Yasmin und Lily umgebracht haben. Die schlechte ist, die Zeit für Sie und Ihre Frau ist abgelaufen.«

Harper blickte von seinen Händen auf. In seinen Augen lag Kampfbereitschaft. »1983 wurde der Serienvergewaltiger Bob Milligan aufgrund seiner dissoziativen Persönlichkeitsstörung für geisteskrank und daher nicht für seine Verbrechen verantwortlich erklärt. 1990 war's der Staat gegen Bartfield. Das Berufungsgericht hat aus demselben Grund ein Urteil wegen Totschlags kassiert.«

Damit konnte ich arbeiten.

»Wir wissen, dass Ihre Frau sehr krank ist. Wir wissen auch, dass noch mehr Menschen zu Schaden kommen werden, wenn sie nicht bald in Gewahrsam genommen wird. Sagen Sie mir, wo wir sie finden können, bevor sie wieder jemanden umbringt. Lassen Sie uns dafür sorgen, dass sie die Hilfe bekommt, die sie braucht. Dissoziative Fuguen kann man behandeln. Vielleicht wird sie sich nie daran erinnern, was sie getan hat, wenn sie einen Blackout hatte, aber mit psychiatrischem Input könnte sie geheilt werden. Das wollen Sie doch mehr als alles andere, nicht wahr? Dass es ihr gut geht.«

Ich machte eine kurze Pause und justierte mein Zielfernrohr neu. Wenn man es auf einen Kopfschuss anlegt, muss alles genau passen.

»Mir ist klar, dass Sie unter enormem Druck gestanden haben und dass Sie, auch wenn Sie gegen das Gesetz verstoßen haben, das aus sehr guten Gründen getan haben.«

Wieder eine Pause. Jetzt musste es hier um Harper gehen, nicht um seine Frau. Zuckerbrot und Peitsche.

»Aber dem Richter wird es egal sein, warum Sie's getan haben. Der sieht nur, dass Sie Beihilfe zum Mord geleistet haben. Und dass Lily Abian noch leben würde, wenn Sie geredet hätten. Wir haben jemanden von der Staatsanwaltschaft auf Stand-by, der bereit ist, Ihnen ein einmaliges Angebot zu machen, wenn Sie uns helfen, sie zu finden. Aber Sie haben nur fünf Minuten, bis das wieder vom Tisch ist. Mehr als zwanzig Detectives arbeiten an diesem Fall, und jeder von denen sucht nach jemandem, den er sich so richtig zur Brust nehmen kann. Die werden uns beide nicht noch mal so miteinander reden lassen. Ich habe fünf Minuten Zeit, eine Ortsangabe aus Ihnen herauszukriegen, dann war's das mit dem Deal, und Sie kriegen eine Gefängnispritsche, als Gast Ihrer Majestät.«

129. Kapitel

Kurz bevor ein Mann einknickt, bekommt er einen ganz bestimmten Gesichtsausdruck. Dann zieht ein Schatten über seine Züge. Genauso war es jetzt bei Harper.

»Ich wollte immer nur, dass ihr nichts passiert«, sagte er mit gesenktem Kopf. »Ich fasse es nicht, dass sie geglaubt hat, ich würde ihr jemals wehtun. Sie hatte immer so etwas Verletzliches. Diese großen Rehaugen und dieser Körper, wie ein Vögelchen. Wie sie sich immer die Pulloverärmel über die Hände gezogen hat. Sie hatte Größe 38, hat aber immer Größe 42 getragen. Alles hat an ihr geschlabbert. Hat ausgesehen, als hätte sie sich in ihren Klamotten verlaufen.«

Präzise Koordinaten lieferte er nicht gerade, doch ich ließ ihn reden. Er machte auf, das war schon mal ein Anfang. Ich gab mir Mühe, nicht auf die Uhr zu schauen oder daran zu denken, was Sara Harper vielleicht gerade mit ihrem nächsten Opfer anstellte.

»Ich weiß noch, wie ich sie zum ersten Mal gesehen habe.« Dan blickte ziellos in die Ferne. »Sie und ihre komischen Goth-Freunde haben bei der Studentenvereinigung Flyer für irgend so eine Indie-Band verteilt. Sie hatten alle schwarze Klamotten an, mit Armeestiefeln und jeder Menge Eyeliner, waren voll auf diesem Vampirtrip. Aber Sara war anders, obwohl sie genauso angezogen war. Sie hat ätherisch ausgesehen, wie ein Irrlicht. Ich habe mir einen Flyer genommen. Eigentlich konnte ich Indie nicht ausstehen, aber ich wollte einen Grund haben, mit ihr zu reden. An dem Abend bin ich zu dem Konzert gegangen. Es war noch schlimmer, als ich gedacht hatte, aber wenigstens konnten wir da zusammen abhängen. Ich habe ihr einen Cocktail spendiert, einen Chocolate Frog. Also, eigentlich habe ich ihr mehrere spendiert. Und später habe ich sie dann mit ins Bett genommen.«

Wie romantisch, dachte ich im Stillen.

»Es war aber überhaupt nicht anrüchig«, versicherte er rasch, möglicherweise hatte er meine Miene gesehen. »Wir haben uns ineinander verliebt. Haben uns alles erzählt. Wir hatten so viel gemeinsam.« Er zögerte, als hätte er gerade etwas sagen wollen, das er eigentlich lieber für sich behalten sollte. »Sie hat gesagt, sie hatte es als Kind echt schwer. Ihre Eltern haben sie adoptiert, nachdem sie jahrelang versucht hatten, ein Baby zu kriegen. Und dann ist ihre Adoptivmutter schwanger geworden, einen Monat nachdem Sara bei ihnen eingezogen ist. So wie Sara es dargestellt hat, ist sie aufs Abstellgleis gestellt worden, wurde nicht mehr gebraucht, nachdem das langersehnte Kind unterwegs war.«

»Sie ist wieder ins Heim gekommen?«

»Nein, sie haben sie behalten. Haben ihr bloß nicht gerade das Gefühl gegeben, dass sie geliebt wird. Nichts, was sie getan hat, war je gut genug. Ein bisschen wie …« Er verstummte abermals und schaute auf seine Hände hinab.

»Wie hat sie sich denn mit dem Geschwisterkind vertragen?«

Harper zuckte die Schultern. »Sie hat ihn das Goldkind genannt. GK.«

»Haben die beiden jetzt eine Beziehung zueinander?«

Er schüttelte den Kopf. »Er ist ums Leben gekommen. Das war schlimm für Sara. Die beiden haben im Wald hinter dem Haus Verstecken gespielt, als er verschwunden ist. Die Polizei hat ihn unter einem Laubhaufen verscharrt gefunden, den Schädel mit einem Stein eingeschlagen.«

Ein Gelegenheitsverbrechen, dachte ich. Und das Verstecken des Leichnams suggeriert Reue und eine Beziehung zu dem Opfer. Der Modus Operandi war anders, aber Sara könnte die Täterin gewesen sein. Schließlich deuteten die fehlenden Anzeichen eines Zögerns an Pejmans Leiche darauf hin, dass der Mörder schon früher getötet hatte.

»Wurde jemand verhaftet?«

Harper schüttelte den Kopf.

»Und wann ist Sara nach London gekommen?«

Wenn das nach dem Mord an ihrem Bruder gewesen war, war es ein Hinweis darauf, dass sie davonlief, wenn es schwierig wurde. Und das konnte uns einen Anhaltspunkt dafür geben, wo sie jetzt sein könnte.

»Mit achtzehn. Sie ist zum Studium hergekommen. Hat gesagt, sie wollte einen Ozean zwischen sich und ihren Eltern haben. Aber vor manchen Dingen kann man nicht weglaufen. Die Essstörung und das mit dem Trinken, das hatte sie da schon sehr lange.«

Er verstummte; ihm war der Saft ausgegangen. Doch trotz dieser Informationsflut wusste ich ebenso wenig wie vorher, wo seine Frau stecken könnte.

»Wo ist Sara?«, fragte ich und sah demonstrativ auf die Uhr. »Wo würde sie hingehen?«

Er rieb sich die Augen und ließ den Kopf hängen. »Ich will ja kooperieren. Fragen Sie mich, was Sie wollen, und ich sag's Ihnen. Aber ich schwöre, ich habe absolut keine Ahnung, wo sie ist. Ich habe doch schon die halbe Nacht nach ihr gesucht.«

Seine Hände lagen auf dem Tisch, die Handflächen nach oben gekehrt. Sein Unterkiefer war entspannt.

Seine Antwort gefiel mir nicht, aber Dan Harper sagte die Wahrheit.

130. Kapitel

Treppenhaus, Scotland Yard, 18:01

Harper hatte mir nicht gesagt, wo seine Frau war, doch er hatte mir etwas anderes erzählt, was sich zu seinen Gunsten auswirken würde.

»Ich habe die Sachen vergraben, die Sara angehabt hat, als sie Yasmin und Lily umgebracht hat«, hatte er gesagt. »Sie sind hinten im Garten unter dem Apfelbaum.«

Wie sich herausgestellt hatte, hatte er sie zweimal säubern müssen, allerdings war sie beim zweiten Mal erst wieder zu sich gekommen, als er sie ausgezogen hatte. Das erklärt auch, wieso sie zu diesem Zeitpunkt nackt war, dachte ich. Und wieso sie von Schmutz an seinen Hosenbeinen redete. Das war Erde. Bald würden wir Beweise haben, die Sara Harper jenseits aller berechtigten Zweifel mit den Morden in Verbindung brachten. Jetzt mussten wir sie nur noch finden.

Mein Handy surrte, als ich die Treppe hinaufstieg – meine Beine waren vom langen Sitzen ganz steif, ich musste mich bewegen.

Ich schaute auf das Display. Wolfie. Nach all den verpassten Anrufen zu schließen zum sechsten Mal.

»Alles okay?«, meldete ich mich.

»Es ist etwas passiert. Ich möchte nicht, dass du jetzt überreagierst, aber ich dachte, du solltest Bescheid wissen.«

»Was ist?«, fragte ich, während Adrenalin durch meinen Körper pumpte.

»Mein Unfall war anscheinend gar kein Unfall. Die Polizei hat auf der Fahrerseite eine abgebrochene Nadel in der Bremstrommel gefunden. Das zeigt, dass da wer an den Bremsen rumgepfuscht hat, jemand hat dafür gesorgt, dass sie versagen. Und derjenige hat sich ausgekannt. Am Anfang haben sie noch funktioniert, aber nach zwanzig Minuten ging gar nichts mehr. Als ich vom Westway auf die Marylebone Road abgefahren bin, habe ich gebremst, aber der Wagen ist einfach nicht langsamer geworden. Da hat jemand versucht, mich umzubringen, Mac.«

»Leg auf. Nimm dein iPad mit ins Badezimmer und dreh die Dusche auf. Ich melde mich gleich per Skype bei dir.«

Es war möglich, dass sein Handy abgehört wurde, aber bei Internetgesprächen geht das nicht. Und selbst wenn feindliche Kräfte seine Wohnung verwanzt hatten, würden sie unser Gespräch beim Rauschen des laufenden Wassers nicht verstehen können.

Kurz darauf sprachen wir erneut miteinander.

»Ich habe die Polizei gebeten, dein Auto zu überprüfen.«

»Du hast es gewusst?«

»Geahnt. Der USB-Stick war nicht da, wo du ihn hingesteckt hattest. Wir haben ja gesehen, wie diese Typen vorgehen. Also habe ich zwei und zwei zusammengezählt.«

»Dann bin ich also vielleicht doch nicht paranoid, wenn's um diesen Lieferwagen geht.«

»Was denn für ein Lieferwagen?«

»Der, der direkt gegenüber parkt, seit ich nach Hause gekommen bin.«

»Wie ist das Kennzeichen?«

Er rasselte es herunter.

»Keine Angst, das ist Max' Kumpel.«

»Wie bitte?«

»Der Typ, der auf dich aufpasst.«

»Mac!«

»Hör zu, du bist ja vielleicht groß, aber das heißt nicht, dass du dich gegen diese Leute wehren kannst. Was hätte ich denn tun sollen?«

»Du bist echt unglaublich.«

»Vielen Dank.«

Er gab ein knurrendes Geräusch von sich.

»Weißt du, das Ganze könnte uns eigentlich nützen«, sagte ich, weil mir plötzlich eine Idee kam.

»Aber sonst geht's dir gut?«

»Klappe halten und zuhören. Die Cops werden diese Geschichte ernst nehmen, das ist versuchter Mord. Es gibt bestimmt Aufnahmen von dem Unfall. Die Marylebone Road ist eine zweispurige Schnellstraße und eine der Haupteinfallstraßen in die City. Da sind bestimmt überall Kameras. Derjenige, der hinter dieser Nummer steckt, ist dir bestimmt hinterhergefahren. Außerdem wird er zu deinem

Wagen gegangen sein, nachdem du den Unfall gebaut hast. Er musste ja, er brauchte doch den USB-Stick. Und das heißt, es gibt Fotos von ihm. Sein Gesicht wird uns zum Zentrum dieser verschissenen Operation führen. Und ein Foto, das im Trent Park vergraben ist, macht dann den Deckel drauf.«

131. Kapitel

Besprechungsraum, Scotland Yard, 18:30

Wir saßen alle rund um den Tisch bei der Abendbesprechung, die später als sonst angefangen hatte. Keiner von uns würde rechtzeitig zum Abendessen zu Hause sein, da draußen nach wie vor eine Mörderin frei herumlief.

Jeder wusste jetzt von dem vergrabenen Sack mit den Klamotten.

»Wir schicken gleich Leute hin«, sagte der DI, als ich mit meinem Bericht fertig war. »Und außerdem war laut automatischer Kennzeichenerfassung ein auf die Harpers zugelassener BMW beide Male zur jeweiligen Tatzeit in Clerkenwell unterwegs. Des Weiteren hat sich Sara Harpers Handy zu den fraglichen Zeitpunkten mit einem Sendemast in der Farringdon Street verbunden, das heißt, sie war in der Nähe der Entführungsorte. Und auf den Überwachungsaufnahmen sieht man einen BMW in der Stadt herumfahren. Die Auflösung ist nicht gerade super, aber unsere Techniker konnten einen Ausschnitt vergrößern. Darauf ist eine dunkelhaarige Frau hinter dem Steuer zu sehen. Das Gesicht ist unscharf, aber ich glaube nicht, dass es dem Staatsanwalt schwerfallen wird, eine Jury davon zu überzeugen, dass es Harpers Frau ist. Jetzt müssen wir sie nur noch finden, bevor sie wieder zuschlägt.« Und was das betraf, waren wir nicht weiter als heute Morgen, als wir Harper verhaftet hatten.

»Soll ich mir Harper noch mal vornehmen?«, fragte Silk mit dem Eifer eines blutigen Anfängers.

»Das bringt nichts, MacKenzie ist da schon so weit gegangen, wie wir können.«

Silk schoss einen Blick auf mich ab. Freundlich war der nicht.

»Dann sind wir also im Grunde genommen am Arsch«, stellte Rudock fest.

»Sie sollten vielleicht mal Ihre Einstellung überdenken. Es sind noch nicht mal vierundzwanzig Stunden.« Isakssons Stimme war schroff; allmählich merkte man den Druck.

»Viel fehlt aber nicht mehr«, flüsterte Big Daddy Frost laut zu.

»Vielleicht möchten Sie ja mal mit Rudock zusammen einen Kurs in positivem Denken machen, Shapiro? Ich glaube, die werden jeden Sonntag angeboten. Wenn Sie sich dann beruhigt haben, sage ich Ihnen, was wir unternehmen, um sie zu finden. Wir haben sie zur Fahndung ausgeschrieben, also erfahren wir's, wenn sie versucht, außer Landes zu fliehen. Und ich lasse von der Technikabteilung das Forum überwachen. Die stehen bereit, die IP-Adresse zurückzuverfolgen, wenn sie etwas postet, und wenn man bedenkt, wie abhängig sie von diesem Unterstützernetzwerk zu sein scheint, ist es durchaus möglich, dass sie das tut. Ihr Handy ist immer noch aus, das haben wir also noch nicht orten können. Aber sobald sie es einschaltet, können wir ihren Standort bestimmen. In der Zwischenzeit gebe ich Saras Foto an die Medien, zusammen mit einem Appell, nach ihr Ausschau zu halten und sich zu melden, wenn jemand sie gesehen zu haben glaubt. Mit anderen Worten, wir machen die Öffentlichkeit zu unseren Augen und Ohren. In Anbetracht des großen Interesses an dem Fall sollte dabei etwas herauskommen. Wir müssen auf Falschmeldungen gefasst sein, das gehört dazu. Aber das ist unsere beste Chance, sie zu finden.«

»Also, ehrlich gesagt habe ich eine bessere Idee«, sagte ich. Isaksson schaute finster zu mir herüber. »Wenn's klappt, ist Sara Harper morgen Abend in Polizeigewahrsam.«

»Sie kann Gedanken lesen, wisst ihr das nicht?«, fragte Rudock mit gelbzahnigem Grinsen und sah sich Beifall heischend im Raum um.

Sauerstoffverschwender.

»Weiter, MacKenzie«, sagte Isaksson und sah aus, als würde er Pickelkinn am liebsten eins in die Eier verpassen.

»Wir müssen eine provokative Technik anwenden, um sie hervorzulocken.«

»Im Klartext, bitte.«

Wieder mein Freund Rudock.

»Wir brauchen nicht nach ihr zu suchen. Wir bringen sie dazu, zu uns zu kommen. Das heißt, wir machen nicht bekannt, dass wir Bescheid über sie wissen.«

»Weiter.«

»Wir veranstalten morgen Abend eine Kerzenmahnwache für Pejman und Abian in Primrose Hill. Das muss öffentlich angekündigt werden, und die Angehörigen sollten dabei sein. Sara Harper wird von diesem Event angezogen werden; sie wird die trauernden Hinterbliebenen suchen und ihnen ihr Beileid aussprechen. Sie wird sich ihnen verbunden fühlen, weil sie ja denkt, sie wäre fast das dritte Opfer des Slashers geworden. Vergessen Sie nicht, wir wissen, wozu sie fähig ist, aber für sie ist sie selbst diejenige, die in Gefahr ist. Damit das funktioniert, müssen wir eine Pressemitteilung herausgeben, dass wir Anklage gegen Dan Harper erhoben haben. Sara verfolgt die Nachrichten sehr genau. So wie sie es sieht, hängt ihr Leben davon ab. Erst wenn ihr Mann hinter Gittern sitzt, wird sie sich sicher genug fühlen, um aus ihrem Versteck hervorzukommen.«

»Sie wollen, dass wir die Medien belügen?« Silk sah entgeistert aus.

»Aye.«

»Dürfen wir das?«, wandte er sich an Isaksson.

»Wenn es uns hilft, einen Mörder zu fassen, dann ja. Auf jeden Fall dürfen wir lügen.«

Sagt der Mann, der die Presse hasst.

Sonntag

132. Kapitel

Primrose Hill, London, 19:46

»Gehen Sie nach Hause, geben Sie Ihren Kindern einen Kuss und sagen Sie ihnen, dass Sie sie liebhaben. Das Leben ist nämlich viel zu kurz.«

Yasmin Pejmans Mutter war aus Leeds gekommen und sprach zu den Massen, die zur Mahnwache nach Primrose Hill gekommen waren. Es mussten Hunderte Menschen sein, die untergehakt dastanden, einander umarmten und um eine Frau weinten, der die meisten von ihnen nie begegnet waren.

Lichtpunkte schimmerten in der Dunkelheit, himmelwärts gereckte Kerzen und Feuerzeuge, die Flammen vor dem beißenden Wind abgeschirmt. Und dazwischen hüpften die rosa Ballons, die die Angehörigen zu Beginn des Events verteilt hatten.

Die Pressebluthunde leckten sich die Lefzen und hielten alles mit Weitwinkelobjektiven fest. Wenn die Zeitungen herauskamen, würde die Mahnwache auf jeder Titelseite sein.

Yasmins Sohn hielt die Hand seines Vaters umklammert und starrte unverwandt den Boden an. Seine Lippen bebten; er gab sich alle Mühe, nicht zu weinen. Sein Anblick löste eine unwillkürliche Reaktion in mir aus.

An dem Abend, an dem Duncan erschossen worden war, hatte ich ihm gesagt, dass ich schwanger war. Ich hatte gerade eine Zeit lang Antibiotika genommen; auf den Gedanken, dass die die Wirkung der Pille beeinträchtigen könnten, war ich nie gekommen. Als meine Periode ausblieb, konnte ich es gar nicht glauben. Mutterschaft hatte nie weit oben auf meiner Agenda gestanden. Doch als ich Duncan den Schwangerschaftstest zeigte und sich sein Mund zu einem Lächeln dehnte, das mich mit einem Happen hätte verschlingen können, änderte sich alles. Ein Kind von ihm zu bekommen war plötzlich etwas, was ich mir mehr wünschte als irgendetwas sonst.

»Lass uns essen gehen, bei Don Giovanni«, hatte er gesagt. »Zur Feier des Tages.«

Zwei Stunden später lag er mit einem Loch im Kopf tot auf dem Gehsteig. Einen Tag später bekam ich Blutungen.

Ein eisiger Wassertropfen klatschte mir ins Gesicht. Ich schaute nach oben. Der Himmel war so schwarz wie das Innere eines Gewehrlaufs. Ich sah, wie Isaksson den Kragen hochschlug, und ließ den Blick über die Menge wandern. Seit zwei Stunden waren wir jetzt hier, beobachteten und warteten. Doch noch immer war nichts von Sara Harper zu sehen.

Dreißig Undercover-Officers mit Headsets waren rund um das Gelände und an jedem Ausgang postiert – und alle sagten dasselbe. *Inzwischen sollten wir sie doch haben – warum haben wir sie nicht?*

Dies hier war nicht nur unsere größte Chance, der Mörderin habhaft zu werden. Wenn wir sie heute Abend nicht festnahmen, könnten wir bis morgen früh ein weiteres Opfer haben.

»Das Leben von Yasmin und Lily wurde vorzeitig beendet. Uns allen fehlen die Worte. Jeden Tag muss mein Enkel ohne seine Mummy aufwachen. Wie erklärt man das einem Kind? Wie sagt man ihm, dass alles gut wird, wenn man es selbst nicht glaubt? Nichts wird uns unsere Töchter zurückbringen, aber wir möchten den Detectives von Scotland Yard danken, die unermüdlich gearbeitet haben, um den Täter zu fassen und ihn der Gerechtigkeit zu überantworten.«

»Sie haben doch gesagt, sie würde hier sein«, zischte Isaksson mir ins Ohr.

»Ist sie auch«, erwiderte ich mit mehr Überzeugung, als ich tatsächlich empfand.

Hatte ich Mist gebaut? Konnte ich wirklich so sicher sein, dass Sara Harper sich zeigen würde? Ich war es gewesen, die auf das hier gedrängt hatte. Der Kosten- und Zeitaufwand – das alles würde mir auf die Füße fallen, wenn diese Operation in die Binsen ging.

»Wir lieben euch, Yasmin und Lily.« Die Stimme von Pejmans Mutter dröhnte, als sie sich zum Mikrofon vorbeugte.

»Wir lieben euch«, wiederholte die Menge und ließ die Ballons in die Luft emporsteigen. Irgendjemand stimmte *Wind Beneath My Wings* an. Sehr schnell fielen andere ein.

Mein Blick huschte wild über die Masse. Verdammt! Wo steckst du, Sara? Warum hatte sie die trauernden Hinterbliebenen nicht angesprochen? Sie sah sich doch selbst als eins der Opfer. Mit ihnen zu sprechen, sich mit ihrem Verlust zu assoziieren wäre eine Möglichkeit, sich zu trösten. Warum also hatte sie es nicht getan?

Die Andacht ging zu Ende. Die Menge begann sich zu zerstreuen.

Komm schon, Ziba, denk nach! Ich schloss die Augen und versetzte mich in ihre Lage.

Ich bin Sara. Ich glaube, dass mein Mann ein Serienmörder ist und dass ich es nur mit knapper Not vermieden habe, sein nächstes Opfer zu werden. Ich bin auf der Mahnwache. Was würde ich tun? Mit einem Ruck riss ich die Augen auf und rannte los, während ich in mein Headset brüllte.

»Sie ist bei den Blumensträußen. Vorsichtig vorgehen. Erschreckt sie nicht.«

Es war dunkel, und die Menge war immer noch dicht genug, dass ich nicht genau sehen konnte, was vor mir war. Doch jetzt hatte ich keine Zweifel, wo sie sein würde. Sara Harper mochte für ihren Tod verantwortlich sein, doch das hinderte sie nicht daran, sich mit den Opfern zu identifizieren. In ihrer Gedankenwelt war der improvisierte Schrein auch für sie da.

»Weg da! Machen Sie Platz!«, schrie ich und schubste Menschen zur Seite, als ich mich der Stelle näherte. Und dort war sie. Eine kleine dunkelhaarige Frau kauerte bei den Blumen, die für Pejman und Abian abgelegt worden waren. Nur legte sie keinen Strauß hin, sie las die Karten, als wären sie an sie adressiert.

»Verdächtige am Zaun. Jeans und Dufflecoat. Nehme Kontakt auf.«

Jetzt erkannte ich sie. Sie war wirklich die Frau, die mich vor dem Yard angesprochen hatte, an dem Tag, als ich geglaubt hatte, ich würde verfolgt. Und es war durchaus möglich, dass sie damals im Zickzack die Straße entlanggeschlingert war, »müde und gefühlsduselig«, als ich am Mittwochmorgen vom Tatort weggefahren war. Jetzt hatten wir unsere Cinderella, die Fußabdrücke, die die Spurensicherung am Tatort gefunden hatte, würden es bestätigen.

Langsam ging ich auf sie zu. Es wäre schön, wenn sie nicht wieder abhaute. Hinter mir näherte sich das Team.

»Sara«, sagte ich und legte ihr die Hand auf die Schulter.

Sie fuhr herum, die Augen weit aufgerissen wie die eines eingesperrten Tieres. Und einen Moment lang beruhte die Überraschung auf Gegenseitigkeit.

Denn abgesehen von ihren Kleidern hätte ich glatt mein eigenes Spiegelbild anstarren können.

Drei Wochen später

133. Kapitel

Scotland Yard, London, 15:58

Ich trank einen kleinen Schluck lauwarmen Kaffee, verzog das Gesicht und schaute von Neuem auf die Uhr. Wie lange noch?

Die Leuchtröhren summten und flackerten. Die Heizung war voll aufgedreht. Heftig drückte ich mir den Handballen gegen die Stirn. Ich konnte fühlen, wie sich eine Migräne ankündigte, sich hinter meinen Augen aufbaute. Genau das, was ich überhaupt nicht brauchen konnte.

Drei Wochen waren seit Sara Harpers Verhaftung vergangen. Sie hatte sich des zweifachen Mordes für schuldig bekannt und wurde jetzt in der neu eröffneten Paddock Unit von Broadmoor behandelt. Das war eine Hochsicherheitsklinik in Berkshire für Patienten, bei denen eine gefährliche, schwere Persönlichkeitsstörung diagnostiziert worden war und man davon ausging, dass sie eine »schwere und unmittelbare Gefahr« für die Öffentlichkeit darstellten.

Dan Harper hatte es geschafft, einen Prozess zu vermeiden, doch ihm war die Anwaltszulassung entzogen worden;

er würde nie wieder als Jurist arbeiten. In vielerlei Hinsicht war er glimpflich davongekommen. Obgleich er am Ende kooperativ gewesen war, wäre Lily Abian noch am Leben, wenn er früher ausgepackt hätte, und Tristan Fontain wäre das Trauma erspart geblieben, ein Verbrechen angelastet zu bekommen, das er nicht begangen hatte.

Harper hatte Angst um seine Frau gehabt und ohne Zweifel auch um sich selbst. Doch anstatt sich dieser Angst zu stellen, hatte er die Bettdecke über den Kopf gezogen und gehofft, dass die Monster einfach wieder verschwinden würden. Die letzten paar Wochen hatten mich gelehrt, dass das nie passiert. Die einzige Möglichkeit, die eigenen Dämonen zu besiegen, ist, sich ihnen zu stellen, und zwar mit einer RSK – einer riesigen Scheißknarre.

Oder mit einem Polaroid, sagte ich mir und dachte an das Foto aus dem Trent Park zu Hause in meiner Wohnung, das ich und Jack am Tag nach Sara Harpers Festnahme ausgegraben hatten. Selbst jetzt noch, nach all der Zeit, die vergangen war, war das Bild verstörend. Ein geradezu krankhaft fettleibiger Mann mit einem Fleischwulst unter dem Kinn und einem Kugelwanst grinste in die Kamera, die Arme um die Taillen zweier dürrer, halb nackter Jungen in Ballettröckchen und mit Diademen auf den Köpfen gelegt.

Tja, jetzt grinste der bestimmt nicht mehr, dachte ich und schaute zu der geschlossenen Tür rechts von mir hinüber, von wo das Dröhnen lauter Stimmen durch die Wand drang.

Gerade hatte ich meinen Kaffee weggekippt und überlegte, ob ich Zeit hatte, zum Starbucks zu flitzen und mir einen frischen zu holen, als die Tür aufging und ein Mann im zerknitterten Anzug herauskam. Sein Gesicht war grau.

»Er gehört Ihnen.«

Na endlich.

Ich holte tief Luft, zog mein Jackett zurecht und drückte auf die Klinke. Es war dasselbe Vernehmungszimmer, in dem ich vor drei Wochen Dan Harper befragt hatte.

Doch diesmal klopfte ich nicht an.

134. Kapitel

Endlich fügte sich alles zusammen. Wenn ein Opfer anfing zu reden, das wusste ich, würden sich noch weitere melden, und mit einem hieb- und stichfesten Beweis für das, was Craig Boden mir erzählt hatte, hatte Wolfie genug in der Hand, um seinen Chefredakteur zu überreden, einen ersten Artikel darüber zu veröffentlichen.

Allerdings hatte Boden sich zunächst mit Händen und Füßen gewehrt.

»Ich habe ihm die Konsequenzen geschildert, wenn wir das für uns behalten«, hatte Jack damals gesagt, »aber er hat Schiss vor Klagen.«

»Und was wirst du tun?«

»Ihn überreden«, hatte Jack geantwortet. »Ich lasse das nicht einfach auf sich beruhen. Hier geht's nicht mehr nur um Duncan.«

Ich hatte genickt. Er hatte recht. Anfangs hatten wir Gerechtigkeit für meinen Mann gewollt. Jetzt ging es um die unzähligen Kinder, deren Leben zerstört worden waren, und darum, die zu schützen, die noch immer in Gefahr waren.

Als die Polizei den Drecksack verhaftete, der versucht hatte, Jack umzubringen, und in seiner Wohnung den USB-Stick fanden, hatte der Chefredakteur grünes Licht für den ersten Artikel gegeben, und ab da nahmen die Dinge Fahrt auf.

Duncan hatte immer gesagt, drei Leute können nur dann ein Geheimnis bewahren, wenn zwei von ihnen tot sind. In meiner Welt reichte für gewöhnlich einer, aber recht hatte er trotzdem. Und in diesem Fall wussten zu viele etwas.

Nachdem der erste Artikel erschienen war, meldete sich ein ehemaliger Mitarbeiter des Kinder- und Jugendschutzes bei Jack.

»Ich hatte schon lange den Verdacht, dass da Missbrauch im großen Stil betrieben wird«, hatte er gesagt, »aber da gab's immer eine Verschwörung, um zu verhindern, dass die Wahrheit ans Licht kommt.«

Recherchen der Behörde für Kinder- und Jugendschutz bestätigten, was er sagte. Laut ihren Unterlagen hatte es mindestens fünfhundert Missbrauchsanzeigen gegen vierzehn verschiedene Kinderheime gegeben.

Und dann zogen wir die Trumpfkarte. Ein Whistleblower behauptete, das Innenministerium hätte indirekt die Paedophile Information Exchange (PIE) finanziert, eine völlig versaute Organisation aus den Siebzigern, die offen dafür warb, das Schutzalter auf vier Jahre zu senken. Allem Anschein nach war der Vizeparteichef der Labour Party der Rechtsanwaltssekretär einer Initiative gewesen, die der PIE nahestand. Und die Organisation selbst war fast vier Jahre lang aus einem kleinen Büro in Whitehall heraus geleitet worden.

In der British Library hatte ich ein Buch aufgetrieben, in dem eine Serie wirklich übler Artikel argumentierte, warum Sex mit Kindern legalisiert werden sollte.

»*Wieso sind die Leute so schnell dabei, das Recht eines Kindes, Nein zu sagen, zu verteidigen, während sie dabei der Einfachheit halber sein Recht, Ja zu sagen, ignorieren?*«, schrieb der Herausgeber im Vorwort.

Ich habe im Laufe der Jahre ein paar ziemlich schlimme Dinge gesehen. Ich wusste aus erster Hand, was Menschen einander antun können. Doch bei diesem Buch drehte sich mir wirklich der Magen um. Diese Perversen waren in jeder Hinsicht genauso abartig drauf wie die Serienmörder, bei deren Ergreifung und Verurteilung ich mithelfe.

Doch erst ganz am Ende des Buches fand ich, wonach ich suchte: ein biografisches Essay von dem kranken Schwein, das von 1979 an Vorsitzender der PIE gewesen war.

»*Die PIE hatte ein Büro in Westminster*«, *schrieb er,* »*nur wenige Meter vom Schreibtisch des Innenministers entfernt.*«

Noch mehr Beweise dafür, dass im Herzen des politischen Establishments ein Pädophilenring operierte. Wir hatten alles, was wir brauchten. Jack und ich übergaben der unabhängigen britischen Untersuchungskommission für polizeiliches Fehlverhalten ein Dossier mit unseren Funden. Die Geschichte kam ins Rollen. Und ich überredete den Abgeordneten meines Wahlkreises, eine Anfrage im Parlament zu stellen.

Doch obwohl endlich ein Lichtstrahl auf Sunlight gefallen war, blieb es weiterhin ein Mysterium, wer den Mord an

Duncan befohlen hatte. Allerdings hoffentlich nicht mehr lange.

Ich betrat das Vernehmungszimmer. Ein Mann saß zusammengesunken am Tisch. Aus seinen Schuhen waren die Schnürsenkel entfernt worden.

Kurt Watkiss.

Jetzt war ich an der Reihe, zum Angriff überzugehen.

135. Kapitel

Als die Polizei Jacks Möchtegernmörder verhaftet hatte, hatte ich wirklich gedacht, Duncans Mörder wäre endlich gefasst und ich könnte vielleicht einen Schlussstrich ziehen. Doch sobald ich Genaueres über die Verhaftung erfuhr, wusste ich, dass wir es mit zwei verschiedenen Tätern zu tun hatten.

Derjenige, der die Waffe abgefeuert hatte, die meinen Mann getötet hatte, war laut dem Profil, das ich gleich nach dem Mord entwickelt hatte, ein »Meister«. Ein männlicher Weißer, Ende dreißig und unehrenhaft aus dem Militär entlassen, genau wie der, der Handler getötet hatte. Aber auch sehr organisiert und mit einem ausgezeichneten Blick fürs Detail.

Nach dem, was ich damals von den Ermittlern erfuhr, hatte er wahrscheinlich Handschuhe aus Latex getragen, nicht aus Leder, um sicherzugehen, dass keinerlei Abdrücke an seiner Waffe zurückblieben. Und eine OP-Maske, um keine Dämpfe einzuatmen, weil er wusste, dass man bis zu vierundzwanzig Stunden nach einem Schuss Pulverrückstände im Nasenschleim nachweisen kann. Er hatte bestimmt nichts dem Zufall überlassen.

So jemand hätte niemals das Ende einer Injektionsnadel in Jacks Bremstrommel zurückgelassen. Er wäre Wolfie nicht in einem Wagen gefolgt, der auf seinen Namen zugelassen war. Und ganz sicher hätte er den USB-Stick nicht in seiner Wohnung gebunkert.

Der Mann, der versucht hatte, Jack zu erledigen, war über fünfzig, nikotinabhängig, hielt es nicht besonders mit Körperhygiene und war nicht beim Militär gewesen.

Das zeigte, dass Sunlights Finger länger waren, als ich gedacht hatte. Sie hatten nicht nur einen einzigen Killer auf ihrer Lohnliste, und Duncans Mörder war immer noch auf freiem Fuß. Wer er war, wusste ich ebenso wenig, wie ich wusste, wer das Attentat befohlen hatte.

Aber Kurt Watkiss könnte es wissen.

Mir war nicht klar, wo er in der Hierarchie von Sunlight stand, doch dank seiner wahrscheinlichen Beteiligung an dem Mord an Gavin Handler und dessen darauffolgender Vertuschung hatte ich eine recht genaue Vorstellung davon, bei was für Operationen er mitmischte. Und es war durchaus möglich, dass er der Mann war, der den Mord an Duncan befohlen hatte.

Die letzten paar Wochen hatte ich mich schier in Stücke gerissen, immer ein Auge auf dem Serienmordfall und das andere auf Sunlight. Hatte mich selbst mit Schuldgefühlen gekreuzigt, weil ich beidem nicht meine volle Aufmerksamkeit widmete.

Jetzt jedoch hatte ich nur ein Ziel: Watkiss zum Reden zu bringen.

Zu meiner Zeit habe ich eine ganze Menge Verhöre

durchgeführt. Verdammt, wahrscheinlich könnte ich die Reid-Technik unter Vollnarkose aufsagen. Doch obwohl ich oft in Situationen gewesen war, wo sehr viel auf dem Spiel stand, war dies das erste Mal, bei dem es um etwas Persönliches ging.

Ich beschloss, mit dem Zuckerbrot anzufangen.

»Sie sitzen ordentlich in der Tinte, Watkiss. Das hier wird nicht einfach verschwinden. Aber wenn Sie mir sagen, was ich wissen will, kann ich Ihnen helfen. Hier ist der Deal: ein Gefängnis der Kategorie B Ihrer Wahl und Strafminderung, wenn Sie meine Fragen beantworten.«

Er beugte sich über den Tisch, nahe genug, dass ich die Spucke auf meinem Gesicht spüren konnte, als er antwortete. »Sie sind gar nicht dazu berechtigt, mich zu verhören.«

»Warum? Haben Sie Angst davor, was ich rauskriegen könnte?«

Mit höhnischem Grinsen lehnte er sich zurück.

»Sie haben meinen Mann ermordet, weil er Ihrem dreckigen kleinen Geheimnis zu nahe gekommen ist. War's das wert?«

»Ich habe Ihren Mann nicht ermordet.« Er ballte die Fäuste.

»Haarspaltereien. Sie haben den Mord angeordnet. Genau wie bei Handler. So was nennt man eine kriminelle Vorgeschichte, Watkiss. Aber als Cop kennen Sie sich ja damit aus. So, wie Sie sich damit ausgekannt haben, wie man seine Spuren verwischt.«

»Mir ist klar, dass Sie schwere Zeiten durchgemacht haben, Miss MacKenzie, und Sie haben mein aufrichtiges

Beileid.« Herablassendes Arschloch. »Aber ich hatte nichts mit dem Mord an Ihrem Mann zu tun. Oder mit dem an Handler«, fügte er rasch hinzu.

Ich kniff die Augen zusammen. »Ich bin bereit, Ihnen zu helfen, Kurt, aber da muss schon ein bisschen mehr rüberkommen.«

»Ich hatte mit Duncans Tod nichts zu tun.«

»Aber Sie wissen, wer etwas damit zu tun hatte.«

Er legte eine Hand auf seinen nicht unbeträchtlichen Bauch. »Ich sage Ihnen doch, ich weiß nicht, wer Duncan umgebracht hat.«

Ich lehnte mich ebenfalls über den Tisch, sodass wir uns aus nächster Nähe anfunkelten, unsere Nasen nur Zentimeter voneinander entfernt.

»Was Sie über mich wissen sollten, Kurt, ist, dass ich nicht aufgebe, wenn ich mir mal etwas in den Kopf gesetzt habe. Und wenn eine Vertuschungsaktion so groß ist wie Sunlight, dann werden Fehler gemacht. Ich werde herausfinden, wer abgedrückt und wer das Attentat befohlen hat. Die Frage ist, helfen Sie mir dabei, oder wollen Sie lieber zusammen mit den anderen Würmern im Dreck verscharrt werden?«

»Sie können fragen, wie Sie wollen, meine Antwort wird sich nicht ändern. Ich weiß nichts über den Mord an Ihrem Mann«, sagte er und leckte sich die Lippen. »Könnte ich ein Glas Wasser haben? Es ist furchtbar heiß hier drin.«

Ich schlug heftig mit der Faust auf den Tisch. »Hören Sie auf rumzueiern, Watkiss. Wer hat Duncan umgebracht?«

»Ich sage Ihnen doch, ich weiß es nicht.«

»Ich kann Sie schützen. Sagen Sie mir einfach nur die Wahrheit.«

»Ich weiß nichts.«

Ich packte ihn am Kragen. »Jetzt hören Sie mal zu, Sie verlogenes Stück Scheiße …«

Die Tür flog auf. Zwei Männer stürzten herein und verhinderten eine Anzeige wegen Körperverletzung. Einer war der graugesichtige Typ von vorhin, der andere war locker zwanzig Jahre älter.

»Das reicht, MacKenzie«, sagte der Ältere und zog mich vom Tisch weg. »Sie gehen jetzt. Sofort.«

136. Kapitel

Blomfield Villas, London, 21:56

Jack seufzte und sackte ins Sofa zurück. Der Fernseher lief leise im Hintergrund. Wir warteten auf die Nachrichten.

»Dann hast du also nichts aus Watkiss rausgekriegt?«

»Das habe ich nicht gesagt.«

Er sah mich fragend an. »Gerade hast du mir erzählt, er hat nur gesagt, er hätte Duncan nicht umgebracht. Und dass die Bulldoggen dich von ihm wegzerren mussten. Nicht dass ich dich kritisiere. Wenn ich mit dem Scheißer da drin gesessen hätte … Also, sagen wir einfach, ich finde, unter den gegebenen Umständen warst du ziemlich beherrscht.«

»Da liegst du falsch, Wolfie. Verstehst du denn nicht? Ich habe ihn über den Tisch gezogen. Ich wollte, dass er denkt, ich wäre ausgerastet, dass ich keinen blassen Schimmer hätte. So wird er niemanden warnen.«

»Irgendwas kriege ich hier nicht mit.« Er machte ein verwirrtes Knautschgesicht. »Ich verstehe nicht, wieso wir jetzt mehr darüber wissen, was Duncan passiert ist.«

»Also, zuerst mal wissen wir jetzt, dass Watkiss den Anschlag nicht angeordnet hat, aber dass er weiß, wer das getan hat.«

»Wie kommst du darauf?«

Ich lächelte. »Ich sage doch, ich habe ihn manipuliert. Ihm Fragen gestellt und beobachtet, wie er reagiert, seinen nonverbalen Signalen das Reden überlassen. Als er gesagt hat, er hätte den Mord nicht begangen oder angeordnet, war er animiert, hat die Fäuste geballt und all so was. Das zeigt, dass er die Wahrheit gesagt hat. Aber als er gesagt hat, er wüsste nichts über den Mord, hat sich seine Körpersprache verändert. Er hat häufiger geblinzelt, und sein Mund war plötzlich trocken. Deswegen hat er auch um etwas zu trinken gebeten. Beides sind Anzeichen dafür, dass jemand lügt.«

»Hast du nicht gesagt, du hättest ihm einen Deal angeboten, wenn er dir einen Namen gibt?«

»Aye.«

»Warum hat er den dann nicht angenommen, wenn er die Info hat? Cops haben's im Knast ja nicht gerade leicht, das weiß er doch so gut wie jeder andere. Für Strafminderung muss es sich doch lohnen, denjenigen zu verpfeifen, den er deckt.«

»Genau.« Wieder lächelte ich.

»Diesen Gesichtsausdruck kenne ich, aber ich verstehe nicht, worauf du hinauswillst.«

»Wenn er den Deal nicht angenommen hat, dann weil er mehr Angst davor hat, was mit ihm passiert, wenn er redet, als davor, was passiert, wenn er im Bau landet.«

»Jaaa?« Er dehnte das Wort in die Länge, verstand noch immer nicht.

»Es gibt zwei Gründe dafür, dass er Angst hat, den Betreffenden ans Messer zu liefern. Erstens reden wir hier von jemandem mit erheblicher Macht. Jemand, der in der Lage ist, Watkiss sehr bereuen zu lassen, dass er ihn verpfiffen hat. Und zweitens haben wir denjenigen, vor dem er Angst hat, noch nicht erwischt.«

137. Kapitel

Das Logo der BBC News tauchte auf dem Bildschirm auf, während die vertraute Musik das Zimmer erfüllte.

Behauptungen, dass das politische Establishment einen Pädophilenring gedeckt hätte, wird jetzt, Jahre nachdem die ersten Gerüchte aufkamen, nachgegangen.

»Es könnten noch mehr werden«, wurde der Premierminister gewarnt, als ein weiteres Regierungsmitglied aufgrund des Sexskandals zurücktrat.

Und die Polizei hat die Wohnungen des Scotland-Yard-Detectives Kurt Watkiss und des ehemaligen Innenministers Albert Jones durchsucht.

Noch war keine Anklage gegen ihn erhoben worden, doch was Craig Boden angedeutet hatte – dass der damalige Innenminister die Namensliste des Parlamentsabgeordneten hatte verschwinden lassen –, hatten die Ermittler zum Anlass genommen, sich näher mit ihm zu befassen. Jacks Quellen zufolge stand seine Verhaftung unmittelbar bevor.

Nach dem Exposé eines Journalisten vom Daily Telegraph wurden Ermittlungen eingeleitet, um Vorwürfen auf den

Grund zu gehen, dass prominente Politiker und Angehörige des Establishments einen exklusiven Kindersexring betrieben haben, und das möglicherweise schon seit zwanzig oder mehr Jahren.

»Du hast es geschafft!« Ich grinste Jack an.

»*Wir* haben es geschafft«, verbesserte er und lächelte zurück. »Du hattest recht, Mac. Niemand ist unangreifbar.«

Die Vorwürfe konzentrieren sich auf das Avon Guest House in North London. Dazu gehören Behauptungen, Kinder aus nahe gelegenen Heimen seien dorthin gebracht worden, um an Orgien teilzunehmen, zu deren »Gästen« prominente Persönlichkeiten gehörten, darunter Regierungsbeamte aus Whitehall, Minister und Angehörige der Judikative.

Es wurde behauptet, dass die Vorfälle vertuscht werden sollten, nachdem sich herausgesellt hatte, dass Nachforschungen seitens Scotland Yard auf Anordnung eines Vorgesetzten unterdrückt worden waren und möglicherweise Morde begangen wurden, um die Aktivitäten der Gruppe geheim zu halten.

Wir waren in den letzten paar Wochen weit gekommen. Aber ich war noch nicht fertig. Es würde dauern, bis alle, die an Sunlight beteiligt gewesen waren, namentlich benannt werden würden, Jahre vielleicht. Und genauso lange könnte ich brauchen, um den Mann zu finden, den ich suchte. Doch »Warten, aber ein bisschen plötzlich!« war etwas, was uns in der Spezialeinheit früh beigebracht worden war. Ich habe eine große Vorliebe für Action, aber ich kann auch geduldig sein. Und wie ich zu Watkiss gesagt hatte, wenn ich mir einmal etwas in den Kopf gesetzt habe, gebe ich nicht auf.

Jack reckte sich und stand auf. Sein Handy war ihm aus der Tasche gerutscht und aufs Sofa gefallen. Dasselbe Handy, von dem er mir an jenem Morgen, als ich zum Schauplatz des zweiten Mordes gerufen worden war, diese SMS geschickt hatte: *FEAR has two meanings: Fuck Everything And Run OR Face Everything And Rise.*

Das Zitat mochte ja kitschig sein, doch das hieß nicht, dass es nicht wahr war.

Wir hatten noch immer nicht darüber gesprochen, was er mir an dem Abend hatte sagen wollen, an dem er im Krankenhaus gelandet war. Trotz allem, was ich mir selbst gelobt hatte, hatte ich mich immer noch vor meinen Gefühlen versteckt, und vor seinen auch. Genug jetzt mit dem verdammten Weglaufen, dachte ich. Kneifen war doch noch nie mein Ding gewesen. Und ich würde jetzt nicht damit anfangen.

»Vor dem Unfall wolltest du mit mir reden«, sagte ich, als wir aus dem Wohnzimmer in den Flur traten. »Aber ich hab dich abblitzen lassen. Das tut mir leid. Möchtest du's jetzt tun?« Die Worte sprudelten aus mir hervor. Ich holte tief Luft; mein verräterisches Herz pochte heftig.

Wir standen vor dem Giraffenbild, genau an derselben Stelle wie letztes Mal. Doch jetzt hatte ich keine Angst, Duncan zu verraten. Ich hatte Angst um mich. Eine neue Beziehung heißt akzeptieren, dass die Vergangenheit vorbei ist. War ich wirklich dazu bereit? Ich schaute zu Jack empor, zu seinem strubbeligen Haar, dem unrasierten Gesicht und den freundlichen Augen. Ohne nachzudenken, trat ich einen Schritt vor. Mein Körper sprach für mich. Er wusste, was ich wollte.

»Ach das.« Er machte ein verlegenes Gesicht. »Ich hatte einen Job in den Staaten angeboten bekommen, bei der *Washington Post.* War echt in Versuchung. Ich meine, das war eine Wahnsinnschance.«

»War? Also nimmst du die Stelle nicht an?« Meine Stimme klang ausdruckslos. Es ging also gar nicht um ihn und mich. Hatte ich die Zeichen falsch gedeutet?

Er schüttelte den Kopf. »Ich hab gewusst, dass du mich drängen würdest, das Angebot anzunehmen. Und wie gesagt, ich war echt in Versuchung. Aber ich konnte dich doch nicht sitzen lassen, nicht mit all dem, was hier abgegangen ist. Ich musste das durchziehen. Und diese Sunlight-Story wird immer größer werden. Es wird noch andere Jobs geben, andere Chancen.«

Ich nickte und verbarg mein Lächeln. Er hatte gesagt, er hätte wegen Sunlight nicht weggehen können. Aber zuerst hatte er gesagt, er hätte mich nicht sitzen lassen können. Vielleicht hatte ich die Zeichen ja doch nicht falsch gedeutet.

»Ich bin froh, dass du bleibst.«

»Ich auch.«

Er öffnete die Wohnungstür und beugte sich herab, um mich zum Abschied zu umarmen.

Ich sah ihm nach, als er zur Treppe ging. Auf halbem Weg blieb er stehen, drehte sich um und grinste und winkte.

Ich lächelte zurück, und Wärme flutete durch mich hindurch. Wie das Gefühl, nach einem langen Schlaf aufzuwachen.

138. Kapitel

Ich lag im Bett und war gerade im Begriff einzuschlafen, als ein Gedanke mich mit der Wucht eines Schrotflintenrückstoßes wieder zurückriss.

Während des ganzen Primrose-Hill-Falls hatte Sunlight mich abgelenkt. Ich hatte das Rätsel schließlich gelöst, aber ich hätte früher darauf kommen müssen, dass der Mörder eine Frau war. Richtig schlampig war ich nicht gewesen, aber auch nicht gerade in Bestform. Und gerade war mir aufgegangen, dass das nicht das Einzige gewesen war, was mir entgangen war.

Heute Nachmittag, mit Watkiss in dem Vernehmungszimmer, hatte ich an das letzte Mal denken müssen, als ich mit Dan Harper dort gesessen hatte. Und jetzt tauchten plötzlich Gesprächsfetzen auf, die ich damals gar nicht richtig verarbeitet hatte.

1983 wurde der Serienvergewaltiger Bob Milligan aufgrund seiner dissoziativen Persönlichkeitsstörung für geisteskrank und daher nicht für seine Verbrechen verantwortlich erklärt. 1990 war's der Staat gegen Bartfield. Das Berufungsgericht hat aus demselben Grund ein Urteil wegen Totschlags kassiert.

Harper war Anwalt für Gesellschaftsrecht, kein Strafrechtler. Über diese Fälle konnte er nur dann so viel wissen, wenn er recherchiert hatte. Und es gab nur einen einzigen Grund, warum er das getan haben könnte: wenn er bereits von Saras Krankheit wusste. Ich sprang aus dem Bett, fing an, im Zimmer auf und ab zu tigern, und dachte an einen anderen Satz aus diesem Verhör.

Sie haben's doch selbst gesagt, sie leidet unter psychogenen Fuguen. Sie hat nicht gewusst, was sie tat.

Nur hatte ich das eben nicht gesagt. Ich hatte diese Episoden als »dissoziative« Fuguen bezeichnet, nicht als »psychogene« Fuguen. Der Begriff war vollkommen korrekt. Es war nur nicht der, den ich verwendet hatte.

Fugue-Zustände sind selten; ich hatte sie Isaksson erklären müssen. Harper jedoch musste ich sie nicht erklären. Sein Gesichtsausdruck hatte sich nicht verändert, als ich mit meiner großen Offenbarung aufgewartet hatte. Weil das für ihn keine Überraschung gewesen war.

Ich dachte daran, wie er immer wieder gesagt hatte, dass es Sara nicht gut ginge. Wie er den Namen des Psychiaters genannt hatte, ohne dass ich ihn darum gebeten hatte, und welchen Aufwand er betrieben hatte, um seine Frau zu überwachen.

Das war die Technikabteilung. Anscheinend hat Harper sich eine GPS-App heruntergeladen. Er hat seit Wochen sämtliche Bewegungen seiner Frau überwacht.

Wochen. Plural. Mit anderen Worten, sein Stalking hatte schon vor dem Mord an Pejman begonnen, und das bedeutete … Scheiße!

Ich dachte daran, dass er Sara im Haus eingesperrt und ihr den Autoschlüssel weggenommen hatte. Und an den 3er BMW, den ich am Mittwochmorgen vom Tatort hatte wegfahren sehen, dasselbe Modell wie der Wagen, den er fuhr.

Und was war mit dem Foto, das Sara gefunden hatte? Harper hatte doch so sehr darauf geachtet, die Affäre geheim zu halten, dafür zu sorgen, dass Pejman niemandem von ihm erzählte. Ein Foto von seiner Geliebten herumliegen zu lassen, das schien einfach nicht zu solcher Vorsicht und solcher Organisiertheit zu passen. Mein Herz hämmerte, als mir ein Licht aufging.

Himmel, Arsch und Wolkenbruch, dachte ich und schnappte mir mein Handy. Ich klemmte es zwischen Schulter und Ohr, während ich in eine Jeans schlüpfte.

Brring, brring. Brring.

Scheiß drauf, dachte ich und griff nach meinem Autoschlüssel, während das Freizeichen schließlich verstummte. Von diesem Arschgesicht lasse ich mir doch nicht zweimal Angst machen.

Es entsprach vielleicht nicht den Vorschriften, aber manche Dinge können eben nicht bis zum nächsten Morgen warten.

139. Kapitel

Chalcot Crescent, London, 23:58

Es gibt einen Grund dafür, dass man von »tiefster Nacht« spricht. Die Welt hüllt sich in ein Leichentuch. Nichts rührt sich. Abgesehen von den bleichen Lichtfingern der Straßenlaternen, die sich über die regennassen Straßen wanden, war Chalcot Crescent so still wie eine Geisterstadt.

Wieder drückte ich auf die Klingel, und das grelle Schrillen zerriss die Stille; dann trat ich von der Tür weg, um nach Lebenszeichen im Innern des Hauses Ausschau zu halten.

Er hat gesagt, sein Haus sei pink, dachte ich, aber nicht, dass es *so* pink ist. Das Haus sah aus, als wäre es in Leuchtfarbe getaucht worden. Selbst in einer Straße voller knallbunter Fassaden stach es heraus. Durchaus nicht verkehrt, soweit es mich betraf. Wäre es weniger auffällig gewesen, hätte ich es vielleicht nicht gefunden. Und da die gesamte technische Abteilung sanft und selig schlummerte, war es an mir, meine Zielperson ausfindig zu machen.

Ich trat wieder zur Haustür und klingelte noch einmal. Diesmal zeigte es Wirkung. Durch das kleine Fenster links von der Tür sah ich, wie das Licht im Flur anging, und gleich darauf öffnete sich die Haustür einen Spalt weit.

Eine ziemlich derangierte Gestalt streckte den Kopf heraus. Sein Haar war zerwühlt und sein Gesicht voller Stoppeln. Mindestens ein Fünftagebart. Er sah so anders aus als damals, als ich ihn im Marmorfoyer von S&M zum ersten Mal gesehen hatte. Was würde Axel Menton wohl denken, wenn er ihn jetzt sehen könnte? Es war unwahrscheinlich, dass er dann erröten und ins Stottern geraten würde. Dan Harper war immer noch gebaut wie Captain America, doch er stank nach Whiskey und sah scheiße aus.

Als ich ihn so sah, allein und gebrochen, tat er mir fast leid. Fast.

Ich dachte an die Mahnwache in Primrose Hill vor drei Wochen. An Yasmin Pejmans kleinen Sohn, der die Hand seines Dads festhielt und sich Mühe gab, nicht zu weinen. Und an die Angst in Sara Harpers Augen, als sie sich umgedreht und mich angesehen hatte.

Nein, ich empfand kein Mitleid mit Harper, nicht jetzt, da mir klar geworden war, was er getan hatte. Das, was ihm passiert war, hatte er nicht verdient. Er hatte das verdient, was jetzt kam.

»Ziba? Was machen Sie denn hier?« Seine Stimme war leise, seine Fingerknöchel am Türrahmen kalkweiß.

Ich musterte ihn rasch von oben bis unten. Weit aufgerissene Augen. Hängender Unterkiefer. Eine pochende Ader an seiner Schläfe.

Er weiß es, dachte ich. Er weiß, dass ich Bescheid weiß. Das Spiel ist aus.

»Ich glaube, wir beide sollten uns mal unterhalten, Dan«, sagte ich.

140. Kapitel

Ein merkwürdiger Ausdruck huschte über Harpers Züge, anders als der im Vernehmungszimmer. Ein Anspannen rund um die Augen. Noch war er nicht bereit, die Hände zu heben und aufzugeben. Er machte Anstalten, die Tür zuzuknallen, doch ich war zuerst da, schob den Fuß in den Spalt und stieß sie auf. Ein alter Journalistentrick, den ich Wolfie verdankte.

Der Flur war klein und trübe beleuchtet, eine einzige schwache Glühbirne. Eine Regenjacke hing über dem Treppengeländer, ein paar achtlos abgestreifte Turnschuhe lagen vor der Treppe, und eine leere Vase stand auf dem Heizkörper. Schon jetzt fehlte hier im Haus die Hand einer Frau.

Hier zu sein, ohne irgendjemandem im Yard zu sagen, was ich vorhatte, verstieß definitiv gegen die Vorschriften. Mit Gewalt in jemandes Haus einzudringen jedoch verstieß gegen ganz andere Regeln, gegen das Gesetz zum Beispiel. Andererseits war ich nie wirklich eine gesetzestreue Pfadfinderin gewesen, und wenn ich mit Harper Klartext geredet hatte, würde er wohl eher nicht Anzeige erstatten.

Mit dem Rücken zur Tür stand ich da und blockierte den

Schließmechanismus. Ich wollte nicht, dass er versuchte, mich rauszuschmeißen, nicht bevor ich Gelegenheit gehabt hatte, das loszuwerden, was ich sagen wollte.

Es würde schwer sein, vor einer Jury zu beweisen, was Harper getan hatte, denn es lagen hauptsächlich Indizienbeweise vor. Mein Plan war, mich in seinen Kopf zu drängen, ihn zu überzeugen, dass es in seinem Interesse war zu gestehen, und ihn dann zum Yard zu begleiten, damit er seine Aussage machen konnte. Doch das Schlüsselelement des Ganzen war, ihn mitten in der Nacht kalt zu erwischen. Dann würde er müde und leichter zu manipulieren sein.

»Sie haben sich gut geschlagen«, sagte ich und betrachtete ihn. »Sogar mich haben Sie über den Tisch gezogen, und das können nicht viele von sich behaupten. Aber jetzt wird es Zeit, die Waffen zu strecken. Wir wissen, was Sie getan haben.«

»Wir?«

Er forderte mich heraus. Also hatte der Alkohol ihm nicht die Sinne vernebelt. Das hieß jedoch nicht, dass ich ehrlich sein musste. Damit das hier klappte, musste er glauben, dass das Team ebenso gut Bescheid wusste wie ich und dass es keinen Ausweg gab.

Er schaute nach rechts aus dem Fenster und lächelte dann in sich hinein.

Was hatte er gesehen?

Rasch schaute ich über die Schulter, und als ich das tat, schmetterte er mir die Vase an den Kopf, die auf dem Heizkörper gestanden hatte. Der Schlag traf mich unvorbereitet und ließ einen Galleschwall in meiner Speiseröhre emporsteigen; das Glas riss mir die Haut auf.

Ich taumelte seitwärts und presste die Hand gegen meine blutende Stirn. Wie konnte ich nur so einen Anfängerfehler machen? Harper aus den Augen zu lassen, das war schlimm. Ihn zu unterschätzen war noch schlimmer.

Doch es war noch nicht vorbei. Dieser Typ war nicht nur gebaut wie Captain America, er konnte auch kämpfen. Er nutzte meinen kurzen Moment des Schocks und des Gleichgewichtverlusts, packte mich an den Schultern und rammte mir das Knie in den Bauch. Ich sackte zu Boden und rang nach Luft.

Jetzt setzte er sein Körpergewicht ein, drückte mich nieder. Seine Hände legten sich um meinen Hals.

»Es gibt kein ›Wir‹«, sagte er, während er fester und fester zudrückte, sodass meine Lunge brannte. »Sie sind allein gekommen. Genau wie damals, als Sie Ihr kleines Rendezvous mit Menton hatten.« Er spie den Namen hervor, als hinterließe er einen schlechten Geschmack in seinem Mund. »So machen Sie das eben. Sie arbeiten allein.«

Deswegen hat er also aus dem Fenster geschaut, dachte ich. Er wollte wissen, ob da Blaulicht zu sehen ist. Er wollte wissen, ob ich Verstärkung dabeihabe. Und jetzt, da er weiß, dass es nicht so ist, wird er mich kaltmachen, um sein Geheimnis zu bewahren.

Verzweifelt setzte ich mich zur Wehr, hilflos gegen seine Kraft und sein Gewicht. Meinem Körper ging der Sauerstoff aus.

»Aufhören.« Meine Stimme kam als Flüstern heraus, als

er mit einer Hand meinen Hals losließ und anfing, mir mit der geballten Faust ins Gesicht zu dreschen. »Aufhören.«

Ich war von den besten Elitekämpfern auf dem Planeten ausgebildet worden. Jetzt jedoch ließ mein Körper mich im Stich. War's das jetzt? Würde ich als Hackfleisch enden und im Flur eines grellrosa Hauses vergammeln?

Meine Augenlider flatterten. Als das Gesicht meines Gegners näher kam, erstarrte ich innerlich. Das hier machte ihm Spaß. Genau wie Sara es in ihren Posts beschrieben hatte.

Und diesem Gedanken folgte ein zweiter dicht auf den Fersen.

Ich wusste, wie ich hier rauskommen konnte.

141. Kapitel

Ich raffte meine letzten Kräfte zusammen und zwang mich, die Augen lange genug offen zu halten, um Blickkontakt mit ihm aufzunehmen. Wenn das hier funktionieren sollte, musste er mir ins Gesicht sehen.

»Du tust mir weh, Blauäuglein«, sagte ich. Der Kosename, den Sara benutzt hatte.

Für sich allein hätten die Worte nichts genutzt, aus meinem Mund jedoch wirkten sie wie ein Zauberspruch. Ich war Harpers Frau wie aus dem Gesicht geschnitten. So sehr, dass sie es hätte sein können, die hier sprach.

Seine Reaktion währte nicht länger als eine Sekunde, doch eine Sekunde war alles, was ich brauchte.

Als sich seine Hand vor Überraschung lockerte, packte ich seinen kleinen Finger und bog ihn mit einem Ruck zurück. Er schrie auf, als der Knochen brach, ließ meinen Hals los und gab mir so die Chance, die Dinge wieder ins Lot zu bringen.

Ich umfasste seinen Hinterkopf und riss mit einer Schaukelbewegung meines Körpers seine Birne zu mir herab, während ich ihm gleichzeitig den Schädel gegen die Nase knallte und sie in einen Matsch aus Knorpel und blutigem Fleisch verwandelte. Ein Kopfstoß ist in etwa dasselbe, als würde man mit voller Wucht einen Farbeimer ins Gesicht kriegen. Tut scheißweh.

Beide Hände vor dem Gesicht bog Harper sich vornüber und brüllte vor Schmerz. Doch ich war noch nicht fertig.

Seine Arme deckten seinen Brustkorb nicht, sein Körper war ungeschützt. Der Flur war klein und schmal. Beim Nahkampf in engen Räumen gibt es eine Maßnahme, die das Ganze beendet.

Die Hand auf seinem Rücken riss ich das Knie hoch und rammte es ihm in den Schritt. *Bam!* Harper kippte stöhnend zur Seite und krümmte sich auf dem ehemals weißen Marmorboden.

Sofort war ich über ihm, bereit, ihm eins auf einen neuralgischen Druckpunkt zu versetzen, sollte er versuchen aufzustehen. Doch so, wie er aussah, würde der Kerl diesen Flur nur auf einer Trage verlassen.

Zitternd vor Adrenalin griff ich in meine Jackentasche und zog mein Handy hervor.

Erst vor ein paar Wochen hatte ich zu Jack gesagt, ich bräuchte keinen Helden. Doch als ich die Nummer eintippte und ein Tropfen Blut von meiner zerschnittenen Stirn auf das Display fiel, wurde mir klar, dass ich mich geirrt hatte.

Ich bin absolut in der Lage, selbst auf mich aufzupassen, doch das heißt nicht, dass ich immer so schnell dabei sein sollte, alles allein zu machen. Und obgleich ich aus diesem Kampf als Siegerin hervorgegangen war, hätte ich mir vielleicht das Gesicht nicht so versaut, wenn ich hier mit einem Team angerückt wäre.

»Notrufzentrale. Um was für einen Notfall handelt es sich?«

»Ziba MacKenzie, Scotland Yard. Einzeleinsatz ohne Schutzausrüstung. Gewalttätiger Festgenommener, brauche sofort Verstärkung.«

Harper regte sich. Ein kurzer Hieb aufs Schulterblatt brachte ihn zur Ruhe. Für ihn ging es in den Bau, sonst nirgendwohin.

142. Kapitel

Vernehmungszimmer 3, Scotland Yard, 04:30

Wie kann das sein?, denkt Dan Harper, als der Detective ihn über seine Rechte aufklärt. *Ich war doch so vorsichtig.*

Er und Sara hatten sich halb nackt in seinem Bett im Studentenwohnheim geaalt und Rauchringe geblasen, als sie ihm zum ersten Mal von ihren Blackouts erzählt hatte. Ihre Eltern wussten, dass sie so etwas gehabt hatte, nachdem der Leichnam ihres Bruders gefunden worden war. »Traumainduziert«, laut dem Psychologen, zu dem ihre Mutter sie geschickt hatte. Doch Dan war der Erste, der die Wahrheit erfuhr. Sie hatte schon davor einen gehabt. An dem Tag, an dem ihr Bruder im Wald ermordet worden war.

Das Goldkind, hatte sie ihn genannt. GK. Sara war immer wahnsinnig eifersüchtig auf ihn gewesen, auf das Kind, das seine Eltern vergötterten. Doch sie hatte ihre Gefühle verborgen. Niemand hatte je die finsteren Gedanken in ihrem Kopf erahnt.

Dan hatte als Heranwachsender gelernt, dasselbe zu tun, allerdings hatten seine Gefühle nichts mit Rivalität unter

Geschwistern zu tun. Bei ihm ging es ausschließlich um seinen Dad. Nichts, was er tat, war jemals gut genug für seinen alten Herrn, was ihn merkwürdigerweise stets anspornte, sich noch mehr Mühe zu geben.

Ihre ähnlichen Kindheitserfahrungen brachten ihn und Sara einander näher. Sie waren beide Opfer elterlichen Desinteresses. Niemand verstand sie so gut, wie sie einander verstanden.

An dem Tag, als sie und GK im Wald spielen gegangen waren und ihm der Schädel eingeschlagen worden war, hatte sie erfahren, dass er auf eine noble Privatschule in La Jolla geschickt werden sollte, wo die Kinder Blazer trugen und am Wochenende im Country-Club Tennis spielten. Währenddessen würde sie weiter im öffentlichen Schulsystem verrotten, wo sie vom ersten Tag an schikaniert worden war.

Sie sagte, sie wüsste nicht, was mit GK passiert war, wie es dazu gekommen war, dass er verschwunden und dann tot aufgefunden worden war. Doch Dan reimte sich ein paar Dinge zusammen. Er war ja kein Idiot. Außerdem wusste er aus erster Hand, was Zurückweisung mit einem Menschen machen kann. Und dann, als er nach San Diego gefahren war, um seine künftigen Schwiegereltern kennenzulernen, war auch das letzte Puzzleteil an seinen Platz gerutscht.

Saras Eltern hatten einen Cockerspaniel, einen freundlichen kleinen Kerl. Gleich beim ersten Mal wedelte er fröhlich mit dem Schwanz, als er Dan sah, obwohl der eigentlich kein Hundemensch war. Sara hingegen versuchte er zu beißen.

»Er kann mich nicht ausstehen«, erklärte sie ihm später.

»Seit dem Tag damals im Wald. Er war bei uns; ich habe mich immer gefragt, was er wohl gesehen hat.«

Dan konnte nicht umhin, sich das ebenfalls zu fragen.

Jahre später, nachdem Noah umgekommen und alles am absoluten Tiefpunkt angekommen war, hatte er etwas mit Yasmin Pejman angefangen. Ganz tief im Innern fragt sich Dan, ob er das zum Teil getan hatte, um es Sara heimzuzahlen.

Sein Vater hatte die Ehe nie gutgeheißen. »Diese kleine Iranerin«, hatte er sie immer genannt. Es war rassistisch und gemein, doch Dan hatte ihm nie Kontra gegeben. Er hatte mit den abgezocktesten Anwälten des ganzen Landes Deals ausgehandelt, doch seinem Vater die Stirn zu bieten, das war etwas, wozu er nie imstande gewesen war. Warum schließlich seinen Zorn riskieren, wenn seine Anerkennung doch alles war, was er wollte.

Letzten Endes jedoch ging es bei der Geschichte mit Yasmin nur um Sex. Zu Hause lief es nicht gut, und Dan suchte nach Ablenkung, das war alles. Und »einen wegzustecken«, wie sein Vater gesagt hätte, war da genau das Richtige.

Yasmin jedoch sah das Ganze etwas anders. Sie wurde überanhänglich, fing an, davon zu reden, ihren Mann zu verlassen und Dan zu heiraten. Das war das Letzte, was er wollte. Er wollte Schluss machen, doch sie war keine Frau, die man mit einer Umarmung und »Sei mir nicht böse« abservieren konnte. Sie hatte gedroht, zur Personalabteilung zu gehen, und ihm eine Riesenszene gemacht.

»Ich sage denen, dass du mich sexuell belästigt hast«, hatte sie gesagt. »Dass du mich zum Sex genötigt hast.«

Er war verzweifelt gewesen. Yasmin brauchte nur ein paar Tränen zu verdrücken, und jeder würde ihr glauben. Mehr ist bei Frauen doch nie nötig, hatte er gedacht.

Von wegen nicht zum Vollpartner gemacht werden. Axels Annäherungsversuchen zum Trotz war S&M eine konservative Kanzlei. Er würde mit Sicherheit geschasst werden, und wenn es sich erst herumsprach, dass er eine Kollegin belästigt hatte, würde er nicht nur nie wieder in einer großen Kanzlei arbeiten. Er würde auch nie wieder ein ordentliches Gehalt bekommen. Niemand stellt jemanden ein, der ihm Ärger machen wird.

Dabei war er mit der Hypothek bereits im Rückstand und bis über beide Ohren verschuldet. Doch schlimmer noch, nach all den Jahren konnte er allmählich endlich vor den Augen seines Vaters bestehen.

Als er endlich zum Juniorpartner der Zauberkreis-Kanzlei gemacht worden war, hatte sein alter Herr angefangen, seinen Golfplatzfreunden gegenüber von »meinem Sohn, dem Topjuristen« zu reden, und erst vor Kurzem angeboten, Dan für eine Mitgliedschaft in dem exklusiven Club vorzuschlagen.

Endlich hatte er sich die Bewunderung verdient, nach der er immer gegiert hatte. Wenn er wegen irgendeines Flittchens seinen Job verlor, wäre er wieder der Versager, für den sein Vater ihn immer gehalten hatte. Diesen Gedanken konnte er nicht ertragen, doch er hatte keine Ahnung gehabt, wie er aus dem Schlamassel wieder herauskommen sollte, den er angerichtet hatte.

Und dann hatte seine Frau einen Blackout gehabt.

Die Fugue hatte eine Stunde gedauert. Sara hatte Angst. Sie hatte gesagt, sie hätte keine Ahnung, was während dieser »verlorenen Zeit«, wie sie es nannte, passiert war. Dan wusste es auch nicht, doch das Ganze hatte ihn auf eine Idee gebracht.

Er hatte recherchiert. Er hatte einen Plan geschmiedet.

Damit sich die Geschichte wiederholte, musste er für genau die emotionalen Umstände sorgen, die Sara vor dem Blackout und dem Mord an ihrem Bruder erlebt hatte. Verrat. Das Gefühl, ungerecht behandelt zu werden. Eine Bedrohung, die es auszulöschen galt.

Er legte eine Fährte. Fotos von Yasmin auf seinem Laptop, ein Höschen von ihr ganz hinten im Küchenschrank. E-Mails und vorgetäuschte Telefonate mit ihr, die seine Frau mithörte.

Es war ihm verhasst, sie leiden zu lassen, doch er sagte sich, dass er das doch ebenso für sie täte wie für sich selbst. Sie war doch so fragil; sie würde nie damit fertigwerden, wenn sie das Haus und alles verloren, wofür er gearbeitet hatte. Er wollte das nicht tun, aber was blieb ihm denn anderes übrig? Ganz ehrlich, es war Yasmins Schuld, nicht seine.

Er machte Sara gegenüber viel Aufhebens darum, dass er sein neues Sushi-Messer umtauschen wollte und es erst mal ins Auto legen würde. Ins Handschuhfach, sagte er mehr als einmal, nur für den Fall, dass sie nicht zuhörte.

An dem Tag, an dem ihr Bruder getötet worden war, hatte ihre Mutter sie zurechtgewiesen, weil sie im Garten mit Steinen geworfen hatte. »Das ist gefährlich«, hatte sie gesagt. »Du könntest jemanden ernsthaft verletzen.« An dem Abend, an dem Yasmin Pejman erstochen worden war, hatte Harper ihre Worte wiederholt.

»Das Messer ist echt scharf. Damit kann man sich ernsthaft verletzen.«

Dann hatte er gesagt, er ginge noch mit ein paar Kollegen etwas trinken. Er hatte ihr den Namen der Bar gesagt und wann sie sich dort treffen würden. Er war sehr ins Detail gegangen und hatte sie wissen lassen, dass Yasmin auch dort sein würde.

Er hatte ein Samenkorn eingepflanzt und es sorgsam gegossen. Als seine Geliebte ermordet worden war, war er nicht überrascht gewesen. Schließlich hatte er das Ganze eingefädelt. Der Präzedenzfall war doch gegeben. Der Tod von Saras Bruder zeigte, wozu sie fähig war, auch wenn sie es nicht wusste.

Sprache ist leicht zu manipulieren, denkt er, derselbe Gedanke, den er auch hatte, als er das erste Mal ins Vernehmungszimmer geführt worden war. Er war schon immer gut darin gewesen, andere Menschen einzuschätzen und seine Agenda durchzudrücken. Die Krankheit seiner Frau auszunutzen war nichts anderes. Das Ganze würde sich unmöglich zu Sara zurückverfolgen lassen, hatte er gedacht. Schließlich gab es keinerlei Beweise dafür, dass er und Yasmin etwas miteinander gehabt hatten; sie waren doch so vorsichtig gewesen. Das hieß, seine Frau hatte, soweit irgendjemand wusste, keinen Grund, sie umzubringen.

Es war das perfekte Verbrechen, doch wie sich herausstellte, war seine Frau weniger leicht zu kontrollieren, als er gedacht hatte. Und nachdem Lily Abian umgebracht worden war, bekam er es mit der Angst zu tun, was er da entfesselt hatte. Er schlief nicht mehr und aß nicht mehr richtig. Ständig blaffte er seine Frau an. Die kleinste Kleinigkeit brachte ihn in Rage; er konnte nichts dagegen tun.

Doch es gab keinen Weg zurück. Jetzt ging es nur noch um Schadensbegrenzung.

Nach Yasmins Tod hatte er die sexy Fotos gelöscht, die sie ihm geschickt hatte. Er hatte das Prepaidhandy entsorgt, das er sich am Anfang ihrer Affäre gekauft hatte, und war jetzt doppelt froh darüber gewesen, dass er das getan hatte. So gab es keine Verbindungsnachweise. Und natürlich war es so auch egal, wenn jemand Yasmins Handy in die Finger bekam.

Die blöde Kuh hatte sich damals geweigert, sich so ein Prepaidteil anzuschaffen. Aber wenigstens hatte sie eingewilligt, ihn in ihren SMS nie mit Namen anzusprechen oder irgendwem zu erzählen, mit wem sie bumste.

»Ich könnte meinen Job verlieren, wenn das rauskommt«, hatte er gesagt. »Die anderen Kanzleien sind allgemein bekannte Bumsschuppen, aber bei S&M ist das was anderes. Die haben's total mit traditionellen Werten.«

Er wusste, dass sie seine Identität geheim gehalten hatte, sogar vor dieser Schwester, mit der sie so dicke gewesen war. Doch sein Bestehen darauf, die Beziehung nicht bekannt werden zu lassen, war ihm am Ende auf die Füße gefallen. So hatte sie eine Möglichkeit gehabt, ihm am Zeug zu flicken, als er versucht hatte, die Affäre zu beenden. Und deswegen hatte er diesen Plan ausgebrütet.

Der war genial. Kein Mensch würde seine Frau verdächtigen. Und wenn jemand es aus irgendeinem Grund doch tun würde, konnte man ja immer noch auf unzurechnungsfähig plädieren. So oder so, ihr würde nichts passieren – und ihm auch nicht.

Es gab nichts zu verlieren und alles zu gewinnen.

Doch jetzt hatte er alles verloren. Sara, seinen Job, den Stolz seines Vaters …

Und gleich würde alles noch sehr viel schlimmer werden.

143. Kapitel

Blomfield Villas, London, 23:58

Ich hatte mich mit einem großen Glas chilenischem Pinot noir auf meinem üblichen Platz auf dem Sofa zusammengerollt und hörte mir eine Aufnahme des Tehran Symphony Orchestra an, einen alten Sammelband mit Sufi-Gedichten aufgeschlagen auf dem Schoß. Ein Schlüssel drehte sich im Schloss. Lächelnd blickte ich auf. Ich wusste, wer es war, bevor er zur Tür hereinkam.

»Warum bist du denn noch auf, Schatz?«, fragte Duncan und warf seinen Schlüssel in die Schale auf der Heizkörperverkleidung. In der anderen Hand hielt er eine dampfende Schüssel mit Pasta.

»Ich warte auf dich.«

»Du solltest aufhören, auf mich zu warten.« Er strich mein Haar zur Seite, während er sich bückte, um mich auf den Hals zu küssen.

»Bleib bei mir«, flüsterte ich.

»Du brauchst mich nicht. Du schaffst das.«

Ein Surren weckte mich. Instinktiv griff ich quer übers

Bett, dorthin, wo Duncan hätte liegen sollen, und verfluchte das Handy dafür, dass es meinen Traum beendet hatte.

Es blinkte auf dem Nachttisch. Eine SMS von Jack.

Wir sind ein gutes Team, du und ich.

Ich berührte meinen Hals dort, wo Duncan mich geküsst hatte. »Du schaffst das«, hatte er gesagt.

Und zum ersten Mal seit seinem Tod dachte ich, dass er vielleicht recht hatte.

Es wird nicht leicht sein, aber ich schaffe das.

Danksagung

Mein Name steht auf dem Cover, aber ohne diese Menschen wäre dieses Buch nie geschrieben worden. Vielen Dank an:

Meine Agentin Alice Lutyens von Curtis Brown. Die Reise einer Autorin ist nicht immer leicht; Sie sind mein Leuchtturm, wenn ich auf See bin.

Dem Team von Thomas & Mercer, vor allem meinem fantastischen Lektor Jack Butler, für Ihre Beratung, Ihr Verständnis und Ihre Hingabe. Ich bin so froh, dass Ziba auf Ihrem Schreibtisch gelandet ist, und so dankbar dafür, dass Sie ihr geholfen haben zu wachsen.

An Martin Toseland, der seine Magie zum zweiten Mal gewirkt hat.

An Tim, Max und Joey, Mom und Dad, David und Henrietta dafür, dass ihr mich angefeuert habt. Eure Unterstützung bedeutet mir alles.

An Maggie, stets an meiner Seite, wenn ich schreibe, meine pelzige Muse.

Und zum Schluss auch an meine Leser. Danke, dass ihr Zeit mit Ziba verbringt und euch ihre Geschichte anhört. Ich würde sehr gern Kontakt mit euch halten und hören, was ihr über sie denkt. Ihr findet mich auf Twitter @VictoriaSelman oder auf www.VictoriaSelmanAuthor.com, dort gibt es News, Giveaways und Sneakpreviews.